시아

—『마사카 여관』에서

"억누르는 빛의 성흔
허무에서 내려와
재해를 봉인하라
『박광인(縛光刃)』!"

시라사키 카오리

흔해빠진 **직업**으로

ARIFURETA SHOKUGYOU DE SEKAISAIKYOU

세계최강

#2

시라코메 료 지음

타카야Ki 일러스트

김덕진 옮김

CONTENTS

조금의 빛도 없는 어둠에 둘러싸인 동굴 속.

작은 벌레가 기는 소리조차 들리지 않는 고요한 그 공간은, 사람의 손이 닿지 않은 것 같은 울퉁불퉁하고도 지극히 자연적인 모습이었다. 다만 자연적인 동굴이면서도 출입구가 없이 밀폐된 공간이라는 지극히 부자연스러운 점을 제외한다면 말이다.

자연적으로, 혹은 우발적으로 땅속에 에어 포켓이 생기는 경우가 없는 건 아니다. 하지만 이 폐쇄된 동굴의 부자연스러움을 뒷받침하는 결정적인 이상한 점 한 가지가 동굴의 중앙에 존재했다.

그것은 지면에 새겨진 복잡하고 정밀한, 원형 진에 둘러싸인 기하학 문양이다. 흔히 말하는 마법진이라는 것이었다. 다만 지금 보이는 지름 3미터가량의 마법진을 현대 마법에 종사하는 사람이 본다면 분명 경악으로 눈이 뒤집히든가, 경우에 따라선 졸도할 것이 분명하다. 그 정도로 극에 달한 마법진이었다.

다만 국보로 다뤄질 정도의 장엄한 마법진이긴 해도 지금은 먼지에 뒤덮여 더러워진 무척이나 쓸쓸한 분위기였다. 십년이나 백 년은 사용되지 않고 오랫동안 방치됐다는 것은 명백했다. 마치 언젠가 자격을 가진 사람이 나타나 뽑아주길 바라는 동화 속 전설의 검처럼 남몰래 존재했다.

　그런 마법진에 도대체 얼마 만인지 드디어 변화가 나타났다. 마법진이 새겨진 선을 따라 약간의 붉은빛이 나기 시작했다. 처음에는 반딧불처럼 아련히 빛나다가 점차 강하고 강하게 빛을 더해 갔다.

　잠시 후─.

　빛이 폭발했다. 선명한 붉은색 마법진이 찬란하게 빛나더니 동굴의 어둠을 물리쳤다. 신비로울 정도로 아름다운 광경. 만약 여기에 사람이 있었더라면 분명 초월적인 존재를 떠올려 떨리는 몸으로 눈이 휘둥그레졌을 것이다.

　이윽고 빛이 공중에 녹아드는 것처럼 퍼지더니 마법진 위로 사람 형체가 둘 보이기 시작했을 때 들려온 소리는……

　"이게 뭐꼬."

　분위기를 깨트리는 한마디였다.

　빛이 완전히 사라지고 어둠이 되돌아온 동굴 안에서 무척이나 실망한 표정으로 멍하니 선 목소리의 주인공. 그건 몇 개월 전에 같은 반 친구의 악의로 【오르크스 대미궁】의 나락으로 떨어진, 이세계 【지구】에서 온 나구모 하지메였다.

　하지메는 전부 백 계층이라고 알려진 【오르크스 대미궁】의 백 층 더 아래에 있는 곳에서, 대미궁의 창시자이자 이쪽 세계 【토터스】에서 추앙받는 신에게 반역한 『해방자 오스카 오르크스』의 은신처로부터 지상으로 나갈 수 있는 마법진을 통해 전이했다.

나락으로 떨어진 이후로 계속 생사를 건 서바이벌을 하던 하지메는 이제야 지상으로 나갈 수 있다는 생각에 무척이나 설렜었다. 조금 더 말하자면 마법진 건너편은 지상이라고, 눈을 뜨면 쏟아지는 햇살과 자연의 바람을 마음껏 느낄 수 있을 거라고 무조건 믿고 있었다.

그럼에도 불구하고 그의 눈에 비친 것은 요 몇 개월 동안 싫증 날 정도로 봐 왔던 암벽, 암벽, 암벽…… 자신도 모르게 사투리로 투덜거린 것도 어쩔 수 없다면 어쩔 수 없는 일이다.

엄청나게 실망한 하지메의 옷자락이 꾹꾹 당겨졌다. 하지메가 고개를 돌리니 거기엔 그의 명치 부근까지 오는 몸집이 작은 여자아이의 모습이 있었다.

자연스러운 황금빛 머리카락과 달을 떠올리게 하는 붉은 눈동자, 도자기 피부에 분홍빛의 엷은 입술, 그리고 살짝 졸린 것처럼 보이는 눈매. 마치 조형의 신이 혼신의 힘을 담아 제작한 인형처럼 아름다운 소녀. 나락의 바닥에 봉인되어 있던 자신을 구해준 하지메에게 어른의 계단을 강제로 오르게 한 흡혈귀 공주님 유에.

유에는 하지메를 위로하듯 부드러운 눈빛으로 자신의 추측을 말했다.

"……비밀 통로…… 숨기는 게 당연해."

"……아, 그렇구나. 네 말이 맞아. 해방자의 은신처와 연결된 길이니 숨겨 두는 게 당연하겠지."

그런 간단한 것도 떠올리지 못한 걸 보면 아무래도 상당히 들떴던 모양이라고 생각한 하지메는 멋쩍은 표정으로 머리를 긁적였다.

그렇게 마음을 다잡으며 물체를 아공간에 보존할 수 있는 아티팩트 『보물 창고』에 마력을 쏟아 발동한 뒤, 녹광석을 이용하여 제작한 손전등을 꺼냈다. 하지메와 유에는 기능과 마력을 이용하면 어둠 속에서도 문제없었지만, 생각만 앞섰던 자신의 실수를 얼버무리는 의미도 포함한 행동이었다.

그런 하지메의 심리를 훤히 들여다본 유에는 살짝 쿡쿡 웃었다. 놀리는 것이 아니라 귀여운 것을 본 듯한 웃음이었다. 하지메는 정신 건강을 위해서라도 웃음의 이유를 묻지 않기로 하고서 손전등을 사용해 동굴 내부를 비췄다.

"응? 저건……."

옅은 녹색이 섞인 빛이 동굴 안쪽에 이상한 것을 비췄다. 깔끔한 세로선이 새겨진 벽이 있었고 하지메의 눈높이 정도에 손바닥 크기의 칠각형이 그려져 있었다. 각 꼭짓점에 각기 다른 문양이 그려져 있었고, 그중 하나는 요 몇 개월 동안 자주 봤던 것이었다. 즉, 오스카 오르크스의 문장이다.

하지메가 『보물 창고』에서 【오르크스 대미궁】 공략의 증거인 반지를 꺼내 벽으로 가져가자, 고고고 하고 그럴듯한 소리와 함께 좌우로 벽이 열리며 그 너머로 통로가 보였다.

하지메와 유에는 서로 얼굴을 마주 보고 고개를 끄덕인 뒤 그 통로 안으로 들어갔다. 안쪽은 갈림길이 없어 그대로 길을 따라 걸었다.

걷는 도중 몇 가지 봉인된 문과 함정이 있었지만, 오르크스의 반지가 반응해 멋대로 해제됐다. 두 사람은 경계를 풀지 않았지만 맥이 빠질 정도로 아무 일도 일어나지 않는 동굴 내부를 걷다가…… 드디어 빛을 발견했다.

바깥 빛, 햇빛이었다. 하지메는 몇 개월, 유에는 3백 년 동안 바라 마지않던 빛.

하지메와 유에는 그것을 본 순간 자신도 모르게 멍하니 서서 서로의 얼굴을 보았다. 그 후 솟구치는 감정을 억누르지 못하고 미소를 지은 동시에 그토록 바라던 빛을 향해 달렸다.

다가갈수록 점점 커지는 빛. 밖에서 바람도 들었다. 나락처럼 침체된 공기가 아니다. 훨씬 시원하고 신선한 바람이었다. 하지메는 공기가 맛있다는 느낌을 이때만큼 실감했던 적이 없었다. 그렇게 하지메와 유에는 동시에 빛을 향해 뛰어들었고…….

그토록 바라던 지상으로 나올 수 있었다.

그곳은 지상의 인간에겐 지옥이자 처형장이었다. 절벽 아래는 마법을 거의 쓸 수 없고, 그럼에도 강력하고 흉악한 마물이 수많이 서식하고 있었다. 평균 깊이는 1.2킬로미터, 폭은 9백 미터에서 최대 8킬로미터. 사람들은 서쪽의【그류엔 대사막】에서 동쪽의【하르치나 수해】까지 대륙을 남북으로 분단하는 그 대지의 흉터를 이렇게 불렀다.

【라이센 대협곡】이라고…….

하지메 일행은 그【라이센 대협곡】바닥에 있는 동굴 입구에 있었다. 땅속이라고는 하나 머리 위의 태양에서 따뜻하고 눈부신 빛이 쏟아졌고 대지의 냄새를 담은 바람이 코를 간질였다.

설령 어떤 곳이든 이곳은 분명 지상이었다.

멍하니 머리 위 태양을 바라본 하지메와 유에의 얼굴에 미소가 떠올랐다. 무표정이 기본인 유에조차 척 봐도 알 수 있을 정도로 표정이 느슨해져 있었다.

"……돌아……왔구나……."

"……응."

하지메가 다양한, 정말로 다양한 감정이 담긴 목소리로 중얼거리자, 유에도 잔뜩 힘을 담아 대답했다. 그런 대화로 그제야 실감이 났는지 하지메와 유에는 태양에서 시선을 돌려 서로를 바라보았다. 그리고 힘껏 서로를 부둥켜안으며 영혼의 외침을 울렸다.

"좋았어어어어! 돌아왔다아아아아아아!"

"응—!"

하지메는 몸집이 작은 유에를 안고서 그대로 빙글빙글 돌았다. 한동안 사람들이 지옥이라 부르는 곳과는 어울리지 않는 밝고 밝은 웃음소리가 울렸다. 지면에 튀어나온 돌부리에 걸려 넘어졌지만 그런 실수조차 우스운 두 사람은 대자로 뻗어 껄껄 쿡쿡 웃었다.

간신히 두 사람의 웃음이 수그러들었을 땐 이미—.

마물에게 포위됐다.

마물들이 으르렁대는 소리가 사방팔방에서 들려 벌떡 일어난 하지메는 한숨과 함께 투덜거렸다.

"하아, 정말이지 눈치도 없는 녀석들이네. 조금 더 여운에 잠기게 해줘도 괜찮잖아."

그리고 돈나&슈라크를 뽑아 들고는 고개를 갸웃하며 말했다.

"그러고 보니 여긴 마법을 쓸 수 없다고 했던가?"

소환되고 얼마 안 됐을 때 부족함을 공부로 채우려던 하지메는 【라이센 대협곡】의 가장 큰 특징을 제대로 기억하고 있었다.

"……분해돼. 하지만 문제없어."

【라이센 대협곡】에서 마법을 쓸 수 없는 이유는 발동한 마법에 담긴 마력이 분해되기 때문이다. 물론 유에의 마법도 예외가 아니다.

하지만 유에는 과거에 세계 최강 클래스라 불리던 흡혈 공주이자 내포한 마력이 최고 수준인 데다, 지금은 외부 마력 탱크인 『마정석 시리즈』를 갖고 있다.

즉 대협곡의 영향을 받아도, 잠시라면 분해되지 않을 정도로 큰 위력을 가진 마법을 사용해 순식간에 적을 섬멸할 수도 있다.

코웃음을 치며 호쾌한 말을 하는 유에를 본 하지메가 쓴웃음을 떠올리며 물었다.

"힘으로 밀어붙이면…… 효율은?"

"……음, 열 배 정도."

아무래도 초급 마법을 사용하기 위해 상급 수준의 마력이 필요한 모양이었다. 사정거리도 상당히 짧아질 것이다.

"아, 그럼 내가 맡을 테니까 유에는 몸을 지키는 정도만 해."

"으…… 하지만."

"여긴 마법사에겐 힘든 곳이잖아? 적재적소라는 말도 있으니까 나한테 맡겨."

"……응. ……알았어."

유에가 불만스러운 모습으로 물러났다. 모처럼 지상에 나왔는데 첫 전투에서 도움이 되지 않는다는 것을 받아들이기 힘든 모양이었다. 자신의 긍지에 상처를 받은 그녀는 입술을 삐죽 내밀고 토라진 표정을 했다.

그런 유에의 모습을 본 하지메는 살짝 두근거리면서 천천히 돈나를 쐈다. 상대를 보지도 않고 무척이나 자연스러운 행동으로 총구를 마물 한 마리에게 겨눈 뒤, 마찬가지로 너무나도 자연스럽게 방아쇠를 당긴 것이다.

너무나도 자연스러워 공격받을 줄도 몰랐던 모양인지 포위하던 마물 한 마리는 아무런 저항도 못하고 머리가 터져 죽음에 이르렀다. 주변에 총성의 여운만이 남았고 마물들은 무슨 일이 일어났는지 몰라 얼어붙었다.

확실히 열 배에 가까운 마력을 사용하면 이곳에서도 레일건의 핵심 기능인 『전기 두르기』를 쓸 수 있겠다고 생각한 하지메는 마물들을 둘러보며 당당한 미소를 떠올렸다.

"어디, 나락의 마물과 너희 중에 누가 더 강한지…… 확인해볼까?"

하지메는 오른발을 뒤로 빼 비스듬히 자세를 잡고, 살짝 허리를 숙인 뒤 가슴 앞에서 두 총을 교차시켰다. 의수가 달린 왼쪽 팔꿈치를 내밀고 그 손에 쥔 슈라크는 돈나의 살짝 아래에 위치시켰다. 두 총으로 앞뒤를 커버하며 왼팔의 장치를 모든 상황에 대응하기 쉽도록 하는 자세로, 나락의 밑바닥에서 정신이 아득해지는 수련 끝에 도달한 하지메의 건 카타였다.

전투태세를 갖춘 하지메의 눈에 맹렬한 살기가 담겼다. 얼어붙은 대지처럼 차갑고 나락과도 같이 깊은 눈동자.

그 눈을 본 주위의 마물들은 무의식중에 한 발 뒤로 물러났다. 본능적으로 깨달은 것이다. 자신들이 적대해선 안 되는 『괴물』을 상대하게 됐다는 것을······.

평범한 사람이라면 거기에 있는 것만 해도 의식을 잃을 듯한 압박이 주변 일대를 무겁게 짓누르는 와중에, 드디어 마물한 마리가 긴장감을 견디지 못하고 포효를 지르며 뛰어들었다.

"카아아아아!"

하지만 거의 동시에 울린 총성과 함께 한 줄기 붉은빛이 날아들자 그 마물은 피하기는커녕 반응조차 못 하고 머리가 날아가 버렸다. 그대로 힘이 풀려 지면을 미끄러진 마물의 시체. 하얀 연기를 피우는 돈나의 뒤에 보이는 하지메의 눈동자는 불쌍하다고까지 할 수 있는 마물의 시체를 조금도 거들떠보지 않았다. 살기는 이미 자신을 가로막는 모든 적들을 향했다.

그 뒤로는 싸움이 아니라 유린이었다.

마물들은 단 한 마리도 도망치지 못하고 마치 그런 것이 당연한 것처럼 머리가 날아간 시체가 됐다. 협곡에 메마른 총성이 메아리칠 때마다 마물의 울음소리가 사라져 갔다. 주변 일대가 마물의 시체로 가득해지기까지 5분도 걸리지 않았다.

돈나&슈라크를 빙글빙글 돌리며 넓적다리의 홀스터에 넣은 하지메는 고개를 살짝 기울이며 주변으로 쌓인 시체의 산을 보았다.

그 곁에 유에가 총총 다가왔다.

"……왜 그래?"

"아니, 너무 간단해서. ……라이센 대협곡의 마물이라면 흉악하기로 유명하니까, 혹시 다른 곳으로 나온 게 아닌가 싶었거든."

"……하지메가 괴물일 뿐."

"너무하네. 뭐, 나락의 마물이 너무 강했던 거겠지."

그렇게 말하며 어깨를 으쓱한 하지메는 더는 흥미가 없다는 듯 마물의 시체에서 시선을 돌려 협곡의 절벽을 올려다보았다.

"근데 이 절벽 말이야, 오르려고 하면 오를 수 있겠지만…… 어떡할래? 라이센 대협곡이라고 하면 7대 미궁이 있을지도 모른다고 알려진 곳이잖아. 모처럼 여기까지 왔으니 수해 쪽으로 가서 탐색이라도 해볼까?"

"……왜 수해 쪽이야?"

"협곡을 빠져나간 뒤에 사막을 횡단하는 건 싫잖아? 수해 쪽으로 가면 마을도 있을 것 같고."

"……응. 그래."

하지메의 제안을 받아들인 것처럼 유에가 고개를 끄덕였다.

마물이 약한 걸 고려해도 이 협곡 자체가 미궁이진 않을 것 같다. 그렇다면 다른 미궁 입구가 존재할 가능성이 있었다. 하지메의 『공력』이나 유에의 바람 계열 마법을 사용하면 절벽을 넘을 수 있겠지만, 【라이센 대협곡】을 탐색할 필요가 있기 때문에 딱히 반대할 이유도 없었다.

하지메는 오른손 중지에 낀 『보물 창고』에 마력을 쏟아 마력 구동 이륜 『슈타입』을 꺼냈다. 아메리칸 타입의 검은 몸체로 상당히 큰 녀석이다. 지구의 휘발유 타입과는 다르게 연소를 이용하는 게 아닌, 마력의 직접 조작으로 차륜 관련 기구를 움직이기 때문에 전기 자동차처럼 배기 소리가 나지 않았다.

사실 하지메는 엔진 소리가 있는 편이 좋았지만 엔진 구조 등에 대해선 지극히 단순한 방식밖에 몰라서 재현할 수 없었다. 참고로 속도 조정은 마력의 양에 달렸다. 가뜩이나 【라이센 대협곡】에선 마력 효율이 최악이기 때문에 그다지 오랫동안 사용할 수는 없을 것이다.

하지메가 당당하게 슈타입에 오르자 그 뒤에 유에가 옆으로 앉아 하지메의 허리에 팔을 감았다. 자신의 배에 감긴 유에의 우아한 팔을 탁탁 가볍게 친 하지메는 마력을 흘려 슈타입을 움직였다.

【라이센 대협곡】은 기본적으로 동서로 곧게 뻗은 낭떠러지다. 따라서 갈림길은 거의 없고 길을 따라 걸어가면 헤맬 일 없이 수해에 도착할 수 있었다.

하지메와 유에도 망설일 걱정이 없기 때문에 미궁 입구로 보이는 곳이 없는지 주의하며 경쾌하게 슈타입을 몰았다.

사실 이 슈타입은 차체 아래쪽에 설치된 연성 기구로 지면을 고르게 하는 기능이 있어서 아무리 노면 상태가 나쁘다 해도 주행이 가능했다. 덕분에 오프로드 사양이 아닌 아메리칸 타입 바이크가 달리기 어려운 계곡도 경쾌하게 달릴 수 있었다.

"기분 좋다, 유에."

"……응. 그러게."

하지메와 유에는 바람을 가르고 햇빛과 흙냄새가 섞인 공기를 마음껏 만끽하며 둘만의 드라이브를 즐겼다. 유에는 하지메의 등에 머리를 가볍게 기대며 실로 행복한 표정을 했다. 그렇게 즐기는 사이에도 하지메의 손은 바삐 움직여 한 발도 빗나가지 않고 공격해 오는 마물들을 물리치고 있었지만…….

한동안 슈타입을 타고 달리다 보니 그다지 멀지 않은 곳에서 마물의 포효가 들렸다. 제법 위압감이 있는 소리로, 적어도 지금까지 상대했던 계곡 바닥의 마물과는 수준이 다른 것 같았다. 이제 30초 안에 만날 것이다.

슈타입을 몰아 크게 굽이진 절벽을 돌아드니 그 너머로 대형 마물이 보였다. 과거 나락에서 봤던 티라노 마물과 비슷하게 생겼지만 그것과는 다르게 머리가 두 개였다.

하지만 진짜 주목해야 할 것은 두 머리 티라노가 아니라, 울 것 같은 표정으로 그 발밑을 깡충깡충 뛰어다니는 토끼 귀가 달린 소녀일 것이다.

하지메는 예상하지 못했던 인물의 등장에 슈타입을 멈추고 의심의 눈빛을 보냈다.

"……저건 또 뭐야?"

"……토인족(兎人族)?"

"어쩌다 이런 곳에? 토인족은 계곡 바닥에 사는 거야?"

"……들어본 적 없어."

"그럼 그건가? 범죄자라서 추방된 건가? 라이센 대협곡은 편리한 처형장으로도 유명하잖아."

"……응. 나쁜 토끼?"

하지메와 유에는 고개를 갸웃하며 도망치는 토끼 귀 소녀를 느긋하게 바라보고 이야기했다. 도와준다는 발상은 없는 모양이었다. 【라이센 대협곡】이 처형 장소로 사용되는 만큼 토끼 귀 소녀가 범죄자일 가능성을 고려한 것은 아니다. 생판 모르는 남인 이상 단순히 성가시고 흥미가 없었을 뿐이다.

정말이지 대단한 변심이다. 예전의 하지메라면 실제로 할 수 있을지는 둘째 치고 도와주려는 생각 정도는 했을 것이다.

유에 때와는 상황이 다르다. 토끼 귀 소녀에게 동질감을 느끼는 것도 아니고 메리트가 있는 것 같지도 않은 이상 하지메의 마음은 움직이지 않는다. 도움을 요청하는 목소리에 매번 반응했다간 끝이 없다. 하지메에게 있어서 이쪽 세계는 감옥이나 마찬가지라, 거기에 존재하는 대부분에 대해선 일부 예외를 제외하고 내버려 두기로 결심했다.

하지만 토끼 귀 소녀도 느긋하게 이야기를 주고받는 하지메와 유에를 발견한 모양이었다. 두 머리 티라노의 공격을 받고 날아가 바위 뒤에 떨어진 뒤에 네발로 기어 허둥지둥 달아나며 하지메 일행을 응시했다.

그리고 다시 두 머리 티라노가 발톱을 휘두르자, 바위와 함께 날아간 토끼 귀 소녀는 데굴데굴 지면을 구르다 그 기세를 타고 맹렬히 도망쳤다. ……하지메가 있는 쪽으로.

나름 거리가 있었지만 토끼 귀 소녀의 필사적인 외침이 협곡에 메아리치며 하지메에게도 닿았다.

"찾았다! 이제야 찾았어~! 도와주세요~! 히이익, 죽겠어요! 죽겠다고요~! 도와줘요~, 부탁해요~!"

눈물을 줄줄 흘리며 엉망인 얼굴로 달려왔고, 그 바로 뒤에는 두 머리 티라노가 따라와 당장에라도 토끼 귀 소녀를 먹어치우려 했다. 이대로 가다간 하지메가 있는 곳까지 도착하기 전에 마물의 배 속에 들어가게 될 것이다.

역시나 이렇게까지 직접 도움을 요청한다면 제아무리 하지메라도—.

"……「이제야 찾았다」고? 이상한 소릴 다 하네. 게다가 몬스터나 끌고 다니질 않나. 엮여선 안 될 타입이야."

"……응. 성가셔."

역시 도와줄 생각이 없는 모양이다. 필사적인 외침에도 조금도 움직이지 않았다. 오히려 엄청나게 성가셔했다.

하지메 일행이 필사적인 몰골로 도움을 요청하는 토끼 귀 소녀에게서 시선을 떼자, 도와줄 생각이 없다는 것을 깨달은 소녀는 대체 어디서 나오는 건지 알 수 없을 정도로 대량의 눈물을 흘렸다.

"잠깐만요~, 버리지 말아 주세요~! 부탁이에요~!"

토끼 귀 소녀가 더 큰 목소리로 외쳤다. 그럼에도 하지메는 조금도 도와줄 생각이 없었기 때문에 그대로 뒀다간 토끼 귀 소녀는 분명 먹혀버렸을 것이다.

그렇다. 두 머리 티라노가 토끼 귀 소녀의 건너편에 보이는 하지메 일행에게 살기를 보내지만 않았더라면⋯⋯. 두 머리 티라노가 하지메와 유에를 보며 살의와 식욕을 담아 포효했다.

"크루아아아아아!"

그것에 민감하게 반응한 하지메.

"뭐?"

지금 그는 생존을 부정당했다. 포식 대상으로 여겨진 것이다. 적이 자신이 가는 길을 막아서고 있다! 두 머리 티라노의 살기에 하지메의 몸이 반응했고 그의 본능이 적을 죽이라고 소리쳤다.

두 머리 티라노가 토끼 귀 소녀를 따라잡고 한쪽 머리의 입을 벌렸다. 토끼 귀 소녀가 그 기척에 살짝 뒤를 보고서 눈앞에 날카로운 이빨이 다가오는 것을 인식하자, 「아, 여기서 끝나는구나⋯⋯」하고 그녀의 눈동자에 절망감이 떠올랐다. 하지만 다음 순간─.

투팡! 그녀가 들어본 적 없는 메마른 소리가 협곡에 울리고 공포에 질려 두 토끼 귀를 쫑긋 세운 동안 붉은 섬광이 지나갔다. 붉은 섬광은 눈앞에 육박한 두 머리 티라노의 입 안을 가차 없이 꿰뚫고서 뒤통수를 부수고 밖으로 나와 하늘 저편으로 사라졌다.

두 머리 티라노는 힘을 잃은 한쪽 머리가 지면으로 떨어지자 관성의 법칙에 따라 균형을 잃고 그 자리에서 고꾸라지며 땅을 울렸다.

토끼 귀 소녀는 그 충격으로 다시 날아가 그대로 하지메를 향해 떨어졌다.

"꺄아아아아아아악! 도, 도와주세요~!"

아래에 보이는 하지메를 향해 손을 뻗은 토끼 귀 소녀. 엉망인 몰골에다 여자아이로서 보여선 안 되는 곳까지 훤히 드러나 있었다. 설령 엉망으로 우는 얼굴이라 해도 남자라면 망설이지 않고 받아줄 장면이었다.

"바보냐? 낯짝도 두꺼우셔라."

하지만 그때 엿볼 수 있던 하지메 퀄리티. 순식간에 슈타입을 후퇴시켜 화려하게 토끼 귀 소녀를 피했다.

"어?!"

토끼 귀 소녀는 경악한 나머지 비명을 지르고 하지메의 눈앞 지면으로 철퍽 소리를 내며 떨어졌다. 두 손 두 발 벌리고 납작 엎드려 그대로 움찔움찔 경련했다. 정신을 잃은 건 아니지만 고통을 참느라 움직일 수 없는 듯했다.

"……정말이지 안쓰러운 토끼 씨."

유에가 하지메의 어깨 너머로 토끼 귀 소녀의 추태를 보고는 혹독한 감상을 말했다. 그러는 사이에 두 머리 티라노가 목숨을 잃은 한쪽 머리를 물어뜯었고 중심 잡기 어려워 보이는 평범한 티라노가 됐다.

평범 티라노가 그 눈에 강렬한 분노를 담고 포효하자 그 소리에 몸을 떤 토끼 귀 소녀가 벌떡 일어났다. 의외로 튼튼하다고 할까, 억셌다. 허겁지겁 일어난 토끼 귀 소녀는 다시 울상이 돼서는 생각보다 재빠른 움직임으로 하지메의 뒤에 숨었다.

끝까지 하지메에게 기댈 모양이었다. 확실히 그녀 혼자선 금방 죽을 테고 하지메가 무언가를 해서 한쪽 머리를 날려버린 것도 알고 있으니 당연하다면 당연한 행동이지만…….

그런 걸 감안해도 이상하게 하지메를 신뢰하는 구석이 있다. 처음 만나는, 그것도 아인족을 혐오하는 인간족 소년임에도 불구하고……. 보통이라면 그대로 하지메 일행에게 마물을 떠넘기고 혼자서 도망칠 것이다. 그렇지 않은 건 혼자서 도망치는 것보다 하지메의 곁에 있는 편이 안전하다고 확신했기 때문인지도 모른다.

하지메는 처음에 토끼 귀 소녀가 「찾았다」고 외친 걸 떠올리고는 만난 적이 없는 인물에게서 그런 말을 들은 걸 수상하게 여겼다. 무엇보다 성큼성큼 다가온 토끼 귀 소녀의 억지스러운 태도에 짜증이 났기 때문에, 그의 입에서 나온 말은 의문이 아니라 악담이었다.

"야. 거기 존재하는 것 자체가 개그인 것 같은 토끼. 뭘 멋대로 방패로 삼고 있어. 남을 말려들게 할 바에야 혼자서 죽는 게 깔끔하지 않아?"

하지메의 코트 자락을 꽉 쥐고 절대로 놓지 않겠다는 것처럼 몸을 밀착한 토끼 귀 소녀를 정말 성가시다는 표정으로 노려보며 심한 말을 한 하지메. 뒷자리에 앉은 유에가 하지메에게서 떼어 놓으려는 것처럼 손바닥으로 토끼 귀 소녀의 뺨을 꾹꾹 밀었다.

"그, 그런 깔끔은 필요 없어요. 그리고 지금 이 손을 놓으면 그대로 버려둘 셈이죠?"

"당연하잖아. 왜 본 적도 없는 짜증 나는 토끼를 구해줘야 하는데?"

"그, 그럴 수가?! 뭐가 당연하다는 건가요…… 당신에게도 선의라는 게 있잖아요? 가련한 미소녀를 내버려 두고도 양심에 가책을 느끼지 않는 건가요?"

"그런 건 나락 밑바닥에 두고 왔어. 그보다 미소녀라고 자칭하지 마."

"그, 그럼 도와주신다면…… 다, 당신의 부탁을 뭐, 뭐든지 하나 들어드릴게요."

얼굴을 붉게 물들이고 조심스럽게 올려다보는 토끼 귀 소녀. 약았다. 실로 약아 빠진 행동이다. 눈물과 콧물로 더러워지지 않았더라면 제법 매력적이었을 것이다. 실제로 가까이에서 보면, 더러워지긴 했어도 스스로 미소녀라고 할 만큼 꽤 단정한 용모였다. 어지간한 남자라면 설령 꾀죄죄하더라도, 설령 약아 빠졌다 해도 간단히 넘어갔을 것이다.

하지만 눈앞에 있는 남자는 평범하지 않았다.

"필요 없어. 그보다 더러운 얼굴 좀 들이밀지 마. 나까지 더러워지잖아."

변하지 않는 태도. 상식이 의심스러운 심한 말이었다.

"더, 더럽다니⋯⋯ 하필이면 더럽다니⋯⋯ 너무해요. 사과하―."

"쿠가아아!"

"힉! 사, 살려줘~!"

토끼 귀 소녀가 하지메의 말에 항의하려고 목소리를 높인 순간, 무시당해서 화난 티라노가 포효하고 돌진하기 위해 몸을 숙였다.

토끼 귀 소녀는 한심한 비명을 지르며 억지로 하지메와 유에 사이에 끼어들려 했다. 유에는 슈타임에 올라타려는 토끼 귀 소녀에게 짜증이 났는지 이번엔 손이 아닌 발로 꾹꾹 밀었지만, 토끼 귀 소녀는 이마에 신발 자국을 새기면서도 절대로 놓지 않겠다는 것처럼 필사적으로 매달려 떨어지지 않았다.

그런 상태를 지켜보고 또 자신을 무시하고 있다고 느꼈는지, 한층 더 분노를 담은 눈빛으로 하지메 일행을 노려본 티라노가 드디어 돌진을 시작했다.

그 직후 하지메의 손이 튀어 올라 총구가 티라노의 이마를 겨냥했고 조준에서 발포까지 0.1초도 걸리지 않았다. 한 발의 총성과 함께 섬광이 티라노의 미간을 뚫었다.

순간 움찔 경련한 티라노는 너무나도 간단히 숨이 멎어 땅 위로 큰 소리를 내며 쓰러졌다.

"어?"

그 진동과 소리에 토끼 귀 소녀는 자신도 모르게 얼빠진 목소리를 내고서, 조심스럽게 하지메의 옆구리 아래로 얼굴을 내밀어 티라노의 최후를 확인했다.

"주, 죽었어…… 다이헤도어가 일격에 죽다니……."

경악한 토끼 귀 소녀의 두 눈이 휘둥그레졌다. 아무래도 저 두 머리 티라노는 『다이헤도어』라 불리는 모양이다.

토끼 귀 소녀는 멍하니 다이헤도어의 시체를 바라보며 경직했다. 그러는 사이에도 유에가 발로 걷어찼지만 그녀는 하지메에게서 조금도 떨어지지 않았다. 아까부터 토끼 귀가 자신의 눈가를 찰싹찰싹 때리고 있어 진심으로 짜증이 난 하지메는 옆구리 아래의 정수리에 팔꿈치를 떨어뜨렸다.

"으헉?!"

토끼 귀 소녀는 신음하며 두 손으로 머리를 안고 지면을 굴렀다.

"머리~, 머리가~."

그것을 차가운 시선을 흘겨본 하지메는 아무 일도 없었던 것처럼 슈타입에 마력을 쏟아 갈 길을 가려 했다.

지금까지 뒹굴뒹굴 지면을 구르던 토끼 귀 소녀는 그 기척을 깨닫고 엄청난 기세로 자리에서 일어나 다시 하지메의 허리에 달라붙었다. 역시 제법 맷집이 좋다.

"도와주셔서 고맙습니다! 전 토인족 하우리아의 시아라고 해요! 우선 제 가족도 도와주세요. 제발 좀 부탁드려요!"

그리고 제법 뻔뻔했다.

하지메는 필사적인 형색으로 매달려 떨어지지 않는 토끼 귀 소녀를 곁눈질했다. 그리고 나락에서 탈출한 뒤로 벌써부터 성가신 일에 말려들었다고 생각해 깊은 한숨을 쉬었다.

아무리 봐도 하지메가 내키지 않아 하는 것처럼 보이자 자신의 이름을 시아라고 밝힌 토끼 귀 소녀는 초조한 기색으로 다시 외쳤다.

"부탁이에요! 도와주세요. 제 가족을 구해주세요!"

협곡 안에서 시아의 외침에 가까운 애원의 목소리가 울렸다. 시아의 가족도 궁지에 몰린 모양이었다. 그녀가 필사적인 것도 이해가 된다. 하지메에게 끈질기게 매달린 시아를 걷어차던 유에마저 움직임을 멈출 정도로 그 목소리와 표정은 필사적이었다.

너무나도 필사적으로 애원하는 시아를 보고서 어쩔 수 없다며 어깨를 으쓱한 하지메. 마음이 통했다고 생각해 얼굴이 환해진 시아에게…… 하지메는 『전기 두르기』를 발동했다.

"아가가가가가가가가가아가가가!"

전압과 전류를 조절했기 때문에 죽지는 않겠지만 한동안 움직이지 못할 정도의 위력이었다. 시아의 토끼 귀가 쫑긋 서서 그 털이 곤두서 있었다. 하지메가 『전기 두르기』를 풀자 시아는 움찔움찔 경련하며 그대로 질질 미끄러져 땅으로 쓰러졌다.

"뭐, 필사적으로 하면 어떻게든 되는 법이야. 힘내라. 그럼 유에, 가볼까?"

"응……."

적당한 위로(?)의 말을 던진 하지메는 아무 일도 없었던 것처럼 다시 슈타입에 마력을 쏟아 발동하려 했다. 하지만—.

"노, 놓치지 않을 거예요."

좀비처럼 일어나 하지메의 바짓가랑이를 붙든 시아. 역시나 하지메도 놀랐는지 마력을 주입하는 걸 멈추고 말았다.

"……좀비 같은 녀석이네. 제법 위력이 있었을 텐데. ……어떻게 움직일 수 있지? 이쯤 되니 조금 무서운데……."

"……응. 기분 나빠."

"윽, 뭐예요, 그 말투는……. 아까부터 팔꿈치에 발차기에 찌릿찌릿에, 좀 심하다고 생각해요! 단호히 항의하겠어요! 보상으로 가족을 도와주세요, 부탁합니다!"

크게 화를 내며 은근슬쩍 요구하는 시아. 의외로 여유 있어 보였다. 이 정도까지 되면 끈질기다는 한마디로는 설명할 수 없을 정도로 이상했다. 하지메에게 부탁하면서도 작은 목소리로 「여기서 실수했다간 미래가 변해버려요」라고 울먹이며 중얼거리는 점도 신경 쓰였다.

그냥 이대로 슈타입을 몰아 강제로 떨쳐버릴까도 생각했지만 이상할 정도의 끈질김과 미래를 아는 듯한 말투가 조금은 신경 쓰여 그만두었다. 그보다 이대로 출발해 봤자 집념으로 끝까지 물고 늘어질 것 같은 분위기어서, 피범벅이 되어서도 절대 놓지 않는 토끼 귀 소녀……라는 공포 체험을 하게 될 것만 같았다.

그래서 어쩔 수 없이 시아의 이야기를 들어보기로 했다.

"정말이지, 뭐야. 우선 이야기를 들어볼 테니 이거 놔. 아, 은근슬쩍 내 외투로 얼굴 닦지 말고."

이야기를 들어준다는 말에 환한 미소를 지은 시아는 은근슬쩍 하지메의 외투로 더러워진 얼굴을 깨끗하게 닦았다. 정말이지 넉살 좋은 성격이다. 짜증이 난 하지메가 다시 팔꿈치로 찌르니 「하긍!」 하고 기이한 비명을 지르며 주저앉았다.

"또 때리셨네요……. 아버지한테도 맞은 적 없는데[#1]. 저 같은 미소녀를 그렇게 투닥투닥 하고……. 혹시 남성끼리의 연애에 흥미가…… 그래서 아까도 제 유혹을 간단히 거부하신 거군요. 그랬ㅡ"

불온한 발언이 들려서 앉아 있는 시아의 정수리에 내려 차기를 날려준 하지메. 그 이마에는 힘줄이 불거져 있었다.

"누굴 보고 게이라는 거야, 이 성가신 토끼. 그보다 그 대사는 어떻게 아는 거야. 유에도 그렇고 너도 그렇고 어디서 안 거지? 뭐, 그건 그렇다 치고 네 유혹인지 개그인지 모를 것에 넘어가지 않은 건, 너보다 훨씬 수준 높은 미소녀가 바로 옆에 있기 때문이야. 유에를 보고서 당당히 유혹할 수 있는 게 더 신기하다."

그렇게 말한 하지메는 살짝 옆에 앉은 유에를 보았다. 유에는 하지메의 말을 듣고 새빨개진 뺨을 두 손으로 감싼 채 몸

#1 아버지한테도 맞은 적 없는데 애니메이션 『기동전사 건담』에서 주인공 아무로 레이가 브라이트 노아에게 맞고서 한 대사.

을 비틀고 있었다.

허리까지 뻗은 찰랑한 금발이 햇빛을 반사해 반짝였고 인형처럼 단정한 용모가 부끄러움에 붉게 물든 모습은 보는 이를 사로잡는 매력이 있었다.

차림도 하지메와 처음 만났을 때처럼 초라하지 않았다. 앞에는 프릴이 달린 새하얀 드레스 셔츠에, 마찬가지로 프릴이 달린 검은 미니스커트, 하얀 선이 들어간 롱 코트를 걸치고 있었다. 발에는 짧은 부츠와 무릎까지 오는 양말. 전부 오스카의 복장과 마물의 소재를 이용해 유에가 직접 만든 물건이었다. 높은 내구력을 가진 방어구로도 도움이 되는 의상이었다.

참고로 하지메는 검은 바탕에 붉은 라인이 들어간 코트와 그 아래에 마찬가지로 검은색과 붉은색으로 구성된 의복을 입고 있었다. 왼쪽 소매 부분은 어깨 언저리에 흡착 성질이 있는 마물의 가죽을 사용해서 탈착이 가능했다. 전투가 벌어지면 『보물 창고』를 이용해 의수를 드러낼 수 있는 유에의 역작이었다.

그런 가련한 유에를 본 시아는 살짝 주춤했다.

물론 하지메에게 친한 사람 보정이 걸렸기 때문에 두 사람의 용모에 대해선 다분히 주관적 요소가 들어갔다. 즉, 객관적으로 본다면 시아도 유에에게 지지 않는 미소녀라는 뜻이다.

살짝 푸른 롱 스트레이트의 백발에 푸른색 눈동자. 눈썹과 속눈썹까지 희기 때문에 하얀 피부와 맞물려 입만 다물고 있다면 신비로운 용모라 할 수 있을 것이다. 손발도 길고 매끈했으며 토끼 귀와 둥근 토끼 꼬리가 살랑살랑 흔들리는 모습은 정말이지 사랑스러웠다. 특정 부류의 사람들이 본다면 감동한 나머지 눈물을 줄줄 쏟을 것이 분명했다.

무엇보다…… 유에에겐 없는 것이 있었다. 그렇다, 시아는 상당히 훌륭한 가슴의 소유자였다. 엉망이 된 천 조각을 걸치고 있기 때문에 더욱 강조된 그것(흉기)은 받쳐주는 것도 없는지 그녀가 움직일 때마다 출렁거리며 격렬하게 존재감을 어필했다. 만약을 위해 다시 말하자면 흔들흔들이 아니라 출렁출렁이었다.

즉, 그녀가 자신의 용모와 스타일에 자신 있어도 이상하지 않을 정도여서 오히려 짜증만 내는 하지메가 이상할 정도였다. 마음이 바뀌기 전이었다면 「토끼 귀!」 하고 달려들었을지도 모른다.

그래서인지 긍지에 상처를 입은 시아는 말하고 말았다. 해선 안 되는 말을…….

"하, 하지만…… 가슴이라면 제가 이겨요! 그쪽 여자는 납작하잖아요!"

―납작하잖아요!

―납작하잖아요!

―납작하잖아요!

목숨 아까운 줄 모르는 토끼 귀 소녀의 외침이 협곡에 메아리쳤다. 부끄러움에 몸을 꼬던 유에의 움직임이 딱 멈추고 앞머리 때문에 표정은 보이지 않았지만 천천히 슈타입에서 내렸다.

하지메는 한숨을 쉬며 하늘을 올려다보고는 말없이 두 손을 모아 명복을 빌었다. 토끼 귀 소녀여, 편히 잠들어라…….

참고로 유에는 옷을 입으면 말라 보이지만 나름대로 볼륨이 있었다. 절대 【라이센 대협곡】처럼 절벽이 아니다.

늑대를 앞에 둔 작은 동물처럼 부들부들 떠는 시아의 토끼 귀에 속삭이듯 중얼거린 유에의 목소리가 유난히 명료하게 들렸다.

—기도는 끝났어?

—사과하면 용서해주실 건가요……?

—…………

—죽고 싶지 않아! 죽고 싶지 않아!

"……『람제(嵐帝)』."

"꺄아~!"

갑자기 발생한 소용돌이에 휘말린 시아는 나선을 그리며 하늘로 올라갔다. 그녀의 비명이 협곡에 메아리치고 약 10초 후, 철퍼덕! 소리와 함께 하지메 일행의 눈앞에 떨어졌다.

마치 이누○○ 가의 그 사람처럼 머리가 지면에 박힌 채 움찔움찔 경련했다#2. 그 신비로운 미모와는 상반되는 무척이나 안쓰러운 소녀다. 그렇지 않아도 허름한 의복(?)이 더 큰 대미지를 받아 이제는 쓰레기나 마찬가지였고, 거꾸로 고꾸라진 탓에 보여선 안 될 부분이 훤히 보였다. 백 년의 사랑도 식어

#2 이누○○ 가의 그 사람처럼 머리가 지면에 박힌 채 움찔움찔 경련했다
요코미조 세이시의 소설 『이누가미 일족』에서 물에 거꾸로 처박혀 사망한 등장인물의 패러디.

버릴 듯한 모습이란 이런 걸 가리킬 것이다.

유에는 개운하다는 것처럼 흘리지도 않은 땀을 닦는 시늉을 하고 하지메가 있는 곳으로 총총 돌아와 슈타인 위에 앉은 하지메를 가만히 올려다보았다.

"……큰 편이 좋아?"

실로 난감한 질문이었다. 하지메는 「YES」라고 대답하고 싶지만, 그랬다간 아직도 저기서 경련하고 있는 유감 토끼와 함께 이누○○ 가의 사람이 될 것이다. 그 사태만큼은 피하고 싶었다.

"……유에, 크기는 중요하지 않아. 상대가 누구인지가 제일 중요하지."

"……."

우선은 YES라고도 NO라고도 답하지 않고 두루뭉술한 대답을 선택한 하지메. 실로 겁쟁이였다. 유에는 쓱 눈을 가늘게 뜨면서도 어느 정도 이해했는지 말없이 뒷자리에 앉았다.

내심 식은땀을 흘린 하지메는 거북한 침묵을 깨기 위해 이야기를 꺼내려 했지만 무슨 말을 해야 할지 알 수 없었다. 하지메의 라이○ 카드[3]는 도움이 안 됐다.

하지메가 당황하고 있을 때, 경직됐던 시아의 두 손이 지면을 딛고 부들부들 떨며 열심히 머리를 뽑으려 했다. 그 모습을 보고 마침 잘됐다는 듯 시아에게 의식을 돌려 화제로 삼

#3 라이○ 카드 일본의 주식회사 라이프에서 서비스하는 신용 카드. 광고로 유명하며 중요한 상황에서 어떤 선택을 하는지에 대한 내용으로 인기를 끌었다.

았다.

"저 녀석 움직이고 있어. ……진짜 좀비 같은 녀석이네. 역시 튼튼하다는 수준을 넘은 것 같다니까……."

"…………응."

평소보다 오래 뜸을 들였지만 대답을 해준 사실에 하지메가 안심하고 있자, 뿍 하는 소리와 함께 시아가 진흙투성이 얼굴을 지면에서 빼냈다.

"으~, 심한 꼴을 당했어요. 이런 장면은 보지 못했는데……."

울상으로 풀이 죽은 채 넝마에 가까운 옷을 추스른 시아는 또다시 신경 쓰이는 말을 하고서 하지메 일행에게 기어 왔다. 딱히 충격이 있는 것 같지도 않았다.

"진짜 네 내구력은 어떻게 된 거야? 정상이 아닌데…… 뭐 하는 녀석이야?"

시아는 하지메가 수상쩍다는 시선을 보내자 그제야 본론으로 들어가려는 듯 자세를 고치더니, 슈타입의 좌석에 앉은 하지메 일행의 앞에 앉아 진지한 표정을 했다. 이미 많은 것이 늦어버린 것 같지만…….

"다시 인사드릴게요. 전 토인족 하우리아의 족장의 딸 시아 하우리아라고 합니다. 실은……."

이야기를 시작한 시아의 이야기를 요약하자면 이렇다.

시아 일행, 하우리아라는 토인족 부족은 【하르치나 수해】에서 백 수십 명 규모의 촌락을 만들어 남몰래 살아왔다고 한다.

토인족은 청각과 은밀 행동에 뛰어나지만, 다른 아인족에 비하면 신체적 능력이 낮고 특화된 능력도 없어 아인족 중에서 얕보이는 경향이 있다고 한다. 성격은 대체로 온화하며 싸움을 싫어하고 하나의 촌락 전체를 가족으로 여기는, 유대감이 깊은 종족이다. 또한 일반적으로 뛰어난 용모를 갖고 있으며 엘프처럼 아름답다기보다 귀여운 인상이라, 제국에 붙잡혀 노예가 될 때는 애완용 상품으로 인기가 있다.

그런 토인족 중 하나인 하우리아 족에서 이상한 여자아이가 태어난다. 토인족은 기본적으로 짙은 남색 머리카락을 가지지만, 그 아이의 머리카락은 푸른색이 감도는 흰색이었다. 게다가 아인족에겐 없는 마력까지 갖고 있어 직접 마력을 이용한 술법과 어떤 고유 마법까지 쓸 수 있었다.

당연히 일족은 크게 당황했다. 토인족으로서, 아니, 아인족으로서 있을 수 없는 아이가 태어났기 때문이다. 마물과 같은 힘을 갖고 있다는 건 일반적으로 박해의 대상이 될 것이다. 하지만 그녀가 태어난 아인족은 가족의 정이 깊은 종족인 토인족이다. 백 수십 명 전원을 하나의 가족으로 여기는 종족이다. 그래서 하우리아 족은 아이를 버린다는 선택을 하지 않았다.

하지만 수해 깊은 곳에 존재하는 아인족의 나라 【페어베르겐】에 여자아이의 존재가 들킨다면 틀림없이 처형될 것이다. 마물이란 그만큼 혐오되는 대상으로 불구대천의 적이기 때문이다.

그래서 하우리아 족은 여자아이를 숨기고 16년 동안 남몰래 키워 왔다. 하지만 얼마 전에 그녀의 존재를 들키고 말았다. 하우리아 족은 페어베르겐에게 붙잡히기 전에 일족 전원이 수해에서 나오게 됐다.

갈 곳도 없던 그들은 우선 북쪽 산맥 지대에 가기로 했다. 산의 이점을 살리면 살아남을 수 있다고 생각했기 때문이다. 아직 개척된 곳은 아니지만 제국과 노예 상인에게 붙잡혀 노예가 되는 것보다야 나았다.

하지만 그들의 시도는 제국에 의해 무너졌다. 수해를 나오고 운도 나쁘게 제국 병사에게 들켰다. 정찰 중이었는지 훈련 중이었는지는 몰라도 중대 규모 병력과 만나버린 하우리아 족은 남쪽으로 도망칠 수밖에 없었다.

여자들이 도망칠 시간을 벌기 위해 남자들은 추격 병사들을 방해하려 했지만, 원래부터 온화하고 평화로운 토인족과 마법을 사용하도록 훈련된 제국 병사는 비교할 것도 없이 확실한 전력 차가 났다. 그렇게 절반 이상이 제국 병사에게 붙잡히고 말았다.

전멸을 피하고자 필사적으로 도망쳐 【라이센 대협곡】에 도달한 그들은 고육지책으로 협곡 안까지 도망쳤다. 제아무리 제국 병사라 해도 마법을 사용할 수 없는 협곡까지 쫓아오진 않을 거라 생각해 추격이 잠잠해지길 기다리려 한 것이다.

하지만 예상과는 다르게 제국 병사는 물러나지 않았다. 【라이센 대협곡】에는 동서쪽 끝으로 절벽을 깎아 만든 계단이 존재해서 계곡 바닥으로 내려갈 수 있는 입구가 있는데, 제국의 군대는 대부분이 귀환했지만 그 출입구에 한 개 소대가 진을 치고 토인족이 마물의 습격을 받아 도망치는 것을 기다리기로 한 것이다.

그러는 도중 아니나 다를까 마물이 습격해 왔다. 더는 무리라고 생각한 하우리아 족은 제국에 투항하려 했지만 협곡의 마물들이 길목을 막아서는 바람에 협곡 안쪽으로 도망칠 수밖에 없었다. 그렇게 내몰리듯 협곡을 도망치다가―.

"……어느새 60명 이상이었던 가족이 40명 정도밖에 안 남았어요. 이대로 가다간 전멸할 거예요. 부디, 부디 부탁드려요! 도와주세요!"

처음의 유감스러운 느낌과는 다르게 비통한 표정으로 애원하는 시아.

이야기를 들은 하지메는 상황을 이해한 것처럼 고개를 끄덕였다. 아무래도 시아는 유에, 하지메와 마찬가지로 이 세계의 예외인 모양이다. 이상할 정도의 맷집은 아마도 무의식중에 발동한 마력의 직접 조작으로 신체를 강화한 것이 원인일 것이다. 유에와 마찬가지로 격세 유전일지도 모른다.

많은 의문의 대답을 들을 수 있어 기분이 좋아진 하지메는 가만히 올려다보는 시아의 눈동자를 똑바로 들여다보며 그 애원에 대해 짤막하게 대답했다.

"거절한다."

시간이 멈췄다. 그런 착각이 들 정도로 정숙한 분위기가 흘렀다.

무슨 말인지 이해 못한 시아는 입을 벌리고 얼빠진 모습으로 하지메를 가만히 바라보았다. 그리고 하지메가 더는 할 말 없다는 것처럼 슈타입을 타려는 것을 보고서야 간신히 정신을 차리고 엄청난 기세로 항의했다.

"자, 자, 잠깐만요! 이유가 뭔가요?! 지금 흐름은 아무리 생각해봐도 『너무 안타깝군. 걱정 마, 내가 어떻게든 해줄게!』라고 산뜻한 미소를 날릴 분위기였잖아요! 그럼 아무리 저라도 홀랑 넘어갈 분위기였는데! 왜 갑자기 미소녀와의 만남을 시궁창에 버리는 거냐고요?! 아, 무시하지 말아 주세요! 놓치지 않을 거예요!"

시아의 항의를 무시한 채 출발하려는 하지메의 바짓가랑이를 붙든 시아. 아까까지의 진지하고 조용했던 느낌은 온데간데없이 사라지고 필사적인 유감 토끼로 돌아왔다.

다리를 흔들어도 전혀 떨어지지 않는 시아를 하지메는 한숨을 쉬며 날카롭게 노려보았다.

"너희를 도와줘서 나한테 무슨 이익이 있지?"

"이, 이익?"

"제국에게 쫓기고 있지, 수해에서 추방됐지, 넌 문제의 불씨지, 단점밖에 없잖아. 설령 협곡에서 탈출한다 치면 그 후엔 어쩔 건데? 다시 제국에게 붙잡히는 게 고작일 테지. 그리고 그런 사태를 피하려 다시 내게 부탁할 거고. 이번엔 제국 병사로부터 보호하며 북쪽 산맥 지대까지 데려다 달라고."

"으, 그, 그건…… 하, 하지만!"

"우리도 여행의 목적이 있어. 그런 성가신 일에 끼어들 순 없다고."

"그럴 수가…… 하지만 지켜준다는 게 **보였는데!**"

"……아까도 그렇게 말했지? 무슨 뜻이야? ……네 고유 마법과 관련 있어?"

도저히 뜻을 굽히지 않는 하지메를 보며 울먹이는 표정으로 「이런 미래는 이상하」고 외친 시아. 아까부터 몇 번인가 중얼거린 알 수 없는 말은, 어째서 시아가 동료와 떨어져 단독 행동을 하는지에 대한 점과 함께 풀리지 않은 의문이었다.

어떻게 해서든 알고 싶은 정도는 아니었지만 여기까지 온 이상 묻지 않을 수 없었다. 하지메의 질문에 시아는 잠시 멍하니 있었지만 이건 기회라는 듯 손짓 발짓을 동원해 열심히 이야기했다.

"어? 아, 네! 그러니까 『미래시(未來視)』라고 해서 가정된 미래가 보여요. 만약 이걸 선택하면 그 뒤로 어떻게 되는지를. ……그리고 위험이 닥쳤을 땐 멋대로 보이기도 해요. 그렇게 본 미래가 절대적인 건 아니지만…… 하지만, 그래도, 전 도움이 돼요! 『미래시』가 있다면 위험이 다가오는지 알기 쉽고…… 그리고 조금 전에 봤어요! 당신이 저희를 도와주는 모습을! 실제로 『당신과 만나는 미래』에 도착한 덕분에 살 수 있었고요!"

시아가 설명한 고유 마법 『미래시』는 그녀의 설명대로 임의로 발동할 경우엔 선택의 결과를 가정한 미래가 보이는 것이었다. 하지만 막대한 마력을 소비하는 단점도 있어 한 번 사용하면 고갈 직전에 이를 정도다. 또한 자동으로 발동하는 경우도 있으며 이것은 직접, 간접을 불문하고 시아가 위험하다고 여겨지는 급박한 상황에 발동한다. 이것도 막대한 마력을 소비하지만 임의로 발동할 때의 3분의 1 정도를 소비하는 모양이다.

아무래도 시아는 그『미래시』를 발동한 결과 자신과 가족을 지키는 하지메의 모습을 보고 하지메를 찾기 위해 뛰쳐나온 듯했다.

"그런 굉장한 고유 마법을 갖고 있으면서 왜 들킨 거지? 위험을 탐지할 수 있다면 페어베르겐 놈들에게 들킬 일도 없잖아?"

하지메의 지적에 시아는 뭐라 표현하기 어려운 표정을 보였다. 쓴웃음인 것 같기도, 강한 척하는 것 같기도, 혹은 무척이나 슬퍼하는 것처럼도 보이는 그런 신기한 표정을……. 목소리마저 신기한 음색을 담고 있었다.

"……미래는 열심히 노력하면 바꿀 수 있어요. 적어도 전 그렇게 믿고 있어요. 하지만 노력이 부족해 바꿀 수 없었던 미래도…… 항상 나중에서야 생각이 나요. 내가 정말로 바꾸고 싶다고 바란 미래를 바꾸지 못했을 때, 더욱더 노력했다면 좋았을 걸 하고……."

"……너."

미래가 보인다는 건 대체 어떤 기분일까. 희망에 찬 미래라면 매일 두근거리는 마음으로 손꼽아 기다리면 된다. 하지만 본 것이 비극이라면? 시시각각 다가오는 시간제한에 마음속으로 비명을 지르지 않을 수 있을까.

짜증 날 정도로 기운찬 모습의 이면에 가려져 보이지 않았을 뿐, 어쩌면 눈앞의 토끼 귀 소녀는 지금까지 그런 비명을 수없이 질렀을지도 모른다. 아니, 지금 이 상황에서도…….

실제로 일족은 수해에서 쫓겨나 많은 가족이 상처를 입고 쓰러져 붙잡혔다. 아무리 험한 꼴을 당해도 죽을힘을 다해 도움을 애원하는 모습은 말 그대로 『목숨을 걸고』 있었다.

시아 하우리아는 일족의 명운을 걸고 하지메라는 미래를 붙잡으려 하는 것이다.

하지메는 그런 시아에게 뭐라 말할 수 없는 표정을 지어 보였다. 살기 위해, 바라는 미래를 위해 죽을힘을 다해 발버둥 치는 심정은 하지메도 기억하고 있다. 하지만 역시 자신의 고향으로 돌아가기 위한 수단을 찾는다는 목적 앞에선 시아의 바람도 흐려진다. 그런 식으로 하지메의 마음은 바뀌고 말았다.

그래서 질질 끌고서라도 그녀를 무시한 채 출발하자는 결론을 내리려던 찰나에…… 예상치 못한 곳에서 시아를 향한 구원의 손길이 내려왔다.

"……하지메, 데려가자."

"유에?"

"아?! 처음 본 순간부터 당신을 좋은 사람이라고 생각했어요! 납작하다고 해서 죄송해퓸!"

유에의 말에 하지메가 의아한 표정을 지었고, 시아는 흥분으로 눈을 반짝이며 아부를 해 댔다. 하지만 괜한 말까지 해 버려 유에에게 따귀를 맞아 뺨을 매만지며 쓰러졌다. 조금 전까지 진지하게 심금을 울리던 분위기는 뭐였을까. 절대로 일부러 그러는 게 아니다. 금세 혼자 들떠서 오버하는 점은 노린 게 아닌 그녀의 본래 성격이다.

훌쩍이며 뺨을 매만지는 시아를 흘겨본 유에가 이유를 덧붙였다.

"……수해 안내에 제격이야."

"아, 그렇구나."

확실히【하르치나 수해】는 짙은 안개 때문에 아인족 이외엔 감각이 이상해져 반드시 헤매게 된다는 말이 있을 정도라서 토인족의 안내가 있다면 큰 도움이 될 것이다. 수해를 헤매지 않기 위한 대책도 생각해 뒀지만 약간 거친 방식인 데다 확실하지도 않았다. 최악의 경우 현지에서 아인족을 붙잡아 길 안내를 시킬까도 생각했기 때문에 스스로 안내해주겠다는 아인족이 있다면 솔직히 고마울 따름이다.

하지만 시아 일행은 성가신 일을 많이 떠안고 있어서 하지메는 주저했다.

그런 하지메에게 유에가 올곧은 눈동자를 보내며 망설임을 떨쳐 버리는 말을 했다.

"……괜찮아. 우린 최강."

그건 나락을 나왔을 때 하지메가 한 말이었다. 이 세계에서 거리낄 것이 없으니 서로를 지켜주면 최강이라고. 하지메는 자신이 했던 말을 그대로 돌려받고서 쓴웃음을 지을 수밖에 없었다.

토인족이 도와준다면 당연히 수해 탐색이 편해진다. 그것을 제국 병사나 아인들과 문제가 생길지도 모른다는 이유로 피한다는 건 『입에 침도 마르기 전에 거짓말을 한』 꼴이다. 물론 일부러 성가신 일에 끼어들 생각은 조금도 없지만 최적의 길이 눈앞에 있는데도 약간의 문제를 이유로 피한다는 건 있을 수 없었다. 길을 막는 적은 『죽여서라도』 해결한다고 정했기 때문이다.

"그래. 네 말이 맞아, 유에. 이용할 수 있는 건 이용한다. 방해한다면 죽인다. 그뿐이지."

"응."

하지메가 자신의 머리를 자상하게 쓰다듬자 유에는 평소와 다름없는 대답을 했다. 어쩐지 달콤한 향기를 풍기는 분위기에 『혹시 절 잊은 건 아니겠죠?』라며 살짝 울상이 된 시아. 그런 그녀에게 하지메가 슬쩍 시선을 보내며 입을 열었다.

"기뻐해라, 유감 토끼. 너희를 수해 안내역으로 고용하지. 보수는 너희 목숨이다. 설마 불만이 있는 건 아니겠지?"

분명 말에는 문제가 없었지만 말투는 거의 깡패 수준이었다. 하지만 그렇다 하더라도 협곡에서 강력한 마물을 순식간에 처리할 수 있는 강자가 생존을 약속해준 사실에는 변함이 없었다. 그리고 자신이 바라던 미래의 분기점을 무사히 지날 수 있게 됐다고 확신한 시아는 날아오를 듯 기뻐했다.

"부, 불만이 있을 리가요! 고마워요! 으으~ 다행이다~. 정말 다행이야~."

기쁜 마음에 훌쩍훌쩍 울음을 터뜨린 시아. 하지만 동료를 위해서라도 이런 곳에서 시간을 지체할 수 없다며 곧바로 일어났다.

"저, 저기, 잘 부탁해요! 그, 그리고 두 분은 뭐라고 불러야……."

"응? 그러고 보니 이름을 말하지 않았네. 난 하지메. 나구모 하지메다."

"……유에."

"하지메 씨와 유에 양이군요."

시아는 두 사람의 이름을 몇 번인가 반복해서 중얼거렸다. 하지만 유에가 불만스러운 표정으로 항의했다.

"……씨라고 불러, 유감 토끼."

"흐에?"

유에답지 않은 명령조의 말에 당황한 시아는 그녀의 겉모습을 보고 연하라고 생각했는지, 유에가 흡혈귀족이라 훨씬 나이가 많다는 것을 알고서 납작하게 엎드려 사과했다. 아무래도 유에는 시아가 마음에 들지 않는 모양이었다. 이유는 모르겠지만…… 설령 유에의 시선이 시아의 특정 부위를 원통한 눈빛으로 노려보고 있다 한들 이유는 확실하지 않은 것이다!

"자, 우선 유감 토끼, 너도 뒤에 타."

하지메가 유에의 속마음을 깔끔하게 무시한 채 시아에게 지시를 내렸지만 시아는 조금 망설이는 모습이었다. 그것도 무리는 아닐 것이다. 무엇보다 이 세계에서 오토바이라는 탈 것은 존재하지 않기 때문이다. 하지만 어떠한 탈것이라는 것 만큼은 이해했는지 조심조심 유에의 뒤에 올라탔다.

마물의 가죽을 사용한 2인승 좌석이지만 유에의 몸집이 작기 때문에 충분히 탈 수 있는 공간이 있었다. 시아는 부드러운 시트에 놀라며 앞에 앉은 유에를 껴안았다. 그 흉악한 물건을 들이밀면서⋯⋯.

부드럽고 풍만한 감촉에 놀란 유에는 천천히 일어나 하지메의 앞으로 파고들었다. 유에의 작은 몸집은 하지메의 팔 사이에 쏙 들어갔다. 아무래도 등 뒤에 닿는 흉기의 감촉을 견딜 수 없었던 모양이다. 씁쓸한 표정으로 자신에게 몸을 기댄 유에를 본 하지메는 사정을 깨닫고 쓴웃음을 지었다.

"어? 왜요?"

시아는 아무것도 모르는 듯했지만 주섬주섬 앞으로 다가와 하지메의 허리를 안았다. 하지메는 아무런 반응 없이 슈타입에 마력을 쏟았다. 흉기의 감촉에 반응하지 않으리라. 절대로⋯⋯.

그런 하지메와 유에의 미묘한 속내를 조금도 깨닫지 못한 시아는 하지메의 어깨 너머로 궁금한 점을 물었다.

"저, 저기, 도와달라고 부탁하느라 필사적이어서 넘어갔는데⋯⋯ 이 탈것은 뭔가요? 그리고 하지메 씨나 유에 씨도 마법을 사용하셨죠? 여기선 쓸 수 없을 텐데……."

"뭐, 그건 가면서 얘기하자."

그렇게 말한 하지메는 슈타입을 단번에 가속했다. 거친 노면을 전혀 개의치 않고 폭주하자 시아가 「꺄아아~!」 비명을 질렀다. 지면과 벽이 빠르게 뒤로 흘러갔다.

계곡 바닥에서 있을 수 없는 속도에 눈을 감고 하지메를 꼭 안은 시아도 잠시 후 익숙해졌는지 점점 흥분했다. 하지메가 커브를 돌거나 커다란 바위를 피할 때마다 「후와!」라든가 「후오!」 하고 기묘한 소리를 냈다.

하지메는 이동하며 슈타입에 대한 것과 유에가 마법을 사용할 수 있는 이유, 하지메의 무기가 아티팩트 같은 것이라는 걸 간결하게 설명했다. 그러자 시아는 눈을 휘둥그레 뜨고 경악했다.

"……그럼 두 분도 마력을 직접 조작하거나 고유 마법을 쓸 수 있다고……."

"그래, 그런 셈이지."

"……응."

시아는 잠시 멍하니 있다가 갑자기 무언가를 참는 표정으로 하지메의 어깨에 얼굴을 묻었다. 그리고 어째서인지 훌쩍이기 시작했다.

"갑자기 뭐야? 떠들다 침울해하다 훌쩍이다가……. 정서 불안 같은 녀석이네."

"……이미 늦었어?"

"늦긴 뭐가요, 안 늦었어요! 전 지극히 정상이에요. ……하지만 혼자가 아니었다고 생각하니…… 어쩐지 기뻐서……."

""…….""

아무래도 마물과 같은 성질이나 능력이 있다는 점과 이 세계에서 자신이 너무나 특이한 존재라는 것에 고독했던 모양이다.

가족이라며 16년간 위험을 짊어진 데다, 시아를 위해 고향인 수해까지 버린 사람들과 함께 있었으니 분명 많은 애정을 받았을 것이다. 그래도, 아니, 그렇기 때문에 『남들과 다른 자신』이 더욱 고독하게 느껴졌을지도 모른다.

유에는 시아의 말에 떠오르는 게 있는지 생각에 잠기듯 입을 다물었다. 평소의 무표정보다 색이 바랜 것처럼 보였다. 하지메는 어쩐지 지금 유에가 느끼고 있는 것을 알 수 있었다. 아마도 유에는 자신과 시아의 경우를 겹쳐 보고 있지 않을까. 유에는 그녀와 마찬가지로 마력 직접 조작이나 고유 마법 같은 이질적인 힘을 가진 나머지 그 시대에 『동류』라는 존재가 없었다.

하지만 유에와 시아에겐 결정적인 차이가 있다. 유에에겐 사랑해준 가족이 없었지만 시아에겐 있었다는 점이다. 그것이 유에에게 질투까지는 아니더라도 복잡한 심정을 품게 했을 것이다. 게다가 시아 입장에선 결국 『동류』까지 만나게 됐으니 제법 축복받은 환경이라고 할 수 있으리라.

하지메는 그런 유에의 머리를 쓱쓱 쓰다듬었다. 일본이라는 풍족한 나라에서 아무런 고생도 없이 부모의 애정을 듬뿍 받고 자란 하지메에겐, 『동류』가 없을뿐더러 특이한 존재로서 여왕이라는 고고한 자리에 오른 유에의 고독을 이해할 수 없었다. 그래서 해줄 말이 없었다. 할 수 있는 거라곤 『지금』은 혼자가 아니라는 것을 알려주는 것뿐이었다.

하지메는 완전히 변해버렸지만 동료에 대한 자상함은 있다. 유에가 붙들어준 하지메의 소중한 인간성이다. 만약 유에와 만나지 않았더라면 그것조차 잃어버렸을지도 모른다. 유에는 하지메가 인간의 길에서 벗어날 말지의 최후의 방파제이자 인간성을 유지하기 위한 지주였다. 그 증거로 하지메는 시아와의 약속도 지킬 생각이다. 수해를 안내해준다면 하우리아 족을 노리는 제국 병사에 대한 대책도 세울 생각이었다.

유에를 위로하는 하지메의 서툴면서도 진심이 담긴 배려가 전해졌는지 유에는 무의식중에 몸의 힘을 빼고 한층 더 하지메에게 등을 기댔다. 갸르릉대며 주인에게 어리광 부리는 고양이처럼…….

"저기~, 절 잊으신 건 아니죠? 지금은 『힘들었겠네. 더는 혼자가 아냐, 곁에 있어 줄게』라고 위로해줄 때 아닌가요? 저도 홀라당 넘어간다고요. 쉽잖아요. 그런데도 이런 기회를 날려버리고 둘만의 세계를 만드시는 거예요? 쓸쓸하다고요! 저도 끼워주세요! 애초에 두 분은……."

""시끄러, 유감 토끼.""

"……네. ……훌쩍."

훌쩍이던 시아가 갑자기 귓가에서 큰 소리로 떠들기 시작했기에, 하지메와 유에는 자신도 모르게 그녀를 매도했다. 하지만 울고 있는 여자아이를 방치하고 둘만의 세계를 만든 것도 충분히 너무한 일이고 거기에 화까지 내며 매도했으니 정말이지 시아가 불쌍해지는 순간이었다. 그러나 시아의 장점은 그 튼튼한 맷집이다. 속으론 이미 「우선은 이름을 부르게 할 거예요~. 모처럼 만난 동료라고요. 놓치지 않을 거예요~!」라고 새로운 목표를 향해 투지를 불태우고 있었다.

한동안 시아가 떠들고 하지메나 유에에게 혼나는 일이 반복됐을 때, 멀리서 마물의 포효가 들렸다. 아무래도 상당한 수의 마물이 있는 모양이다.

"윽, 하지메 씨! 이제 곧 마을 사람들이 있는 곳이에요! 저 마물의 목소리…… 가, 가까워요! 아버님이 계신 곳과 가까워요!"

"귓가에 대고 소리치지 마. 그러지 않아도 다 들려. 속도를 낼 테니까 꽉 잡아."

하지메는 마력을 더 많이 쏟아 슈타입을 단번에 가속했다. 벽과 지면이 엄청난 기세로 물 흐르듯 지나갔다.

많은 마력 공급으로 슈타입이 붉은 잔상을 남기며 달리길 30초. 드리프트로 커다란 바위를 우회하니 지금 막 공격을 받으려는 몇 명의 토인족이 보였다.

【라이센 대협곡】에 비명과 노성이 메아리쳤다. 토끼 귀가 자란 사람 형체가 바위 뒤로 도망치며 필사적으로 몸을 숨겼다. 이곳저곳의 바위 뒤에서 토끼 귀만이 살짝 보이는 걸 보면 20

명 정도는 됐다. 보이지 않는 자들을 합치면 40명 정도 될 것이다.

두려움에 떨며 필사적으로 숨은 토인족을 상공에서 내려다보는 건 나락의 바닥에서도 거의 보지 못했던 비행형 마물이었다. 모습은 흔히 말하는 와이번에 가장 가까울 것이다. 신장은 3~5미터 정도로 날카로운 발톱과 이빨, 둥근 끝에 가시가 달려 모닝스타처럼 생긴 꼬리가 길게 뻗어 있었다.

"하, 하이베리아……."

어깨 너머로 시아의 떨리는 목소리가 들렸다. 저 유사 와이번의 이름이 『하이베리아』인 모양이다. 여섯 마리의 하이베리아는 사냥감을 고르듯 토인족의 상공을 선회했다.

드디어 하이베리아 중 한 마리가 행동을 시작했다. 커다란 바위와 바위 사이로 숨은 토인족을 향해 급강하하다가 공중에서 한 바퀴 돌아 원심력을 실은 꼬리로 바위를 때렸다. 꽝음과 함께 바위가 부서지자 토인족이 비명을 지르며 기어 나왔다.

하이베리아는 기다렸다는 것처럼 주둥이를 벌리고 무력한 사냥감을 먹어 치우려 했다. 목표물은 두 명의 토인족. 하이베리아의 공격에 맥이 풀렸는지 어린아이가 움직이지 않았고 남자 토인족이 몸을 내밀어 그 아이를 감싸려 했다.

그 모습을 본 주변 토인족의 눈동자에 절망이 떠올랐다. 모두가 다음 순간에 두 가족이 하이베리아의 먹잇감이 될 것을 상상했으리라. 하지만 그런 일은 일어나지 않았다.

이곳엔 그들을 지키겠다고 계약한 나락 밑바닥에서 기어

올라온 괴물이 있기 때문이다.

투팡! 투팡!

협곡에 메마른 두 발의 파열음이 울리고 두 줄기의 붉은 섬광이 허공을 갈랐다. 그중 한 발이 지금 막 두 토인족을 먹으려는 하이베리아의 미간을 정확하게 꿰뚫었다. 머리가 터진 하이베리아는 웅크린 두 토인족의 옆으로 떨어져 굉음과 흙먼지를 일으키다 멈췄다.

동시에 뒤에서 엄청난 포효가 들렸다. 놀라고 있을 틈도 없이 그쪽으로 시선을 돌린 토인족이 본 것은 한쪽 팔이 뜯겨 대량의 피를 흘리며 몸부림치는 하이베리아의 모습이었다. 그 바로 근처에 다리에 힘이 풀려 주저앉은 토인족의 모습이 있었다.

아마도 앞의 하이베리아를 주목한 사이에 공격받았고, 두 발의 탄환 중 한 발이 그 하이베리아의 한쪽 팔을 뚫은 모양이다. 중심을 잃은 하이베리아가 땅으로 떨어져 통증에 발버둥 쳤다.

"뭐, 뭐가……."

아이를 감싸던 남자 토인족은 눈앞에서 머리가 부서져 목숨이 끊긴 하이베리아와 뒤쪽에서 발버둥 치는 하이베리아를 번갈아 바라보며 중얼거렸다.

그러자 갑자기 파열음이 울리고 몇 줄기의 섬광이 발버둥 치던 하이베리아를 꿰뚫었다. 몸이 엉망으로 부서진 하이베리아가 마지막으로 크게 포효한 뒤 땅을 울리며 무너지듯 쓰러져 움직이지 않았다.

상공의 하이베리아들은 동료의 죽음에 화가 났는지 일제히 포효했다. 그리고 몸을 움츠린 토인족들의 우수한 토끼 귀에 지금까지 한 번도 들어본 적 없는 이상한 소리가 들렸다.

치이이이익 하고 증기가 분출되는 듯한 높은 소리였다. 이번 엔 무슨 일인가 싶어 소리가 나는 쪽으로 고개를 돌린 토인족 들의 눈에 들어온 것은, 지금까지 본 적 없는 검은 물건에 올 라타 이쪽을 향해 빠르게 다가오는 세 사람의 그림자였다.

그중 한 사람은 너무나도 익숙했다. 오늘 아침 갑자기 사라 져 조금 전까지 일족 전체가 나서서 찾고 있던 소녀. 일족이 처한 지금 상황에 무척이나 가슴을 아파하며 책임을 느꼈는 지 평소의 활기찬 모습이 많이 사라지고 답답한 표정을 했었 다. 혹시라도 무리한 일을 하지 않을까 걱정하던 찰나에 실종 됐고, 신중함을 잃은 채 탐색하다가 하이베리아에게 들켜 그 녀를 찾기도 전에 일족이 전멸할 것도 각오하고 있었지 만……

그런 그녀가 검은 물체에 타서 손을 흔들고 있었다. 그 표정 엔 평소처럼 밝고 천진난만한 모습이 엿보였다. 토인족들은 믿기지 않는다는 표정으로 그녀를 바라보았다.

"도와줄 사람을 불러왔어요~!"

익숙한 목소리에 그것이 현실이라는 것을 깨달은 토인족들 이 일제히 그녀의 이름을 불렀다.

""""""""""""""시아?!"""""""""""""

동료가 무사한 것을 확인한 시아가 너무나도 기뻐 뒷좌석에서 일어나 붕붕 손을 흔들자, 하지메는 슈타입을 고속으로 몰며 짜증 난다는 표정을 했다.

딱히 시아가 기뻐하는 건 상관없지만 시아는 고속으로 달리는 슈타입에서 떨어지지 않도록 모든 체중을 하지메에게 맡겨 몸을 고정했다. 그리고 기쁨을 드러내듯 깡충깡충 뛸 때마다 하지메의 머리 위로 중량급 흉기가 흔들리며 충격을 줬기 때문이다. 그 때문에 조준이 틀어져 두 마리째 하이베리아를 일격에 처리하지 못했다.

하지메는 아직도 깡충깡충 뛰며 은근히 방해하는 시아의 옷을 거머쥐었다. 그것을 깨달은 시아가 의아한 얼굴로 하지메를 보았다. 하지메는 앞쪽을 보고 있어 표정을 알 수 없지만 어쩐지 불온한 분위기를 알아챈 시아가 조심조심 물었다.

"저, 저기, 하지메 씨. 왜 그러세요? 왜 옷을 잡으셨어요?"

"전투를 방해할 정도로 팔팔하니 일이라도 시키려고."

"이, 일이라니⋯⋯ 어, 어쩌실 건데요?"

"뭐, 그냥 굶주린 마물 앞으로 떨어지는 간단한 일이야."

"네?! 자, 잠깐 무슨 말씀을⋯⋯ 앗, 들지 마요오~, 치켜들지 마요오~."

초조한 표정의 시아가 버둥댔지만 근력 스테이터스가 1만을 넘는 하지메를 당해 내지 못하고 간단히 들렸다.

하지메는 한 손으로 핸들을 꺾어 드리프트 했고, 그 원심력을 이용해서 상공을 선회하는 하이베리아 무리를 향해 시아를 던졌다.

"다녀와라, 유감 토끼!"

"싫어어어어어~!"

엄청난 기세로 하늘을 나는 토끼 귀 소녀, 시아의 비명이 계곡에 메아리쳤다. 있을 수 없는 광경에 토인족들이 「시아~!」라고 외치며 눈을 부릅떴고, 하이베리아도 자신들을 향해 울먹이며 날아오는 사냥감에 놀랐는지 시아가 눈앞을 지나가도 경직된 채 그 모습을 바라볼 뿐이었다.

그 틈을 놓칠 하지메가 아니다. 공중에서 멈춘 하이베리아는 표적에 불과했다. 총성과 함께 날아간 네 발의 탄환은 하이베리아의 턱을 관통하며 그대로 머리를 터뜨렸다.

단말마의 비명을 지를 틈도 없이 힘을 잃고 땅으로 떨어진 하이베리아. 시아를 공격하던 두 머리 티라노 『다이헤도어』와 동등 이상으로 이 계곡에서 위험하고 성가신 마물로 유명한 그들이, 아무런 저항도 하지 못한 채 순식간에 살해당했다. 있을 수 없는 광경에 토인족들은 말도 없이 경직됐다.

그런 그들의 귀에 하늘 위에서 익숙한 소녀의 비명이 들렸다.

"아아아아아~, 도와줘요오~, 하지메 씨이~!"

다급히 시아의 낙하지점으로 달려가려는 토인족들을 제친 하지메가 떨어진 시아를 정확하게 받아들고서 슈타입을 드리프트하며 그대로 세웠다. 그리고 안았던 시아를 휙 던졌다.

"아흑! 으으~, 제 취급이 너무 심하잖아요. 대우 개선을 요구해요~. 저도 유에 씨처럼 소중히 대해줬으면 한다고요~."

훌쩍이며 항의하는 시아. 그녀는 딱히 하지메에게 연애 감정을 가진 건 아니다. 만난 지 얼마 안 되기 때문에 당연한 거지만······.

하지만 시아는 절망의 늪에서 『찾아낸』 희망인 하지메를 이상하리만치 믿었다. 정말이지 가차 없는 성격이지만 약속을 어기는 일은 없을 거라고 생각했다. 게다가 하지메는 시아와 같은 체질이다. 『같다』는 건 그것만으로도 친근함을 느끼게 하는 법이다.

그리고 하지메는 마찬가지로 『같은』 존재인 유에를 소중히 여긴다. 이 짧은 시간 동안에도 그것을 명확하게 알 수 있을 정도로······. 솔직히 시아는 두 사람의 관계가 부러웠다. 그래서 『자신도』 그랬으면 좋겠다고 살짝 생각했다.

투척과 캐치의 충격에 의해 더욱 엉망이 된 옷으로 주저앉아 훌쩍훌쩍 우는 시아의 모습은 확실히 애잔했다. 역시나 좀 지나쳤나······ 라고 생각하지 않고 짜증만 난 하지메는 『보물창고』에서 예비 코트를 꺼내 시아의 머리에 덮어주었다. 이 이상 옆에서 훌쩍이는 소리를 듣고 싶지 않아서였다.

하지만 시아는 그것만으로도 기뻤던 모양이다. 갑자기 머리 위로 떨어진 물건에 깜짝 놀랐지만, 그것이 코트라는 것을 깨닫고 활짝 웃으며 주섬주섬 입었다. 유에와 같이 흰색을 기본으로 한 코트로 유에가 하지메와 커플 룩을 계획했을 때 만든 옷이었다.

"저, 정말이지 하지메 씨는 솔직하지 못하다니까요~. 유에 씨와 한 쌍이라니…… 자, 자기 여자라고 어필하는 건가요? 안 되죠~, 전 그런 가벼운 여자가 아니거든요. 조금 더 단계라는 걸 밟고 나서~."

코트 자락을 붙잡고 꾸물꾸물 몸을 꼬는 시아를 보고서 다시 짜증이 난 하지메는 말없이 돈나를 뽑아 시아의 이마를 향해 발포했다.

"하큥!"

탄환은 화약의 양을 줄이고 끝을 고무처럼 부드러운 마물의 가죽으로 코팅한 비살상 탄환이었다. 하지만 나름대로의 위력은 있기 때문에 시아는 뒤로 벌러덩 넘어져 「머리가~ 머리가~」하고 비명을 지르며 데굴데굴 몸부림쳤다.

물론 경이적인 내구력으로 곧바로 일어나 맹렬하게 항의했다. 하지메가 꺅꺅 떠드는 시아를 적당히 상대해주고 있을 때 토인족들이 시끌시끌 몰려들었다.

"시아! 무사했구나!"

"아버님!"

제일 먼저 말을 건 사람은 진한 갈색 짧은 머리에 토끼 귀가 달린 중년 남성이었다. 솔직히 말해 토끼 귀를 한 아저씨를 누가 좋아하나 싶다. 하지메가 초현실적인 광경에 미묘한 기분이 들고 있자니, 시아와 그 아버지로 보이는 토인족이 이야기를 마쳤는지 서로의 무사를 기뻐하고 하지메 쪽을 바라보았다.

"하지메 님이라 하셨습니까. 전 캄 하우리아. 시아의 아버지

이자 하우리아의 족장입니다. 이번에 시아와 우리 일족을 구해주셔서 뭐라 감사를 해야 할지. 게다가 탈출까지 도와주신다고……. 아버지로서, 족장으로서 깊이 감사드립니다."

그렇게 말하며 캄이라고 밝힌 하우리아 족장은 고개를 깊이 숙였다. 그 뒤로도 다른 하우리아 족 일원들이 족장과 마찬가지로 고개를 숙였다.

"고맙다는 말은 받아 두지. 하지만 수해를 안내해주는 게 교환 조건이니까 그건 잊지 마. 그보다 상당히 간단히 믿는군. 아인은 인간족에게 좋은 감정이 없을 텐데……."

시아의 존재 때문에 잊을 뻔했지만 아인족은 차별을 받는 종족이다. 실제로 협곡에 내몰린 것도 인간족 때문이다. 그럼에도 같은 인간족인 하지메에게 머리를 숙이며 하지메의 도움을 받겠다고 한다. 그것밖에 방법이 없다고는 하나 너무나도 간단히 받아들인달지, 혐오감 같은 게 전혀 보이지 않아서 의문이 들었다.

캄은 그 말에 난처한 듯한 미소로 답했다.

"시아가 신뢰한 상대입니다. 그렇다면 우리도 믿어야지요. 우리는 가족인걸요."

그 말에 하지메는 반은 감탄하고 반은 황당했다. 정이 깊은 일족이라곤 하지만 가족의 말만 믿고 처음 보는 인간을 간단히 신뢰하는 건 경계심이 너무 부족하다.

"헤헤. 괜찮아요, 아버님. 하지메 씨는 여자아이에게 가차 없고 대가가 없으면 움직이지 않고 아무렇지도 않게 사람을 미끼로 쓰는 사람이지만, 약속을 이용하거나 희망을 짓밟는 악당은 아니에요! 제대로 우리를 지켜줄 거예요!"

"하하하, 그렇구나. 그래, 요컨대 부끄러움을 많이 타는 사람이로군. 그렇다면 안심이지."

시아와 캄의 말에 주변 토인족들도 하지메를 바라보며 「그렇구나, 부끄럼쟁이구나」 하고 따뜻한 눈빛으로 고개를 끄덕였다.

하지메는 이마에 핏대를 세우며 돈나를 뽑았지만 예상치 못한 곳에서 추격타가 들어왔다.

"……응, 하지메는 (침대 위에선) 부끄럼쟁이."

"유에……."

설마설마하던 공격에 입가가 파르르 떨렸지만 여기 계속 머물렀다간 마물이 또 모여들어 성가셔질 것이라고 생각해 꾹 참으며 출발을 재촉했다. 그렇게 토끼 귀 42명을 줄줄이 데리고 협곡을 걷기 시작했다.

가는 도중, 당연하게도 많은 마물이 절호의 먹잇감이라는 것처럼 공격해 왔지만 단 한 마리도 사냥에 성공한 녀석은 없었다. 전부 다 토인족을 건들기도 전에 섬광이 날아들어 가차 없이 머리가 날아갔기 때문이다.

무미건조한 파열음과 함께 선명한 붉은 섬광이 날아들어 【라이센 대협곡】의 흉악한 마물들이 손도 쓰지 못하고 죽어 가는 광경을 본 토인족들은 정신이 멍할 수밖에 없었다. 그 뒤에 찾아온 것은 당사자 하지메에 대한 경외심이었다. 어린

아이들은 그 초롱초롱한 눈망울로 압도적인 힘을 발휘하는 하지메를 영웅처럼 바라보았다.

"후후후, 하지메 씨. 아이들이 보고 있어요~. 손이라도 흔들어주세요~."

어린아이의 순수한 눈빛을 받아 살짝 불편해하는 하지메에게 시아가 짜증 나는 표정으로 장난쳤다. 이마에 핏줄이 선 하지메는 말없이 발포했다.

투팡! 투팡! 투팡!

"우와아아아앗?!"

시아는 고무탄이 발밑을 연속으로 통과하자 기괴한 탭 댄스를 추며 버둥버둥 피했다. 가는 도중 몇 번이고 본 광경에 캄은 쓴웃음을 떠올렸고 유에는 어이없다는 시선을 보냈다.

"시아는 하지메 님이 상당히 마음에 든 모양이구나. 그렇게 잘 따르다니…… 시아도 벌써 그런 나이인가. 아버진 조금 쓸쓸하구나. 하지만 하지메 님이라면 안심이지……."

바로 옆에서 딸이 충격을 당하고 있는데도 신경 쓰지 않고 눈물이 고인 눈으로 딸의 성장을 축하하는 아버지, 캄. 주변 토인족들도 「도와줘요~」라고 비명을 지르는 시아를 따뜻한 시선으로 바라보았다.

"아니, 너흰 이 상황을 보고서 그런 말이 나와?"

"……이상해."

유에의 말대로 토인족은 일반적인 상식에서 어긋났다고 할지 엉뚱한 면이 있는 종족이었다. 토인족 전체가 이런 건지 하우리아 일족만 이런 건지는 모르지만……

그러는 동안 일행은 드디어 【라이센 대협곡】에서 탈출할 수 있는 곳에 도착했다. 하지메가 『멀리 보기』로 보니 제법 훌륭한 계단이 있었다. 절벽을 따라 벽을 깎아 만든 계단은 50미터 정도 나아갈 때마다 반대쪽으로 꺾이는 타입이었다. 계단을 따라 올라간 절벽 위로는 수해가 어렴풋이 보였다. 【라이센 대협곡】의 출구에서 도보로 반나절만 지나면 【하르치나 수해】가 있는 듯했다.

하지메가 먼 곳을 보고 있으니 시아가 불안한 듯 말을 걸었다.

"아직 제국 병사가 있을까요?"

"글쎄. 포기하고 돌아갔을 가능성도 있겠지만……."

"저, 저기, 만약 아직 제국 병사가 있다면…… 하지메 씨는…… 어쩔 생각이세요?"

"응? 어쩔 생각이라니?"

하지메가 질문의 의도를 알 수 없어 고개를 갸웃하자 마음을 정한 것처럼 시아가 물었다. 주변 하우리아 족도 귀를 쫑긋 세우고 있는 듯했다.

"지금까지 쓰러뜨린 마물과는 다르게 상대는 제국 병사…… 하지메 씨하고 같은 인간족이에요. ……적대하실 수 있나요?"

"유감 토끼. 넌 미래가 보인다고 하지 않았어?"

"네, 봤어요. 제국 병사를 상대하는 하지메 씨를……."

"그럼 알 거 아냐?"

"의문이 아니라 확인이에요. 제국 병사들로부터 우리를 지켜준다는 건 인간족과 적대한다고 해도 과언이 아니에요. 동족과 싸워도 정말로 괜찮은 건가 하고……."

시아의 말에 주변 하우리아 족들도 복잡한 표정으로 하지메를 보았다. 어린아이들은 잘 모르겠다는 표정이었지만 무거운 분위기를 알아차리곤 어른들과 하지메를 번갈아 바라보았다.

하지만 하지메는 그런 진지한 분위기를 전혀 신경 쓰지 않는 태도로 간단히 말했다.

"그게 어쨌다는 건데?"

"네?"

하지메는 알 수 없다는 표정의 시아에게 딱히 아무렇지도 않은 잡담을 하는 것처럼 말을 이었다.

"글쎄 인간족과 적대한다는 게 뭐가 문제냐고."

"그, 그야…… 그래도 동족이잖아요……."

"너희도 동족에게 쫓겨났잖아."

"그건, 뭐, 그렇지만……."

"애초에 근본부터 잘못됐어."

"근본이요?"

더욱 고개를 갸웃한 시아. 주변 토인족도 알 수 없다는 표정이었다.

"잘 들어. 난 너희가 수해 탐색에 도움이 되니까 고용한 거야. 그러니 그 전에 죽어버리면 곤란해서 지켜주고 있을 뿐이지. 결코 너희를 동정했다든가 의협심으로 구해주는 게 아니라고. 하물며 앞으로도 계속 지켜줄 생각은 털끝만큼도 없어.

그걸 잊진 않았겠지?"

"으, 네…… 기억하고 있어요……."

"그러니까 수해 안내가 끝날 때까지는 지켜줄 거야. 나를 위해서. 그것을 방해하는 녀석은 마물이든 인간이든 상관없어. 앞길을 막는 건 적, 적은 죽인다. 그것뿐이야."

"그, 그렇군요……."

시아는 정말이지 하지메다운 생각을 쓴웃음을 지으면서 받아들였다. 『미래시』로 제국과 싸우는 하지메를 봤지만 미래는 절대적이지 않기 때문에 어떻게 될지 알 수 없다. 미래시로 본 미래가 될 확률은 높지만, 만에 하나 제국에 붙잡힌다면 죽음보다 괴로운 노예 생활이 기다리고 있었다. 겉으로 드러내진 않았으나 『자신 때문』이라는 죄책감이 있는 시아는 확인하지 않고선 견딜 수 없었다.

"하하하, 실로 알기 쉬워 좋군요. 수해 안내는 맡겨주시죠."

캄이 쾌활하게 웃었다. 어설프게 정의감을 내세우는 것보다 기브 앤드 테이크의 관계가 더 신용할 수 있는 법인지, 도통 종잡을 수 없는 표정이었다.

일행은 하지메를 선두로 순조롭게 계단을 올랐다. 하우리아족은 제국 병사에게서 도망치느라 거의 먹지도 마시지도 못했지만 그 발걸음은 가벼웠다. 아인족이 마력을 갖지 못한 대신에 신체 능력이 높다는 건 거짓말이 아닌 모양이었다.

그리고 드디어 계단을 오른 하지메 일행은 【라이센 대협곡】에서 탈출했다.

절벽을 올라온 그곳에는—.

"야, 이거 진짜로 살아남은 거야? 대장님 명령이라 어쩔 수 없이 남았을 뿐인데. 이거 좋은 선물이 되겠네."

서른 명의 제국 병사가 모여 있었고 주변에는 대형 마차 몇 대와 야영의 흔적이 남아 있었다. 다들 카키색 군복으로 보이는 옷을 입고 있었으며 검과 창, 방패를 든 채 하지메 일행을 보고서 놀란 표정을 보였다. 하지만 그것도 잠시, 곧바로 희색이 도는 얼굴로 품평회라도 열린 것처럼 하우리아 족을 둘러보았다.

"소대장님! 흰머리 토인도 있습니다! 대장님이 원하셨죠?"

"이거 정말 운이 좋군. 늙은이는 아무래도 상관없지만, 저 건 절대로 죽이면 안 된다."

"소대장님, 여자도 제법 있으니 잠깐 즐겨도 괜찮겠죠? 우린 아무것도 없는 곳에서 3일이나 기다렸다고요. 뭐라도 얻는 게 있어야죠."

"나 원. 전부 건드리진 마라. 두세 명쯤은 마음대로 해."

"야호~, 역시나 소대장님은 말이 잘 통한다니까!"

제국 병사는 하우리아 족을 완전히 사냥감으로만 보는지 전투 준비를 하지도 않고 저열하게 웃으며 하우리아 족 여성을 끈적한 시선으로 보았다. 토인족은 그 시선에 그저 겁먹고 떨 뿐이었다.

제국 병사들이 멋대로 떠들고 있을 때 차가운 미소를 지은 소대장이라 불린 남자가 하지메의 존재를 깨달았다.

"응? 넌 또 누구야? 토인족······은 아닌 것 같은데."

하지메는 제국 병사의 태도를 보아 그냥 지나치는 건 무리라고 생각하며 일단은 질문에 답했다.

"그래, 인간이다."

"뭐? 왜 인간이 토인족과 같이 있지? 게다가 협곡에서 나오다니. 아, 혹시 노예 상인? 정보를 얻어 붙잡아 온 거야? 장사 참 열심히 하네. 뭐, 됐다. 그 녀석들은 다들 제국으로 데리고 갈 거니 두고 가라."

멋대로 추측하고 멋대로 결론 내린 소대장은 자신의 말을 거절할 리 없다고 생각했는지 하지메에게 그렇게 명령했다.

하지만 하지메가 그 말을 따를 리 없었다.

"거절한다."

"······지금 뭐라고 했지?"

"거절한다고 했다. 이 녀석들은 지금은 내 것이야. 너희에겐 한 명도 넘겨줄 생각 없어. 포기하고 빨리 나라로 돌아가는 걸 추천하지."

자신이 잘못 들었나 싶어 되물었지만 돌아온 대답은 불순한 말이었다. 그 말을 들은 소대장의 이마에 핏발이 섰다.

"······애송이가, 주둥이 함부로 놀리지 마라. 우리가 누구인지 모를 정도로 머리가 나쁜 건가?"

"충분히 이해하고 있어. 아무도 너희에게 머리가 나쁘다는 말은 듣고 싶지 않겠지."

소대장은 하지메의 말에 표정을 쓱 지웠다. 주변 병사들도 험악한 분위기로 하지메를 노려보았다.

그때 하지메를 관찰하려는 듯 훑어보던 소대장이 하지메의 뒤에서 나온 유에를 보았다. 어려 보이지만 요염한 분위기가 있으며 그런 갭 때문인지 무어라 말하기 힘든 매력을 내뿜는 아름다운 소녀였다.

소대장은 순간 멍하니 있었지만 유에가 하지메의 옷자락을 꽉 잡는 것을 보고서 상당히 친밀한 존재일 거라고 생각해 다시 저열한 웃음을 지었다.

"아~, 그렇군. 잘~ 알았다. 네가 세상 물정 모르는 꼬맹이라는 걸. 내가 세상의 엄격함을 알려주지. 큭큭, 거기 아가씨, 예쁘장하게 생겼군. 네 사지를 자른 뒤에 눈앞에서 범하고 노예 상인에게 팔아주마."

그 말에 하지메는 눈썹을 살짝 움직였고 유에는 무표정하면서도 누구나 알 수 있을 만큼 혐오감을 드러냈다. 그리고 눈앞에 있는 남자의 존재 자체가 용납되지 않는다는 것처럼 오른손을 들려 했다.

하지만 하지메가 그것을 제지했고 의아해하는 유에를 보고서 마지막 말을 더했다.

"요컨대 적이라는 거지?"

"뭐?! 아직도 상황 파악이 안 되나?! 넌 벌벌 떨면서 용서를—"

그 말을 마치기도 전에 무미건조한 총성 한 발이 울렸다.

하지메가 겁먹지 않는다는 사실에 짜증이 나 소리친 소대장은 그 머리가 터지는 바람에 강제로, 영원히 입을 다물게 됐다. 그리고 그대로 실이 끊어진 인형처럼 뒤로 쓰러졌다.

투파아앙!

총성은 한 번밖에 들리지 않았지만 동시에 제국 병사 다섯의 머리가 날아갔다. 실제론 다섯 발을 쐈지만 하지메의 사격 속도가 너무나 빨라 총성이 한 발만 들린 것처럼 느껴진 것이다.

갑자기 소대장을 포함한 동료의 머리가 날아가는 이상 사태에, 병사들은 반쯤 공황 상태가 되면서도 하지메를 향해 무기를 겨눴다. 과정은 몰라도 이유는 알고 있기에 가능한 신속한 행동이었다. 인격은 칭찬해줄 수 없지만 역시나 제국 병사인 만큼 그 실력은 진짜였다.

"녀석을 죽여라!"

"주문을 외어라!"

빠르게 제국 병사의 전위가 달려들었고 후위가 영창을 시작했다. 하지만 그 기세를 비웃는 것처럼 후위의 발밑으로 검은 원통 모양의 무언가가 데굴데굴 굴러 왔다. 영창을 중단하지 않고 뭔가 싶어 주시한 후위들은 다음 순간 말하지 못하는 시체가 됐다.

배 속까지 울리는 듯한 엄청난 굉음과 함께 죽음을 흩뿌리는 금속 파편이 충격을 타고 그들을 짓밟은 것이다.

검은 물체의 정체는 연소 가루를 담은 『수류탄』. 게다가 세심하게도 금속 파편이 설치된 『세열 수류탄』이었다. 지구의 것과 비교해도 위력의 수준이 다른 역작이다.

그 일격으로 밀집했던 열 명 정도의 제국 병사가 즉사하거나 손발이 날아가거나 내장이 파열돼 목숨을 잃었고 일곱 명정도가 충격에 휘말려 신음했다.

뒤에서 일어난 폭풍에 전위 일곱 명의 몸까지 휘청거렸다. 무슨 일인가 싶어 뒤를 돌아본 여섯 사람은 그 직후에 다른 동료들과 마찬가지로 머리가 날아갔고, 그때 튄 피를 온몸으로 받아버린 한 명의 생존자는 힘이 빠진 것처럼 그 자리에 주저앉았다. 무리도 아니다. 일순간에 동료가 섬멸된 것이다. 그들은 결코 약한 부대가 아니다. 오히려 높은 점수를 줘도 괜찮을 정도의 정예 부대였다. 그래서 그 병사는 악몽이라도 꾸는 것처럼 멍한 표정으로 시선을 이리저리 굴렸다.

그런 그의 귀에 이만한 참극을 만들어 낸 인물의 것이라고는 생각되지 않을 만큼 붕 뜬 목소리가 들렸다.

"음, 역시 인간 상대로 『전기 두르기』는 필요 없군. 일반 탄과 작약만으로 충분해."

병사가 움찔 몸을 떨며 잔뜩 겁에 질린 눈동자로 하지메를 보았다. 하지메가 돈나로 어깨를 툭툭 치며 천천히 병사에게 다가갔다. 검은 코트를 나부끼며 죽음을 흩뿌리면서 다가오는 그 모습은 말 그대로 사신이었다. 적어도 살아남은 병사에겐 그렇게 보였다.

"힉, 오, 오지 마! 시, 싫어. 주, 죽고 싶지 않아. 누, 누가! 도와줘!"

목숨을 구걸하며 뒤로 기어 물러나려는 병사. 공포에 질린 얼굴로 다리 사이에서 액체를 흘리고 말았다. 하지메는 차가운 눈으로 그것을 내려다보며 천천히 총구를 병사의 뒤쪽을 향해 연속으로 발포했다.

"히익!"

병사가 몸을 움츠렸지만 그 몸에 충격은 없었다. 하지메가 쏜 것은 수류탄으로 중상을 입었던 병사들이었다. 그것을 깨달았는지, 살아남은 병사가 조심조심 뒤를 돌아 그 눈으로 직접 참상을 확인하고서 이번에야말로 정말 부대가 전멸했다는 사실을 깨달았다.

돌아본 채로 경직된 병사의 머리에 총구가 닿았다. 다시 움찔 몸을 떤 병사는 추하게 일그러진 얼굴로 다시 목숨을 구걸하기 시작했다.

"부, 부탁이야! 죽이지 말아 줘! 뭐, 뭐든지 할 테니까!"

"그래? 그럼 다른 토인족이 어떻게 됐는지 알려주실까? 제법 많이 있었을 텐데…… 전부 제국으로 이송됐나?"

하지메가 질문한 이유는 백 명 이상 있던 토인족을 이송하기 위해선 제법 시간이 걸릴 테니, 아직 근처에 있어서 가는 길에 만난다면 구해줘야겠다고 생각했기 때문이다. 제국까지 이송이 끝났으면 구태여 구하러 갈 생각은 조금도 없었다.

"……마, 말하면 죽이지 않을 거야?"

"지금 자신이 조건을 댈 만한 입장이라고 생각해? 꼭 필요한 정보는 아니야. 지금 당장 죽여줄까?"

"자, 잠깐만! 말할게! 말한다고! ……아마 전부 이송했을 거야. 머릿수를 줄였으니까……."

『머릿수를 줄였다』는 것은 노인처럼 팔릴 것 같지 않은 토인 족은 죽였다는 뜻이리라. 병사의 말에 비통한 표정을 떠올린 하우리아 족. 하지메는 그 모습을 보긴 했지만 곧바로 병사에 게 시선을 돌렸다. 그리고 더는 볼일이 없다는 것처럼 눈동자 에 살기를 담았다.

"잠깐! 기다려줘! 그것 말고도 전부 말할게! 제국에 대해서 뭐든지! 그러니까!"

하지메의 살기를 깨달은 병사가 다시 필사적으로 목숨을 구걸했다. 하지만 그 대답은—.

한 발의 총성이었다.

하우리아 족은 숨을 죽였다. 너무나도 가차 없는 하지메의 행동에 완전히 질려버렸는지 그 눈동자에 약간의 공포가 담 겨 있었다. 그것은 시아도 마찬가지여서 조심스럽게 하지메에 게 물었다.

"저, 저기, 아까 그 사람은 그냥 놔줬어도 괜찮지 않았나 요……?"

"뭐?"

하지메가 어이없다는 시선으로 바라보자 「윽」 하고 신음한 시아. 자신들의 동포를 죽이고 노예로 삼으려는 상대에게도 자비를 품을 정도로, 토인족이란 정말 온화하다고 할지 평화 주의인 모양이다. 하지메가 입을 열려 했지만 그보다 먼저 유 에가 반론했다.

"……일단 검을 뽑았으면서, 결과적으로 상대가 강하니까 살려주길 바라는 건 너무 제멋대로야."

"그, 그건……."

"……애초에 보호받기만 하는 너희가 그런 눈으로 하지메를 보는 건 번지수가 틀렸어."

"……."

유에는 조용히 화난 모양이었다. 보호를 받으면서도 하지메를 보는 시선에 부정의 감정이 담긴 것을 용서할 수 없다는 것처럼. 당연하다면 당연하지만 하우리아 족도 겸연쩍은 표정을 했다.

"흠, 하지메 님, 미안하오. 딱히 당신을 탓하는 게 아니오. 하지만 우린 이런 다툼에 익숙하지 않아서…… 조금 놀랐을 뿐이오."

"하지메 씨, 죄송해요."

시아와 캄이 일족을 대표해 사과했지만 하지메는 신경 쓰지 않는다는 것처럼 손을 휘휘 저을 뿐이었다.

하지메는 망가지지 않은 마차와 말에게 다가가 하우리아 족에게 손짓했다. 수해까지 걸어가면 한나절 정도 걸리는 모양이니 모처럼 손에 넣은 말과 마차를 유효하게 활용할 생각이었다.

하지메는 다시 『보물 창고』에서 슈타입을 꺼내 마차에 연결했다. 그리고 슈타입이 끄는 마차와 직접 말에 타는 사람들로 나뉜 일행은 다시 수해로 향했다.

무참한 제국 병사의 시체는 유에가 바람 마법을 사용해 계곡 밑바닥으로 떨어뜨렸다. 남은 건 그들이 흘린 피 웅덩이뿐이었다.

저 멀리 7대 미궁의 하나이자 깊은 안쪽에 아인족의 나라 【페어베르겐】이 자리 잡은 【하르치나 수해】가 보였다. 조금씩 수해의 윤곽이 커지는 걸 보면 가까워지는 것이 확실했다.

슈타입에는 하지메의 품에 쏙 들어간 유에가 타고 있었고 하지메의 뒤에는 시아가 탔다. 시아에겐 마차에 타라고 말해 뒀지만 죽어도 슈타입에 타겠다고 주장하며 말을 듣지 않았다. 유에가 몇 번이고 떨어뜨렸지만 좀비처럼 일어나 찰싹 달라붙었기에 결국 유에가 먼저 포기했다는 사정이 있었다.

시아는 처음 만난 『동류』 두 사람과 더 많은 이야기를 하고 싶었다. 하지메에게 달라붙은 시아는 기분이 좋아 보였다. 그것을 본 유에는 그녀가 마음에 든 것이 슈타입 좌석인지 하지메의 뒷자리라는 포지션인지 긴가민가했으나…… 경우에 따라선 손발을 묶어서라도 끌어내리겠노라 결심했다.

약간 기분이 상한 듯한 유에와 기분이 좋아 보이는 시아 사이에 낀 하지메는 슈타입을 몰며 멍한 표정으로 먼 곳을 바라보았다.

그런 하지메에게 유에가 말을 걸었다.

"……하지메, 왜 혼자서 싸웠어?"

"응?"

유에는 제국 병사와의 싸움에 대해 물었다. 그때 하지메는 마법을 사용하려던 유에를 제지하고서 혼자 싸우길 택했다. 유에가 참가하든 않든 결과는 같았겠지만, 하지메가 제국 병사를 쓰러뜨린 뒤로 무언가 생각에 잠긴 것만 같아 신경이 쓰였다.

"음~, 조금 확인하고 싶은 게 있어서……."

"……확인하고 싶은 거?"

유에가 의아하다는 얼굴로 되물었고, 시아도 어깨 너머로 흥미롭다는 눈빛을 보냈다.

"그래, 그건 말이지……."

말하기 시작한 하지메의 이유를 요약하면 이렇다.

하지메가 유에를 제지하고 직접 제국 병사 전체를 상대한 첫 번째 이유는 『실험』이었다. 만에 하나에 대비해 전원의 머리를 겨눴지만, 실은 갑옷 부분에도 발포했었다. 인간을 상대로 레일건은 지나치게 강해서, 마을 한복판에서 사용했다간 끝없이 관통할 것만 같았기 때문이다.

적을 조각내는 건 아무런 문제가 없지만 그 뒤로 민가를 부수고 단란한 가족을 몰살! 하는 건 완전히 정신 나간 사람일 것이다. 하지메도 아무런 관계가 없는 사람을 무차별적으로 죽이는 살인귀가 될 생각은 조금도 없었기에, 어느 정도의 화약량이 적절한지 실전에서 시도해볼 필요가 있었다. 실험 결과는 양호했으며 미세한 위력 조절에도 구체적인 예상이 됐다.

또 하나의 이유는 자신이 살인을 망설일지 확인하는 것이었다. 하지메는 완전히 변했지만 사람을 죽인 경험은 아직 없었다. 그래서 죽이기 전과 죽인 뒤에도 동요하지 않을 수 있는지 확인해본 것이다.

결과는 『딱히 아무런 느낌도 없었다』. 역시 적이라면 가차 없이 죽인다는 가치관은 굳건한 듯했다.

"그렇게 처음으로 살인을 했는데 아무런 느낌도 없으니 역시 제법 변했구나 싶어서 조금 감상에 젖었던 거지."

"……그래. ……괜찮아?"

"그래, 문제없어. 이게 지금의 나고 앞으로도 제대로 싸울 수 있다는 걸 확인할 수 있어서 다행이야."

시아는 그렇게나 가차 없었던 하지메가 이번에 처음으로 사람을 죽였다는 사실에 내심 크게 놀랐다. 동시에 하지메의 작은 변화를 눈치챈 유에의 통찰력(아마도 하지메 한정)에도 감탄했다. 그리고 다시금 하지메와 유에에 대해 아무것도 모른다는 사실에 조금 쓸쓸한 기분이 들었다.

"저기, 저기! 하지메 씨하고 유에 씨에 대해서 알려주세요."

"응? 우리에 대해선 말했잖아."

"아니요, 능력이라든가 그런 게 아니라 어쩌다 나락이라는 곳에 있었는지, 여행 목적이 무엇인지, 지금까지 뭘 하고 있었는지, 두 분에 대해 알고 싶어요."

"……들어서 어쩔 건데?"

"어떻게 하려는 게 아니라 그냥 궁금해요. ……전 이런 체질 때문에 가족에게 많은 피해를 입혔어요. 어렸을 땐 그게 너무 싫어서…… 물론 다들 폐가 아니라고 말해줬고 지금은 자신을 싫다고 생각하지 않지만…… 그래도 역시 이 세계에서 돌출된 기분이 들거든요. ……그래서 전 기뻤어요. 두 분을 만나 나 같은 존재가 또 있다는 걸 알게 돼서. 혼자가 아니라고, 특이한 사람이 아니라고 생각하게 돼서…… 제멋대로지만 저기, 도, 동료처럼 느껴졌어요. ……그래서 저기, 두 분을 더 알고 싶다고 할까요……."

시아는 이야기 도중에 부끄러워졌는지 점점 작은 목소리로 하지메의 등에 숨듯 몸을 움츠렸다. 하지메와 유에는 처음 만났을 때도 그녀가 상당히 기뻐하던 것을 떠올리고서 무어라 말하기 힘든 표정을 지었다.

그땐 유에의 복잡한 심정으로 어영부영 넘어가고, 곧바로 하우리아 족을 공격하는 마물과 전투가 벌어져 계곡에서도 마법을 사용할 수 있는 이유 등의 간단한 것만 이야기했었다. 분명 시아는 계속 궁금했을 것이다.

이쪽 세계에서 마물과 같은 체질을 가진 존재란 받아들여지기 힘들 테니 동료 의식을 느끼는 것도 무리가 아니다. 하지만 그렇다고 하지메와 유에 쪽에서 시아에게 동료 의식이 생긴 건 아니었다.

그래도…… 수해에 도착할 때까지 조금 더 시간이 걸린다. 딱히 숨길 것도 없어서 시간도 죽일 겸 이야기해도 괜찮겠다고 생각한 하지메와 유에는 지금까지의 일을 말했다. 그 결과—

"흐엥, 훌쩍. ……너무해, 너무해요오~. 하지메 씨하고 유에 씨가 불쌍해요오~. 그, 그에 비하면 난 정말이지 복 받았어……. 히잉~, 자신이 한심해요오~."

엉엉 울었다. 눈물을 주르륵 흘리며 「전 어리광쟁이예요오
~」라든가 「이제 우는소리 안 할래요오~」 하고 중얼거렸다. 그
리고 은근슬쩍 하지메의 외투에 얼굴을 닦았다. 아무래도 자
신이 힘든 처지라고 생각하고 있었지만, 하지메와 유에가 자
신 이상으로 힘들었다는 것을 알고 불행한 줄 알았던 자신이
한심해진 모양이다.

한동안 훌쩍이던 시아는 갑자기 결연한 표정으로 고개를
확 들더니 주먹을 쥐며 기운차게 선언했다.

"하지메 씨! 유에 씨! 결심했어요! 두 분 여행에 따라갈래
요! 앞으로 저 시아 하우리아가 낮이든 밤이든 두 분을 도와
드릴게요! 사양하지 마세요. 우린 셋밖에 없는 동료잖아요.
함께 고난을 넘어 원하는 것을 이뤄요!"

멋대로 들뜬 시아에게 하지메와 유에가 정말 차가운 시선
을 보냈다.

"현재 진행형으로 보호받는 나약한 토끼가 무슨 소리야?
그냥 걸림돌 신세 주제에."

"……은근슬쩍 『동료 같다』에서 『동료』로 승격했어. ……뻔
뻔 토끼."

"왜, 왜 그렇게 차가운 눈으로 보는 거예요……. 마음에 금이
갈 것 같아요……. 그보다 이제 좀 이름으로 불러주세요오."

당당하게 말했지만 차가운 반응이 돌아오자 약간 동요한
시아. 그런 그녀에게 연타 공격이 들어갔다.

"너, 그냥 여행 동료가 필요할 뿐이지?"

"······?!"

하지메의 말에 시아의 몸이 움찔했다.

"일족의 안전이 확보된다면 저 녀석들에게서 떨어질 생각이지? 마침 적당한 핑곗거리로 『동류』인 우리가 나타났으니 그걸 빌미로 함께 가겠다는 거잖아. 그런 독특한 색의 머리카락을 한 토인족이 혼자서 여행을 떠날 순 없을 테니까."

"······저기, 그건 그런 이유만이······ 전 정말로 두 분을······."

시아는 정곡을 찔렸는지 횡설수설 변명했다. 사실 시아는 이미 결심했다. 무슨 수를 써서라도 하지메의 도움을 얻어 일족의 안전을 확보한 뒤 자신은 가족에게서 떠나겠다고. 자신이 있는 한 일족은 항상 위험에 처한다. 이번에도 많은 가족을 잃었다. 다음엔 정말로 전멸할지도 모른다. 시아는 그것만큼은 견딜 수 없었다.

물론 그 생각이 일족의 뜻에 반한다는 것을, 어떤 의미론 배신이라 해도 될 행동이라는 걸 알고 있다. 하지만 그럴지라도 그러겠다고 결심했다.

최악의 경우 혼자서라도 여행에 나설 생각이었지만 그랬다간 걱정이 많은 가족들이 따라올 것이다. 하지만 압도적으로 강한 하지메 일행에게 은혜도 갚을 겸 따라간다고 하면 분명 일족을 설득할 수 있을 거라고 생각했다. 시아는 겉으로 드러나는 언동과는 다르게 지금 이 순간에도 『필사적』으로 『열심히』 머리를 굴리고 있었던 것이다.

물론 시아 자신이 하지메와 유에에게 강한 흥미를 느낀 것도 사실이다. 하지메의 말대로『동류』인 그들에게 구실을 넘어선 강한 동료 의식을 느꼈다. 시아에게 있어 이번 하지메 일행과의 만남은『운명』이었다.

"딱히 탓하는 게 아니야. 하지만 이상한 기대는 하지 마. 우리의 목적은 7대 미궁 공략이거든. 아마도 나락과 마찬가지로 미궁 안쪽에는 괴물이 모였겠지. 너라면 순식간에 살해당하고 끝날 거야. 그러니 동행을 허락할 생각은 조금도 없어."

"……."

시아는 하지메의 날카로운 말에 풀이 죽은 것처럼 말이 없었다. 하지메와 유에의 딱히 신경 쓰지 않는 태도가 더욱 충격이었다. 시아는 그 뒤로 얌전히 슈타입의 좌석에 앉아 무언가 생각에 잠긴 것처럼 복잡한 표정을 했다.

그 뒤로 몇 시간 뒤 드디어 일행은【하르치나 수해】와 평원의 경계에 도착했다. 수해 밖에서는 그저 울창한 숲으로만 보였지만 한번 안으로 들어가면 곧바로 안개에 휩싸인다고 한다.

"그럼 하지메 님, 유에 님. 안으로 들어가면 절대로 우리에게서 떨어지지 말아 주시오. 두 분을 중심으로 나아가겠지만, 만에 하나 떨어지면 힘들어집니다. 그리고 가는 곳은 숲의 안쪽, 대수(大樹) 아래가 맞습니까?"

"그래, 이야기를 들어보니 거기가 미궁과 관련이 있을 것 같으니까."

캄이 하지메에게 수해에서의 주의 사항과 행선지를 확인했다.

캄이 말한 『대수』란 【하르치나 수해】의 가장 깊은 곳에 있는 거대한 나무를 말하는 것으로, 협곡을 탈출했을 때 캄에게서 들은 이야기론 아인족들은 『대수 우아 아르트』라고 부르며 신성한 곳으로 여겨 다가가는 사람은 거의 없다고 했다.

처음에 하지메는 【하르치나 수해】 자체가 대미궁인가 싶었지만 잘 생각해보면 나락의 밑바닥 마물과 비슷한 수준의 마물이 어슬렁거리는 곳에서 아인들이 살 수 있을 리 없다. 그렇기 때문에 【오르크스 대미궁】처럼 진짜 미궁의 입구가 어딘가에 있을 거라고 추측했고 캄에게서 들은 대수가 수상하다고 판단한 것이다.

캄은 하지메의 말에 고개를 끄덕인 뒤, 하우리아 족에게 신호를 보내 하지메 일행 주변을 에워쌌다.

"하지메 님, 가능한 한 기척을 없애줄 수 있소이까? 대수는 신성한 곳이라 그다지 다가가는 사람이 없지만, 특별히 금지된 건 아니기 때문에 페어베르겐이나 다른 촌락 사람들과 마주칠지도 모릅니다. 우리는 쫓기는 몸이니 들키면 성가실 겁니다."

"그래, 알고 있어. 나도 유에도 어느 정도 조용히 행동할 수 있으니 괜찮아."

하지메는 그렇게 말하며 『기척 차단』을 사용했다. 유에도 나락에서 익힌 방법으로 기척을 줄였다.

"읍?! 이건…… 하지메 님, 가능하다면 유에 님 정도로 해주실 수 있소이까?"

"······이 정도?"

"네, 좋습니다. 방금 수준으로 기척을 없애면 우리도 놓칠 수 있으니 말이오. 이것 참 역시 대단하시구려."

원래 토인족은 전체적으로 스펙이 낮은 만큼 청각에 의한 색적과 기척을 차단하는 은밀 행동에 뛰어나다. 지상에 있으면서 나라에서 단련한 유에와 같은 수준이라고 하면 얼마나 우수한지 알 수 있을까. 더 간단하게 말하면 달인 수준이다.

하지만 하지메의 『기척 차단』은 그보다 더 수준이 높았다. 일반 장소에서는 한 번 인식하면 쉽게 놓치지 않겠지만 수해 안에선 토인족의 색적 능력으로도 놓칠 정도로 높은 수준이다.

캄은 인간족이면서 자신들의 유일한 장점을 간단히 능가하는 것을 보고 쓴웃음을 떠올렸다. 옆에선 어째서인지 유에가 자랑스러운 듯 가슴을 당당히 내밀었고 시아는 어딘가 복잡한 표정이었다. 하지메가 말한 실력 차를 다시금 보여준 것이나 마찬가지기 때문일 것이다.

"그럼 갑시다."

캄의 호령과 함께 준비를 마친 일행은 캄과 시아를 선두로 수해 안에 들어갔다.

한동안 길이 아닌 길을 걸으니 곧바로 짙은 안개가 발생해 시야가 가려졌다. 하지만 캄의 발걸음에 망설임은 조금도 없었다. 이유는 모르지만 아인족은 아인족인 것만으로도 수해 안에서도 정확하게 현재 위치와 방향을 파악할 수 있는 듯했다.

그렇게 순조롭게 나아가고 있을 때 갑자기 캄 일행이 멈춰서 주변을 경계하기 시작했다. 마물의 기척이었다. 당연히 하지메와 유에도 느끼고 있었다. 아무래도 몇몇 마물에게 포위된 것 같았다.

하우리아 족은 수해에 들어오기 전에 하지메가 빌려준 나이프 등을 들었다. 그들은 원래는 그 우수한 은밀 능력으로 도망치려 하겠지만 이번에는 그럴 수 없었다. 다들 일제히 긴장한 표정을 떠올렸다.

그때 갑자기 하지메가 왼손을 빠르게 수평으로 흔들었다. 살짝 슉 하고 무언가가 사출되는 소리가 연속으로 울렸다.

푹, 푹, 푹.

"""키이이이?!"""

무언가 세 마리가 쓰러지는 소리와 비명이 들렸다. 그리고 안개에 몸을 숨기고 있던, 신장 60센티미터 정도에 팔이 넷 달린 원숭이 세 마리가 다급히 날아들었다.

그중 한 마리를 향해 유에가 손을 뻗어 한마디 속삭였다.

"……『풍인』."

마법 이름과 함께 바람 칼날이 똑바로 날아가 공중에 있던 원숭이를 애들 장난처럼 잘라버렸다. 그 원숭이는 비명도 지르지 못하고 풀썩 땅으로 떨어졌다.

나머지 두 마리는 두 방향으로 나뉘어 접근했다. 한 마리는 근처 어린아이에게, 다른 한 마리는 시아를 향해 날카로운 발톱이 자란 네 개의 팔을 휘두르려 했다. 시아도 아이도 갑작스러운 일에 몸이 경직되어 움직일 수 없었다. 서둘러 근처의 어른이 감싸려 했지만…… 괜한 걱정이었다.

다시 하지메가 왼팔을 휘두르자 푸슉 소리와 함께 시아와 아이를 공격하려던 원숭이의 머리에 10센티미터 정도의 침이 무수히 박혀 목숨을 잃었기 때문이다.

하지메가 사용한 것은 왼팔 의수에 내장된 『니들 건』이었다.

예전에 싸웠던 유사 전갈에게서 힌트를 얻어 단발, 산단 변환식 니들 건을 내장했다. 사출에는 『전기 두르기』를 사용하며 돈나 슈라크에는 못 미치지만 나름대로 위력이 있었다.

사정거리는 10미터 정도밖에 안 되지만 소음성에 뛰어나고 독을 이용한 침도 있기 때문에 제법 편리한 암기의 일종이었다. 수해 안에선 요란한 총성을 내지 않기 위해 돈나를 사용하지 않았다.

"고, 고마워요, 하지메 씨."

"형아, 고마워!"

시아와 아이(남자)가 위기에서 벗어난 뒤 인사하자 하지메는 신경 쓰지 말라며 손을 획획 저었다. 남자아이는 하지메를 반짝이는 눈빛으로 바라보았고 시아는 갑작스러운 위험에 경직할 수밖에 없었던 자신에게 풀이 죽은 것처럼 어깨를 떨궜다.

그 모습에 캄은 난감한 것처럼 웃으면서도 하지메의 재촉을 받아 다시 길을 서둘렀다.

그 후로도 이따금씩 마물의 습격을 받았지만 하지메와 유에가 조용히 처리했다. 수해의 마물은 일반적으론 상당히 성가시다고 알려졌으나 아무런 문제 없다.

하지만 수해에 들어오고 몇 시간이 흘렀을 무렵, 지금까지 없었던 무수히 많은 기척에 포위된 하지메 일행은 걸음을 멈출 수밖에 없었다. 숫자와 살기, 연계를 갖춘 숙련도도 지금까지의 마물과 비교가 안 됐다.

캄 일행은 빠르게 토끼 귀를 움직여 탐색한 뒤 무언가를 파악했는지 벌레 씹은 표정을 했고 시아는 얼굴이 창백해졌다. 하지메와 유에도 상대의 정체를 깨닫고 성가시다는 표정을 지었다. 그 상대의 정체란—.

"너희…… 왜 인간과 있지?! 종족과 이름을 말해라!"

호랑이의 귀와 꼬리가 자란 근육질 아인들이었다.

수해 안에서 인간족과 아인족이 함께 걷고 있다는 있을 수 없는 광경에, 눈앞의 호랑이 아인으로 보이는 인물은 캄 일행에게 배신자를 보는 듯한 시선을 보냈다. 그 손에는 날이 양쪽으로 달린 검을 들고 있었으며, 주위엔 수십 명의 아인이 넘치는 살기로 포위망을 좁히고 있었다.

"저, 우리는……."

캄이 식은땀을 흘리며 어떻게든 변명하려 했지만 그 전에 호랑이 아인이 시아를 보더니 그 눈을 부릅뜨며 말했다.

"하얀 머리 토인족이라고? ……네놈들, 보고에 있었던 하우리아 족이군. 아인족의 체면을 더럽힌 놈들. 오랫동안 동포를 속이고 불길한 아이를 숨긴 걸로도 부족해 이번엔 인간족을 불러들이다니. 반역죄다! 더는 변명조차 들을 필요 없다! 전원 이 자리에서 처형한다! 잡아—."

투팡!

호랑이 아인이 공격 명령을 내리려던 순간, 하지메의 팔이 올라가 총성이 울렸다. 한 줄기 섬광이 그의 뺨을 스치며 뒤쪽의 나무를 날려버리고 수해 안쪽으로 사라졌다.

이해할 수 없는 공격에 얼어붙은 호랑이 아인의 뺨에 찰과상이 생겼다. 만약 인간처럼 귀가 옆으로 달렸더라면 확실하게 날아갔을 것이다. 들어본 적 없는 소리와, 반응을 허락하지 않는 엄청난 공격에 모두가 경직됐다.

거기서 아무렇지도 않게 엄청난 압력을 가진 하지메의 목소리가 울렸다. 마력을 직접 방출하는 것으로 상대에게 물리적 압력을 가하는 고유 마법 『위압』이다.

"지금 공격은 순식간에 몇십 발 단위로 연사할 수 있어. 주변을 둘러싼 녀석들도 전부 파악하고 있다. 너희가 있는 곳은 이미 내 킬 존이야."

"무, 뭐지? 영창인가?"

영창도 아닌 본 적도 없는 강렬한 공격을 연발할 수 있는데다 아군의 위치까지 파악했다는 말을 들은 호랑이 아인은 자신도 모르게 주저했다. 그것을 증명하려는 것처럼 하지메는 자연스러운 움직임으로 슈라크를 뽑아 어떤 방향으로 총구를 겨눴다. 그곳은 공교롭게도 호랑이 아인의 심복이 있는 곳이었다. 안개 너머에서 동요하는 기척이 났다.

"싸우겠다면 봐주지 않겠어. 약속을 다할 때까지 이 녀석들의 목숨은 내가 보호하고 있으니까. ……한 명이라도 살아남을 생각 마라."

하지메는 위압감 외에도 살기를 내뿜기 시작했다. 너무나도 짙은 그것을 정면에서 느낀 호랑이 아인은 식은땀을 대량으로 흘리며, 자칫 공황에 빠져 의미도 없이 난리를 피울 것만 같은 자신을 필사적으로 억눌렀다.

'말도 안 돼! 이런, 이런 녀석이 인간이라고? 이건 그냥 괴물이잖아!'

공포에 지지 않도록 마음속으로 크게 외친 호랑이 아인 따윈 알 바 아니라는 것처럼 하지메가 돈나&슈라크를 든 자세로 말을 이었다.

"하지만 여기서 물러난다면 쫓지 않겠다. 적이 아니라면 죽일 필요도 없으니까. 자, 정해라. 적대해서 무의미하게 전멸할지, 얌전히 집으로 돌아갈지."

호랑이 아인은 확신했다. 공격 명령을 내린 순간 아까의 섬광이 순식간에 자신들을 유린할 것임을. 그럴 경우 만에 하나라도 살아남을 가능성은 없다는 것을······.

호랑이 아인은 페어베르겐의 제2 경비대 대장이었다. 페어베르겐과 주변 촌락을 경비하는 것이 주요 임무로 마물이나 침입자로부터 동포를 지키는 일을 자랑스럽게 여기고 있었다. 그래서 설령 부하들과 함께 전멸할 것을 확신하고 있더라도 쉽게 물러설 수 없었다.

"······그 전에 한 가지 묻고 싶다."

호랑이 아인은 갈라질 것 같은 목소리로 힘을 짜내 하지메에게 물었다. 하지메는 시선으로 이야기를 재촉했다.

"……목적이 뭐지?"

단적인 질문이었다. 하지만 대답에 따라선 여기를 죽을 곳으로 정하고 목숨을 바칠 각오가 있음을 알리는 질문이었다. 호랑이 아인은 페어베르겐과 촌락의 아인들을 다치게 할 생각이라면 자신들이 물러서지 않겠다는 각오를 담아 하지메를 노려보았다.

"수해의 심부, 대수 우아 아르트로 가고 싶다."

"대수에……? 목적은?"

호랑이 아인은 아인들을 노예로 삼기 위해서 같은, 자신들을 해하려는 목적일 거라 생각했는데 신성시되긴 해도 그다지 중요하지 않는 대수가 목적이라는 말을 듣고 약간 당황했다. 대수는 아인들에게 있어 수해의 명소 정도에 불과했다.

"그곳에 진짜 대미궁으로 통하는 입구가 있을지도 모르기 때문이야. 우리는 7대 미궁을 공략하기 위해 여행하고 있지. 하우리아는 안내를 위해 고용했다."

"진짜 대미궁? 무슨 말이지? 7대 미궁이란 이 수해를 말한다. 한 번 발을 디디면 끝, 아인 이외엔 결코 나아가거나 돌아갈 수 없는 천연의 미궁이다."

"아니, 그건 이상해."

"뭐라고?"

이상하게 자신 있어 보이는 하지메가 단언하자 호랑이 아인은 의아한 표정으로 되물었다.

"대미궁이라고 하기엔 이곳 마물은 너무 약해."

"약하다고?"

"그래. 대미궁의 마물은 전부 괴물밖에 없어. 적어도 【오르크스 대미궁】의 나락은 그랬지. 그리고……."

"뭐지?"

"대미궁이란 『해방자』들이 남긴 시련이다. 아인족은 간단히 심부로 갈 수 있잖아? 그럼 시련이라고 할 수 없지. 그러니 수해 자체가 대미궁이라는 건 이상해."

"……."

하지메의 말을 들은 호랑이 아인은 당황을 감추지 못했다. 하지메의 말을 이해할 수 없었기 때문이다. 수해의 마물을 약하다고 단정하는 것도, 【오르크스 대미궁】의 나락이라는 것도, 해방자라는 것도, 미궁의 시련이라는 것도…… 들어본 적 없는 것들뿐이었다.

평소 같으면 『헛소리』라고 무시했을 것이다. 하지만 지금 여기서 하지메가 거짓말을 할 이유가 없다. 압도적인 우위에 선 것은 하지메 쪽이기 때문에 변명을 할 필요가 없었다.

게다가 그 말에는 이상하리만치 확신에 찬 힘이 있었다. 정말로 아인이나 페어베르겐에 흥미가 없고 대수 자체가 목적이라면 부하의 목숨을 무의미하게 잃는 것보다 빨리 목적을 이루게 해서 떠나게 하는 편이 좋다.

호랑이 아인은 순식간에 그렇게 판단했지만 하지메 정도의 위협을 자신만의 판단으로 내버려 둘 수는 없었다. 이 일은 완전히 자신의 역량을 넘어섰다는 것도 이해하고 있었기에 호랑이 아인은 하지메에게 제안했다.

"……네가 나라와 동포를 해칠 생각이 없다면, 대수로 가는 것 정도는 상관없다고 생각한다. 부하의 목숨을 무의미하게 잃을 수는 없으니 말이다."

그 말에 주변 아인들이 동요하는 기색이 퍼졌다. 수해 안으로 침입한 인간족을 내버려 둔다는 것 자체가 이례적인 일이었다.

"하지만 경비대장인 내 독단으로 처리해도 될 일이 아니야. 본국의 지시를 따르겠다. 네 이야기도 장로님들이라면 아는 분이 계실지도 몰라. 네 말이 사실이라면 전령을 보내고 우리와 이 자리에서 대기해라."

식은땀을 흘리면서도 강한 의지를 눈동자에 담아 노려보는 호랑이 아인의 말에 하지메는 잠시 생각에 잠겼다.

호랑이 아인 입장에선 한계에 가까운 양보일 것이다. 수해에 침입한 타 종족은 묻지도 따지지도 않고 처형한다고 들었다. 지금도 사실은 하지메 일행을 처단하고 싶어 견딜 수 없을 것이다. 하지만 그랬다간 분명 부하의 목숨을 잃을 것이고, 그것을 피하면서도 하지메라는 위험한 존재를 내버려 두지 않기 위한 아슬아슬한 제안이었다.

하지메는 이 상황에서 제법 이성적인 판단을 하는 녀석이라고 생각해 조금 감탄했다. 그리고 지금 이곳에서 그들을 섬멸하고 진행하는 메리트와 페어베르겐에 완전 포위될 위험을 감수하면서도 그들의 허가를 받는 메리트를 저울질하다……
후자를 선택했다.

대수가 대미궁의 입구가 아닐 경우 계속해서 탐색해야만 한
다. 그렇게 되면 페어베르겐의 허가가 있는 편이 당연히 좋다.
물론 결국엔 적대할 가능성이 크지만, 그러지 않을 수 있는
길이 있다면 그쪽을 선택하는 것이 당연히 좋다. 인도적인 판
단이 아니라 단순히 섬멸하며 탐색하는 건 무척이나 성가실
것 같았기 때문이다.

"……좋다. 아까 한 말을 왜곡하지 말고 그대로 전해라."

"알았다. 잠! 들었지?! 장로님들께 있는 그대로 전해라!"

"알겠습니다!"

호랑이 아인의 말과 함께 기척 하나가 멀어져 갔다. 그것을
확인한 하지메는 들고 있던 두 자루의 총을 넓적다리의 홀스
터에 넣고 『위압』을 풀었다.

분위기가 단번에 이완됐다. 호랑이 아인은 그것에 안심하면
서도 너무나도 간단히 경계를 푼 하지메를 의아한 눈빛으로
바라보았다. 개중에는 전투 준비에 들어간 아인도 있는 모양
이었다. 그 시선의 의미를 깨달은 하지메가 당돌하게 웃었다.

"너희가 공격하는 것보다 내 속사가 빠르니까. ……시험해보
겠어?"

"……아니, 하지만 섣부른 행동은 마라. 우리도 움직일 수
밖에 없게 되니."

"알고 있어."

포위는 풀지 않았지만 이제야 일단락된 것을 깨달은 캄 일행도 안도의 한숨을 쉬었다. 하지만 그들이 받는 시선은 하지메가 받는 것보다 엄격한 느낌이라 상당히 거북해 보였다.

한동안 무거운 분위기가 가득했지만 그런 분위기에 질렸는지 유에가 하지메에게 놀아달라는 것처럼 장난을 치기 시작했고, 그것을 본 시아가 분위기를 밝게 하려는 건지 단순히 갑갑한 분위기를 견딜 수 없었던 건지 「나도~」하며 참전했다. 하지메가 쓴웃음을 떠올리고 상대해주자 조금씩 분위기가 풀어졌다. 적지 한복판에서 갑자기 시시덕거리기 시작한(아인들에겐 그렇게 보였다) 하지메에게 황당한 시선이 쏟아졌다.

한 시간 정도 지났을까. 들뜬 시아가 유에에게 관절기를 당해 「항복! 항복~!」하고 필사적으로 탭을 쳤다. 그것을 주변 아인들이 황당함이 반쯤 담긴 미적지근한 시선으로 보고 있자니 빠르게 접근하는 복수의 기척이 있었다.

다시 긴장감이 감돌았다. 시아의 관절에는 통증이 감돌았다.

안개 안쪽에서 몇 명의 아인들이 나타났다. 그들의 중앙에 있는 중년 남성이 특히나 시선을 끌었는데, 아름다운 금발에 깊은 지성을 겸비한 파란 눈을 가졌으며 가는 몸은 바람이 불면 날아갈 것처럼 가볍게 느껴졌다. 위엄에 찬 용모에 수많은 주름이 새겨졌지만 반대로 그것이 아름다움을 더욱 두드러지게 했다. 무엇보다 특징적인 그 뾰족하고 긴 귀로 보아 그는 삼인족(森人族)(흔히 말하는 엘프)일 것이다.

하지메는 그가 『장로』라 불리는 존재일 거라고 추측했고 그 추측은 적중한 모양이었다.

"흠, 네가 문제의 인간족인가? 이름이 뭐지?"

"하지메. 나구모 하지메. 넌?"

하지메의 말투에 주변 아인이 「장로님께 무엄하게!」라고 분노를 보였다. 그것을 한 손으로 제지한 삼인족 남성은 자신의 이름을 밝혔다.

"난 알프레릭 하이피스트. 페어베르겐 장로 자리를 하나 맡고 있지. 네 요구는 들었다만…… 그 전에 들려줬으면 좋겠군. 『해방자』라는 말을 어디서 알았지?"

"응? 오르크스 대미궁의 나락 밑바닥, 해방자 오스카 오르크스의 은신처에서."

하지메는 목적이 아니라 해방자라는 단어에 흥미를 보인 알프레릭을 의아하게 여기며 대답했다.

한편 알프레릭도 표정에 드러내진 않았지만 내심 경악했다. 그 이유는 해방자라는 단어와 그중 한 사람이 『오스카 오르크스』라는 사실은 장로들과 극히 적은 측근들만 알고 있었기 때문이다.

"흠, 나락 밑바닥이라. 들어본 적이 없다만…… 증명할 수 있나?"

어쩌면 아인족 중에서 정보를 흘린 자가 있을 가능성을 고려한 알프레릭이 하지메에게 그렇게 묻자 하지메는 난처하다는 표정을 했다. 증명하라고 해도 당장 보여줄 수 있는 건 자신의 실력 정도다. 고개를 갸웃한 하지메에게 유에가 제안했다.

"……하지메, 마석이라든가 오스카의 유품은?"

"아, 그렇구나. 그래, 그거라면……."

손을 탁 치며 『보물 창고』에서 지상의 마물에게선 얻을 수 없을 정도로 질 좋은 마석을 몇 개 꺼내 알프레릭에게 건넸다.

"이, 이건…… 이렇게 순도 높은 마석은 본 적이 없군……."

호랑이 아인이 경악한 얼굴로 말했고 알프레릭도 눈썹을 움찔 움직이며 내심 매우 놀랐다.

"그리고 이거. 일단 오스카 오르크스가 끼고 있던 반지인데……."

그렇게 말한 하지메가 보여준 것은 오르크스의 반지였다. 알프레릭은 그 반지에 새겨진 문장을 보고서 이번엔 경악을 감추지 못하고 눈을 크게 떴다. 그리고 마음을 진정시키려는 것처럼 천천히 숨을 내쉬었다.

"그렇군……. 확실히 넌 오스카 오르크스의 은신처에 도달한 모양이구나. 그 외에도 신경 쓰이는 점은 있지만…… 좋다. 우선 페어베르겐으로 오도록. 내 이름으로 체류를 허락하지. 아, 물론 하우리아도 같이."

알프레릭의 말에 주변 아인족들뿐만 아니라 캄을 포함한 하우리아 족도 경악했다. 호랑이 아인을 필두로 맹렬히 항의하는 목소리가 나왔으나 그것도 당연했다. 지금까지 페어베르겐에 인간족이 초대받은 일이 없었으니 말이다.

"저들은 손님으로 대접해야 한다. 그럴 자격을 갖고 있으니 말이야. 그것이 장로의 자리에 앉은 사람에게만 전해지는 규칙이다."

알프레릭이 엄격한 표정으로 주변 아인들을 타일렀다. 하지만 이번엔 하지메가 항의했다.

"잠깐. 왜 멋대로 내 예정을 정하는 거지? 난 대수에 볼일이 있을 뿐, 페어베르겐에는 흥미가 없어. 문제가 없다면 이대로 대수로 갈 거야."

"아니, 그건 무리다."

"뭐?"

끝까지 방해할 생각인가 싶어 경계하는 하지메에게 오히려 알프레릭 쪽이 당황한 듯 말했다.

"대수 주변에는 특히나 안개가 짙어서 아인족이라도 방향을 잃지. 일정 주기로 안개가 약해지기 때문에 대수로 가려면 그때가 아니면 안 돼. 다음에 갈 수 있는 건 10일 후다. ……아인족이라면 누구나 알고 있을 텐데……."

알프레릭은 「지금 당장 가서 어쩔 생각이지?」라고 하지메를 본 뒤, 안내하려던 캄을 보았다. 하지메는 처음 듣는 사실에 멍하니 있은 후, 알프레릭과 마찬가지로 캄을 보았다. 당사자인 캄은—.

"아."

마치 지금 떠올렸다는 표정이었다. 하지메의 이마에 핏줄이 불거졌다.

"캄?"

"아, 아니, 뭐랄까…… 왜, 많은 일이 있어서 그만 잊어버렸다고 할지…… 나도 어렸을 때 가본 정도라 주기에 대해선 의식하지 않았다고 할까요……."

캄은 허둥지둥 필사적으로 변명하다가 하지메와 유에의 차가운 눈빛을 견디지 못했는지 갑자기 성을 내기 시작했다.

"에잇, 시아, 그리고 너희도! 왜 알려주지 않은 게야?! 너희도 주기에 대해서 알고 있으면서!"

"아버님, 왜 화를 내세요! 전 아버님이 자신만만하시길래 지금이 그 시기인 줄 알았는데……. 그러니까 아버님 잘못이에요!"

"그래요. 저희도 이상하다 싶었지만 족장님이 너무나도 자신만만하셔서 우리가 잘못 알았나 싶어서……."

"어쩐지 족장님이 유난히 의욕적이셔서……."

성을 낸 캄에게 시아가 더욱 화를 냈고 다른 토인족들도 눈을 피하거나 은근슬쩍 책임을 떠넘겼다.

"너, 너희가 그러고도 가족이냐?! 이건, 그거지, 그래! 연대 책임이야, 연대 책임! 하지메 님, 탓할 거라면 저뿐만 아니라 일족 전체를 탓해 주시오!"

"앗, 치사해! 아버님, 치사해요! 혼자서 혼나는 게 무섭다고 다들 끌어들이다니!"

"족장님! 우리까지 끌어들이지 말아주세요!"

"이 바보가! 오면서 하지메 님이 얼마나 무자비한지 봤잖느냐! 혼자서 벌을 받는 건 죽어도 싫다고!"

"댁이 그러고도 족장이요?!"

아인족 중에서도 정이 깊기로 유명한 토인족. 그들이 웅성웅성 떠들며 서로에게 책임을 떠넘기고 있었다. 깊은 정은 어디로 갔는지…… 역시나 시아의 가족답게 유감 토끼들뿐이었다.

힘줄이 불거진 하지메가 불쑥 한마디 중얼거렸다.

"……유에."

"응."

하지메의 말에 한 발 앞으로 나온 유에가 오른손을 앞으로 뻗었다. 그것을 확인한 하우리아 일행의 표정이 굳어졌다.

"기, 기다려주세요, 유에 씨! 할 거라면 아버님만!"

"하하하! 우린 늘 함께다!"

"함께는 얼어 죽을, 웃기지 마!"

"유에 님, 족장님만으로 참아주세요!"

"난 잘못 없다, 난 잘못 없어, 잘못한 건 족장이라고!"

아우성치는 하우리아 족을 가볍게 웃어넘긴 유에가 조용히 중얼거렸다.

"……『람제』."

―아아아아아아아!

하늘 높이 날아간 토끼 귀 일행.

수해에 그들의 비명이 메아리쳤다. 동포가 공격을 받고 있음에도 알프레릭을 포함한 주변 아인들의 표정에 적의가 없었으며 오히려 어이없다는 표정으로 하늘을 올려다보았다. 그들의 표정이 하우리아 일족의 안쓰러움을 나타내주었다.

시체처럼 후두둑 땅 위로 쓰러진 하우리아 족. 움찔움찔 경련하는 것이 실로 애처로워 보였다. 그런 그들을 봐주지 않고 고무탄을 쏴 일으킨 하지메는 정말이지 불쌍한 하우리아 족을 노려보며 안내를 재촉했다.

알프레릭은 뭐라 말하기 힘든 표정을 지으면서도 호랑이 아인, 길에게 시선으로 신호를 보냈다. 길은 어딘가 피곤한 표정으로 한숨을 쉬며 일행을 선도해 짙은 안개 속을 걷기 시작했다.

하지메와 유에, 하우리아 족, 그리고 알프레릭을 중심으로 주변을 아인 경비대원이 감싸 걷기를 한 시간. 하지메는 아직 아인의 나라에 도착하지 못한 것으로 보아 아까 전령으로 나섰던 잠이라는 남자가 상당히 발이 빠르다고 생각하며 감탄했다.

그렇게 한동안 걷고 있자니 갑자기 안개가 걷힌 곳으로 나왔다.

걷혔다고는 해도 안개가 전부 사라진 것이 아니라 한 줄기로 곧게 뻗은 길이 생겼을 뿐이었다. 마치 안개로 된 터널 같은 곳이었다. 자세히 보니 길 끝에는 유도등처럼 파란빛을 내는 주먹 크기의 결정이 지면에 반쯤 얼굴을 내민 형태로 묻혀 있었다. 그곳을 경계로 안개가 침입하는 것을 막고 있는 것 같았다.

하지메가 푸른 결정에 주목한 것을 깨달았는지 알프레릭이 설명해주었다.

"저건 페어드렌 수정이라는 거다. 저 주변에는 어째서인지 안개나 마물이 다가오지 못해. 페어베르겐이나 주변 촌락도

이 수정으로 감싸고 있지. 뭐, 마물은 『비교적』 오지 않는 수준이지만."

"그렇군. 시종일관 안개 속에 있어서야 마음도 우울해지니까, 사는 곳 정도는 안개가 없었으면 하겠지."

보아하니 수해 안이라 해도 마을 안은 안개가 없는 모양이다. 11일 동안 안개 안에 있지 않아도 된다는 좋은 소식이었다. 유에도 안개가 성가셨는지 두 사람의 대화를 듣고서 어딘가 기쁜 표정이었다.

그렇게 걷다 보니 눈앞에 거대한 문이 보였다. 두꺼운 나무들을 엮어 아치 형태로 만든 것으로 10미터 높이의 나무로 된 문이 있었다. 천연 나무로 만든 방벽은 높이가 적어도 30미터는 될 것 같았다. 아인의 『나라』에 걸맞은 위용을 느꼈다.

길이 문지기로 보이는 아인에게 신호를 보내자 묵직한 소리와 함께 문이 조금씩 열렸다. 주변 나무 위로 하지메 일행에게 시선이 쏟아지는 것을 알 수 있었다. 인간이 초대받았다는 사실에 동요를 감출 수 없는 듯했다. 알프레릭이 없었더라면 길이 있어도 문제가 생겼을 것이다. 아마도 그런 걸 예측해 장로가 직접 나선 것이리라.

문을 지나자 다른 세계가 펼쳐졌다.

직경 10미터 정도의 거대한 나무가 무성히 자랐고 그 나무 안에 집이 있는지 나무줄기의 창문으로 보이는 곳에서 램프 불빛이 새어 나왔다. 올려다보니 수십 명 규모는 넉넉히 건널 수 있을 정도로 두꺼운 가지가 서로 얽혀 공중 회랑을 만들고 있었다. 덩굴과 추, 도르래를 이용한 엘리베이터로 보이는 물건과 나무와 나무 사이를 엮듯 설치된 거대한 공중 수로까지 있었다. 나무의 높이는 모두 20층 빌딩 정도는 되는 것 같았다.

하지메와 유에가 떡하니 입을 벌리고 그 아름다운 광경에 빠져들고 있자니 헛기침 소리가 들렸다. 아무래도 자신도 모르게 제자리에 멈췄던 모양이라 알프레릭이 주의를 돌려주었다.

"후후, 아무래도 우리 고향, 페어베르겐이 마음에 들었나 보군."

알프레릭은 기쁜지 표정이 온화해졌다. 주변 아인들과 하우리아 족 사람들도 어딘가 득의양양한 얼굴이었다. 하지메는 그런 그들의 모습을 보며 솔직하게 칭찬했다.

"그래, 이렇게 아름다운 마을은 처음 봤어. 공기도 맛있고. 자연과 조화된 훌륭한 마을이야."

"응. ……예뻐."

꾸밈없는 직접적인 칭찬에 아인들은 그렇게까지 칭찬할 줄은 몰랐는지 살짝 놀란 표정을 했다. 하지만 역시 고향을 칭찬하는 것이 기뻤는지 다들 콧소리를 내며 딴청을 피우면서도 짐승의 귀와 꼬리를 기세 좋게 흔들었다.

하지메와 유에는 그들의 태도와 주민들의 호기심과 기피, 혹은 당황과 증오 어린 다양한 시선을 신경 쓰지 않고 페어베르겐의 훌륭한 풍경을 마음껏 즐기며 알프레릭이 마련한 곳으로 이동했다.

"……그렇군. 시련에 신대 마법, 그리고 신의 반상이라……."

알프레릭의 안내로 회담 장소에 안내된 하지메와 유에는 알프레릭과 마주 앉아 이야기를 나누었다. 내용은 하지메가 오스카 오르크스에게서 들은 『해방자』와 신대 마법에 대한 것, 자신이 이세계에서 온 인간이며 7대 미궁을 공략하면 고향으로 돌아가기 위한 신대 마법을 손에 넣을 수 있을지도 모른다는 것 등이었다.

알프레릭은 이쪽 세계의 신에 대한 이야기를 들어도 안색 하나 바꾸지 않았다. 신기하게 생각한 하지메가 물으니 「이 세계는 아인족에게 자상하지도 않은데, 뭘」 하는 대답이 돌아왔다. 신이 정신 나간 존재든 아니든 아인족의 지금 상황은 변하지 않는다는 생각인 모양이었다. 성교 교회의 권위도 없는 이곳에서는 신앙심도 없는 듯했다. 있다고 한다면 자연에 대한 감사의 마음 정도라고 했다.

하지메 일행의 이야기를 들은 알프레릭은 페어베르겐의 장로 자리에 있던 자들에게 전해지는 이야기를 알려주었다.

그것은 이 수해의 땅에 7대 미궁을 나타내는 문장을 가진 사람이 나타난다면 그것이 어떤 사람이든 적대하지 말 것. 그리고 그 사람이 마음에 들었다면 원하는 곳으로 데려가라는 추상적인 구전이었다.

【하르치나 수해】의 대미궁의 창시자인 류티리스 하르치나가 『해방자』라는 존재라는 것(해방자가 어떤 자인지는 전해지지 않았다)과 동료의 이름이 함께 전해져 내려왔다고 한다. 페어

베르겐이라는 나라가 생기기 전부터 이 땅에 살던 일족에게 오랫동안 전해져 내려온 이야기라고 하며, 서두에 적대하지 말라는 것은 대미궁의 시련을 극복한 자의 실력이 말도 안 되게 뛰어날 것임을 알고 있기에 한 충고였다.

그리고 오르크스 반지의 문장에 알프레릭이 반응한 것은 대수의 뿌리에 7개의 문장이 새겨진 석판이 있고 그중 하나와 똑같았기 때문이라고 알려주었다.

"그러니 난 자격을 갖고 있다는 뜻인가……."

알프레릭의 설명으로 인간인 하지메 일행을 아인족의 본거지에 초대한 이유를 알 수 있었다. 하지만 모든 아인족이 그런 사정을 알고 있는 건 아니기 때문에 앞으로의 이야기를 할 필요가 있었다.

하지메와 알프레릭이 이야기를 마치려 할 때, 아무래도 아래층이 소란스러워졌다. 일행이 있는 곳은 최상층 부근으로, 아래에는 시아를 포함한 하우리아 족이 대기하고 있었다. 아무래도 그녀들이 누군가와 다투고 있는 듯했다. 하지메와 알프레릭은 서로를 마주 본 뒤 동시에 일어났다.

계단 아래에선 몸집이 큰 곰 아인족, 여우 아인족, 등에 날개가 자란 아인족, 몸이 작고 털이 많은 드워프처럼 생긴 아인족이 험악한 눈빛으로 하우리아 족을 노려보고 있었다. 구석에서 움츠러들면서도 캄이 필사적으로 시아를 보호하고 있었다. 시아와 캄의 뺨이 부어 있는 걸 보아 이미 맞은 뒤인 듯했다.

하지메가 내려오자 그들이 일제히 날카로운 시선을 보냈다. 곰 아인이 험악한 목소리로 말했다.

"알프레릭……. 이 자식, 무슨 속셈이지? 어째서 인간을 불러들인 거냐? 이 녀석들 토인족도 그래. 저주받은 아이를 이 땅에 들이다니…… 대답에 따라선 장로 회의에서 네놈을 처분하게 될 거다."

필사적으로 격정을 참고 있는지 꽉 쥔 주먹이 부들부들 떨리고 있었다. 역시 아인족에게 인간족이란 불구대천의 적이다. 게다가 저주받은 아이와 그녀를 감싼 하우리아 족까지 안으로 들였다. 곰 아인뿐만 아니라 다른 아인들도 노려보았다.

하지만 알프레릭은 태연한 모습이었다.

"뭘, 구전을 따랐을 뿐이지. 너희도 각 종족의 장로니 사정은 이해하고 있을 텐데?"

"뭐가 구전이라는 거냐?! 그런 수상한 걸 어떻게 믿겠나! 페어베르겐 건국 이후로 단 한 번도 실행된 적이 없지 않은가!"

"그러니까 이번이 처음이 되겠지. 그것뿐이야. 너희도 장로라면 구전에 따라라. 그것이 규칙이다. 우리 장로의 자리에 있는 자가 규칙을 가벼이 여기면 어쩌자는 건가."

"그렇다면 이런 인간족 애송이가 자격자라는 말인가?! 적대해선 안 되는 실력자라고?!"

"그래."

끝까지 담담하게 대답한 알프레릭. 곰 아인은 믿을 수 없다는 표정으로 알프레릭을, 그리고 하지메를 노려보았다.

페어베르겐에는 능력이 높은 종족이 몇 있으며, 그 각 종족을 대표하는 사람이 장로가 되어 정기적으로 열리는 장로 회의라는 합의제 집회에 참여한다. 거기서 나라의 방침 등을 정하며 재판 같은 판결도 장로들이 한다. 아무래도 지금 이곳에 모인 아인들이 당대의 장로들인 모양이지만 구전에 대한 인식에는 차이가 있는 듯했다.

알프레릭은 구전을 포함한 규율을 중요하게 여기는 타입이지만 다른 장로들은 조금 다른 것 같았다. 알프레릭은 삼인족으로 아인족 중에서도 특히 긴 수명을 가졌다. 하지메가 기억하기론 2백 년 정도가 평균 수명이었다. 그렇다면 눈앞의 장로들과 알프레릭은 연령이 상당히 차이가 나며 그만큼 가치관에 차이가 있는 건지도 모른다. 참고로 아인족의 평균 수명은 백 년 정도다.

그렇게 알프레릭 이외의 장로들은 이 장소에 인간족과 죄인이 있다는 것을 참을 수 없는 모양이었다.

"……그렇다면 지금 이 자리에서 시험해주지!"

성난 곰 아인이 갑자기 하지메를 향해 돌진했다. 너무나도 갑작스러운 일에 아무도 반응할 수 없었다. 알프레릭도 설마 갑자기 공격할 줄은 몰랐는지 경악한 표정으로 두 눈을 크게 떴다.

그리고 순식간에 거리를 좁힌 신장 2미터 50센티미터 정도 되는 지방과 근육 덩어리 남자의 두꺼운 팔이 하지메를 향해 휘둘렀다.

아인 중에서도 웅인족(熊人族)은 특히나 내구력과 완력이 뛰어난 종족이다. 그 강한 팔은 일격으로 두꺼운 나무를 꺾을 정도였고 종족의 대표자라면 그보다 더한 파괴력을 갖고 있을 것이다. 시아를 포함한 하우리아 족과 곁에 있는 유에 이외의 아인들은 모두 고깃덩이가 된 하지메를 떠올렸다.

하지만 다음 순간, 있을 수 없는 광경에 얼어붙고 말았다. 충격음과 함께 휘둘러진 주먹이 너무나도 간단히 하지메의 왼팔에 붙들렸기 때문이다.

"……가벼운 주먹이군. 하지만 살기를 담아 공격한 이상 각오는 됐겠지?"

그렇게 말한 하지메가 의수의 악력을 높이자 곰 아인의 팔에서 뿌드득 소리가 났다. 경악한 표정으로 위기감을 느낀 곰 아인은 필사적으로 거리를 벌리려 했다.

"큭! 놔라!"

필사적으로 팔을 뿌리치려 했지만 그의 가슴 정도까지 오는 하지메는 조금도 움직이지 않았다. 사실 이때 신발에 설치한 금속판을 연성해 스파이크 모양으로 만들어 발밑을 고정하고 있었지만 그런 사실을 모르는 곰 아인은 하지메를 부동의 대수처럼 느꼈을 것이다.

하지메는 말없이 마력을 쏟아 의수의 악력을 단번에 높였다.

"큭?!"

곰 아인의 팔에서 파직 하고 나서는 안 될 파열음이 울렸다. 그럼에도 비명을 지르지 않은 것은 역시나 장로라 해야 할까. 하지만 하지메는 통증과 경악으로 경직된 빈틈을 놓치지 않았다. 왼팔을 정권지르기처럼 옆구리에 붙이고 뒷걸음질 치는 곰 아인의 품으로 단번에 파고들었다.

"날아가라."

『호완』을 발동해 의수를 찔렀다. 그와 동시에 팔꿈치 부분에서 충격이 발생하며 약실이 하늘로 튀어 올랐다. 그렇지 않아도 강력한 힘이 담긴 주먹을, 충격을 이용해 더욱 가속하여 파괴력을 늘린 것이다.

절대적인 위력이 담긴 강철 주먹이 곰 아인의 배를 찌르자 그 자리에 충격파를 발생하며 맹렬한 기세로 날려버렸다. 곰 아인은 비명 한 번 지르지 못하고 몸을 굽혀 날아가 벽을 부수고 허공으로 사라졌다. 잠시 후 지상에서 비명이 들렸다.

하지메가 사용한 것은 팔꿈치로 발사할 수 있는 샷건이었다. 내장된 탄의 격발 반동을 이용해 추진력으로 삼을 수도 있으며 슈라크를 쏘면서 등 뒤의 적을 동시에 공격할 수도 있다. 이번처럼 추진력으로 이용하여 『호완』과 조합해 사용하면 절대적인 위력을 발휘한다.

모두가 말을 잃고 경직하고 있을 때 철컹 하고 장치의 동작음을 낸 하지메가 장로들을 향해 살기가 담긴 시선을 보냈다.

"그래서 너흰 내 적인가?"

그 말에 고개를 끄덕이는 자는 없었다.

하지메가 곰 아인을 날려버린 뒤 알프레릭이 어떻게든 수습해 하지메에 의한 학살은 피할 수 있었다. 곰 아인은 내장 파열, 거의 온몸의 뼈가 골절된 위험한 상태였지만 어떻게든 목숨은 부지했다. 고가의 회복약을 물 쓰듯 펑펑 썼다고 한다. 물론 앞으로 두 번 다시 전사로서 싸울 수는 없겠지만······.

지금 호인족(虎人族)의 젤, 익인족(翼人族)의 마오, 호인족(狐人族)의 루아, 토인족(土人族)(흔히 말하는 드워프)의 구제, 그리고 삼인족의 알프레릭이 하지메와 마주 앉아 있었다. 하지메의 곁에는 유에와 캄, 시아가 앉았고 그 뒤로 하우리아족이 굳은 표정으로 앉아 있었다.

장로들의 표정은 알프레릭을 제외하고는 긴장감으로 굳은 모습이었다. 전투력으로 1, 2위를 다툴 정도로 강한 곰 아인(이름은 진)이 글자 그대로 꼼짝도 못하고 순식간에 당했으니 무리도 아니다.

"그래서 너흰 우리를 어쩌고 싶은 거지? 난 대수로 가고 싶을 뿐이라 방해하지 않는다면 적대할 일도 없다만······ 아인족의 의견을 통일하지 않으면 여차할 때 어디까지 해야 할지 알 수가 없잖아. 그렇게 된다면 너희도 곤란하겠지. 난 서로 죽이는 도중에 적과 아군을 구별할 정도로 사람이 착하지 않거든."

하지메의 말에 몸이 굳어진 장로들. 그의 말에 아인족 전체와 전쟁을 벌이는 것도 불사하겠다는 의지가 담긴 것을 깨달은 듯했다.

"우리 동료를 반죽음으로 만들어 놓고선 제일 먼저 하는 말이 그거냐. ······그러고선 우호적이 될 수 있다고?"

구제가 벌레 씹은 표정으로 신음하듯 중얼거렸다.

"이봐, 무슨 말이야? 먼저 죽이려 한 건 그 곰탱이잖아? 난 대응했을 뿐이라고. 반죽음이 된 건 자업자득이지."

"이, 이 자식! 진은! 진은 항상 이 나라를 생각해서!"

"그게 처음 만나는 상대를 말도 없이 죽여도 된다는 이유가 돼?"

"그, 그건! 하지만……."

"착각하지 마. 내가 피해자고 그 곰탱이가 가해자. 장로는 죗값을 매기기도 하잖아? 그렇다면 장로인 댁이 그런 점을 틀리면 안 되지."

아마도 구제는 진과 사이가 좋지 않았을까. 그래서 머리론 하지메의 말이 맞다는 걸 알고 있어도 마음이 받아들이지 못하는 듯했다. 하지만 그런 심정을 받아들일 정도로 하지메는 순하지 않았다.

"구제, 마음은 알겠지만 그 정도로 해 둬. 그의 말이 맞다."

알프레릭이 나무라듯 말하자 일어나려던 구제는 표정을 찡그리며 털썩 소리와 함께 자리에 앉고서 그대로 무뚝뚝하게 입을 다물었다.

"이 소년은 분명 문장 하나를 소지하고 있고 그 실력도 대미궁을 돌파할 정도야. 난 그를 구전의 자격자라고 인정해."

그렇게 말한 것은 호인족(狐人族) 장로 루아였다. 실처럼 가는 눈으로 하지메를 본 뒤 다른 장로는 어떻게 할 건지 주위를 둘러보았다. 그 시선을 받은 익인족 마오, 호인족(虎人

族) 젤도 상당히 불편한 모양이지만 동의를 나타냈다. 대표로 알프레릭이 하지메에게 말했다.

"나구모 하지메. 우리 페어베르겐의 장로는 너를 구전의 자격자로 인정한다. 그러니 너와 적대하지 않겠다. ……가능한 한 다른 자들에게도 손을 대지 말라고 전해 두지. 하지만……."

"절대적은 아니라는 건가."

"그래. 알다시피 아인족은 인간족을 좋게 생각하지 않아. 솔직히 증오한다고 해도 될 정도지. 혈기 넘치는 자들은 장로 회의의 결정을 무시할 가능성도 부정할 수 없다. 특히나 이번에 부상당한 진의 부족, 웅인족의 분노를 억누를 수 없을 가능성이 높지. 그 녀석은 인망이 있었거든……."

"그래서?"

알프레릭의 말을 들어도 하지메의 안색은 변하지 않았다. 그 눈동자에선 할 일을 했을 뿐이고 할 일을 하겠다는 의지가 엿보였다. 알프레릭은 그 의지를 이해하고서 장로로서 강한 의지가 깃든 눈빛을 보냈다.

"너를 공격한 자들을 죽이지 않았으면 한다."

"……죽이려는 자를 봐주라고?"

"그래. 너 정도 실력이라면 가능할 텐데."

"그 곰탱이 수준이라면 가능하겠지. 하지만 죽이려 든다면 봐줄 생각 없어. 당신의 마음은 알겠지만 그쪽 사정은 나하곤 관계없으니까. 동포를 죽게 하고 싶지 않다면 죽을힘을 다해 말려라."

나락 밑바닥에서 배운 적대자를 죽인다는 가치관은 하지메의 마음에 깊게 뿌리내렸다. 죽고 죽이는 싸움에선 무슨 일이 일어날지 모른다. 봐줬다가 궁지에 몰린 쥐가 고양이를 무는 것처럼 치명상을 입게 되지 않으리란 법은 없다. 그래서 하지메는 알프레릭의 부탁을 들어주지 않았다.

하지만 그때 호인족(虎人族) 젤이 입을 열었다.

"그렇다면 우리는 대수로 안내하는 것을 거부하겠다. 구전에도 마음에 들지 않는 상대를 안내할 필요가 없다고 하니 말이다."

그 말에 하지메가 의아하다는 표정을 했다. 애초에 안내는 하우리아 족에게 맡길 생각이었지 페어베르겐의 힘을 빌릴 생각은 없었다. 그것은 그들도 알고 있을 것이다. 하지만 젤의 다음 말로 그의 진짜 뜻을 알게 됐다.

"하우리아 족에게 안내를 받을 거라고 생각하지 마라. 이녀석들은 죄인. 페어베르겐의 규칙으로 벌을 받을 거다. 어떠한 사정으로 여기까지 함께 왔는지는 모르겠지만, 여기서 헤어져라. 마물의 성질을 가진 불길한 아이와 그것을 감싼 죄는 페어베르겐을 위험에 처하게 한 것이나 마찬가지다. 이미 장로 회의에서 처형 처분이 내려졌지."

젤의 말에 시아는 울 것 같은 표정으로 몸을 떨었고 캄 일행은 일제히 포기한 듯한 표정을 했다. 이렇게까지 되면서 아무도 시아를 탓하지 않는 걸 보면 정이 깊다는 건 정말인 듯했다.

"장로님들! 부디 일족만큼은 자비를! 부탁입니다!"

"시아! 그만해라! 다들 각오해 뒀다. 네겐 아무런 잘못이 없어. 그런 가족을 버리면서까지 살고 싶지 않다. 하우리아 족 모두가 몇 번이고 이야기를 나눠 정한 일이니 네가 마음 아파할 필요 없어."

"하지만 아버님!"

시아는 무릎을 꿇고서 필사적으로 자비를 빌었지만, 젤의 말에 자비란 없었다.

"이미 결정한 일이다. 하우리아 족은 전원 처형한다. 페어베르겐을 속이지 않았더라면 불길한 아이를 추방하는 것만으로 끝났을지도 모르지."

시아는 엉엉 울기 시작했고 그것을 캄 일행이 자상하게 위로해주었다. 다른 장로들이 아무 말도 하지 않는 걸 보면 장로 회의에서 정해진 일이라는 건 사실인 듯했다. 아마도 불길한 아이라는 것보다 그런 위험한 존재를 페어베르겐 쪽에 계속해서 숨겨 왔다는 사실이 죄를 무겁게 한 모양이다. 하우리아 족의 가족을 생각하는 마음이 사태를 악화시켰다고도 할수 있다. 정말이지 얄궂은 이야기였다.

"그렇게 됐으니 이걸로 네놈이 대수로 갈 방법은 사라졌다. 어쩔 건가? 운 좋게 도착할 가능성에 걸어볼 텐가?"

젤은 그것이 싫다면 자신의 요구를 받아들이라는 뜻을 전했고, 다른 장로들도 이론이 없는 듯했다. 하지만 하지메는 딱히 초조하거나 난처한 표정도 보이지 않고 가볍게 답했다.

"너 바보지?"

"뭐, 뭐야?!"

하지메의 말을 들은 젤은 눈을 부릅떴다. 시아 일행도 깜짝 놀란 얼굴로 하지메를 보았다. 유에는 하지메의 생각을 알고 있는지 새침한 얼굴이었다.

"난 니희 사정 따윈 모른다고 했다. 내게서 이 녀석들을 빼앗겠다는 건 결국 내 앞길을 방해하겠다는 것과 다를 바 없잖아."

하지메는 장로들을 흘겨본 뒤 팔을 뻗어 엉엉 우는 시아의 머리 위로 손을 얹었다. 움찔 몸을 떨며 눈물로 엉망이 된 시아가 하지메를 올려다보았다.

"내게서 이 녀석들을 빼앗겠다면…… 각오하는 게 좋아."

"하지메 씨……."

하지메가 지금 한 말은 단순히 자신을 방해하면 용서하지 않겠다는 의미지, 그 이상은 아닐 것이다. 하지만 하우리아족을 죽이지 않게 하려고 아인족 본거지 페어베르겐과의 전쟁도 불사하겠다는 말과 뜻은 절망에 빠진 시아의 마음을 직격했다.

"진심인가?"

알프레릭이 거짓말은 용서하지 않겠다는 것처럼 날카로운 눈빛으로 하지메를 보았다.

"당연하지."

하지만 전혀 동요하지 않는 하지메에게선 물러서지 않는 결의가 보였다. 이쪽 세계에서 자중하지 않고 방해하는 자는 타협하거나 용서하지도 않는다. 나락 밑바닥에서 직접 말했던 결의였다.

"페어베르겐에서 안내인을 보낸다 해도?"

하우리아 족의 처형은 장로 회의에서 결정한 일이다. 그것을 협박에 굴해 철회한다면 나라의 위신에 흠이 생긴다. 앞으로 하지메 일행을 공격할지도 모르는 자들의 목숨을 살려주는 교섭 요소인, 안내인이라는 카드를 버려서라도 장로 회의의 결정을 뒤집지 않기 위해 알프레릭이 제안했던 것이다.

하지만 하지메는 교섭의 여지가 없다는 것처럼 딱 잘라 말했다.

"몇 번이고 말하게 하지 마. 날 안내하는 건 하우리아다."

"어째서 그들을 고집하지? 대수에 가고 싶을 뿐이라면 누구든 상관없을 텐데."

알프레릭의 말에 하지메는 성가시다는 표정을 하며 시아를 살짝 보았다. 아까부터 계속 하지메를 바라보던 시아는 그 시선을 깨닫고 잠시 눈이 마주쳤다. 그러자 시아는 자신의 심장이 살짝 두근거리는 것을 느꼈고 곧바로 시선을 피했지만 시아의 고동만큼은 계속해서 높아졌다.

"약속했거든. 안내해주는 대신 지켜주겠다고."

"……약속이라. 그렇다면 이미 달성했다고 봐도 되지 않나? 협곡의 마물과 제국 병사들로부터 지켰으니. 그렇다면 이젠 보수로 안내를 받을 뿐이로군. 보수를 주는 자가 달라질 뿐이니 문제 없을 테지."

"문제 있어. 안내할 때까지 안전을 확보하겠다는 게 약속이다. 도중에 좋은 조건이 나왔다고 간단히 입을 씻어서야……."

하지메는 한 번 말을 끊고 이번엔 유에를 보았다. 유에도 하지메를 보고 있어 눈이 마주치자 미소 지었다. 그것에 작은 미소로 답하며 어깨를 으쓱한 하지메는 알프레릭을 향해 유유히 말했다.

"꼴사납잖아?"

기습, 급습, 속임수, 비법, 비열한 거짓말, 허풍. 하지메는 목숨을 건 싸움에서 그런 것들을 나쁘다고 생각하지 않는다. 살아남기 위해 필요하다면 아무런 망설임 없이 실행할 것이다.

하지만 그렇기 때문에 목숨을 건 싸움 이외에선 지켜야 할 의리 정도는 지키고 싶다. 그것조차 할 수 없다면 정말로 그저 악당에 불과하다. 하지메도 남자다. 나락 밑바닥에서 만난 소녀가 붙들어준 선을 스스로 넘는 추태를 부리고 싶진 않았다. 가능하다면 그녀의 자랑이자 긍지로 있고 싶다. 즉, 사랑하는 흡혈 공주 앞에선 멋진 모습을 보이고 싶었다.

그런 하지메의 모습에서 물러설 생각이 없다는 걸 깨달은 알프레릭이 깊은 한숨을 쉬었다. 다른 장로들이 어떻게 할 건지 얼굴을 마주 보았다. 한동안 정적이 주변을 감쌌고 이윽고 알프레릭이 어딘가 지친 표정으로 제안했다.

"그렇다면 네 노예인 걸로 하지. 페어베르겐의 규칙으론 수해 밖으로 나가 돌아오지 않던 자, 노예로 붙잡힌 게 확실한 자는 죽은 걸로 다뤄진다. 수해의 깊은 안개 속이라면 우리에게도 승산이 있겠지만, 밖에선 마법을 다루는 자를 상대로 승산이 거의 없지. 그래서 함부로 뒤를 쫓아 피해가 퍼지지 않도록 사망한 걸로 여기고 추적을 금지하고 있다. ……이미 사망한 자를 처형할 수는 없으니까."

"알프레릭! 그건!"

완전히 변명에 불과한 말에 다른 장로들이 깜짝 놀란 표정으로 그를 보았다. 젤은 자신도 모르게 몸을 내밀고 항의했다.

"젤. 알고 있겠지. 이 소년이 물러서지 않는 것과 그 강대한 힘도. 하우리아 족을 처형한다면 확실하게 적대하게 된다. 그렇게 되면 얼마나 많은 희생이 생길지……. 장로의 한 사람으로서 그런 위험은 결코 저지를 수 없다."

"하지만 그래선 본보기가 되지 않아! 힘에 굴해 괴물의 아이와 그것에 가담하는 자를 내버려 뒀다는 소문이 퍼지기라도 했다간 장로 회의의 위신이 땅에 떨어질 거다!"

"하지만……."

젤과 알프레릭이 의견을 주고받는 사이 다른 장로들도 끼어들어 아수라장이 됐다. 역시 이미 처분 결정이 내려졌던 만큼 위험 분자와 그것에 가담한 자를 봐준다는 것은 간단하지 않은 모양이었다. 나쁜 사례가 생긴다거나 장로 회의의 위신 실추 등 다양한 생각이 있을 것이다.

하지만 그런 도중 하지메가 일부러 분위기를 파악하지 않고 발언했다.

"어, 이야기 도중 미안하지만, 이 유감 토끼를 봐준다는 것에 대해서도 새삼스럽다고 생각하는데."

하지메의 말에 의논이 중지되고 장로들이 하지메에게 시선을 돌렸다. 하지메가 천천히 오른팔 소매를 걷어 마력을 직접 조작하니 오른팔 피부 안쪽으로 붉은 선이 옅게 떠올랐다. 하지메는 그대로 『전기 두르기』를 사용해 오른손에 스파크를 만들었다.

장로들은 하지메의 이상한 모습에 눈을 부릅떴다. 그리고 영창이나 마법진도 없이 마법을 발동했다는 사실에 경악했다. 진을 쓰러뜨린 건 왼팔의 의수형 아티팩트 덕분이라고만 생각했기 때문이다.

"나도 이 녀석처럼 마력을 직접 조작할 수 있고 고유 마법도 쓸 수 있어. 참고로 말하자면 여기 유에도 마찬가지야. 요컨대 너희가 말하는 괴물이라는 거다. 처형의 이유가 마물과 같은 특성을 가졌기 때문이라면 우리도 처형 대상이겠지. 하지만 구전에선 『그것이 어떤 사람이든 대적하지 말 것』이라고 했지? 어쨌든 규율을 따른다면 너흰 괴물을 놔줘야만 해. 이 녀석 한 사람 봐주는 것 정도야 새삼스럽지."

한동안 경직됐던 장로들은 얼굴을 마주 보고 수군수군 이야기를 나눴다. 그리고 결론이 나왔는지 알프레릭이 정말이지 깊은 한숨을 쉬며 장로 회의의 결정을 대표해서 알렸다.

"하아~, 하우리아 족은 불길한 아이 시아 하우리아를 필두로, 마찬가지로 불길한 아이인 나구모 하지메의 가족으로 본다. 그리고 자격자 나구모 하지메에 대해선 적대하지 않지만, 페어베르겐이나 주변 촌락의 출입을 금한다. 앞으로 나구모 하지메 일족에 손을 댄 경우엔 전부 자기 책임으로 여긴다. ……이상. 할 말 있나?"

"아니, 몇 번이고 말했지만 난 이 녀석들 안내를 받고서 대수로 가면 충분해. 불만 없어."

"……그래. 그렇다면 빨리 떠나주겠나? 이제야 나타난 구전의 자격자를 환영할 수 없는 건 안타깝지만……."

"신경 쓰지 마. 전부 포기할 수 없었다곤 해도 말도 안 되는 요구를 했다는 자각은 있으니까. 오히려 지적인 판단을 내려준 게 고마울 정도지."

하지메의 말에 알프레릭은 쓴웃음을 지었다. 다른 장로들은 떫은 표정과 피곤한 표정을 지었다. 원망스럽다기보다 빨리 어딘가로 가버리라는 분위기였다. 그 모습에 어깨를 으쓱한 하지메는 유에와 시아 일행을 재촉해 자리에서 일어났다.

유에는 흥미가 없어서 시종일관 멍하니 있었지만 이야기를 듣고 있긴 했는지 별다른 의견 없이 하지메를 따라 일어났다.

하지만 시아를 포함한 하우리아 족은 아직까지 현실을 인식하지 못한 것처럼 멍한 채 일어날 기색이 없었다. 방금 전까지 죽음을 각오했었는데 정신을 차리고 보니 추방으로 끝났다는 알 수 없는 사실에 정말 이대로 가도 괜찮은 건지 내심 동요하고 있는 듯했다.

"야, 언제까지 넋 놓고 있을 거야? 빨리 가자."

하지메의 말에 정신을 차린 시아 일행은 서둘러 일어나 밖으로 나가는 하지메의 뒤를 따랐다. 알프레릭 일행도 하지메 일행을 문까지 배웅해주려는지 뒤에서 따라왔다.

문으로 다가가는 도중 시아가 불안한 모습으로 하지메에게 물었다.

"저, 저기, 저희…… 죽지 않아도 되나요?"

"응? 아까 한 이야기 못 들었어?"

"아, 아니요. 듣긴 했지만…… 저기, 어쩐지 척척 궁지에서 벗어나니까 실감이 나지 않는달까…… 믿기지 않는달까……."

주변 하우리아 족도 마찬가지로 당황한 표정이었다. 그만큼 장로 회의의 결정이라는 건 아인에게 절대적일 것이다. 어떻게 해야 좋을지 알 수 없어 당황하는 시아에게 유에가 속삭이듯 말을 걸었다.

"……솔직하게 기뻐해."

"유에 씨?"

"……하지메가 구해줬어. 그것뿐이야. 받아들이고 기뻐하면 돼."

"……."

유에의 말에 시아는 옆을 걷는 하지메에게 살짝 시선을 돌렸다. 하지메는 앞을 본 채 어깨를 으쓱였다.

"뭐, 약속이었으니까."

"……."

시아는 어깨를 떨었다. 수해를 안내하는 대신 시아와 그녀

가족의 목숨을 지킨다. 시아가 필사적으로 매달린 하지메와의 약속.

원래 『미래시』로 하지메가 지켜주는 미래를 보긴 했다. 하지만 그렇게 본 미래는 절대적인 것은 아니다. 시아의 선택에 따라서 얼마든지 바뀌기 마련이다. 그렇기 때문에 시아는 하지메의 협력을 얻기 위해 『필사적』이었다. 상대는 아인족을 차별하는 인간이며 시아 자신은 아무것도 가진 게 없는 몸이다. 교섭에 사용할 재료라곤 자신이 『여자』인 점과 『고유 마법』밖에 없었다. 그것조차 간단히 무시당했을 땐 정말로 어찌할 바를 몰라 눈물이 나올 것 같았다.

그래도 어떻게든 약속을 맺고 함께 행동하는 동안 어쩐지 하지메라면 약속을 어기지 않을 거라고 생각하게 됐다. 자신이 아인족임에도 차별적인 시선이 한 번도 없었던 것은 그 요인 중 하나일 것이다.

하지만 어디까지나 『이유 없이』 그런 생각이 들었을 뿐, 확신이 있었던 건 아니다. 그래서 내심 불안해져 『약속을 지키는 사람』이라고 말해보거나 『인간을 상대로 싸우겠다』는 말을 들으려 했다. 실제로 아무런 주저 없이 제국 병사와 싸워주어 얼마나 안도했는지 모른다.

그럼에도 이번만큼은 버려질 거라고 생각했었다. 제국 병사 때와는 상황이 다르다. 말하자면 제국의 황제 앞에서 선전 포고하는 것과 마찬가지니까. 그렇지만 한 발자국도 물러서지 않고 약속을 지켜주었다. 설령 그것이 하지메 자신을 위해서라 할지라도 유에의 말대로 시아와 소중한 가족이 죽지 않을 수 있었다.

아까 한 번 크게 뛰었던 심장이 다시 뛰기 시작한 기분이 들었다. 얼굴이 뜨거워지고 안절부절못하는 정체불명의 충동이 솟구쳤다. 그것은 과연 가족이 살아남은 것에 대한 기쁨일까, 그게 아니면……

시아는 깊이 생각한 나머지 과부하가 걸릴 것 같은 기분이 들어 생각을 멈췄다. 그리고 유에의 말대로 솔직하게 기뻐하며 충동에 몸을 맡겨 지금 솟구치는 기분을 온몸으로 드러냈다. 즉, 하지메를 온 힘을 다해 안았다!

"하지메 씨~! 고마워요오~!"

"어어. ……갑자기 왜 그래?"

"음…….."

훌쩍이며 절대로 놓지 않겠다는 것처럼 찰싹 달라붙어 하지메의 어깨에 얼굴을 부비부비 비볐다. 그 표정은 한껏 풀어진 채 뺨이 장밋빛으로 물들어 있었다.

그것을 본 유에가 기분이 상한 표정을 했지만, 무언가 생각하는 게 있는 건지 하지메의 반대쪽 손을 잡는 것 외에는 아무것도 하지 않았다.

기쁨이 폭발해 하지메에게 엉기는 시아의 모습에 그제야 하우리아 족도 죽지 않아도 된다는 것을 실감한 듯 서로를 껴안거나 손뼉을 치며 기쁨을 나눴다.

그것을 정말이지 복잡한 표정으로 바라본 것은 장로들이었다. 그리고 멀리서 불쾌감과 증오의 시선을 보내는 사람들도 많이 있었다.

하지메는 그 모든 것을 파악하면서 이곳을 나간 뒤에도 한동안 성가신 일에 말려들 것 같다며 쓴웃음을 지었다.

"그럼 너희한테 전투 훈련을 해주지."

그것이 페어베르겐을 나온 하지메 일행이 대수 근처에 거점을 만들고 일단락 지었을 때 하지메가 처음 한 말이었다. 거점이라고는 해도 하지메가 몰래 훔쳐…… 받아 온 페어드렌 수정을 사용해 결계를 만들었을 뿐인 것이다. 그 안에서 그루터기 등에 걸터앉은 토끼 귀들이 멍한 표정을 지었다.

"저, 저기, 하지메 씨. 전투 훈련이라면……."

당황한 일족을 대표해 시아가 물었다.

"말 그대로야. 어차피 앞으로 열흘은 대수에 갈 수 없다며? 그러니 그 시간을 유효하게 활용해 나약하고 허약해서 패배자 근성이 눌어붙은 너희를 어엿한 전투원으로 키우려고."

"어, 어째서 그런 일을……."

하지메의 똑바른 눈과 온몸에서 흘러나오는 위압감에 바들바들 떠는 토끼 귀들. 시아가 너무나도 갑작스러운 하지메의 선언에 당연한 질문을 던졌다.

"어째서? 유감 토끼, 지금 어째서냐고 했어?"

"아으, 아직도 이름으로 불러주질 않아……."

침울해진 시아를 흘겨본 하지메가 말했다.

"잘 들어, 내가 너희와 한 약속은 안내가 끝날 때까지 지켜주겠다는 거야. 그럼 안내가 끝난 뒤에는 어떻게 할 건지 생각은 해 뒀어?"

하우리아 족이 서로를 마주 본 뒤 도리도리 고개를 저었다. 캄도 복잡한 표정이었다. 막연하고 불안하긴 했지만 갑작스러운 일이 연달아 일어난 바람에 생각할 겨를이 없었던 모양이었다. 어쩌면 생각하지 않으려 했었는지도 모른다.

"생각하지 않았겠지. 생각해 봤자 답이 없으니까. 너희는 약해서 위험한 상황이 닥치면 도망치거나 숨을 생각밖에 하지 않아. 그리고 드디어 페어베르겐이라는 은신처조차 잃었다. 그러니까 내 보호를 잃은 순간, 다시 궁지에 몰린다는 거야."

"""""""……""""""

그 말이 옳다는 걸 알기 때문에 하우리아 족은 한결같이 어두운 표정으로 고개를 숙였다. 그런 그들에게 하지메의 말이 울렸다.

"너희에게 도망칠 곳은 없다. 하지만 마물이나 인간은 봐주지 않고 약한 너희를 노릴 거야. 이대로 가다간 어느 쪽이든 전멸은 확실하지. ……그래도 괜찮겠어? 약하단 걸 이유로 도태되는 것을 받아들인 건가? 운 좋게 건진 목숨을 함부로 버릴 건가? 어쩔 거야?"

아무도 말하지 못하고 무거운 분위기가 흘렀다. 그리고 누군가가 불쑥 말했다.

"그런 건 받아들일 수 없어."

그 말을 시작으로 하우리아 족이 고개를 들기 시작했다. 시아 또한 눈동자에 강한 빛을 담기 시작했다. 그것을 확인한 하지메는 예전에 무력했던 자신의 모습을 머리 한쪽에 떠올리며 말을 이었다.

"그래. 받아들일 수 없겠지. 그럼 어떡할 거지? 대답은 간단해. 강해지면 된다. 공격해 오는 모든 것들을 물리치고 스스로의 힘으로 생존 권리를 손에 넣으면 돼."

"……하지만 우린 토인족입니다. 호인족(虎人族)이나 웅인족처럼 강인한 육체도, 익인족이나 토인족(土人族)처럼 특수한 기능도 없어요. 도저히 그렇게는……."

토인족은 약하다는 상식이 하지메의 말에 부정적인 마음을 낳았다. 자신들은 약하다, 싸울 수 없다, 아무리 발버둥 쳐도 하지메처럼 강해질 리 없다.

하지메는 그런 하우리아 족을 비웃었다.

"예전에 난 동료들로부터 『무능』이라고 불렸는데?"

"네?"

"『무능』이라고, 『무능』. 스테이터스도 기능도 지극히 평범한 일반인. 동료들 중에서 최약. 전투에선 걸림돌 이외에 아무것도 아니었지. 그래서 예전 동료들은 나를 『무능』이라 불렀다. 실제로 그 말이 맞았고."

하지메의 고백에 하우리아 족은 모두 경악을 드러냈다. 【라이센 대협곡】의 흉악한 마물과 전투 능력이 뛰어난 웅인족의 장로를 가볍게 물리친 하지메가 『무능』이자 『최약』이었다는 것을 누가 믿을 수 있을까.

"하지만 나락 밑바닥에 떨어진 난 강해지기 위해 행동했지.

할 수 있는지 없는지는 생각하지 않았어. 할 수 없으면 죽는다. 아슬아슬한 상황에서 자신의 모든 것을 걸고 싸웠지. ……깨닫고 나니 이렇게 됐어."

덤덤하게 이야기한 것에 비해 너무나도 처절한 내용이라서 하우리아 족은 온몸에 오한이 들었다.

일반인 정도의 스테이터스라는 건 토인족보다 낮은 스펙이었다는 소리다. 그런 상황에서 자신들이 상대도 할 수 없었던【라이센 대협곡】의 마물보다 훨씬 강력한 괴물을 상대해 왔다는 것이다. 하우리아 족은 실력이 어떻다는 것보다도, 실제로 살아남은 사실보다도, 최약이면서 그런 괴물들에게 도전하려는 정신에 전율했다. 자신들이라면 절망에 빠져 체념한 채 죽음을 받아들였을 것이다. 장로 회의의 결정을 받아들인 것처럼…….

"너희 상황은 예전의 나와 닮았어. 약속이 끝나지 않은 지금이라면 절망을 헤쳐 나갈 도움 정도는 주지. 자신들에겐 무리라고 한다면 그래도 상관없어. 그땐 이번에야말로 전멸할 뿐이야. 약속이 끝나면 도와줄 생각은 조금도 없으니까, 얼마 안 남은 인생을 패배자끼리 서로의 상처를 위로하며 보내면 돼."

말을 마친 하지메는 그래서 어쩔 건지 눈으로 물었다. 하우리아 족은 곧바로 대답하지는 못했다. 아니, 대답할 수 없었다고 해야 할까.

자신들이 강해지는 것 외에 생존의 길이 없다는 건 안다. 하지메는 정의감 때문에 하우리아 족을 지켜준 게 아니기 때문에 약속이 끝나면 그대로 내버려 둘 것이다. 하지만 온화하고 평화적인 데다 마음이 여려 다툼을 싫어하는 토인족에게, 하지메의 제안은 말 그대로 미지의 영역에 발을 내딛는 것과 같은 결단이었다. 하지메처럼 특수한 상황에 처하지 않는 한 마음가짐을 바꾸기란 어려운 법이다.

아까부터 계속 결연한 표정으로 묵묵히 서로를 마주 보는 하우리아 족을 바라본 시아가 자리에서 일어났다.

"할게요. 제게 싸우는 방법을 알려주세요! 더는 약하기만 한 건 싫어요!"

수해 전체에 울리라는 것처럼 외쳤다. 그 이상 없을 정도로 마음을 담은 선언. 시아도 싸움은 싫다. 무서운 데다 아프고, 무엇보다 다치거나 다치게 하는 것도 슬프다.

하지만 일족이 궁지에 몰린 것은 분명 자신이 원인이며 이대로 아무것도 하지 않고 멸망하는 건 절대 받아들일 수 없다. 또 하나의 목적을 위해서라도 시아는 토인족의 본능을 거스르면서까지 강해지고 싶었다.

시아는 물러서지 않는 결의를 눈동자에 담고서 하지메를 똑바로 바라보았다. 그 모습을 멍하니 바라보던 하우리아 족은 그 표정을 시아와 마찬가지로 결연하게 바꾸고 한 사람, 또 한 사람 일어났다. 그리고 남자뿐만 아니라 여자들을 포함한 모든 하우리아 족이 일어선 것을 확인한 캄이 대표해서 한 발자국 앞으로 나왔다.

"하지메 님……. 잘 부탁합니다."

고작 그뿐인 말이었지만 그 짧은 말에는 분명한 의지가 담겨 있었다. 다가오는 불합리한 상황과 싸우겠다는 의지가……

"알았다. 각오해 둬. 어디까지나 너희 자신의 의지로 강해져야 해. 난 그저 도와줄 뿐이야. 도중에 포기한 녀석을 자상하게 달래주지 않아. 게다가 기간은 고작 열흘. 죽을힘을 다해라. 기다리는 건 삶과 죽음 두 가지뿐이니까."

하지메의 말에 하우리아 족은 다들 각오를 다진 표정으로 끄덕였다.

하지메는 하우리아 족을 가르치기 전에 『보물 창고』에서 꺼낸 연성 연습용으로 만든 장비를 그들에게 건넸다. 앞서 건넸던 단검이 아닌 굽어진 외날 소검, 일본에서 말하는 소태도였다. 이 칼은 하지메가 정밀 연성을 단련하기 위해 날이 얇은 칼을 만드는 연습 과정에서 만든 것으로 엄청나게 예리했다. 타우르 광석이기 때문에 충격에도 강하고 얇은 도신에 비해 상당한 강도를 자랑했다.

그리고 그 무기를 이용한 기본적인 움직임을 가르쳤다. 물론 하지메에게 무술에 대한 지식은 없다. 있다 해도 그것은 만화나 게임 등에서 얻은 약간의 지식에 불과해 남에게 가르칠 만한 것이 아니었다. 가르칠 수 있는 건 나락 밑바닥에서 수많은 마물과 싸워 연마한 『합리적인 움직임』뿐이다. 그것을 가르치며 적당히 마물을 유인해 실전 경험을 쌓게 했다. 하우리아 족의 강점은 색적 능력과 은밀 능력이다. 조만간 기습과 연계에 특화된 집단 전투를 가르치는 게 좋겠다고 생각했다.

참고로 시아는 유에가 전속으로 마법 훈련을 시켰다. 아인이면서 마력이 있고 그것을 직접 조작할 수 있는 시아는, 지식만 있다면 마법진을 구축해 영창 없이 마법을 쓸 수 있을 것이다. 이따금 안개 너머로 시아의 비명이 들리는 걸 보면 훈련은 순조로운 모양이었다.

하지만 훈련이 시작되고 이틀째. 하지메는 이마에 힘줄이 솟은 채 짜증 나는 표정으로 하우리아 족의 훈련 광경을 지켜보았다. 분명 하우리아 족은 자신들의 성질을 거스르면서까지 착실하게 훈련에 임하고 있었다. 마물에게 약간의 상처를 입으면서도 어떻게든 쓰러뜨렸다. 하지만—.

푹!

마물 한 마리가 하지메가 만든 소태도에 찔려 목숨을 잃었다.

"아아, 부디 죄 많은 날 용서해다오~."

겁에 질린 하우리아 족 남자가 마물에게 매달렸다. 마치 서로 양보할 수 없는 신념 탓에 친구를 죽인 남자 같았다.

푹!

또 한 마리의 마물이 칼에 맞아 쓰러졌다.

"미안해! 미안해! 이렇게 할 수밖에 없었어!"

목을 가른 소태도를 두 손으로 쥐고서 오들오들 떠는 하우리아 족 여자. 마치 미칠 듯한 사랑 끝에 사랑하는 사람을 자신의 손으로 죽인 여자 같았다.

픽!

빈사의 마물이 마지막 힘을 짜내 자신을 죽인 상대에게 반격했다. 몸이 부딪혀 뒤로 날아간 캄이 넘어지며 자조적인 표정으로 중얼거렸다.

"홋, 이게 칼을 들이민 나에 대한 벌인건가. 당연한 결과로 군……."

그 말에 주변 하우리아 족이 눈물을 글썽이며 비통한 표정으로 캄의 이름을 외쳤다.

"족장님! 그런 말씀 마세요! 죄를 저지른 건 모두 똑같아요!"

"그래요! 언젠가 벌을 받을 때가 온다 해도 그건 지금이 아니에요! 일어서세요! 족장님!"

"우린 이제 돌이킬 수 없는 길을 걷고 말았어. 족장님, 갈 수 있는 곳까지 함께 가보자고요."

"너, 너희들…… 그래. 이런 곳에서 멈출 수 없지. 죽어버린 그(작은 쥐처럼 생긴 마물)를 위해서라도 우리는 이 죽음을 극복하자!"

""""""""족장님!""""""""

일행의 분위기가 무르익었다. 그리고 더 이상 견딜 수 없었던 하지메가 끼어들었다.

"아~! 시끄러워, 멍청아! 마물 한 마리 죽일 때마다 일일이 요란스럽기는! 뭐야? 정말 뭐야, 그 삼류 연기는! 왜 드라마틱한 분위기가 되는 건데? 조용히 좀 죽여! 그냥 죽이라고! 마물을 친근하게 여기지 마! 기분 나쁘니까!"

그렇다. 하우리아 족이 열심히 하는 건 알겠지만, 그 성질 때문인지 마물을 죽일 때마다 영문을 알 수 없는 드라마가 태어났다. 이틀 동안 몇 번이고 지켜본 광경을 하지메가 몇 번이고 지적했지만 도무지 고쳐지지 않아 인내심에 한계가 찾아왔다.

하우리아 족은 하지메의 성난 목소리에 움찔 몸을 떨면서도 「하지만……」이라든가 「아무리 마물이라도 불쌍해서……」라고 중얼거렸다.

하지메의 이마에 힘줄이 더욱 양산됐다. 보다 못한 하우리아 족 소년이 하지메를 달래려는 것처럼 다가왔다. 이 소년은 【라이센 대협곡】에서 하이베리아에게 먹히려던 찰나에 하지메가 구해주어 특히나 따르던 아이였다.

하지만 다가오던 소년은 하지메에게 무언가 말하려다 갑자기 그 자리에서 물러났다.

의아해한 하지메가 소년에게 물었다.

"응? 왜 그래?"

소년은 살짝 발밑으로 손을 가져가 하지메에게 답했다.

"아, 응. 이 꽃님을 밟을 것 같아서……. 다행이야. 모르고 지나쳤다면 짓밟을 참이었어. 이렇게 아름다운데 밟으면 불쌍하잖아."

하지메의 뺨이 경련을 일으켰다.

"꼬, 꽃님?"

"응! 하지메 형아! 난 꽃님이 정말 좋아! 이 주변엔 아름다운 꽃님이 많아서 훈련 도중에 밟지 않도록 하느라 힘들거든."

하우리아 족 소년이 생글생글 웃으며 답했고, 주변 하우리아 족들도 흐뭇한 표정으로 소년을 바라보았다. 하지메가 천천히 고개를 숙이자 그의 흰머리가 내려와 표정을 가렸다. 그리고 불쑥 중얼거리는 목소리로 질문했다.

"……가끔씩 너희가 이상한 타이밍에 폴짝 뛰거나 이동했던 건…… 그『꽃님』때문이었냐?"

하지메의 말대로 훈련 도중 하우리아 족은 이상한 타이밍에 보폭을 바꾸거나 이동했었다. 신경 쓰이긴 했지만 다음 동작으로 금세 이어졌기 때문에 그것이 공격하기 편한 위치를 잡기 위한 거라고 생각해 상태를 지켜봤었다.

"에이, 설마요. 그렇지 않아요."

"하하, 그렇겠지?"

캄이 쓴웃음을 지으며 그렇게 말하자 하지메도 경직됐던 뺨이 살짝 풀어졌다.

"그럼요. 꽃뿐만 아니라 벌레도 조심해야지요. 갑자기 튀어나오면 당황스럽다니까요. 어떻게든 밟지 않도록 피하고 있지만요."

캄의 그 말에 하지메는 얼빠진 얼굴이 됐다. 유령처럼 휘청휘청 비틀거리기 시작한 하지메를 본 하우리아 족은 뭔가 안 좋은 말을 했는지 안절부절못하며 서로를 마주 보았다. 하지메는 그대로 천천히 소년에게 다가가 태도를 바꾸어 환한 미소를 보였다. 그러자 소년도 미소로 답했다.

그리고 하지메는…… 웃으며 눈앞의 꽃을 짓밟았다. 세심히

도 짓밟은 뒤 발을 비벼 가며 짓밟았다.

멍한 표정으로 그것을 본 소년. 간신히 하지메의 발이 물러난 뒤에는 무참하게도 원형을 찾아볼 수 없는 『꽃님』의 잔해가 남았다.

"꼬, 꽃님~!"

소년의 비통한 목소리가 수해에 메아리쳤다. 하지메는 하우리아 족이 경악한 표정으로 자신을 보자 이마에 시퍼런 핏줄이 불거진 모습으로 미소 지었다.

"그래, 잘 알겠어. 자~알 알고말고. 내가 어설펐네. 내 책임이야. 너희 종족을 잘못 안 내 실수지. 하하, 설마 생사가 걸린 상황에서 『꽃님』이나 『벌레』에 신경 쓸 줄이야……. 네놈들은 전투 기술이라든가 실전 경험 이전의 문제야. 더 빨리 깨달았어야 했는데. 내 미숙함에 화가 나는군. ……하하."

"하, 하지메 님?"

기분 나쁘게 웃기 시작한 하지메를 본 캄이 겁에 질려 조심스럽게 말을 걸었다. 그 대답은—.

투팡!

돈나를 쏘았다. 캄이 뒤로 날아가 살짝 공중으로 떠오른 후 풀썩 땅 위로 떨어졌다. 뒤이어 캄의 이마를 쏜 비살상 고무탄이 땅 위로 툭 떨어졌다. 주위로 차가운 바람이 불고 정적이 지배했다. 하지메는 흰자위를 드러내고 기절한 캄에게 다가가 그 배를 향해 고무탄을 쏘았다.

"하윽!"

비명을 지르며 기침하고서 눈을 뜬 캄은 눈물이 맺힌 눈으로 하지메를 보았다. 토끼 귀가 자란 아저씨가 여자처럼 앉아서 눈물이 고인 눈으로 바라보는 무시무시한 광경을 무시한 하지메가 선언했다.

"너희는 더러운 『삐ー』들이다. 앞으로 『삐ー』당하고 싶지 않다면 죽을 각오로 마물을 죽여라! 앞으로 꽃이나 벌레에 조금이라도 정신이 팔려봐라! 네놈들 전부 『삐ー』 해주마! 알아들었으면 빨리 마물을 사냥하러 가! 이 『삐ー』들아!"

하지메의 너무나도 더러운 폭언에 하우리아 족은 경직될 수밖에 없었다. 하지메는 그런 그들을 향해 조금도 봐주지 않고 발포했다.

투팡! 투팡! 투팡! 투팡! 투팡! 투팡!

하우리아 족은 와글와글 거미 새끼들이 흩어지는 것처럼 수해로 흩어졌다. 발밑에서 벌벌 떠는 소년이 필사적으로 하지메에게 매달렸다.

"하지메 형아! 대체 왜 그런 거야?! 왜 이런 짓을 하는 거야?!"

하지메는 날카로운 눈빛으로 소년을 노려본 뒤, 주변을 둘러보며 여기저기에 핀 꽃을 확인하고 말없이 발포했다. 계속해서 꽃들이 흩어지는 광경에 소년이 비명을 질렀다.

"왜 그러는 건데~, 이유가 뭐야~, 그만해, 하지메 형아!"

"시끄러워, 꼬맹이. 잘 들어. 네가 괜한 말을 할 때마다 주변 꽃을 없애겠어. 꽃에 한눈을 팔거나 꽃을 아껴줘도 없애주지. 아무것도 하지 않아도 없앨 거다. 그게 싫다면 한 마리라도 더 많은 마물을 죽이고 와!"

그렇게 말하며 다시 꽃을 쏘았다. 소년은 엉엉 울며 수해로 사라졌다. 그 이후로 한동안 수해 안에서 『삐—』를 넣지 않으면 안 되는 용어와 하우리아 족의 비명과 노성이 오갔다.

종족의 성질상 전투가 거북한 토인족들을 바꾸기 위해 선택한 훈련 방법. 전투 기술보다 그 정신을 바꾸기 위해 선택한 이 방법을 지구에선 하○만식#4이라고 했던가…….

그렇게 하우리아 족이 세뇌에 가까운 정신 마개조를 받고서 수해 안을 굴러다니길 약 열흘. 훈련이 마지막을 맞이한 날, 그들이 훈련하는 것과는 정반대 쪽 수해에서도 한 명의 하우리아가 훈련에 매진하고 있었다.

슈팡! 파각! 파직파직파직! 투슈!

수해 안에 엄청난 파열음이 울렸다. 두꺼운 나무 몇 그루가 반으로 꺾였고 지면에는 운석이라도 떨어진 것처럼 여기저기에 크레이터가 생겼으며 불타 숯이 된 나무와 얼어붙은 나무까지 있었다.

이 막대한 자연 파괴는 고작 두 명의 여자아이가 한 것이었다. 그리고 그 파괴 활동은 지금도 이어지고 있다.

"이야아아압!"

여성의 기합 소리와 함께 쏘아진 것은 직경 1미터가량의 나

#4 하○만식 하트만식. 영화 『풀 메탈 자켓』에서 등장하는 하트만 상사를 빗댄 표현. 작품 안에서 훈련소 교관으로 등장하는 하트만 상사는 지독한 욕설과 스파르타식 교육으로 유명하다.

무. 반쯤 부러진 그것이 고속으로 목표를 향해 날아갔다. 정확한 질량과 속도가 평범한 나무에 흉악한 파괴력을 주었고 그것은 지나가는 길을 방해하는 모든 것을 파괴하며 목표를 향해 돌진했다.

"……『비창』."

그것을 정면에서 요격한 것은 모든 것을 재로 돌리는 강렬한 불꽃 창이었다. 거대한 질량을 아랑곳하지 않고 닿은 곳부터 소멸시켰으며 포탄으로 바뀐 통나무는 그대로 재가 되어 흩어졌다.

"아직 멀었어요!"

『비창』과 투척된 통나무의 충돌이 가져온 충격파로 안개가 걷히자 건너편에 그림자가 달리는 것이 보였다. 그 직후 운석처럼 하늘에서 통나무가 떨어져 꽝음과 함께 대지에 박혔다. 백 스탭으로 충격파 범위에서 이탈한 목표는 다시 불꽃 창을 쏘려 했다.

하지만 그곳을 향해 고속으로 안개를 뚫고 나온 그림자가 대지에 박힌 통나무에 강력한 발차기를 날렸다. 대체 어느 정도의 위력이 담긴 건지 발차기에 맞은 통나무가 그대로 폭발한 것처럼 부서졌고 그 파편이 산탄처럼 목표를 습격했다.

"윽! ……『성염(城炎)』."

즉석 산탄은 갑자기 발생한 불꽃 벽에 막혀 단 한 발도 목표에 닿지 못했다. 하지만—.

"잡았어요!"

"윽!"

그때는 이미 그림자가 뒤로 돌아든 뒤였다. 즉석 산탄을 날린 뒤 기척을 차단해 다시 안개에 몸을 숨겨 기습한 것이다. 치켜든 손에는 초중량급 망치가 들려 있었고 그 직후 엄청난 바람을 동반하며 내리쳤다.

"……『풍벽』."

망치로 인한 격렬한 충격이 대지를 습격했다. 부서진 돌이 충격으로 산탄처럼 사방으로 튀었다. 하지만 목표 대상은 그런 엄청난 공격을 피하고선 여파를 바람의 장벽으로 막은 동시에 바람을 타고 안전한 곳까지 단번에 후퇴했다. 게다가 기술을 사용한 직후라 경직된 상대에게 가차 없이 마법을 쏘았다.

"……『동구(凍柩)』."

"흐엥! 잠깐, 기다—"

상대의 마법을 깨닫고 필사적으로 그만하라고 외치려 했지만, 들어줄 리 없는 상대는 봐주지 않고 마법을 발동했다. 습격자는 망치를 놓고 이탈하려 했으나 순식간에 발동한 얼음 계열 마법이 발밑을 시작으로 단번에 올라오더니…… 머리를 제외하고 온몸을 얼렸다.

"차, 차가워어~, 빨리 풀어주세요오~, 유에 씨이~."

"……내 승리."

그렇다, 말없이 자연 파괴를 반복한 두 사람은 유에와 시아였다. 두 사람은 훈련을 시작하고 열흘째 되는 오늘, 마지막 시험으로 모의전을 벌였다. 내용은 시아가 아주 약간이라도

유에에게 상처를 입히면 승리, 합격하는 형식이었다. 그 결과는······.

"으으~ 이럴 수가~. 아, 그거! 유에 씨 뺨에! 상처예요, 상처! 내 공격이 맞았어요! 아하하~ 해냈어요! 제가 이겼어요~!"

유에의 뺨에는 분명 작은 상처가 나 있었다. 아마도 마지막 돌멩이 하나가 유에의 방어를 돌파한 모양이었다. 정말로 작은 상처였지만 하나는 하나, 시아의 승리였다.

그것을 가리키며 잔뜩 상기된 얼굴로 기뻐하는 시아. 온몸이 차가워져 콧물이 살짝 나오고 있지만 너무나도 환한 미소였다. 토끼 귀가 기쁨을 나타내듯 총총 흔들렸다. 무리도 아니다. 이 전투는 유에에게 훈련 졸업 이상으로 중요한 약속이 걸렸기 때문이다.

그리고 그 약속은 유에가 그다지 반길 만한 것이 아니었다. 그래서—.

"······다치지 않았어."

유에는 『자동 재생』으로 상처가 금방 사라진 것을 빌미로 삐친 것처럼 고개를 홱 돌리고선 발뺌했다.

"앗?! 비겁해요! 확실히 상처가······ 아니, 지금은 없지만! 분명 있었잖아요! 속이다니 너무해요! 그보다 이제 좀 마법을 풀어주세요~. 아까부터 너무 추워서······ 어? 어쩐지 졸린 것 같은데······."

아까보다 더 많은 콧물을 흘리며 꾸벅꾸벅 졸기 시작한 시아. 「잠들면 죽는다!」 상태였다. 그 모습을 슬쩍 보며 깊은 한숨을 쉰 유에는 정말이지 내키지 않는다는 태도로 마법을 풀었다.

"엣취! 엣취! 아으, 추웠어요. 까딱하면 돌아올 수 없는 토끼가 될 뻔했어요."

귀엽게 재채기를 하고서 근처 나뭇잎으로 코를 푼 시아가 진지한 표정으로 유에를 보았다. 유에는 그 시선을 받고 무척이나 싫다는 표정을 했다. 무표정이 무너질 정도였다.

"유에 씨. 제가 이겼어요."

"⋯⋯⋯⋯⋯응."

"약속하셨죠?"

"⋯⋯⋯⋯⋯⋯응."

"만약 열흘 이내에 한 번이라도 이긴다면⋯⋯ 하지메 씨와 유에 씨의 여행에 데려가준다고. 맞죠?"

"⋯⋯⋯⋯⋯⋯⋯응."

"적어도 하지메 씨에게 부탁할 때 도와주실 거죠?"

"⋯⋯⋯⋯⋯⋯⋯⋯오늘 밥은 뭐지?"

"잠깐만요! 왜 갑자기 얼버무리려 하는 건데요! 게다가 얼버무리는 방식이 미묘해요! 유에 씨는 하지메 씨의 피만 있으면 충분하잖아요! 왜 갑자기 밥을 신경 쓰시는 거예요! 제발 편 좀 들어주세요! 유에 씨가 편을 들어주면 90퍼센트 승낙받을 수 있을 거라고요!"

소란을 피우는 시아에게 유에는 정말로 짜증 난다는 표정을 지었다.

시아의 말대로 유에는 그녀와 약속 하나를 했다. 그건 시아가 유에에게 열흘 이내에 모의전에서 아주 약간이라도 상관없으니 공격 한 번을 성공시키면, 시아가 하지메와 유에의 여행에 동행할 것을 인정해줄 것. 그리고 하지메에게 동행을 부탁할 때 유에가 시아의 편을 들어 함께 여행할 것을 설득해줄 것.

시아는 진심으로 하지메와 유에의 여행에 동행하고 싶었다. 그것은 더 이상 가족에게 부담을 주고 싶지 않다는 마음이 절반이었고, 나머지 절반은 단순히 하지메와 유에의 곁에 있고 싶다, 두 사람과 더 가까워지고 싶다는 마음에서 나온 것이었다.

하지만 그대로 동행을 부탁해도 지금까지의 하지메와 유에의 태도로 볼 때 딱 잘라 거절당할 것이 분명했다. 그래서 시아가 생각한 것은 이 약속이라는 이름의 내기였다.

시아는 하지메가 유에에게 오냐오냐한 것을 확인하고서 바깥쪽부터 공략해 나가려고 생각했다. 무엇보다 시아도 여자인 만큼 하지메에 대한 유에의 감정은 이해하고 있다. 자신과 같은 감정을 갖고 있으니 당연하다. 그렇다면 반대도 가능할 것이다. 유에도 시아의 감정을 이해하고 동행을 흔쾌히 여기지 않을 것이다. 그렇기 때문에 먼저 어떻게 해서든 유에에게 시아 하우리아라는 존재를 인정하게 할 필요가 있었다.

시아는 유에에게서 하지메의 옆자리를 빼앗을 생각은 조금도 없었다. 그건 이 세상에서도 극히 드문 『동류』라는 점이 큰 영향을 주고 있을 것이다. 즉, 간단히 말해 『친구』가 되고 싶었다. 좋아하는 사람이 곁에 있고 같은 사람을 좋아하는 친구도 있다. 지금 시아가 꿈꾸는 미래가 바로 그것이었다.

한편 유에는 어째서 시아와 그런 약속을 나눴을까. 그녀 자신에겐 아무런 메리트가 없는 약속이다. 그 약속의 20퍼센트는 역시 동질감을 느꼈기 때문일 것이다. 【라이센 대협곡】에서 처음으로 시아의 이야기를 들었을 때 자신과 다르게 비교적 축복받은 환경에 있다는 것에 복잡한 기분이 들면서도 마음속 어디선가 『동류』라는 감정이 들었다는 건 부정할 수 없다. 약간이긴 하지만 동료 의식을 품었던 것이 시아에 대한 『동정』을 불렀다.

그리고 80퍼센트의 이유는…… 여자의 고집이다. 유에는 시아와의 약속을 그렇게 받아들였다. 즉, 「내가 방해된다면 실력으로 물리치세요. 못하겠으면 제가 하지메 씨의 곁에 있는 걸 허락해주세요」 하고. 좋아하는 남자를 걸고 승부를 벌인 것이다. 만약 상대가 평범한 여자였다면 아무렇지도 않았을 것이다. 하지만 시아는 그럭저럭 『동류』라고 생각하게 된 상대였다. 게다가 엄청난 집중력과 절박한 마음으로 훈련에 임하는 모습을 보고 얼마나 절박해하는지 알게 되어 놔둘 수 없게 된 것이다.

그리고 약속을 건 승부의 결과는 시아의 승리였다.

"……하아. 알았어. 약속은 지킬게."

"정말요?! 취소하면 안 돼요! 제대로 지원해주셔야 해요!"

"…………응."

"어쩐지 그 이상할 정도로 긴 침묵이 신경 쓰이지만…… 정말 부탁 좀 할게요?"

"……끈질겨."

떨떠름한 표정으로, 정~말 떨떠름한 표정으로 유에가 시아의 승리를 인정했다. 유에의 대답에 다소 불안은 남았지만 하지메와 마찬가지로 약속을 어기진 않을 거라고 생각해 안심하고 기쁜 표정을 지었다.

슬슬 하지메의 하우리아 족 훈련도 끝날 무렵이었다. 기분 나빠 보이는 유에와 기분 좋아 보이는 시아가 나란히 하지메 일행이 있을 곳으로 향했다.

유에와 시아가 하지메가 있는 곳에 도착했을 때, 하지메는 팔짱을 끼고 나무에 몸을 기대 명상에 잠긴 참이었다. 두 사람의 기척을 느꼈는지 천천히 눈을 뜨며 두 사람의 모습을 보았다. 정반대의 분위기를 띤 유에와 시아를 의아하게 여기면서 한 손을 들고 말을 걸었다.

"안녕, 승부라는 건 끝났어?"

하지메도 두 사람이 무언가를 걸고 승부를 벌인다는 이야기는 알고 있었다. 시아를 위해 초중량 망치를 마련한 건 다름 아닌 하지메다. 시아가 진지한 표정으로 유에에게 이기고 싶다, 무기가 필요하다고 부탁했던 기억이 선명하다. 유에 자신도 딱히 반대하지 않았기 때문에 무엇을 걸었는지까지는 알 수 없었고 물어봐도 알려주지 않았지만 유에에게 불이익이 되지는 않을 거라고 생각해 만들어주었다.

실제로 하지메는 유에와 시아가 싸운다면 십중팔구 유에가 이길 거라고 생각했다. 나락 밑바닥에서 유에의 실력은 충분히 파악했다. 아무리 마력을 직접 조작할 수 있다 해도 지금까지 평화롭게 지내 온 시아와는 밑바탕이 다르다.

하지만 돌아온 두 사람의 표정을 보니 아무래도 자신의 예상이 빗나갔다는 걸 깨닫고 내심 경악했다. 그런 하지메에게 시아가 기분 좋은 모습으로 말을 걸었다.

"하지메 씨, 하지메 씨! 들어주세요! 드디어 유에 씨한테 이겼어요! 대승리라고요! 정말이지 하지메 씨한테도 보여드리고 싶었다니까요~. 제 화려한 모습을! 졌다는 걸 깨달은 유에 씨는 정맛프앙!?"

몸짓 손짓을 다 써 가며 거창하게 싸움의 결말을 이야기하던 시아는, 지나치게 들뜬 탓에 유에의 점핑 따귀를 맞아 빙글빙글 돌면서 날아가 우당탕 소리를 내며 지면을 굴렀다. 어지간히 강력했는지 움찔움찔 몸을 떨며 일어날 기색이 없었다.

흥 하고 콧소리를 낸 뒤 더욱 기분 나쁘다는 표정으로 고개를 돌린 유에를 본 하지메가 살짝 미소를 지으며 물었다.

"그래서, 어땠어?"

하지메는 승부의 결과보다는 그 내용에 대해 물었다. 솔직히 어떤 방법이든 유에에게 이겼다는 사실이 믿기지 않았다. 유에가 본 시아가 어떤지 신경 쓰이지 않는다면 거짓일 것이다.

유에는 말하기 싫어하는 분위기를 감추지 않으며 떨떠름한 표정으로 하지메의 질문에 답했다.

"……마법 적성은 하지메와 비슷해."

"어이쿠, 아깝네. ……그래서? 그게 다가 아니지? 저 수준의 망치를 휘두르는 걸 보면……."

"……응. 신체 강화에 특화됐어. 솔직히 괴물 수준."

"……호오. 우리하고 비교해도?"

유에의 평가에 하지메는 눈을 가늘게 떴다. 솔직히 예상 이상의 고평가였다. 유에가 평소의 무표정을 무너뜨리고 떨떠름한 표정을 한 것이 무엇보다 그 굉장함을 나타냈다. 유에는 하지메의 질문에 잠시 생각에 잠긴 뒤 시선을 마주치며 답했다.

"……강화하지 않은 하지메의…… 60퍼센트 정도."

"정말? ……최대치지?"

"응……. 하지만 단련하기에 따라선 더 올라갈지도 몰라."

"오. 그거 정말 괴물 수준이네."

하지메는 유에가 알려준 시아의 괴물처럼 강한 능력에 내심 놀라면서, 저쪽에서 쓰러진 시아에게 복잡한 시선을 보냈다.

강화하지 않은 하지메의 60퍼센트라면 시아는 대부분의 스테이터스가 6000을 넘는다는 뜻이다. 이는 강화한 용사의 약 1.5배의 힘을 가졌다는 것이기도 하다. 말 그대로 『괴물 수준』이라고 하기에 어울리는 힘이었다. 우연이라도 유에에게 공격을 맞출 수 있었던 것이 이해가 됐다. 울먹이며 뺨을 매만지는 모습을 보고 있자면 도저히 상상이 안 되지만…….

시아는 하지메가 어이없음과 경악이 뒤섞인 얼굴로 바라보고 있다는 것을 깨닫고서, 주섬주섬 일어나 급한 마음을 필사적으로 억누른 채 진지한 표정으로 하지메에게 다가갔다.

등줄기를 펴고 푸르스름한 흰머리를 나부끼며 토끼 귀를 쫑긋 세웠다. 지금부터 일생일대의 부탁을 할 셈이다. 아니…… 오히려 고백이라 해도 좋을 것이다. 긴장으로 몸이 떨리고 표정이 굳어졌지만 그 눈동자에 물러설 수 없는 각오를 담고 한 발자국 또 한 발자국 앞으로 나갔다. 그리고 의아해하는 하지메의 앞으로 다가와 똑바로 시선을 마주치며 마음을 전했다.

"하지메 씨. 절 당신의 여행에 데려가주세요. 부탁드려요!"

"거절한다."

"즉답?!"

설마 지금 분위기에서 고민하는 모습도 없이 곧바로 거절할 줄은 몰랐던 시아는 경악하며 두 눈이 커졌다. 그녀의 눈에 「이 녀석 갑자기 무슨 소리야?」 하고 불쌍한 사람을 보는 눈으로 자신을 바라보는 하지메의 모습이 비쳤다.

시아는 분개했다. 조금 더 진지하게 대해줘도 좋을 텐데 하고…….

"너, 너무해요. 이렇게 진지하게 부탁하는데, 그렇게 간단히……."

"아니, 진지하게 부탁한다 해도 어쩌라고. 애초에 캄 일행은 어쩔 건데? 설마 전부 데리고 가려는 건 아니겠지?"

"아, 아니에요! 지금은 저 혼자만의 이야기예요! 다른 사람들에겐 수행이 시작되기 전에 말해 뒀어요. 일족의 폐가 된다는 이유만으론 인정해주지 않겠지만…… 저기…….”

“뭔데?”

갑자기 우물쭈물하기 시작한 시아. 손가락을 맞대며 뺨을 붉게 물들이고는 살짝 올려다보는 표정으로 하지메를 힐끔힐끔 보았다. 약았다. 실로 약은 행동이었다. 하지메는 수상한 사람을 보는 눈으로 시아를 보았다. 곁에 있던 유에가 짜증난다는 표정으로 시아를 노려보았다.

“저기…… 제가 진심으로 따라가고 싶다면 괜찮다고…….”

“뭐? 왜 따라오고 싶은 건데? 지금이라면 일족에게 폐도 안 되잖아. 그만한 실력이 있으면 대부분의 적은 어떻게든 될 테고.”

“그, 그러니까, 그건, 저기…….”

“…….”

우물쭈물하며 쉬이 답하지 못하는 시아에게 슬슬 짜증이 난 하지메는 돈나를 뽑으려 했다. 시아가 그것을 알아차렸는지는 모르지만, 여자는 배짱! 이라는 듯 큰 목소리로 말했다. 자신의 마음을 담아서.

“하지메 씨의 곁에 있고 싶어요! 죠아하니까!”

“……응?”

말해버렸다. 그리고 혀가 꼬였다! 허둥대는 시아를 앞에 둔 하지메는 한 방 먹은 것처럼 멍하니 있었다. 대체 무슨 말을 들었는지 모르겠다는 모습이었다. 하지만 얼마 지나 간신히 의미가 뇌에 전달됐는지 뒤늦게 되물었다.

"아니, 아니, 이상하잖아? 대체 어디서 그런 계기가 있었던 거야? 내가 말하기도 뭐하지만 널 상당히 거칠게 대했다고 생각하는데……. 설마 그런 걸로 흥분하는 타입이야?"

자신의 추측에 설마 싶은 눈으로 시아를 본 하지메는 어딘가 꺼려지는 것처럼 한 발 뒤로 물러났다. 그것을 본 시아가 맹렬하게 항의했다.

"누가 변태라는 거예요?! 그런 취미 없어요! 그보다 거칠게 대했다는 자각이 있으면 조금 더 자상하게 대해줘도 되잖아요……."

"아니, 왜 너한테 자상하게 대해줘야 하는데……. 애초에 정말로 좋아하는 거 맞아? 분위기에 휩쓸린 거 아니야?"

하지메는 아직까지 시아의 호의가 믿기지 않는지 흔히 말하는 흔들다리 효과를 의심했다. 지금까지 하지메가 시아를 대한 태도는 누가 봐도 거칠었기 때문에 무리도 아니다. 하지만 자신의 마음을 의심받은 시아는 무척이나 기분이 상했다.

"상황이 전혀 관계없었다고 하진 않을게요. 위험한 상황에서 몇 번이고 구해주셨고, 같은 체질이고……. 장로님 앞에서 단호하게 저와의 약속을 지켜주셨을 땐 정말 기쁘기도 했고……. 하지만 상황이 관계있든 없든 이미 그런 마음을 갖게 됐으니까 어쩔 수 없잖아요. 저도 이따금 생각해요. 왜 이 사람일까 하고. 하지메 씨는 아직도 절 이름으로 불러주시지도 않고, 무슨 일 있으면 금방 총을 쏘고, 무섭고, 대답은 건성이고, 마물 집단에 혼자 던져 놓고 봐주지도 않고, 무섭고,

자상하게 대해주지도 않고, 유에 씨 편만 들어주고, 무섭고…… 어? 진짜 왜 좋아하게 된 거지? 어라~?"

말하는 동안 스스로 자신의 마음을 의심하기 시작했다. 고개를 갸웃하는 시아를 본 하지메는 얼굴에 핏줄이 붉어지면서도 그녀의 말이 틀리지 않다는 걸 알기 때문에 돈나를 뽑으려는 것을 간신히 참았다.

"……어쨌든. 네가 어떻게 생각하든 데리고 갈 생각은 없어."

"그럴 수가! 아까는 농담이에요. 정말 좋아하니까 데려가주세요!"

"어이, 네 마음은…… 뭐, 사실이라고 해도 내겐 유에가 있는 거 알잖아? 그보다 그런 말을 본인 앞에서 당당히 고백하다니……. 전부터 생각했지만 너의 가장 무서운 점은 신체 강화가 아니라 그 뻔뻔함 아니야? 네 심장은 분명 아잔티움으로 만들어졌을 거라고 생각해."

"누가 세계 최고 경도의 심장을 가졌다는 거예요. 으으~, 역시 이렇게 되는 건가요……. 네, 알고 있었어요. 다름 아닌 하지메 씨니까 쉽게 풀리지 않을 거라고 생각했죠."

갑자기 수상쩍게 후후후 웃기 시작한 시아에게 의아한 눈빛을 보낸 하지메.

"이렇게 될 줄 알고! 목숨을 걸고 바깥을 공략했어요! 그럼 유에 선생님! 부탁합니다!"

"응? 유에?"

완전히 예상하지 못한 이름이 불리자 하지메는 눈을 깜박였다. 해냈다는 표정을 한 시아에게 울컥하면서도 곁에 있는 유에에게 시선을 돌렸다. 유에는 여전히 떫은 과일을 백 개는 씹은 표정으로 무척이나 내키지 않는 듯 하지메에게 말했다.

"⋯⋯⋯⋯⋯⋯⋯⋯⋯⋯하지메, 데려가자."

"아니, 왜 그렇게 뜸을 들여? 척 봐도 싫어하는 것처럼⋯⋯ 혹시 내기라는 게⋯⋯."

"⋯⋯원통해."

털썩 어깨를 늘어뜨린 유에를 보고 사정을 대충 이해한 하지메는 황당함과 화를 넘어서 감탄하기까지 했다.

분명 시아는 직접 하지메에게 부탁해 봤자 부탁을 들어줄 리가 없다고, 자신의 힘만으로는 진심이 전해지지 않을 거라고 생각했을 것이다. 그리고 하지메가 받아들인다 해도 유에의 한마디가 우선시될 것도 생각했을 것이다.

그래서 유에를 아군으로 삼는 방법을 택했다. 『목숨을 걸었다』는 표현도 그다지 과장이 아닐 정도다. 어중간한 마음으로 유에를 이해시키는 건 불가능하기 때문이다. 요 열흘간 거의 보지 못했지만 글자 그대로 필사적으로 유에를 공략했음이 분명하다. 즉, 그만큼 시아가 진심이었다는 뜻이다.

하지메는 머리를 긁적였다. 유에가 떨떠름하게나마 인정했다고 해서 딱히 시아를 데리고 가야만 하는 건 아니다. 결국 하지메의 마음에 달렸다.

유에는 내키지 않는 듯했지만 어쩔 수 없다는 듯 어깨를 움츠렸다. 요 열흘간 시아의 노력을 누구보다도 가까이에서 봤기 때문에, 그리고 자신이 준 과제를 넘어섰기 때문에 여행의 동행을 인정할 모양이었다. 원래 시아에 대해선 하지메의 일을 뺀다면 그렇게까지 싫어하지 않는다는 점도 있을 것이다.

한편 시아는 유에게 부탁했을 때의 당당했던 얼굴이 180도 바뀌어 불안하면서도 각오가 됐다는 표정이었다. 시아로서는 할 수 있는 것을 전부 해 두고 결과를 기다리는 상태였다.

하지메는 한 번 깊게 숨을 내쉬고는 시아와 똑바로 눈을 마주쳐 한 마디 한 마디 확인하려는 것처럼 말을 이었다. 시아도 조용히 말에 힘을 주어 답했다.

"따라온다 해도 네 마음에 응해줄 수 없어."

"모르세요? 미래는 절대적인 게 아니에요."

그건 미래를 볼 수 있는 시아이기 때문에 가능한 말이다. 미래는 각오와 행동으로 바꿀 수 있다고 믿었다.

"위험한 여행이야."

"괴물이라 다행이네요. 덕분에 당신을 따라갈 수 있어요."

장로들에게 들었던 경멸의 명칭. 하지만 지금은 오히려 긍지였다. 괴물이 아니었다면 할 수 없는 일이 있다는 것을 잘 알고 있기 때문이다.

"내 목적은 고향으로 돌아가는 거야. 더는 가족과 만날 수 없을지도 몰라."

"이야기해 뒀어요. 『그래도』 가겠어요. 아버님이랑 다들 이해해주셨거든요."

지금까지 계속 지켜준 가족. 너무나도 고마울 따름이다. 끝까지 함께 있어준 가족에게 마음을 털어놓고 축하를 받았을 때의 감정은 분명 평생 말로 표현할 수 없을 것이다.

"내 고향은 네겐 살기 힘든 곳이야."

"몇 번이든 말할게요. 『그래도』 가겠어요."

시아의 마음은 이미 보여주었다. 그런 『말』로는 멈추지 않는다. 멈출 수 없다. 이건 그런 부류의 것이다.

"……."

"후후, 끝났나요? 그럼 제가 이겼죠?"

"이겼다니 무슨……."

"제 마음이 이겼다는 거예요. ……하지메 씨."

"……왜?"

다시 한 번 확실히 말했다. 시아 하우리아가 바라는 것을―.

"저도 데려가주세요."

하지메와 시아가 서로를 마주 보았다. 하지메는 진의를 확인하려는 것처럼 푸른 눈동자를 들여다보았다. 그리고―.

"…………하아~. 맘대로 해. 괴짜 같으니."

그 눈동자에서 무엇을 보았는지, 하지메는 한숨을 쉬며 사실상 패배를 선언했다.

수해 안에서 환희와 언짢은 듯한 콧소리가 울렸다. 그 모습을 본 하지메는 앞으로도 큰일이겠다며 쓴웃음을 지었다.

동행을 허락받아 기분이 좋아진 시아는 「에헤헤, 우헤헤헤, 크흐흐흐~」 하고 기묘한 웃음소리를 내며 잔뜩 풀어진 얼굴에 두 손을 얹고서 몸을 배배 꼬았다. 하지메와 이야기를 나

넜을 때 보여주었던 진지한 표정이 거짓이었던 것처럼 유감스러운 모습이었다.

"……기분 나빠."

보다 못한 유에가 불쑥 중얼거렸다. 시아의 우수한 토끼 귀는 그 속삭임을 정확하게 포착했다.

"……기, 기분 나쁘다니요. 기쁘니까 어쩔 수 없잖아요. 하지메 씨가 부끄러워하는 모습을 처음 봤는걸요. 보셨어요? 마지막 표정. 생각지도 못하게 가슴이 두근거렸다니까요~. 이제 제게 홀딱 빠질 날이 얼마 남지 않았어요~."

시아는 최고로 들뜬 듯했다. 그런 시아를 향해 하지메와 유에는 질렸다는 표정으로 한목소리를 냈다.

""……짜증 토끼.""

"뭣?! 뭐예요, 짜증 토끼라니! 이제 좀 이름으로 불러주세요~. 함께 여행할 사이잖아요~. 설마 앞으로도 이름으로 부를 생각이 없는 건 아니겠죠? 그렇죠?"

""…….""

"어, 왜 아무 말도 안 하세요?! ……저기요, 눈을 피하지 말아주세요오~. 자요, 시아예요. 시, 아. 리피트 애프터 미, 시, 아."

필사적으로 이름을 부르게 하려고 분투하는 시아를 흘겨보고서 앞으로의 예정에 대해 이야기를 시작한 하지메와 유에. 그것을 본 시아는 「무시하지 말아요~, 따돌림은 싫어요~」라고 눈물이 맺힌 눈으로 매달렸다. 함께 여행하게 되어서도 거칠게 취급당하는 건 변하지 않을 모양이었다.

그런 식으로 (시아 혼자) 떠들고 있을 때, 안개 너머로 몇 명의 하우리아 족이 하지메가 준 과제를 클리어했는지 마물 토벌을 증명하는 부위를 한 손에 들고 돌아왔다. 자세히 보니 그중 한 사람은 캄이었다.

시아는 오랜만에 재회한 가족을 보고 얼굴에 미소가 돌았다. 본격적으로 수행이 시작되기 전에 마음을 밝힌 것을 끝으로 만나지 못했었다. 고작 열흘이라고는 하나 글자 그대로 죽을 각오를 다한 수행은 하루의 밀도를 무척이나 짙게 만들었다. 그래서 시아의 체감으로는 벌써 몇 개월은 만나지 않은 것 같은 기분이 들었다.

시아는 아버지인 캄에게 말을 걸려 했다. 보고하고 싶은 게 산더미처럼 많았다. 하지만 시아는 말을 걸기 직전에 자신의 말을 삼켜버렸다. 캄 일행의 분위기가 어쩐지 이상하다는 것을 깨달았기 때문이다.

다가온 캄은 시아를 얼핏 보고는 약간의 미소를 지을 뿐, 곧바로 시선을 하지메에게 돌렸다. 그리고—.

"보스. 분부하신 마물을 잡아 왔습니다."

"보, 보스? 아, 아버님? 말투가…… 그보다 분위기가……."

아버지의 말투에 당황하는 시아를 무시한 캄 일행은 이 수해에 서식하는 마물 중에서도 상위에 위치한 마물의 이빨과 발톱 등을 꺼냈다.

"난 한 마리면 된다고 했는데……."

하지메가 내린 훈련 졸업 과제는 상위 마물을 한 팀당 한 마리씩 잡아 오는 것이었다. 하지만 그들이 가져온 마물의 부위로 보아 가볍게 열 마리는 될 것 같았다. 하지메의 의문에 캄 일행이 당당한 미소를 보이며 답했다.

"네, 그랬지요. 처리하는 도중에 한패가 우글우글 나타나서는…… 건방지게도 살의를 보이길래 정중히 맞이해줬죠. 다들 안 그런가?"

"그랬다니까요, 보스. 이놈들 마물 주제에 건방졌어요."

"그래서 제대로 보답해줬죠. 한 마리도 놓치지 않았습죠."

"짜증 나는 놈들이었지만…… 좋은 소리로 울더군요. 후후."

"본보기로 구경거리를 만들 걸 그랬나……."

"잘게 다져줬으니 됐다 쳐야지."

불온한 발언이 연달아 나왔다. 다들 예전의 온화하고 평화로운 토인족의 그림자는 온데간데없이 사라졌고, 번뜩이는 눈과 당당한 미소를 떠올리며 하지메에게 무시무시한 전투 보고를 했다.

그것을 멍하니 보던 시아가 한마디 했다.

"……누구세요?"

마치 다른 사람처럼 말투와 분위기가 바뀐 가족의 모습에 정신이 멍해진 시아는 문득 정신을 되찾고 십중팔구 원흉인 하지메를 쏘아붙였다.

"어, 어떻게 된 거예요?! 대체 우리 가족에게 무슨 일이?!"

"치, 침착해. ……어떻게 된 게 아니라…… 훈련의 성과지."

"아니, 뭘 어떻게 해야 이렇게 되는 거죠?! 완전히 딴사람이잖아요! 잠깐만요, 시선을 피하지 마세요! 여길 보라고요!"

"⋯⋯딱히 별반 차이가 없잖아?"

"당신 눈은 옹이구멍인가요? 저걸 보세요. 저 사람은 아까부터 나이프를 보며 황홀해하잖아요! 아, 방금 나이프를『줄리아』라고 불렀어요! 나이프에 이름을 붙이고 사랑에 빠졌다고요! 저건 그냥 무서운 거잖아요~!"

수해에 시아의 초조한 노성이 울렸다. 캄 일행은 대체 무슨 일인지 모르겠다는 표정으로 시아와 하지메를 지켜보았다. 아까 이야기를 주고받는 사이에 다른 하우리아 족도 돌아왔지만, 그 전원이⋯⋯ 뭐랄까⋯⋯ 와일드하게 변했다. 남자뿐만 아니라 여자와 노인들까지.

시아에게 추궁당한 하지메는 무척이나 불편한 듯 시선을 피하며 이리저리 시아의 심문을 피했다. 시아는 이대로 가다간 끝이 없겠다고 판단했는지 질문할 대상을 캄 일행에게 돌렸다.

"아버님! 여러분! 대체 무슨 일이 있었나요?! 완전히 딴사람이 됐잖아요! 아까부터 입만 열면 무서운 말만 하고⋯⋯ 제정신으로 돌아오세요!"

애원하는 시아를 본 캄은 번뜩이는 표정을 풀고 예전의 온화한 얼굴로 돌아왔다.

"무슨 소리니, 시아. 우리는 제정신이야. 하지만 이 세상의 진리를 깨달았을 뿐이지. 보스 덕분에 말이야."

"지, 진리? 그게 뭐예요?"

불길한 예감에 얼굴이 마비된 시아가 묻자, 캄은 생긋 웃으며 가슴을 펴고 자신만만하게 말했다.

"이 세상 문제의 90퍼센트는 폭력으로 해결할 수 있지."

"역시 딴사람이에요~! 자상했던 아버님은 어딜 간 건가요~. 우와앙~."

지나친 충격에 엉엉 울며 뒤를 돌아 수해 쪽으로 도망치려 했다. 하지만 안개에 들어가기 직전에 작은 그림자와 부딪혀 「하으」 하고 한심한 소리를 내면서 엉덩방아를 찧었다. 작은 그림자는 순식간에 중심을 잡아 넘어지지 않고 버틴 뒤, 쓰러진 시아를 향해 손을 내밀었다.

"아, 고맙습니다."

"아니, 신경 쓰지 마요, 시아 누님. 남자로서 당연한 일을 했을 뿐이니까."

"누, 누님?"

안개 안쪽에서 나타난 것은 아직 어린아이라 해도 좋을 하우리아 족 소년이었다. 그 어깨엔 대형 크로스보우가 짊어져 있었고 허리엔 두 자루의 나이프와 슬링샷으로 보이는 무기가 장착돼 있었다. 상당히 차가운 미소를 짓는 소년이었다. 시아는 지금까지 『누님』이라고 불린 적이 없었던 데다, 눈앞의 소년은 분명히 자신을 『시아 누나』라고 불렀던 기억이 있기 때문에 더욱 당황한 표정을 지었다.

그런 시아를 본 소년은 성큼성큼 하지메의 앞으로 다가와 멋들어진 경례를 했다.

"보스! 빈손으로 실례하겠습니다! 보고 드릴 일이 있습니다!

발언 허가를!"

"그, 그래. 뭔데?"

소년이 역전의 군인이라도 된 것 같은 모습을 보이자 하지메는 역시 시아의 말대로 좀 지나쳤나 싶어 살짝 주춤했다. 소년은 상관하지 않고 보고를 이어 나갔다.

"넵! 과제였던 마물을 추격하던 도중 완전 무장한 웅인족 집단을 발견했습니다. 장소는 대수로 가는 루트. 아마 우리를 공격하기 위해 매복하고 있는 것으로 여겨집니다!"

"아, 역시 왔군. 곧바로 올 거라고 생각했지만…… 그래, 어차피 올 거라면 목적을 이루기 직전에 무너뜨릴 심산인가. 성격 한번 끝내주네. ……그래서?"

"넵! 괜찮으시다면 녀석들 상대는 우리 하우리아에게 맡겨주실 수 있겠습니까?!"

"음. 캄은 어때? 이 녀석은 이렇게 말하는데."

이야기를 들은 캄은 씩 다부진 미소를 지으며 바라던 바라는 것처럼 고개를 끄덕였다.

"가능하다면 부디. 우리의 힘이 녀석들에게 어디까지 통할지…… 시험해보고 싶습니다. 뭘요, 그리 무참한 모습은 보이지 않을 겁니다."

족장의 말에 주변 하우리아 족 전원이 호전적인 표정을 떠올렸다. 어쩐지 자신의 무기에 이름을 붙이고 아끼는 녀석이 늘어난 것만 같다. 시아의 표정이 절망으로 물들었다.

"……할 수 있겠나?"

"물론입니다!"

마지막으로 한 번 더 확인한 하지메에게 기운차게 대답한 사람은 아까 그 소년이었다. 하지메는 눈을 감고 심호흡을 한 뒤 번뜩 눈을 뜨며 외쳤다.

"들어라! 하우리아 족 제군! 용맹한 전사 제군! 오늘을 기준으로 너흰 구더기를 졸업한다! 너희는 이제 도태될 정도로 무가치한 존재가 아니다! 힘으로 불합리한 상황을 무너뜨리고 지혜로 적의를 비틀어라! 너희는 최고의 전사다! 개인적인 원한으로 상황 판단도 할 수 없는『삐―』같은 곰들에게 그것을 알려주어라! 녀석들은 이제 발판에 불과하다! 아무것도 아닌『삐―』놈들이다! 녀석들의 시체를 쌓아 그 위에 증거를 세워라! 새롭게 태어난 증거를! 하우리아 족이 다시 태어났다는 것을 이 수해의 모든 것에게 증명해줘라!"

"""""""""""Sir, yes, sir!"""""""""""

"대답해라, 제군! 최강이자 최고의 제군! 너희가 바라는 건 뭐냐?!"

"""""""""""죽여라! 죽여라! 죽여라!"""""""""""

"너희의 특기는 뭐냐?!"

"""""""""""죽여라! 죽여라! 죽여라!"""""""""""

"적을 어떻게 할 건가?!"

"""""""""""죽여라! 죽여라! 죽여라!"""""""""""

"그래! 죽여라! 너희라면 할 수 있다! 자신의 손으로 생존 권리를 거머쥐어라!"

"""""""""""Aye, aye, Sir!"""""""""""

"기백이 좋군! 하우리아 족 제군! 내가 내리는 명령은 단 하나! 서치&디스트로이! 가라!"

"""""""""""YAHAAAAAAAAAAAAAA!"""""""""""

"우와앙~, 역시 우리 가족은 모두 죽어버렸어요오~."

하우리아 족은 하지메의 호령에 엄청난 기백으로 대답하고는 안개 속으로 사라졌다. 온화하고 평화적이며 싸움을 무엇보다 꺼리는…… 그런 종족이 있었나? 싶을 정도였다. 지나치게 변모한 가족을 다시 확인한 시아의 울음소리가 수해에 메아리쳤다. 보다 못한 유에가 위로하듯 시아의 머리를 쓰다듬어주었다.

소년이 훌쩍훌쩍 우는 시아의 옆을 지나가려 할 때, 시아가 서둘러 불러 세웠다.

"팔! 기다려요! 자, 자요, 여기 예쁜 꽃님이 있잖아요? 너까지 가지 않아도…… 누나하고 여기서 기다리지 않을래요? 그렇게 해요."

아직 어린 소년만이라도 예전처럼 되돌리려는 모양인지, 옆에 핀 아름다운 꽃을 가리키며 필사적으로 설득했다. 이 소년이 과거 꽃을 너무 좋아하던 『꽃님 소년』이었기 때문이다.

꽃님 소년이었던 팔은 시아가 부르는 목소리에 성실하게 발을 멈추고 「후우~」 한숨을 쉬며 어쩔 수 없다는 듯 어깨를 으쓱였다. 마치 서구인 같은 과장된 행동이었다.

"누님, 옛 상처를 너무 건드리지 말아줘요. 난 이미 과거를 버린 몸. 이젠 꽃을 사랑하던 나약한 마음을 버렸어요."

참고로 팔은 올해로 열 살이다.

"예, 옛 상처? 과거를 버렸다고? 저기, 잘 모르겠는데 이제 꽃을 좋아하지 않는다는 건가요?"

"네, 그런 마음은 과거와 함께 버렸어요."

"그렇게나 좋아했었는데……."

"훗, 젊은 날의 과오라는 거죠."

다시 말하지만 팔은 올해로 열 살이다.

"그보다 누님."

"왜, 왜요?"

『시아 누나, 시아 누나』 하고 잘 따르고 이따금 꽃을 꺾어주던 소년의 변모에 의식이 자연스럽게 현실 도피를 시작할 것 같았던 시아는 소년의 부름에 간신히 대답했다. 하지만 그건 계속된 공격의 신호탄에 불과했다.

"난 과거와 함께 예전의 나약한 이름을 버렸어요. 지금은 발트펠드입니다. 『필멸(必滅)의 발트펠드』. 앞으론 그렇게 불러주시죠."

"누구?! 발트펠드는 어디서 나온 거예요?! 그보다 필멸은 또 뭐고요?!"

"어이쿠, 미안합니다. 동료가 기다리고 있으니 이만 가볼게요. 그럼!"

"아, 팔! 뭐가 『그럼!』이에요! 아직 이야기 안 끝났…… 빨라! 잠깐 기다려요오~."

연인에게 버림받은 여자처럼 그대로 무너져 안개 너머를 향해 손을 뻗은 시아. 그녀의 가족은 다들 용맹하게 전장으로 떠난 뒤라 그녀의 말에 대답하는 사람은 아무도 없었다. 더 이상 그녀가 알던 가족은 없었다. 그 사실을 깨달은 그녀가 다시 훌쩍훌쩍 울기 시작한 모습은 실로 애잔했다.

　유에는 그런 시아의 모습을 무어라 말하기 어려운 미묘한 표정으로 보았고 하지메는 어딘가 서먹한 듯 시선을 이리저리 돌렸다. 유에는 하지메에게 시선을 돌리고 불쑥 중얼거렸다.

　"……역시 하지메. 남들은 못하는 일을 태연하게 해버려[5]."

　"아니, 글쎄 그런 말은 어디서 들은 거냐고……."

　"……어둠 계열 마법도 사용하지 않고 세뇌…… 굉장해."

　"……솔직히 조금 지나쳤다고는 생각해. 반성이나 후회는 하지 않지만."

　한동안 하우리아 족이 떠난 그 자리엔 시아가 훌쩍이는 소리와 미묘한 분위기가 감돌았다.

　레긴 반톤은 웅인족 최대 일족인 반톤 족의 차기 족장이라는 소문이 있던 실력자다. 지금 장로인 진 반톤의 오른팔 같은 존재이기도 하며 그에게 심취에 가까운 감정을 품고 있었다.

　하지만 그건 레긴 혼자만이 아닌 반톤 족 전체에게 해당되는 것으로, 특히 젊은이들 사이에서 진은 절대적인 인기를 자

#5 역시 하지메, 남들은 못하는 일을 태연하게 해버려 만화 「죠죠의 기묘한 모험」
에서 등장하는 대사의 패러디.

제2장 혁신하는 토끼들 161

랑했다. 그 이유는 진의 호탕한 성격과 깊은 애국심, 그리고 아인족 중에서 최고 수준의 실력을 가진 점이 클 것이다.

그렇기 때문에 그 소식을 들은 웅인족은 악질적인 농담이라고 생각했다. 자신들이 받드는 장로가 한 명의 인간에게 손도 쓰지 못한 채 당할 리 없다고. 하지만 현실은 가차 없이 사실을 전했다. 의료 시설에 힘없이 누운 진의 모습이 무엇보다도 그 증거였다.

레긴은 변해버린 진의 모습에 정신이 멍해진 후, 끓어오르는 분노와 증오를 느꼈다. 뱃속에서 솟아오르는 감정을 견디지 못하고 현장에 있던 장로들에게 물어 모든 사정을 들었다. 그리고 전말을 알게 된 레긴은 장로들의 충고를 무시하고 모든 웅인족에게 사실을 전해 복수에 나섰다.

장로들과 다른 일족의 설득도 있어 모든 웅인족을 모을 수는 없었지만 반톤 족의 젊은이를 중심으로, 특히나 진을 따르던 자들이 증오스러운 인간을 토벌하기 위해 모여들었다. 그 수는 50명 이상. 원수인 인간의 목적이 대수 우아 아르트라는 것을 안 일행은 더욱 효과적인 복수를 위해서 대수로 가기 직전에 기습하기로 했다. 목적을 눈앞에 둔 채 죽으라고 말이다.

상대는 결국 인간과 토인족뿐이다. 진을 쓰러뜨렸다는 것도 어차피 기습 같은 비겁한 수단을 사용했을 것이 분명하다고 멋대로 생각했다. 수해의 깊은 안개 속이라면 감각이 이상해지는 인간과 나약한 토인족 따위는 상대가 안 될 것이라며……

레긴은 우수한 남자다. 평소라면 그렇게 함부로 해석하지 않았을 테지만 깊은 분노가 그의 눈을 흐리게 만들었다.

하지만 자신의 눈이 흐려졌다 해도—.

"이건 아니잖아?!"

레긴은 참지 못하고 비명을 질렀다. 그의 앞에서 아인족 중에서도 바닥이라는 평가를 받던 토인족이, 최강종을 다툴 정도로 전투에 뛰어난 자신들 웅인족을 유린하고 있는 있을 수 없는 광경이 펼쳐지고 있었기 때문이다.

"자, 자! 정신 바짝 차리시지! 썰어버린다!"

"아하하하하, 돼지처럼 울어라!"

"오물은 소독해야지~! 으하하하하하!"

하우리아 족의 호탕한 웃음소리가 울리고 치명적인 공격이 무수히 날아들었다. 온화하고 평화로워 다툼을 거북해하는 토인족의 모습은 보이지 않았다. 필사적으로 응전하는 웅인족들은 동요하며 소리쳤다.

"제길! 뭐야! 너흰 대체 누구야?!"

"이건 토인족이 아니잖아!"

기습하려던 상대에게 도리어 당한 기습, 아인족 중에서도 훨씬 격이 낮은 토인족의 있을 수 없는 실력, 어디에서 날아오는지 알 수 없는 정확한 화살과 돌멩이, 감각을 마비시키는 교묘한 기척 차단, 고도의 연계, 그리고 무엇보다도 기뻐하며 칼을 휘두르는 광적인 표정과 웃음! 그 모든 것이 격렬한 동요를 낳아 스펙으로는 훨씬 우위에 있을 웅인족을 궁지로 몰아넣었다.

사실 단순히 일대일 싸움이었다면 토인족이 웅인족을 당해 낼 리 없을 것이다. 하지만 요 열흘간 하우리아 족은 지옥과는 비교도 안 되는 특훈 덕분에 그 선천적인 차이를 메우는 데 성공했다.

원래 토인족은 다른 아인족에 비해 스펙이 낮지만, 다툼을 피하면서 살아남기 위해 갈고닦은 위기 감지 능력과 은밀 능력은 발군이다. 지금까지 그것만으로 살아남았을 정도였다.

그리고 적의 존재를 더욱 빨리 탐지하고 들키지 않도록 기습할 수 있다는 점에서, 그들은 실로 암살자에 어울리는 능력을 가진 종족이라고 할 수 있다. 하지만 본래의 성격 탓에 이러한 이점을 전혀 살리지 못했던 것이다.

하지메가 마련한 훈련은 그들의 투쟁 본능을 일깨우기 위한 것이라고 해도 좋았다. 계속해서 모욕하고 궁지로 내몰아 무기를 휘두르는 것과 상대를 다치게 하는 것을 기피할 여유를 주지 않았다. 하ㅇ만 선임 상사의 대사를 떠올리며 약 열흘간 가혹한 훈련을 시킨 결과, 그들의 마음은 완전히 전투에 익숙해졌다. 다소 지나쳤다는 건 부정할 수 없지만…….

주저하지 않는 공격성을 익힌 그들은 상당한 전투력을 발휘했다. 일족 전체를 가족이라 부를 정도로 인연이 강한만큼 처음부터 연계는 상당한 수준이었으며, 기척의 강약을 조절하는 능력이 뛰어나 연계와 병행함으로써 엄청난 효과를 발휘했다.

게다가 힘이 약한 그들의 공격력을 보완하기 위해 하지메가 만든 무기를 사용하게 한 것도 비약적인 전투력 향상의 이유 중 하나였다.

전원이 소지하고 있는 소태도 두 자루는 정밀 연성의 연습 과정에서 만든 것으로, 극히 얇은 칼날은 살짝 닿기만 해도 피부를 벗겨 냈다. 타우르 광석을 사용했기 때문에 충격에도 강했고 같은 소재의 투척용 나이프도 갖췄다.

그 외에도 나락 밑바닥의 거미형 마물에게서 채취한, 신축성과 강도가 발군인 실을 이용해 만든 슬링샷과 크로스보우도 상당히 강력했다. 특히 어린아이에게 근접전은 힘들지만, 선천적으로 갖춘 색적 능력을 사용해 안개 너머에서 저격하는 솜씨는 하지메조차 깜짝 놀랄 정도였다.

팔…… 필멸의 발트펠드는 크로스보우에 흠뻑 빠져 스나이퍼 흉내를 냈다.

"일격 필살! 머리를 날려드리지. 『필멸』이라는 이름을 걸고!"

팔…… 필멸의 발트펠드의 최근 말버릇이었다. 참고로 『필멸』은 그의 자칭이었다. 그리고 처음엔 「저격해주마#6!」가 말버릇이었지만 하지메가 말리자 무척이나 불만스러워 했다.

그렇게 패닉 상태에 빠진 웅인족은 지금의 하우리아 족에게 제대로 된 저항도 하지 못하고 순식간에 처음의 절반 정도까지 그 수가 줄었다.

#6 저격해주마 애니메이션 『기동전사 건담 더블오』의 등장인물 록온 스트라토스가 저격할 때 했던 대사.

"레긴 님! 이대로 가다간 전멸입니다!"

"지금은 퇴각을!"

"퇴각할 때까지 엄호는 제가, 크헉?!"

"톤트!"

부하들은 일시 퇴각을 진언했지만 진을 재기불능에 빠트렸을 뿐만 아니라 부하들의 목숨까지 앗아가 화가 머리끝까지 치밀어 오른 레긴은 주저했다. 그 늦어버린 판단을 하우리아의 스나이퍼가 놓칠 리 없었다. 아군이 퇴각할 때까지 엄호를 자처하며 재차 퇴각을 진언하려던 부하의 관자놀이를 정확하게 화살이 뚫었다.

그 광경에 동요해 진형이 흐트러진 레긴 일행. 그것을 호기로 본 캄 일행이 일제히 공격했다.

안개 속에서 화살이 날아들고 발목처럼 악랄한 곳을 놀라울 정도로 정확하게 맞췄다. 그것에 정신이 팔리고 있자니 목을 노린 날카로운 공격이 날아들었고 그 후 절묘한 타이밍에 찌르기 공격이 더해졌다.

하지만 전부 다 페인트에 불과했는지 갑자기 등 뒤에서 기척이 나타나 치명상을 먹었다. 하우리아 일행은 특유의 연계와 기적의 강약을 조절할 수 있는 능력을 활용해 레긴 일행을 농락했다. 레긴 일행은 전율했다. 이것이 정말 그 얼빠지고 약한 토인족인가 하고······.

잠시 저항은 이어졌지만 혼란에서 벗어나기 전에 레긴 일행은 만신창이가 되어 무기에 기대 간신히 서 있는 상태였다. 연계와 엄호 사격을 이용한 파상 공격에 쉴 틈도 없어 모두가 어깨를 들썩이며 숨을 몰아쉬고 있었다. 한곳에 뭉쳐 커다란 나무를 등지고 내몰린 레긴 일행을 캄 일행이 포위했다.

"왜 그러나, 『삐ㅡ』놈들! 이 정도냐?! 근성도 없는 녀석!"

"그런 주제에 최강종이라니 우습군! 이 『삐ㅡ』놈들! 그러고도 『삐ㅡ』는 달렸냐?!"

"빨리 무기를 들어라! 이 나약한 『삐ㅡ』놈들!"

토인족이 아닌 것 같은, 다른 종족도 말하지 않을 욕설이 쏟아졌다. 정말 이 녀석들에게 무슨 일이 있었던 거지?! 하고 전율에 찬 표정을 한 웅인족들. 개중에는 이미 마음이 꺾였는지 머리를 감싸고 부들부들 떠는 이도 있었다. 몸집이 크고 털이 많은 남자가 눈물이 고인 눈으로 「이제 괴롭히지 말아 줘」라고 애원하는 모습은…… 무척이나 초현실적이었다.

"큭큭큭, 남기고 싶은 말은 있나? 최강 종족님들?"

캄이 실로 야비한 표정으로 비꼬는 말을 던졌다. 투쟁 본능에 눈을 뜬 지금, 여태껏 깔보였던 만큼 반감이 커진 듯했다. 예전의 캄이라면 절대 못할 말이었다.

"으윽……."

레긴은 캄의 말이 분했는지 표정을 찡그렸다. 어떻게든 혼란에서 벗어난 그 눈동자엔 본래의 이성이 돌아와 있었다. 하우리아 족의 강습에 찬물을 맞긴 했어도 진을 재기 불능으로 만들었다는 분노의 불꽃은 아직 꺼지지 않았으나, 지금은 조금이라도 더 많은 부하를 살리는 것에 집중해야 한다는 책임감으로 제정신을 되찾은 모양이었다. 동족을 부추겨 이 궁지에 빠트린 건 자신이라는 자각이 있었을 것이다.

"……난 어떻게 돼도 좋다. 굽든 삶든 마음대로 해. 하지만 부하는 내가 억지로 데리고 왔으니 그냥 보내줬으면 한다."

"레긴 님?!"

"레긴 님! 그건……."

레긴의 말에 부하들이 술렁이기 시작했다. 레긴은 자신의 목숨과 맞바꿔 부하들의 목숨을 구하려는 것이다. 그는 동요한 부하들에게 큰 소리로 말했다.

"시끄럽다! ……머리에 피가 몰려 눈이 흐려졌던 내 책임이다. 토인…… 아니, 하우리아 족장님. 제멋대로인 건 충분히 알고 있다. 하지만 부디 이자들의 목숨만큼은 살려다오! 부탁이다!"

무기를 버리고 무릎을 꿇고 머리를 숙인 레긴. 부하들은 레긴이 자신의 무예에 얼마나 높은 긍지를 갖고 있었는지 알기 때문에, 적에게 머리를 숙이는 것에 어느 정도의 각오가 담겼는지 뼈저리게 알 수 있었다. 그래서 말문이 막혀 가만히 서 있을 수밖에 없었다.

계속해서 머리를 숙인 레긴에게 하우리아 족의 캄은—.

"하지만 거절한다."

그런 말과 함께 나이프를 던졌다.

"우옷?!"

순식간에 몸을 틀어 그것을 피한 레긴. 하지만 캄의 투척을 시작으로 레긴 일행의 사정거리 밖에서 일제히 활과 돌 등이 고속으로 날아들었다. 레긴 일행이 커다란 도끼를 방패 삼아 필사적으로 버티자 하우리아 족은 정말 즐거운 듯 크게 웃으며 계속해서 공격했다.

"왜냐?!"

신음하듯 목소리를 쥐어짜며 무자비한 공격의 이유를 묻는 레긴.

"왜냐고? 네놈들은 적이잖아? 죽이는 것에 그 이상의 이유가 필요한가?"

캄의 대답은 실로 간단했다.

"큭, 하지만!"

"그리고 무엇보다…… 네놈들의 교만함을 박살 내고 골려주는 게 재밌거든! 하하하하!"

"뭐?! 이놈! 이런 녀석들에게!"

캄의 말대로 하우리아 족은 정말로 즐거운 것처럼 안전한 곳에서 슬링샷과 크로스보우, 활을 쏘았다. 마치 힘에 취한 광기 어린 자의 전형적인 모습이었다. 아무래도 처음으로 다른 종족에게서 얻은 승리, 그리고 동포인 아인족을 죽인 것으로 마음의 족쇄가 풀려버린 듯했다. 설명하자면 완전히 폭주 상태였다.

공격은 점점 더 가열되었고 레긴 일행은 서로의 몸을 맞대진을 치고 필사적으로 견뎠지만 이미 한계였다. 치명상은 피하고 있으나 다들 만신창이였다. 아마도 다음 공격은 견딜 수 없을 것이다.

캄이 입가를 일그러뜨리며 슥 팔을 들자 하우리아 족도 광적인 눈빛으로 화살과 돌을 들었다. 레긴은 여기서 죽는 것을 원통해하며 온몸에 힘을 뺐다. 그리고 마음속으로 자신이 부추긴 부하들에게 사죄했다.

캄이 팔이 레긴 일행의 목숨을 빼앗는 사신의 낫처럼 휘둘러졌다. 일제히 쏘아진 화살과 돌. 레긴은 슬로모션으로 다가오는 그것에게서 적어도 눈을 피하지 않겠노라 바라보았다. 그리고—.

"적당히 하세요~!"

하얀 그림자와 망치가 굉음과 함께 모든 것을 날려버리는 광경을 보았다.

"어?"

자신도 모르게 얼빠진 목소리를 낸 레긴. 하지만 무리도 아닐 것이다. 죽음을 각오한 직후 푸르스름한 흰머리를 나부낀 토끼 귀 소녀가 하늘에서 내려와 거대한 망치로 지면을 쳤고, 거기서 발생한 충격파로 날아오던 화살과 돌을 날려버렸으니 말이다. 주변 웅인족도 멍하니 있었다.

화가 머리끝까지 치민 분위기로 등장한 사람은 물론 시아였다. 압축 연성의 연습 과정으로 만든 망치는 말도 안 되는 질량을 갖고 있었지만, 그녀는 조금도 무게를 느끼지 않는 것처럼 돌풍을 일으키며 붕붕 휘두르다가 캄 일행을 향해 겨누었다.

"그만! 제발 그만하세요! 아버님도 다른 사람도 이제 좀 정신 차리라고요!"

캄 일행은 처음엔 그런 시아의 모습에 깜짝 놀라 굳었지만 이내 정신을 차리고 그녀를 향해 책망하는 눈빛을 보냈다.

"시아, 무슨 생각인지 모르겠지만 거기서 비키렴. 뒤에 있는 녀석들을 죽일 수 없잖니."

"아니요, 비키지 않겠어요. 이 이상은 안 돼요!"

시아의 말에 캄 일행의 눈이 가늘어졌다.

"안 된다고? 설마 너, 적의 편을 들려는 건 아니겠지? 대답에 따라선……."

"아니요, 이 사람들은 딱히 죽어도 상관없지만요."

"""""상관없는 거냐?!"""""

동족의 학살을 저지하기 위해 왔을 거라 생각한 웅인족들은 시아의 말에 깜짝 놀랐다.

"당연하죠. 살의를 보내는 상대에게 자비를 베풀었다간 유에 씨의 특훈을 견딜 수 없거든요. 저도 이제 나약한 생각은 하지 않아요."

"흠, 그럼 왜 말린 거니?"

캄이 물었다. 다른 하우리아 족도 의아하다는 표정이었다.

"그야 당연하죠! 여러분이 망가지기 때문이에요! 타락해버린다고요!"

"망가져? 타락한다고?"

영문을 모르겠다는 표정을 한 캄이 시아의 말에 되물었다.

"그래요! 떠올려보세요. 하지메 씨는 적을 봐주지 않고 가차 없이 무자비하지만, 마물이나 사람을 죽이는 걸 **즐긴** 적은 없었을 거예요! 훈련에서도 적을 죽이라는 말은 들었어도 즐기라고 하지는 않았잖아요!"

"아, 아니, 우리는 즐기고 있던 게……."

"지금 여러분 얼굴이 어땠는지 아세요?"

"얼굴? 아니, 어떠냐고 물어도……."

시아의 말에 하우리아 족은 주변 동료와 얼굴을 마주 보았다. 시아는 한 박자 쉬고 조용하지만 잘 들리는 목소리로 뚜렷이 말했다.

"……마치 저희를 공격하던 제국 병사 같았어요."

"……?!"

충격이었다. 깃들었던 광기가 날아갈 정도로. 마치 찬물을 뒤집어쓴 기분이었다. 가족의 대부분을 비웃으며 유쾌하다는 듯 빼앗은 녀석들과 같은 표정…… 실제로 봐 왔기 때문에 그것이 얼마나 추한지 알았다. 가족을 빼앗은 그들과 같다는 건…… 견디기 힘든 사실이었다.

"시, 시아…… 난……."

"후우~, 조금은 진정된 모양이네요. 다행이에요. 최악의 경우 다들 날려버려야 하나 생각했거든요."

시아가 망치를 휘둘렀다. 그녀는 자신의 지적과 망치의 위용에 동요한 하우리아 족에게 살짝 미소 지어 보였다.

"뭐, 처음으로 사람을 상대했으니, 지금이라도 깨달았다면 이제 괜찮아요. 애초에 하지메 씨도 잘못했어요. 싸우는 정신을 알려주는 건 좋지만, 너무 지나쳤다고요! 전사가 아니라 버서커 육성이잖아요!"

이번엔 하지메에게 화를 낸 시아는 작은 목소리로 「어쩌다 그런 사람을 좋아하게 된 걸까?」 하고 투덜거렸다.

그때 갑자기 총성이 울렸다.

시아의 뒤에서 「크억?!」 하는 신음 소리와 쓰러지는 소리가 들렸다. 완전히 존재를 잊고 있던 시아와 캄 일행이 다급히 등 뒤를 확인하니 이마를 붙잡고 쓰러진 레긴의 모습이 있었다.

"소란을 틈타 도망치려고? 이야기가 끝날 때까지 무릎 꿇고 있어."

안개 너머로 하지메와 유에가 나타났다. 아무래도 시아 일행이 이야기하는 동안 몰래 도망치려던 레긴 일행에게 총을 쏜 듯했다. 다만 쏜 건 어째서인지 비살상 고무탄이었다.

하지메는 자신의 말을 듣고도 도망치기 위해 주변을 확인한 웅인족에게 『위압』을 걸어 꼼짝 못하게 했다. 하지메와 유에 는 그들이 부들부들 떠는 모습을 확인하고서 시아 일행 쪽으 로 다가왔다.

하지메는 캄 일행을 보더니 약간 거북한 듯 시선을 돌리다 이내 포기한 것처럼 똑바로 마주 보며 사과했다.

"아~, 그 뭐냐, 미안해. 내가 괜찮았다고 살인 충동이라는 걸 무시하고 말았어. 내 실수다. 응, 정말 미안."

시아와 캄 일행은 떡하니 입을 벌리고 눈을 동그랗게 떴다. 설마 솔직하게 사과할 줄은 예상치 못했던 것이다.

"보, 보스?! 제정신입니까?! 머리라도 다치셨습니까?!"

"메딕! 메딕~! 부상자 한 명 발생!"

"보스! 정신 차리세요!"

왜 이런 반응을 보이는 걸까. 힘줄이 불거진 하지메는 입가를 씰룩였다.

이번 일은 하지메 스스로도 진심으로 실수였다고 생각했다. 자신이 살인에 대해 딱히 아무런 감정도 품지 않았기 때문에 그 정신적 충격을 신경 쓰지 못했다. 아무리 하지메가 강해졌다 해도 누군가를 가르친 경험이 없다 보니 하마터면 하우리아 족의 정신을 무너뜨릴 뻔한 것이다. 그렇게 생각해 사과했으나…… 돌아온 반응은 제정신인지 하는 의심이었다. 하지메는 이 상황에서 화내야 하는지, 자신의 평소 태도를 돌아봐야 하는지 약간 망설였다.

하지메는 우선 그 일은 제쳐 두고 레긴에게 다가가 그 이마에 돈나의 총구를 가져갔다.

"그럼 깔끔하게 죽는 것과 창피를 무릅써서라도 살아남는 것 중 뭐가 나아?"

하지메의 말에 웅인족보다도 하우리아 족이 놀란 표정을 했다. 방금 한 말은 상황에 따라서 웅인족을 놓아줄 수도 있다는 것처럼 들렸기 때문이다. 적대한 사람을 결코 봐주지 않던 하지메답지 않은 제안이었다. 캄 일행은 「역시 머리를……」 하고 비통한 눈으로 그를 보았다. 하지메의 이마에 힘줄이 더욱 불거졌지만 이야기가 진행되지 않을 것 같아서 우선은 넘어가기로 했다.

레긴도 의외라는 표정으로 하지메를 보았다. 하우리아 족을 이렇게까지 바꾼 건 분명 눈앞의 사내라고 확신했기 때문에 그 남자가 온정을 베풀 거라고는 생각하지 않았었다.

"……무슨 뜻이지? 우리를 살려 보내겠다는 뜻인가?"

"그래, 바란다면 돌아가도 좋아. 다만 조건이 있어."

"조건?"

돌아가도 좋다는 말이 선선히 나오자, 레긴뿐만 아니라 주변 사람들이 일제히 웅성거렸다. 뒤에서 시아가 「머리를 때리면 원래대로 돌아오지 않을까……」라고 끼어들며 진지한 표정으로 자신의 망치와 하지메의 머리를 번갈아 보았고, 캄 일행이 찬동하는 목소리가 들렸다.

슬슬 진짜로 엄격한 처리가 필요할지도 모른다고 생각한 하지메의 이마엔 힘줄이 더욱 불거졌지만, 꾹 참고 넘겼다.

"그래, 조건. 페어베르겐으로 돌아가면 장로들에게 이렇게 전해라."

"……전언인가?"

조건이라는 말에 무슨 말이 나올지 전전긍긍했던 레긴은 그저 말을 전하라는 말에 맥이 빠졌다.

"『빚 하나』."

"……뭐?! 그건!"

"그래서 어쩔래? 받아들일 거야?"

전언의 의미를 깨달은 레긴은 자신도 모르게 소리칠 뻔했다. 하지메는 레긴의 태도에도 아랑곳하지 않고 그의 선택을 기다렸다.

『빚 하나』. 그것은 습격자의 목숨을 살려준 것을 빌미로 언젠가 빚을 갚으라는 뜻이다.

장로 회의가 장로 한 사람을 잃고 회의 결정을 실질적으로 뒤집는 씁쓸한 선택을 하면서까지 간섭하지 않기로 했는데, 전언을 받아들이면 장로들은 무조건 하지메의 요구에 응해야 한다.

객관적으로 본다면 진의 경우와 레긴의 경우도 일방적으로 공격했다 반격당했을 뿐인 데다 목숨까지 살려준 꼴이니 장로 회의의 위신을 걸고 함부로 여길 순 없을 것이다. 만약 무시하게 된다면 무법자나 마찬가지다. 그리고 이번에야말로 하지메가 이빨을 드러낼지도 모른다.

즉, 레긴 일행이 살아남는다는 것은 자국에 불리한 요소를 갖고 돌아간다는 뜻이기도 하다. 장로 회의의 결정을 무시한 데다 짐까지 짊어지게 했다. 게다가 최강종이라고 호언장담해 놓고 절반 이하로 줄어 귀환. 하지메의 말대로 창피를 무릅써서라도 살아남는 것이다.

표정을 찡그린 레긴에게 하지메가 말을 더했다.

"그리고 네 부하가 죽은 책임은 너 자신에게 있다는 것도 확실히 알려 둬. 하우리아에게 참패했다는 사실과 함께."

"큭."

하지메가 이런 조건을 걸고 적을 놓아주는 데엔 이유가 있었다. 물론 자비 따위는 아니다. 페어베르겐과는 인연을 끊었지만 7대 미궁의 상세한 내용을 아직 모르는 이상 그 나라에 볼일이 생길지도 모른다. 어쨌든 구전으로 창설자의 이야기가 남아 있을 정도니 말이다. 결과적으로 페어베르겐에서 나오게 되어 조금 실수했나 싶었던 참에, 만에 하나를 대비한 보험을 걸어 두려는 것이다.

레긴이 고민하자 하지메가 총구를 더욱 세게 들이밀었다.

"5초 안에 정해. 지날 때마다 한 명씩 죽인다. 『판단은 신속하게』. 기본이잖아?"

그렇게 말하며 하나, 둘 숫자를 세기 시작했다. 레긴은 다급히 뜻을 정하고 대답했다.

"아, 알았다. 우리는 귀환을 바란다!"

"그래. 그럼 빨리 돌아가. 전언 잘 부탁해. 만약 나중에 들었을 때 발뺌했다간……."

하지메의 온몸에서 강력한 살기가 뿜어져 나왔다. 이제는 물리적인 압력조차 동반된 것만 같았다. 꿀꺽 침을 삼키는 소리가 유난히 선명히 들렸다.

"그날이 페어베르겐의 마지막이라고 생각해라."

어딜 어떻게 봐도 악질적인 일수꾼, 아니 테러리스트였다. 뒤에서 「아~ 다행이다. 평소의 하지메 씨예요~」라든가 「보스가 제정신으로 돌아왔다!」라고 묘한 안도감이 섞인 목소리가 들렸지만 모처럼 만든 분위기를 깨고 싶지 않아 무시했다. 물론 나중에 따끔한 벌을 내리는 건 확정이지만.

하우리아 족 때문에 마음이 꺾이고 죽음을 각오한 레긴의 목숨 구걸마저 목격한 부하 웅인족도 반대할 기력이 없는지, 초연하게 풀이 죽은 모습으로 되돌아갔다. 젊은이가 중심이었던 점도 순순히 패배를 받아들인 이유일 것이다. 레긴도 이제 페어베르겐에서 입지가 없을 테고, 아마 평생 버젓이 살지 못할 가능성도 높다. 하지만 불합리하게 남의 목숨을 노렸던 만큼 오히려 가벼운 벌이었다.

안개 너머로 웅인족이 사라졌다.

그것을 지켜본 하지메는 시아와 캄 일행 쪽으로 몸을 돌렸다. 고개를 숙이고 있어 그의 표정은 보이지 않았지만 어쩐지 분위기가 이상했다. 캄 일행은 광기에 빠져버린 미숙함을 부끄러워하며 하지메에게 이런저런 말을 거느라 그 분위기를 깨닫지 못했지만, 시아만큼은 「어? 어쩐지 위험하지 않나요?」 하고 식은땀을 흘렸다.

하지메가 휘청이며 고개를 들었다. 그 얼굴은 환하게 웃고 있었지만, 가늘어진 눈 안쪽은 전혀 웃고 있지 않았다. 이제야 하지메의 상태가 이상하다는 것을 깨달은 캄이 조심스럽게 말을 걸었다.

"보, 보스?"

"응, 정말 이번엔 내 실수라고 생각해. 단기간에 일정 수준을 완성하기 위해서였지만 제어 장치도 생각해 뒀어야 했어."

"아, 아니요, 그건…… 우리가 미숙해서……."

"아니, 괜찮아. 내가 인정했으니까. 그러니까, 그래서 말이

야. 솔직하게 사과했는데…… 반응 참 가관이더라? 아니, 알
아. 평소에 그렇게 대했다는 것쯤. ……하지만…… 이 주체할
수 없는 마음을 발산하지 않고선 견딜 수가 없거든……. 이해
하지?"

"아, 아니요. 우리는 좀……."

캄도 「이건 위험해. 머리끝까지 화났어」 하고 식은땀을 폭포
처럼 흘리며 조금씩 뒤로 물러났다. 하우리아의 몇 명은 훈련
을 떠올렸는지 이미 울상이 된 얼굴로 바들바들 떨었다.

그때 시아가 「지금이에요!」 하고 잠깐의 빈틈을 노려 도주를
꾀했다. 곁에 있던 남자 하우리아를 방패로 삼는 것도 잊지
않았다. 하지만—.

투팡!

한 발의 총탄이 남자의 가랑이 아래를 지나, 지면에 튀어나
온 나무뿌리를 맞고 튕겨서 시아의 엉덩이에 박혔다.

"꺄앙!"

하지메의 기술 중 하나인 총알이 튀는 것을 이용한 『다각
사격』을 활용해 시아의 엉덩이를 노려 쏜 것이다. 쓸데없이
다듬어진 빈틈없는 기술이었다. 충격으로 비명을 지르며 깡
충 뛰어 지면 위로 쓰러진 시아. 내민 엉덩이 위로 슈욱 연기
가 피어올랐고 시아는 고통으로 움찔 몸을 떨었다.

경련하는 시아의 모습과 하지메의 기술에 전율한 캄 일행.
다리 사이로 총탄이 지나간 남자가 울상이 된 채 두 손으로
가랑이를 붙들었다. 총탄이 내는 충격파가 가랑이를 뒤흔든

것이다.

아무 일도 없었던 듯 돈나를 홀스터에 넣은 하지메는 웃는 얼굴을 악귀로 바꾸고선 노성과 함께 뛰어들었다.

"우선 전원 한 발씩 맞아라!"

—우아아아아아!

하우리아 족이 거미 새끼가 흩어지듯 일제히 도망치자, 하지메는 한 명도 놓치지 않겠다는 듯 뒤를 쫓았다. 그렇게 수 해 안에 비명과 노성이 울려 퍼졌다.

그 뒤로 남은 것은 엉덩이에서 연기가 나는 시아와—.

"……대수엔 언제 갈 생각이야?"

완전히 외야로 밀려난 유에의 속삭임뿐이었다.

몇 시간 뒤 선언대로 모든 하우리아에게 불합리한 벌을 내리고 후련해진 하지메는 캄 일행의 안내로 깊은 안개 속을 지나 대수 우아 아르트를 향해 걸었다.

선두를 캄에게 맡기고 하우리아 족은 훈련을 위해 주위로 흩어져 색적을 했다. 방심은 금물이라는 걸 잘 알고 있기 때문에 다들 진지했다. 모두 혹이나 멍이 생긴 탓에 왠지 긴장감은 적었지만…….

"으으~, 아직도 얼얼해요오~."

시아는 울먹이며 엉덩이를 쓰다듬고선 아까부터 원망스러운 눈빛으로 하지메를 보고 있었다.

"그런 눈으로 보지 마. 성가시게."

"성가시다니 너무해요오. 여자의 엉덩이를 쏘다니 말도 안 돼요. 그것도 쓸데없이 고난도 기술까지 써 가면서."

"그러는 너야말로 진심으로 내 머리를 칠 생각이었잖아. 게다가 도망칠 땐 옆에 있던 녀석을 방패로 삼질 않나…… 남 말할 처지가 아니지."

조금 떨어진 곳에 있던 하우리아 남성이 고개를 끄덕였다.

"윽, 유에 씨가 그렇게 가르쳤어요……."

"……시아는 이 몸이 가르쳤다."

"……농담은 됐어."

유에는 자랑스러운 듯 「칭찬해줘」 하는 눈빛으로 하지메를 보았다. 하지메는 방금까지 단련한 무시 스킬을 구사해 시선을 피했다.

화기애애(?)한 잡담을 나누며 걷기를 15분. 일행은 드디어 대수가 있는 곳에 도착했다. 대수를 본 하지메는—.

"……이게 뭐야."

하고 놀라움 반, 의문 반이었다. 유에도 예상 밖이었는지 미묘한 표정이었다. 두 사람은 대수에 대해 페어베르겐에서 본 나무들의 스케일이 큰 버전을 상상했을 것이다. 즉, 장엄하고 위용 넘치는 모습을…….

하지만 실제 대수는…… 훌륭하게 시들어 있었다.

크기에 대해선 예상대로, 아니, 예상을 뛰어넘어 엄청났다. 직경은 눈대중으로 재기 어려울 정도로 컸지만 적어도 50미터는 될 것 같았다. 확연하게 주변 나무들과는 다른 비정상적인 크기였다.

그리고 주변 나무들은 울창하게 나뭇잎을 성대히 피우고 있는데, 유독 대수만 잔뜩 시들어 있었다.

"대수는 페어베르겐 건국 전부터 시들었다고 합니다. 하지만 결코 썩지 않습니다. 시든 채로 계속 변하지 않는 모양입니다. 주위 안개의 성질과 시들었지만 썩지 않는 대수의 특징 때문에 언제부턴가 신성시하게 됐지요. 뭐, 그것뿐이라 관광 명소 같은 곳이지만요."

하지메와 유에의 의문에 캄이 해설해주었다. 그것을 들은 하지메는 대수의 뿌리까지 걸어갔고, 그곳엔 알프레릭이 말했던 석판이 새워져 있었다.

"이건…… 오스카의……."

"……응. 같은 문양."

석판에는 칠각형이, 그리고 그 꼭짓점에 일곱 개의 문양이 새겨져 있었다. 오스카의 은신처에 있던 문과 지름길 출구의 바위에 새겨진 것과 동일한 것이었다.

하지메는 확인을 위해 오르크스의 반지를 꺼냈다. 반지의 문장과 석판에 새겨진 문장 중 하나는 역시 똑같았다.

"역시 여기가 대미궁의 입구 같은데……. 하지만 이제 뭘 하면 되지?"

하지메가 대수로 다가가 그 기둥을 탁탁 쳐봤지만 당연히 변화가 있을 리 없었다. 캄 일행에게 아는 게 없는지 물었지만 대답은 NO였다. 알프레릭에게 구전된 내용에 대해선 전부 들었지만 입구에 대한 구전은 없었다. 숨겼을 가능성도 있으므로 벌써부터 빚을 갚으라고 독촉해야 할지 고민하기 시작했다.

그때 석판을 관찰하던 유에가 말했다.

"하지메…… 이거."

"응? 뭔가 있어?"

유에가 주목한 것은 석판의 뒷면이었다. 그곳엔 겉의 일곱 문양에 대응하는 작은 홈이 있었다.

"이건……."

하지메가 손에 든 오르크스의 반지를 겉의 오르크스 문양에 대응되는 홈에 끼워보았다. 그러자 석판이 옅게 빛나기 시작했다.

무슨 일인가 싶어 주위를 경계하던 하우리아 족도 모여들었다. 그렇게 전원이 한동안 빛나는 석판을 보고 있자니 점차 빛이 줄어드는 대신 어떠한 문자가 떠오르기 시작했다. 그곳엔 이렇게 적혀 있었다.

—네 개의 증표

—재생의 힘

—이어진 인연의 이정표

—모든 것을 가진 자에게 새로운 시련의 길이 열릴지어다

"무슨 뜻이지?"

"……네 개의 증표는…… 아마도 다른 미궁의 증표?"

"그렇겠지. 그럼 재생의 힘과 이어진 인연의 이정표라는 건?"

머리를 갸웃거리는 하지메에게 시아가 답했다.

"음~, 이어진 인연의 이정표란 아인 안내인을 얻었는지에 대한 게 아닐까요? 아인은 기본적으로 수해에서 나가지 않고 하지메 씨처럼 아인이 직접 수해를 안내해주는 경우도 극히 드물잖아요."

"……그리고 재생은…… 나?"

유에가 자신의 고유 마법 『자동 재생』을 떠올리며 자신을 가리켰다. 시범 삼아 가볍게 손가락을 베어 『자동 재생』을 발동하며 석판이나 대수를 건드려봤지만…… 딱히 변화는 없었다.

"음…… 아닌가 봐."

"……음, 시든 나무에…… 재생의 힘…… 네 개의 증표…… 혹시 네 개의 증표, 그러니까 7대 미궁의 절반을 공략하고 재생에 관련된 신대 마법을 손에 넣고 오라는 건가?"

하지메는 눈앞의 대수 우아 아르트를 『재생』할 필요가 있는 게 아닐지 추측했다. 유에도 그 의견에 동의하는 얼굴이었다.

"하아, 제길. 지금 당장 공략하는 건 무리인가……. 성가시지만 다른 미궁부터 가볼 수밖에 없겠어……."

"응……."

하지메는 여기까지 오고서 나중으로 미뤄야 한다는 사실에 분해했다. 하지만 대미궁으로 통하는 입구를 모르는 이상 계속해서 고민해 봤자 소용없다. 마음을 다잡고 다른 세 개의 증표를 손에 넣기로 결심했다.

자리에서 일어선 하지메는 하우리아 족을 집합시켰다.

"지금 들은 것처럼 우리는 먼저 다른 대미궁을 공략할 거다. 대수로 안내할 때까지 지켜준다는 약속도 이걸로 끝이야. 너희라면 이제 페어베르겐의 비호가 없어도 이 수해에서 충분히 살 수 있겠지. 그러니 여기서 작별이다."

그리고 살짝 시아를 보았다. 시아는 하지메의 눈동자에 작별의 말을 남길 거면 지금 해 두라는 의도가 담겼음을 정확하게 파악했다. 언젠가 돌아온다 해도 세 개의 대미궁을 공략한다면 제법 시간이 걸릴 것이다. 당분간 가족과도 만나지 못하게 된다.

시아는 고개를 끄덕이며 캄 일행과 작별을 나누기 위해 한 발 앞으로 나왔다.

"저기⋯⋯."

"보스! 할 이야기가 있습니다!"

"⋯⋯어, 아버님? 지금은 제 차례인데⋯⋯."

시아가 말을 꺼내려던 것을 무시한 캄이 한 발 앞으로 나와 척 하고 직립 부동자세를 잡았다. 옆에서 「아버님? 잠깐만요, 아버님」 하고 시아가 말을 걸었지만, 마치 관광객의 온갖 방해를 철저히 무시하며 부동자세를 유지하는 영국 근위병처럼 똑바로 앞을 본 채 움직이지 않았다.

"아~, 뭔데?"

하지메는 우선 「아버님? 저기, 아버님」 하고 부르는 시아는 무시하기로 하고 캄에게 되물었다. 캄은 시아가 보이지 않는 것처럼 무시하며 뜻을 굳히고 하우리아 족의 의견을 정했다.

"보스, 우리도 보스와 함께 가게 해주십시오!"

"어! 다들 하지메 씨를 따라갈 거예요?!"

시아는 캄의 말에 깜짝 놀라며 열흘 전에 이야기했을 땐 자신을 보내주는 분위기였는데 갑자기 무슨 일인가 생각했다.

"우리는 이제 하우리아이자 하우리아가 아닙니다! 보스의 부하입니다! 부디 함께! 이건 일족 모두의 의견입니다!"

"잠깐만요, 아버님! 전 그런 이야기 못 들었어요! 그보다 그걸로 허락받으면 제 고생은 뭐였는지……."

"솔직히 시아가 부럽습니다!"

"솔직하다! 솔직해요! 진짜 요 열흘 동안 무슨 일이 있었어요?!"

캄이 일족의 뜻을 큰 목소리로 외치자 시아가 항의에 가까운 말을 했지만 무시당했다. 하지메는 이게 무슨 상황인가 싶으면서도 확실하게 대답했다.

"기각."

"어째서입니까?!"

하지메가 실로 간단히 대답하자 캄이 몸을 내밀며 이유를 물었다. 다른 하우리아 족도 바짝 하지메에게 주목했다.

"방해되니까."

"하지만."

"기어오르지 마. 내 여행을 따라오려 하다니 180일 정도는 멀었어."

"엄청 현실적이잖아?!"

하지메가 태연하게 거절해도 캄 일행은 계속 물고 늘어졌다.

결국엔 「허가해주시지 않아도 멋대로 따라가겠습니다!」 하는 말까지 나왔다. 아무래도 하○만 상사를 모방한 훈련 때문에 이상할 정도의 신뢰와 존경에 가까운 무언가가 생겨난 듯했다. 하지메는 만약 정말 마을까지 따라온다면 큰 소동이 일어날 것 같아 어쩔 수 없이 조건을 걸기로 했다.

"그럼 이렇게 하자. 너희는 여기서 계속 단련해. 다음에 수해에 왔을 때 괜찮은 실력이 됐다면 부하로 삼아주겠어."

"……그 말씀에 거짓은 없겠죠?"

"없어, 없어."

"거짓이라면 인간족 마을을 중심으로 보스의 이름을 부르며 신종교 교주처럼 받들 겁니다."

"야, 그건 좀 악질이잖아……."

"그야 보스의 부하임을 자부하고 있으니까요."

무척이나 듬직해진 부하들(?)을 본 하지메의 표정이 딱딱해졌다. 유에가 위로하듯 하지메의 팔을 툭툭 두드렸다. 역시 다양한 의미로 하지메는 좀 지나쳤던 모양이다.

하지메는 자업자득 사태에 한숨을 쉬며, 다음에 수해로 돌아올 땐 성가시겠다고 생각해 하늘을 우러러보았다.

"훌쩍, 아무도 관심을 가져주지 않아요……. 여행 떠나는 날인데……."

곁에서 시아가 지면에 원을 그리며 침울해했지만 역시 아무도 신경 쓰지 않았다.

수해의 경계에서 캄 일행의 마중을 받은 하지메, 유에, 시아는 다시 마력 구동 이륜 슈타입에 올라타 평원을 질주했다. 위치는 유에, 하지메, 시아 순서였다. 전에 【라이센 대협곡】의 계곡 바닥에서 탔을 때보다 시아의 밀착도가 높아진 것 같지만 일부러 무시했다. 조금이라도 반응했다간 앞에 앉은 유에에게 곧바로 들킬 것이다.

질주감과 토끼 귀를 펄럭이게 하는 바람이 기분 좋은지, 눈을 가늘게 뜬 시아가 하지메의 어깨 너머로 질문했다.

"하지메 씨. 그리고 보니 못 들었는데 목적지가 어딘가요? 역시 그류엔 대화산인가요?"

"응? 말 안 했던가?"

"못 들었어요~."

"……난 알고 있어."

득의양양한 표정의 유에에게 꿍 신음한 시아가 항의했다.

"저, 저도 동료니까 그런 일은 알려주세요! 대화가 중요한 법이에요!"

"미안하다니까. 다음 목적지는 라이센 대협곡이야."

"라이센 대협곡?"

하지메가 말한 목적지에 의문의 표정을 떠올린 시아. 지금 확인된 7대 미궁은 【하르치나 수해】를 제외하고 【그류엔 대사막의 대화산】과 【오르크스 대미궁】이었다. 오르크스는 공략이 끝났기 때문에 자연스럽게 다음 목적지는 【대화산】일 거라고 생각했었다. 그 의문을 알아챘는지 하지메가 의도를 말했다.

"라이센에도 7대 미궁이 있을 거라는 말이 있잖아. 어차피 【대화산】을 목표로 서대륙까지 갈 거니까 동서로 뻗은 라이센을 따라 이동하는 도중에 미궁을 발견할 수 있을지도 모르잖아?"

"가, 가는 겸 라이센 대협곡을 지나려는 건가요……."

시아는 자신도 모르게 얼굴을 찡그렸다. 【라이센 대협곡】은 지옥의 처형장이라는 게 일반적인 인식이며 바로 얼마 전 일족이 전멸할 위험에 처했던 장소였다. 그런 곳을 하지메 일행이 평범한 길처럼 생각한다는 사실에 조금 동요했다.

하지메는 밀착한 탓인지 시아의 동요가 확실히 전해져 어이없다는 표정을 했다.

"넌 조금은 자신의 힘을 자각해. 지금의 너라면 계곡 아래의 마물이나 여기저기 널린 마물이 별반 다르지 않아. 라이센이 악명 높은 건 방출한 마력이 분해되는 곳이기 때문이잖아? 신체 강화에 특화된 너라면 아무런 영향도 받지 않고 충분히 움직일 수 있어. 오히려 독무대겠네."

"……스승으로서 한심해."

"으으~ 면목 없어요."

유에도 어이없다는 시선을 보내자 시아는 동요한 표정을 하다 쑥스러운지 이야기를 돌리려 했다.

"그, 그럼 라이센 대협곡에 가면 오늘은 야영인가요? 그게 아니면 이대로 주변 마을이나 도시로 갈 건가요?"

"가능하면 식량이나 이런저런 조미료를 모으고 싶고, 나중을 위해 소재를 돈으로 바꿔 두고 싶으니 도시가 좋겠지. 예전에 본 지도대로라면 이 방향에 마을이 있을 거라고 생각해."

하지메는 제대로 된 **요리**를 먹고 싶다고 생각했다. 나락 밑바닥에서는 하지메와 유에도 요리에 대한 지식이나 기술이 없었기 때문에 아무리 해도 밋밋한 것밖에 먹지 못했고, 수해에 있는 사이에도 훈련에 집중한 탓에 시종일관 보존 식품으로 배를 채웠다. 슬슬 가게에서 나오는 수준의 음식을 먹고 싶었던 것이다.

그리고 앞으로 마을에서 물건을 사든 숙박을 할 거라면 돈이 필요했다. 소재라면 썩을 만큼 남기 때문에 돈으로 바꿔 두고 싶었다. 그리고 또 한 가지, 【라이센 대협곡】에 들어가기 전에 조용한 곳에서 해 두고 싶은 일도 있었다.

"하아~, 그렇군요…… 다행이에요."

하지메의 말에 어째서인지 시아가 안도한 표정을 보였다. 하지메가 의아한 듯 이유를 물었다.

"아뇨, 하지메 씨라면 라이센 대협곡에서 마물의 고기를 우적우적 먹고 만족할 거라 생각했거든요. ……유에 씨는 하지메 씨의 피만 있으면 문제없고…… 제가 먹을 음식을 마련해달라고 어떻게 설득할지 고민이었어요~. 하지만 괜한 걱정이라 다행이네요. 하지메 씨도 제대로 된 음식을 먹고 싶으시군요."

"당연하지……. 누가 좋다고 마물을 먹겠어. 넌 대체 날 뭐라고 생각하는 거야……."

"프레데터라는 이름의 신종 마물?"

"OK, 넌 마을에 도착할 때까지 차에 매달고 끌고 가주지."

"잠깐, 하지 마요. 어디서 꺼낸 거예요, 그 동물용 목걸이! 진짜 이러지 마요~, 그런 걸 달지 말아요오~, 유에 씨도 보고 있지만 말고 도와줘요오~."

"……자업자득."

어떤 의미론 상당히 사이좋은 모습으로 떠드는 세 사람은 웅대한 초원 지대를 질주했다.

몇 시간 정도 달리고 슬슬 날이 저물 무렵 전방에 마을이 보이기 시작했다. 하지메의 얼굴에 미소가 떠올랐다. 나락에서 나온 뒤로 하늘을 올려다봤을 때처럼『돌아왔다』는 마음이 솟았기 때문이다. 곁에 있던 유에도 왠지 두근거리는 모습인 걸 보면 분명 하지메와 같은 마음일 것이다. 살짝 돌아본 유에와 눈이 마주치자 서로에게 미소 지어 보였다.

"저기~, 분위기 좋을 때 죄송한데요. 이 목걸이 좀 풀어주시면 안 될까요? 어째선지 제 손으론 풀리지 않는데요……. 저기, 듣고 계세요? 하지메 씨? 유에 씨? 무시하지 말아주세요~, 울어버릴 거예요? 엄청 성가실 정도로 울어버릴 거예요?!"

하지메와 유에는 계속해서 미소 지었다. 두 사람의 세계에는 그 누구도 침입할 수 없었다. 설령 바로 뒤에서 훌쩍이는 목소리가 들린다 해도 두 사람의 세계는 흔들리지 않았다.

그 뒤로 얼마 지나 마을 모습이 확실히 보일 정도가 되자, 하지메와 유에는 두 사람의 세계에서 현실로 돌아왔다.

시선을 앞으로 돌리니 그곳에는 주위를 도랑과 울타리로 감싼 소규모의 마을이 보였다. 도로에 인접한 곳에 나무로 된 문이 있고 그 옆에는 오두막도 있었다. 아마도 문지기가 있는 곳일 것이다. 작지만 문지기를 배치할 정도의 규모인 모양이었다. 하지메는 나름 충실히 물건을 구입할 수 있겠다고 생각해 미소 지었다.

"……기분이 좋으시다면 이제 이 목걸이 좀 풀어주시면 안 될까요?"

마을 쪽을 보며 미소 지은 하지메에게 시아가 시무룩한 표정으로 부탁했다. 시아의 목에 걸린 목걸이에는 검정을 바탕으로 작은 수정처럼 보이는 것이 눈에 띄지 않게 붙어 있었다. 시아가 말실수한 벌로 억지로 달아준 것치고는 상당히 제대로 된 물건이었다. 어째서인지 풀리지 않자 시아가 풀어달라고 부탁했지만 하지메는 무시했다.

슬슬 마을에서도 하지메 일행이 보일 것 같은 곳까지 도착하자 슈타입을 『보물 창고』에 넣고 걸어갔다. 만약 검은 바이크로 다가갔다간 소동이 일어날 것이다.

도중에 시아가 투덜거리기 시작했지만 마찬가지로 무시한 채 문 앞까지 도착했다. 역시나 문 옆에 있던 오두막은 문지기가 있는 초소인지 무장한 남자가 밖으로 나왔다. 가죽 갑옷에 긴 검을 허리에 찼을 뿐, 병사라기보다 모험가로 보였다. 그 모험가 느낌의 남자가 하지메 일행을 불러 세웠다.

"멈추시오. 스테이터스 플레이트를. 그리고 마을에 온 목적은?"

규정대로의 질문일 것이다. 어딘가 의욕이 없어 보였다. 하지메는 문지기의 질문에 답하며 스테이터스 플레이트를 꺼냈다.

"식량 보급하러. 여행 도중이라서."

별생각 없는 추임새를 넣은 문지기 남자가 하지메의 스테이터스 플레이트를 체크하고는 눈을 깜박였다. 잠깐 멀리 놓고 보거나 자신의 눈을 비벼보기도 했다. 그 문지기의 태도를 본 하지메는 「이런, 감추는 걸 잊고 있었어」 하고 내심 식은땀을 흘렸다.

스테이터스 플레이트에는 스테이터스의 수치와 기능란을 은폐하는 기능이 있었다. 모험가와 용병들에게 있어서 전투 능력의 정보가 새어 나가는 건 치명상으로 이어질 수 있기 때문이다. 하지메는 서둘러 얼버무리기 위해 거짓말을 늘어놓았다.

"얼마 전에 마물의 공격을 받았지. 그때 망가진 모양이야."

"마, 망가졌다고? 아니, 하지만……."

문지기는 당황했다. 무리도 아니다. 하지메의 스테이터스 플레이트에는 레벨 표기가 없었으며, 스테이터스의 수치와 기능란의 표시도 엉망이었기 때문이다. 스테이터스 플레이트를 잃어버린 건 이따금 들어본 적이 있지만, 망가졌다(표시가 이상해진다는 의미로)는 건 들어본 적이 없었다. 그래서 보통이라면 한 번 웃고 끝낼 일이지만 실제로 있을 수 없는 수치가 표시됐으니 어떻게 판단해야 할지 알 수 없었다.

하지메는 무척이나 난감하다는 표정으로 어깨를 으쓱이고

는 말을 덧붙였다.

"망가진 게 아니면 그런 표시가 나올 리 없잖아? 내가 괴물도 아니고. 내가 손가락 하나로 마을 하나를 없앨 수 있는 괴물로 보여?"

하지메가 두 팔을 벌리며 익살스럽게 말하자 문지기는 쓴웃음을 지었다. 스테이터스 플레이트의 표기가 바르다면 글자 그대로 마왕이나 용사도 가볍게 능가하는 괴물일 것이다. 설령 들어본 적이 없어도 플레이트가 망가졌다는 게 더 타당했다.

사실은 정말로 괴물이라는 것을 알게 된다면 분명 이 문지기는 졸도할 것이다. 하지메가 능청스럽게 거짓말하는 걸 본 유에와 시아는 황당하다는 표정을 보냈다.

"하하, 아니, 그렇게 안 보이지. 표시가 이상하게 나온다는 얘긴 들어본 적이 없지만, 무슨 일이든 처음이라는 게 있는 법이니…… 그쪽 두 사람은……."

문지기가 유에와 시아에게도 스테이터스 플레이트를 요구하려는 것처럼 두 사람에게 시선을 보냈다. 그리고 하지메의 뒤에 있었기 때문에 제대로 확인하지 못했던 그 모습을 완전히 보고서…… 경직했다.

얼굴을 점점 새빨갛게 물들이고선 멍하니 초점이 맞지 않는 눈으로 유에와 시아를 번갈아 보았다. 유에는 말할 것도 없이 정교한 인형처럼 아름다운 소녀다. 그리고 시아도 말만 하지 않으면 신비로운 분위기가 있는 미소녀였다. 문지기 남자는 두 사람을 보고 넋을 잃었다.

하지메가 일부러 헛기침을 하자 제정신으로 돌아온 문지기가 다급히 하지메에게 시선을 돌렸다.

"아까 말했던 마물 습격 때문에 이쪽 아이 건 잃어버렸어. 이쪽 토인족은…… 알잖아?"

그 말만으로 문지기가 이해했는지 고개를 끄덕이며 하지메에게 스테이터스 플레이트를 돌려주었다.

"그나저나 상당히 예쁜 걸 손에 넣었군. 백발 토인족이라니 상당히 드문 거 아니야? 혹시 의외로 부자신가?"

아직까지 힐끔힐끔 두 사람을 본 문지기가 부러움과 질투가 뒤섞인 표정으로 하지메에게 물었다. 하지메는 어깨를 으쓱이며 아무 말도 하지 않았다.

"뭐, 됐어. 지나가도 돼."

"고맙군. 아, 그렇지. 소재를 돈으로 바꿀 수 있는 곳은 어디에 있지?"

"응? 그거라면 중앙에 보이는 집이 모험가 길드야. 가게로 직접 가려면 길드에서 장소를 물어봐. 그럼 간단한 마을 지도를 줄 거야."

"참 친절하군. 고마워."

문지기에게서 정보를 얻은 하지메 일행은 문을 지나 마을 안으로 들어갔다.

문에서 확인했지만 이 마을의 이름은 『브룩』으로 나름대로 활기가 있었다. 예전에 봤던 오르크스 부근의 마을 【호르아드】 정도는 아니지만 노점도 제법 있어 호객 행위나 뜨거운 가격 교섭 싸움이 들려왔다.

　이런 시끌벅적한 분위기는 이유도 없이 기분을 고양시키는 법이다. 하지메뿐만 아니라 유에도 즐거운 듯 눈웃음을 지었다. 하지만 시아만큼은 아까부터 부들부들 떨며 눈물이 맺힌 눈으로 하지메를 노려보았다. 목소리를 내지 않고 그저 가만히 바라볼 뿐이라 역시나 신경 쓰인 하지메가 한숨을 쉬었다. 즐거운 기분에 찬물을 끼얹는다며 속으로 투덜거리면서 시아에게 시선을 맞췄다.

　"왜 그래? 모처럼 마을에 왔는데 위에서 엄청나게 무거운 바위가 짓눌러 필사적으로 지탱하는 고릴라형 마물 같은 얼굴을 하고는."

　"누가 고릴라라는 거예요. 그보다 왜 그렇게 해치우는 건데요! 하지메 씨라면 일격에 해치울 수 있으면서! 어쩐지 상상하기만 해도 불쌍해요!"

　"······옆구리 쿡쿡 찔러주니 울상이 됐어."

　"그런 짓까지?! 너무해요! 아, 그게 아니라!"

　화내랴 혼내랴 바쁜 시아는 손을 파닥거리며 온몸으로 「불만이에요!」라고 호소했다. 참고로 고릴라형 마물의 에피소드는 압축 연성의 실험대로 삼았을 때의 일이다. 절대 괴롭히면서 즐겼던 게 아니다. 유에는 유난히 쿡쿡 찔렀지만. 참고로 그 마물은 「호완」 고유 마법을 갖고 있었다.

　"이거요, 이 목걸이! 이것 때문에 노예라고 착각하잖아요······. 하지메 씨, 알면서 채운 거죠? 윽, 너무해요오~. 우린 동료잖아요오~."

시아가 화난 이유는 목걸이 때문인 듯했다. 여행 동료라고 생각했는데 의도적으로 노예 취급을 받은 것이 상당히 충격이었던 모양이다. 물론 하지메가 단 목걸이는 노예용 목걸이가 아니라서 시아를 구속할 만한 힘이 없었고 그건 시아도 알고 있다. 하지만 그렇다 해도 역시 충격은 충격이다.

그런 시아의 태도에 하지메는 머리를 긁적이며 눈을 마주 보았다.

"야, 노예가 아닌 아인족, 게다가 애완용으로 인기가 많은 토인족이 평범하게 마을을 걸을 수 있을 리 없잖아? 게다가 넌 흰머리 토인족이라 가뜩이나 드물고 생김새나 스타일도 좋지. 단언하건데 누군가의 노예라고 알리지 않으면 마을에 들어서고 10분도 지나지 않아 눈길을 끌어서 인신매매범이 끊이지 않았을 거야. 성가…… 아니, 왜 몸을 배배 꼬고 있어?"

변명 있으면 해봐, 이놈아! 하는 느낌으로 하지메를 노려보던 시아가 이야기를 듣는 동안 부끄러운 듯 뺨을 붉히며 몸을 꼬기 시작했다. 유에가 차가운 표정으로 시아를 보았다.

"에, 에이, 하지메 씨. 이런 공공장소에서 갑자기 무슨 말씀이세요오. 생김새도 스타일도 성격도 발군이라 세계 제일로 귀엽고 매력적이라니이. 에이, 부끄럽잖압푸악?!"

들떠서 신나게 이야기하는 시아의 뺨에 유에의 황금 라이트 스트레이트가 작렬했다. 조금도 귀엽지 않은 비명을 지르며 쓰러진 시아. 신체 강화를 하지 않았기 때문에 다른 의미로 붉어진 뺨을 매만지며 일어났다.

"……우쭐대면 안 돼."

"……재성해여, 유에 씨."

차가운 유에의 목소리에 시아의 몸이 부르르 떨렸다. 그런 모습에 어이없다는 시선을 보낸 하지메가 말을 이었다.

"아~, 그러니까. 인간족의 범주에선 오히려 노예라는 신분이 너를 지켜준다는 거야. 그게 없으면 문제를 잔뜩 부른다고."

"그건…… 알고 있지만……."

이유와 유용성도 알고 있다. 하지만 역시 받아들이기 어려운지 불만스러운 표정이었다. 동료라는 것에 강한 동경을 가졌던 만큼 그리 간단하게 결론지을 수 없을 것이다. 그런 시아에게 이번엔 유에가 말을 걸었다.

"……어중이떠중이의 평가는 아무래도 좋아."

"유에 씨?"

"중요한 건 소중한 사람이 알아주기만 해도 충분. ……틀렸어?"

"………………그래요, 그러네요. 맞아요."

"……응. 본의는 아니지만…… 시아는 내가 인정한 상대……. 사소한 일에 신경 쓰면 안 돼."

"……유에 씨. ……헤헤. 고마워요오."

과거 대중의 목소리를 듣고 대중을 위해 힘을 사용한 흡혈 공주. 배신 끝에 얻은 새로운 대답은 설령 말수가 적다 해도 분명한 무게가 있었다. 그렇기 때문에 그 말은 시아의 마음에 무겁게 와 닿았다. 자신이 하지메와 유에의 소중한 동료라는 것은 하우리아 족도, 하지메와 유에도 알고 있다. 괜한 문제를 일으키면서까지 모두를 이해시킬 필요는 없다. 물론 그것이 가능하다면 그보다 좋은 게 없겠지만······.

시아는 유에의 말에 부끄러운 듯 미소 지으며 무언가 말해주었으면 하는 것처럼 힐끔힐끔 하지메를 보았다. 하지메는 어쩔 수 없다는 듯 한숨을 쉬며 어깨를 으쓱이고는 말을 이었다.

"뭐, 노예가 아니라는 걸 들켜서 공격받아도 내버려 두지는 않을 거야."

"마을 안에서 인간이 적이 돼도요?"

"야, 이미 제국 병사도 죽였잖아."

"그럼 나라가 상대라도! 후후."

"무슨 소리야. 세계든 신이든 변하지 않아. 적대한다면 무엇과도 싸울 거야."

"우후후, 유에 씨, 들으셨어요? 하지메 씨가 이러는데요? 어지간히 우리가 소중한 모양이네요~."

"······하지메가 소중히 여기는 건 나뿐."

"에잇, 분위기 좀 파악해주세요! 여기선 평소처럼 『······응』 하고 솔직하게 답해야죠."

시아는 투덜거리면서도 기쁜 듯 즐거운 표정을 했다. 여차하면 자신을 위해 세계와도 싸워준다는 말은 역시 여자로서 기쁜 법일 것이다. 하물며 그것이 좋아하는 상대라면 두말할 것도 없다.

하지메는 장난치는 (것처럼 보이는) 두 사람을 보고 시아의 목걸이에 대해 설명했다.

"야, 그 목걸이 말인데 염화석과 특정석이 끼워져 있으니까 필요하면 써. 직접 마력을 주입하면 쓸 수 있어."

"염화석이랑 특정석……이요?"

염화석이란 글자 그대로 염화를 할 수 있는 광석을 말한다. 생성 마법으로 『염화』를 광석에 부여한 것으로 마력량에 비례해 먼 곳과 염화할 수 있게 된다. 하지만 지금 단계에선 특정 염화석과만 통화할 수 있는 건 아니라 범위 안에 있는 소지자 모두가 수신할 수 있어서 비밀 이야기엔 적합하지 않다.

특정석은 생성 마법으로 『기척 감지[+특정 감지]』를 부여한 것이다. 특정 감지를 사용하면 많은 기척 안에서 특정 기척만을 진하게 파악해 다른 기척과 구분하기 쉬워진다. 그것을 이용하면 마력을 주입함으로써 신호탄 같은 역할을 할 수도 있는데, 신호의 강약은 주입한 마력량에 비례했다.

자신의 설명에 시아가 감탄한 것을 본 하지메가 말을 이었다.

"참고로 그 목걸이는 일정량의 마력을 넣으면 풀 수 있어."

"그렇구나~, 그러니까 이건…… 항상 제 목소리를 듣고 싶다, 어디 있는지 알고 싶다는 하지메 씨의 마음이군요? 에이, 그렇게 제가 좋으세요? 역시 이건 좀 부담스럽달지이, 아, 하지만 딱히 싫은 건 아니랍베룹?!"

"……우쭐대지 마."

"훌쩍, 죄송해요."

아름다운 곡선을 그리며 날아든 유에의 발차기가 뒤통수에 작렬하자 기묘한 비명을 지르며 쓰러진 시아. 유에는 그녀에게 차가운 말을 던졌다. 접근전에 익숙하지 않다고 했었는데…… 라고 말하고 싶어질 정도로 훌륭한 하이킥을 선보인 유에에게 시아가 울상이 되어 사과했다. 여행에 동행하는 건 허락했어도 하지메에 대한 어필은 그리 쉽게 허락해주지 않는 모양이다. 시아의 말이 정말로 어필의 효과가 있는지는 의문이지만…….

그런 식으로 사이좋게(?) 대로를 거닐자 한 자루의 대검이 걸린 간판을 발견했다. 예전에 【호르아드】 마을에서도 본 모험가 길드의 간판이었다. 규모는 【호르아드】에 비해 훨씬 작았다.

하지메는 간판을 확인한 뒤 두꺼운 문을 열고 안으로 들어갔다.

길드는 거친 사람들이 많다는 이미지가 있던 하지메는 멋대로 더러운 곳일 거라고 생각했지만 실제로는 의외로 청결한 곳이었다. 입구 정면에 카운터가 있고 왼쪽에는 음식점이 있는 듯했다. 몇 명인가 모험가로 보이는 사람들이 식사를 하거나 이야기를 나누고 있었다. 아무도 술을 주문하지 않은 걸 보면 원래 술은 팔지 않는 걸지도 모른다. 술에 취하고 싶으면 술집에 가라는 뜻이리라.

하지메 일행이 길드에 들어오니 당연한 듯 모험가들이 주목했다. 처음에는 처음 보는 삼인조라는 이유로 약간의 주의를 끌었을 뿐이지만 그들의 시선이 유에와 시아에게 향한 순간 눈에 호기심이 증폭됐다. 개중에는 「호오」 하고 감탄한 목소리를 내는 사람과 문지기처럼 넋 놓고 바라보는 사람, 연인인지 여자 모험가에게 얻어맞는 사람도 있었다. 따귀가 아니라는 점이 모험가다웠다.

하지메는 판에 박힌 것처럼 간섭해 오는 사람도 있지 않을까 생각했지만 이성적으로 관찰하는 것으로 끝난 모양이었다. 조금 맥이 빠지면서도 시간을 빼앗기지 않아 다행이라고 생각하며 카운터로 향했다.

카운터에는 상당히 매력적인 웃음을 떠올린…… 풍채가 좋은 아주머니가 있었다. 옆으로 유에가 두 명 정도 들어갈 것 같았다. 아무래도 미인 안내원이라는 건 환상인 모양이다. 지구에서 진짜 메이드는 다들 아줌마라는 현실과 마찬가지였다. 세계가 바뀌어도 현실이란 항상 비정한 법이다.

참고로 하지메는 딱히 미인 안내원을 기대한 건 아니다. 하지 않았다면 안 한 거다. 그러니 유에와 시아에게 차가운 시선을 보내지 말아달라고 마음속으로 부탁했다. 아까부터 시선이 따끔했다.

그런 하지메의 속마음을 아는지 모르는지 아주머니는 생글생글 사람 좋은 미소로 하지메 일행을 맞이해주었다.

"양쪽에 엄청 아름다운 꽃이 있는데도 아직도 부족한 거야? 아쉽게 됐네, 미인 안내원이 아니라서."

……아주머니는 독심술이라는 고유 마법을 쓸 수 있는지도 모른다. 하지메는 경직된 표정으로 어떻게든 대답했다.

"아니, 그런 생각 안 했는데."

"아하하하하, 여자의 감을 얕보면 안 돼. 남자의 단순한 속마음 정도는 간단히 알 수 있는 법이니까. 자꾸 한눈팔았다가 버림받지 않도록 해야지."

"……명심해두지."

하지메의 대답에 미안한 듯 「어이쿠, 나이가 들면 자꾸 설교하게 된다니까. 처음 보는 사이인데 미안하우」라고 사과한 아주머니. 어쩐지 미워할 수 없는 사람이다. 슬쩍 식당 쪽을 바라보니 모험가가 「어이쿠, 저 녀석도 아주머니한테 설교받았군~」 한 표정으로 하지메를 보고 있었다. 아무래도 모험가들이 얌전한 이유는 아주머니가 원인인 듯했다.

"그럼 인사하지. 모험가 길드, 브룩 지부에 어서 오세요. 용건은 뭔가요?"

"소재의 매각을 부탁하고 싶어."

"소재 매각이라. 그럼 먼저 스테이터스 플레이트를 보여주겠어?"

"응? 매각하는 데 스테이터스 플레이트가 필요한가?"

아주머니는 하지메의 질문에 의아하다는 표정을 했다.

"혹시 모험가가 아니야? 분명 매각에 스테이터스 플레이트는 필요 없지만, 모험가라는 게 확인되면 10퍼센트 비싸게 받아주거든."

"그랬군."

아주머니의 말대로 모험가가 되면 다양한 특전도 따라온다.

생활에 필요한 마석이나 회복약을 비롯한 약 관련 소재는 모험가가 가져오는 것이 대부분이다. 마을 밖에선 언제 마물의 습격을 받을지 알 수 없는 이상, 초보자가 스스로 채취하러 가는 건 거의 불가능했다. 위험에 걸맞는 특전이 붙는 건 당연한 일이다.

"그 외에도 길드와 연계된 숙소나 가게는 10퍼센트에서 20퍼센트 정도 할인받을 수 있고, 랭크가 높으면 이동 마차도 무료로 이용할 수 있지. 어때? 등록해 둘래? 등록하려면 천 루타가 필요해."

루타란 이쪽 세계 토터스의 북대륙에서 공통으로 사용되는 통화다. 자카르타 광석이라는 특수한 광석에 다른 광물을 섞어 독특한 색의 광석을 만들고 특수한 방법으로 문양을 새긴 것이 사용된다. 파란색, 빨간색, 노란색, 보라색, 녹색, 흰색, 검은색, 은색, 금색이 있으며 앞에서부터 1, 5, 10, 50, 100, 500, 1000, 5000, 10000루타다. 놀랍게도 통화 가치는 일본과 마찬가지였다.

"그렇군. 그럼 모처럼이니 등록할게. 미안하지만 가진 게 하나도 없어. 매각한 금액에서 제해주겠어? 물론 처음 매각 금액은 그대로면 돼."

"아니, 귀여운 아가씨를 둘이나 데리고 다니면서 무일푼이라니 뭐하고 다닌 거야? 제대로 얹어줄 테니까 잘 대접해줘."

멋진 아주머니였다. 하지메는 고맙게 호의를 받기로 하고 스테이터스 플레이트를 건넸다.

이번엔 제대로 은폐했기 때문에 이름과 연령, 성별, 천직 칸만 표시되었을 것이다. 아주머니는 유에와 시아의 것도 등록할지 물었지만 거절했다. 두 사람은 애초에 플레이트를 갖고 있지 않기 때문에 발행부터 받아야 하고, 그렇게 되면 스테이터스의 수치와 기능란을 숨길 수 없는 상태에서 아주머니가 보게 될 것이다.

하지메는 두 사람의 스테이터스를 보고 싶다는 생각도 들었다. 하지만 세 사람의 존재가 알려지지 않은 단계에서 엄청난 고유 마법 등이 기입된 기능란을 남이 볼 수 있단 걸 고려하면, 아직은 알리지 않는 편이 문제가 덜 생길 거라고 생각해 포기하기로 했다.

돌려받은 스테이터스 플레이트엔 새로운 정보가 표기되어 있었다. 천직란 옆에 직업란이 생겨 『모험가』라고 쓰여 있었고, 그 옆에 파란 점이 찍혀 있었다.

파란 점은 모험가 랭크다. 위로 올라가면서 빨간색, 노란색, 보라색, 녹색, 흰색, 검은색, 은색, 금색순으로 변한다. ……눈치챘을까. 그렇다, 모험가 랭크는 통화의 가치를 나타내는 색과 같다. 즉, 파란 모험가는 「넌 1루타 정도의 가치밖에 없다고, 퉷」 하고 말하는 것과 마찬가지다. 상당히 안타깝다. 이 제도를 만든 초대 길드마스터의 성격은 삐뚤어졌음이 분명하다.

참고로 전투계 천직을 갖지 않은 자가 올라갈 수 있는 한계는 검정이다. 간당간당하긴 해도 네 자릿수밖에 없는 정도라 천직 없이 검정까지 오른 사람은 박수갈채를 받는다고 한다.

천직을 가지고 금으로 올라간 사람보다 칭찬받는다고 하니 얼마나 모험가들이 색을 신경 쓰는지 알 수 있을 것이다.

"남자라면 열심히 검정을 노려야지? 아가씨들에게 꼴사나운 모습을 보이면 안 돼."

"그래, 그러지. 그럼 매각은 여기서 하면 되나?"

"그래. 난 감정 자격도 갖고 있으니까 보여줘."

아주머니는 접수뿐만 아니라 매각품의 감정도 할 수 있는 듯했다. 우수한 아주머니다.

하지메는 미리 『보물 창고』에서 꺼내 가방에 넣어 두었던 소재를 꺼냈다. 품목은 마물의 가죽과 발톱, 이빨, 그리고 마석이었다. 카운터의 접수용 바구니에 담긴 소재를 본 아주머니는 경악한 표정을 드러냈다.

"이, 이건!"

조심스럽게 손을 가져가 구석구석 자세히 살폈다. 숨이 막힐 정도로 긴장된 분위기가 흐르고 천천히 고개를 든 아주머니는 한숨을 쉬며 하지메에게 시선을 돌렸다.

"어처구니없는 걸 가져왔네. 이건…… 수해의 마물이지?"

"그래, 맞아."

하지메는 여기서도 능청을 떨었다. 나락에 사는 마물의 소재는 이런 곳에서 나올 리 없기 때문에 그런 미지의 소재를 꺼냈다간 단번에 큰 소동이 일어날 것이다. 수해에 사는 마물의 소재라 해도 충분히 드물 거라는 건 예상했기 때문에 조금 망설였지만, 달리 적당한 물건도 없어서 팔기 위해 꺼냈다. 아주머니의 반응을 보면 역시 상당히 희귀한 물건인 모양이었다.

나락의 소재를 살짝 꺼내자 접수처 아가씨가 경악하고 길드장이 등장! 갑자기 고랭크 인정! 접수처 아가씨의 눈이 하트로! 그런 판에 박힌 상황을 실현하……려는 게 아니라면 아닌 거다. 그러니 유에와 시아가 차가운 시선을 그만 보냈으면 좋겠다고 생각했다. 덕분에 몸이 부르르 떨렸다.

"……댁도 질리지도 않네."

아주머니가 황당하다는 시선을 하지메에게 보냈다.

"무슨 말인지 모르겠군."

설령 변심했다 해도 오타쿠의 영혼까지는 사라지지 않는지…… 정말이지 업보가 깊다. 하지메는 그렇게 얼버무리며 현실에서 눈을 돌렸다.

"수해의 소재는 질이 좋은 게 많으니까. 팔아준다면야 고맙지."

아주머니가 아무 일도 없었다는 것처럼 말을 이었다. 이 아주머니는 분위기 파악도 뛰어나시다. 좋은 아주머니다. 그리고 더할 나위 없이 우수한 아주머니다.

"역시 드문가?"

"그야 그렇지. 인간족은 수해 안에서 감각을 상실하게 되어 한 번 길을 잃으면 두 번 다시 나올 수 없을 정도로 위험하니까, 원해서 들어가는 사람은 없을 거야. 아인 노예를 가진 사람이 돈을 벌기 위해 들어가는 일도 있지만, 그런 아인들의 신경을 거스르는 짓을 했다간 목숨이 열 개라도 부족할 거고. 그리고 설령 운 좋게 소재를 손에 넣었다 해도 더 중앙에서 팔 거야. 조금 더 비싸게 팔 수 있고, 명성도 오르기 쉬우니까."

아주머니는 슬쩍 시아를 보았다. 아마도 시아의 협력을 얻어 수해를 탐색했을 거라 추측했을 것이다. 수해의 소재를 꺼내도 시아 덕분에 수상하게 여기지 않은 모양이다. 대신 「젊은 사람이 무리하긴」 하고 걱정스러운 얼굴을 보내 왔다.

실은 아인족의 나라 【페어베르겐】까지 들어간 데다 토인족을 마개조까지 했다는 말을 하면…… 아주머니는 과연 어떤 표정을 할까. 하지메는 의외로 동요하지 않을지도 모른다고 생각하며 내심 쓴웃음을 떠올렸다.

그 후 아주머니에게서 모든 소재를 감정한 금액이 제시됐다. 매각 금액은 487000루타. 상당한 액수였다.

"이거면 되겠어? 중앙이라면 더 높게 받을 테지만."

"아니, 이 금액이면 돼."

하지메는 51장의 루타 화폐를 받았다. 이 화폐는 광석의 특성인지 이상할 정도로 가벼운 데다 얇아서 50장을 넘어도 무겁지 않았다. 설령 방해가 된다 해도 하지메에겐 『보물 창고』가 있기 때문에 문제없었다.

"그런데 문지기가 이 마을의 간단한 지도를 받을 수 있다고 했었는데……."

"아, 잠깐 기다려. ……자, 이거야. 추천하는 여관이나 가게도 적혀 있으니까 참고해."

건네받은 지도는 제법 정교하고 유용한 정보가 간결하게 기입된 훌륭한 물건이었다. 마치 지구의 관광지에 가면 쉽게 볼 수 있는 안내 책자 같았다. 이게 무료라는 것이 쉽게 믿기지 않을 정도의 완성도였다.

"정말 괜찮은 거야? 이렇게 훌륭한 지도가 무료라니. 돈을 받아도 충분한 수준인 것 같은데……."

"괜찮아, 내가 취미로 하는 것뿐이니까. 서사(書士) 천직을 갖고 있어서 그 정도는 낙서야."

이 아주머니, 위험할 정도로 우수하다. 이 사람이 어째서 이런 변경 길드에서 안내원을 하는 건지 물어보고 싶을 정도였다. 분명 엄청난 드라마가 있을 게 분명하다.

"그래. 고마워."

"됐어. 그보다 이제 돈이 있으니까 조금은 좋은 곳에서 묵어. 치안이 나쁜 건 아니지만 그 두 사람이라면 그런 것과 관계없이 폭주하는 남자들이 나올 법하니까."

아주머니는 끝까지 친절하고 배려심이 있었다. 하지메는 쓴 웃음을 지으며 그렇게 하겠다고 대답한 뒤 입구를 향해 돌아섰다. 유에와 시아도 고개를 숙여 인사하고 하지메의 뒤를 따랐다. 식당의 모험가 몇 명이 수군수군 이야기를 나누며 마지막까지 유에와 시아를 바라보았다.

"흠, 정말이지 재밌는 녀석들이네……."

뒤에는 그런 아주머니의 즐거운 중얼거림만이 남았다.

지도라기보다 가이드북이라 해야 할 그것을 본 하지메 일행은 『마사카 여관[#7]』이라는 여관에 묵기로 정했다. 소개문에 따르면 음식이 맛있고 방범도 확실하며 무엇보다 욕실에 들어갈 수 있다고 한다. 마지막이 가장 큰 이유였다. 그만큼 조금 비싸지만 돈이 있으니 문제없다. 뭐가 『설마』라는 건지 약간 신경 쓰인 것도 있지만…….

　여관 안은 1층이 식당인지 많은 사람들이 식사하고 있었다. 하지메 일행이 들어오니 약속이라도 한 것처럼 유에와 시아에게 시선이 집중됐다. 그것을 무시하고 카운터로 보이는 곳으로 다가가자 열다섯 정도의 여자아이가 힘차게 인사하며 다가왔다.

　"어서 오세요. 『마사카 여관』입니다. 숙박이신가요? 아니면 식사만 하실 건가요?"

　"숙박. 이 가이드북을 보고 왔는데 기입된 내용이 맞나?"

　하지메가 보인 아주머니 특제 지도를 보여주니 여자아이가 이해했다는 듯 고개를 끄덕였다.

　"아, 캐서린 씨의 소개군요. 네, 거기 적힌 내용이 맞아요. 며칠 머무르실 건가요?"

　여자아이가 숙박 절차를 척척 진행하려 했지만 하지메는 어딘가 먼 곳을 바라보았다. 하지메는 그 아주머니의 이름이 캐서린이라는 점에 충격받았지만 여자아이의 「저기, 손님?」 하는 목소리에 제정신을 찾았다.

#7 마사카 여관 마사카는 일본어로 「설마」라는 뜻.

"아, 아아, 미안해. 1박이면 돼. 식사 포함으로 욕실도 부탁해."

"네. 욕실은 15분에 100루타입니다. 요즘엔 이 시간대가 사람이 없어요."

여자아이가 시간표를 보여주었다. 될 수 있으면 천천히 들어가기 위해 남녀로 나뉘어 두 시간은 확보하고 싶었다. 그 생각을 전하자 「네? 두 시간이나요?!」 하고 놀랐지만 일본인인 하지메는 양보할 수 없는 부분이었다.

"그, 그럼 방은 어떻게 하시겠어요? 2인실과 3인실이 비어 있습니다만……."

여자아이는 살짝 호기심 어린 눈으로 하지메 일행을 보았다. 그런 게 신경 쓰이는 나이이긴 하다. 하지만 식당에 있는 손님까지 귀를 쫑긋 세우지는 말아줬으면 했다. 유에도 시아도 미인이라고 생각하지만 상상 이상으로 두 사람의 용모가 눈에 띄는 모양이었다. 만남이 만남이다 보니 하지메의 사고는 약간 마비되었다.

"그럼 3인실로 부탁해."

하지메가 주저 없이 답하자 주위가 술렁였고 여자아이도 살짝 뺨을 붉혔다. 하지만 그런 하지메의 말에 수정을 요구하는 인물이 있었다.

"……안 돼. 2인실 두 개로."

유에였다. 주변 손님들, 특히 남성들이 하지메를 향해 꼴좋다는 표정을 했다. 유에의 말을 방을 남녀로 나눈다는 뜻으로 해석했을 것이다. 하지만 그 표정은 유에의 말에 의해 절망으로 바뀌었다.

"……나하고 하지메가 같은 방. 시아는 다른 방."

"뭐, 뭐예요?! 저만 따돌리면 싫어요! 3인실이면 되잖아요!"

맹렬히 항의하는 시아에게 유에가 간단히 말했다.

"……시아가 있으면 집중할 수 없어."

"집중이라니…… 대체 뭘 하려고요?"

"……뭐냐니…… 무언가?"

"풉?! 잠깐만요, 이런 곳에서 무슨 말이에요! 천박하다고요!"

유에의 말에 절망의 표정을 떠올린 남자들이 다시 하지메에게 질투의 불꽃이 담긴 눈을 보내기 시작했다. 여관 여자아이는 새빨개진 얼굴로 하지메와 유에를 번갈아 힐끔힐끔 보았다. 하지메가 더 이상 수치심이 들기 전에 말리려 했지만 조금 늦고 말았다.

"그, 그럼 유에 씨가 다른 방으로 가세요! 전 하지메 씨하고 같은 방을 쓸 거예요!"

"……호오, 그래서?"

손가락을 내밀며 선언한 시아를 유에가 냉기가 감도는 눈빛으로 노려보았다. 엄청난 박력에 시아는 훈련을 떠올렸는지 바들바들 떨었지만, 「여자는 배짱!」이라는 듯 자신도 상대를 노려보며 큰 소리로 선언했다.

"그, 그리고 하지메 씨에게 제 처녀를 드릴 거예요!"

정적이 감돌았다. 누구 하나 말을 꺼내지 못하고 작은 소리조차 들리지 않았다. 여관 사람이 전부 하지메 일행에게 주목하고 있었다. 주방 안쪽에서 여자아이의 부모님으로 보이는 여성과 남성까지 나와서는 「어머, 어머」, 「젊어서 좋겠군」 하는 느낌으로 주목하기 시작했다.

유에의 눈동자가 절대 영도를 담아 천천히 움직였다.

"……오늘이 네 제삿날."

"으, 지, 지지 않아요! 오늘에야말로 유에 씨를 쓰러뜨리고 진정한 히로인 자리를 빼앗겠어요!"

"……스승보다 강한 제자는 없다는 걸 알려주지."

"하극상이에요!"

유에한테서 이상할 정도의 압박감이 흘러나왔고 시아는 몸을 떨면서도 등에 짊어진 망치에 손을 가져갔다. 말 그대로 수라장, 일촉즉발의 분위기에 모두가 긴장된 모습으로 군침을 삼키며 지켜보았다. 그리고―.

딱콩! 딱콩!

"하으?!"

"하큥?!"

철권이 떨어지는 소리와 두 소녀의 비명이 울렸다. 유에와 시아는 눈물이 맺힌 얼굴로 주저앉아 두 손으로 머리를 감싸고 있었다. 두 사람에게 꿀밤을 내린 건 물론 하지메였다.

"주변에 폐가 되잖아. 무엇보다 내가 부끄럽다."

"……으으, 하지메의 사랑이 아파……."

"조, 조금만, 봐주시지…… 신체 강화를 뚫고 통증이……."

"자업자득이다, 바보."

하지메는 차가운 시선을 두 사람에게 보낸 뒤 여관의 여자아이를 향해 몸을 돌렸다. 그녀는 하지메의 시선을 느끼고 자세를 고쳤다.

"소란 피워서 미안하군. 3인실로 부탁해."

"……이, 이 상황에서 3인실…… 그, 그러니까 셋이서? 괴, 굉장해…… 아, 설마 욕실을 두 시간이나 빌리겠다는 것도?! 서로의 몸으로 씻어주는! 그러고선…… 그, 그렇고 그런 일을…… 비정상이야!"

여자아이는 꿈의 세계로 여행을 떠났다.

보다 못한 안주인으로 보이는 인물이 다가와 그녀를 안쪽으로 질질 끌고 갔고 대신 아버지로 보이는 남성이 빠르게 숙박절차를 진행했다. 방의 열쇠를 건네며 「우리 딸이 죄송합니다」하고 사과했지만 그 눈동자에는 「같은 남자니까. 다 알아」 하는 기쁘지 않은 해석이 담겨 있었다. 보아하니 내일 아침에는 「어제는 즐거우셨나요?」라고 물어볼 타입이다.

무슨 말을 해도 오해가 커질 것만 같았던 하지메는 갑작스러운 전개에 얼이 빠진 손님들을 흘겨보며, 아직까지 주저앉아 있는 유에와 시아를 어깨에 짊어지고서 3층에 있는 방으로 도망치듯 떠났다. 잠시 후 멈췄던 시간이 다시 움직인 것처럼 아래쪽에서 시끌벅적한 소리가 들렸지만 어쩐지 이상하게 피곤했던 하지메는 신경 쓰지 않기로 했다.

그리고 방으로 들어가 유에와 시아를 각각의 침대에 던져 놓고서 두 사람의 항의를 무시한 채 자신도 침대에 뛰어들어 그대로 의식을 차단했다.

몇 시간 정도 잠든 뒤, 유에가 저녁 먹을 시간이 됐다며 깨워주었다. 하지메는 유에와 시아를 데리고 아래층 식당으로 이동했다. 어째서인지 체크인 할 때 보였던 손님들이 한 명도 방으로 돌아가지 않고 모두 그 자리에 앉아 있었다.

하지메는 순간 얼굴이 굳어질 것 같았지만 냉정을 가장하고 자리에 앉았다. 그때 엄청나게 얼굴을 붉힌 여관집 여자아이가 「아까는 죄송했어요」라고 사과하며 주문을 받으러 찾아왔다. 사과하면서도 눈동자 안쪽의 호기심은 감출 수 없는 모양이었다.

그 후 주문한 요리가 나왔고 분명 맛있었지만 먹는 사이에도 호기심과 질투 어린 눈빛이 따끔했다. 하지메는 모처럼의 제대로 된 음식을 조금 더 조용한 곳에서 느긋하게 먹고 싶었다고 생각하며 내심 한숨을 쉬었다.

목욕은 목욕대로 남녀 시간을 나누었는데도 결국 유에와 시아가 난입해 왔다. 욕실에서까지 수라장이 된 결과 하지메의 꿀밤 제재로 사이좋게 눈물이 고였고, 그 모습을 여자아이가 욕실 구석에서 몰래 지켜보았고, 엿보던 걸 들켜 주인아주머니에게 엉덩이를 맞았고……

잠들 때도 당연한 것처럼 유에가 하지메의 침대에 들어와 자기 자리라는 것처럼 오른팔에 안기자, 시아가 대항해 왼팔을 안았다가 의수의 차가운 느낌에 깜짝 놀라 울기도 했다. 하지만 유사 신경이 통해 있기 때문에 시아의 감촉, 특히 어디라고는 말할 수 없지만 흉기에 가까운 부분을 직접 느끼고서 내심 그 공격력에 동요했다. 하지만 동요를 들켰는지 지근거리에서 무표정한 유에의 눈동자가 하룻밤 동안 가만히 하지메를 바라보았다.

다음 날 아침 하지메는 맹세했다. 다음부턴 따지지 말고 유에와 둘이서만 같은 방을 쓰기로. 시아가 삐치는 정도는 아무것도 아니다. 유에가 말없이 무표정한 눈동자로 응시하는 쪽이 훨씬 정신 건강에 해롭다.

아침을 먹은 하지메는 유에와 시아에게 돈을 건네 여행에 필요한 물건을 사 오도록 부탁했다. 아직 점심이라 체크아웃하기까지 몇 시간은 방을 사용할 수 있었다. 그래서 유에 일행이 물건을 사 오는 동안 방에서 해 두고 싶은 일이 있었다.

"일이라는 게 뭔가요?"

시아가 의문을 솔직하게 물었다. 하지만 하지메는─.

"잠깐 만들어 두고 싶은 게 있어. 구상해 뒀으니 몇 시간 있으면 완성할 거야. 사실은 어제 해 두려고 생각했지만…… 왠지 피곤해서 못했거든."

차가운 시선을 두 사람에게 보내며 그렇게 말했다.

"그, 그랬죠. 유에 씨, 전 옷도 보고 싶은데 괜찮을까요?"

"……응. 문제없어. 난 노점도 보고 싶어."

"아, 그거 좋네요! 어제는 보기만 했으니까 물건 사면서 뭔가 먹어요."

척 시선을 돌리며 떠들썩하게 쇼핑 이야기를 시작한 유에와 시아. 자신들이 원인이라는 건 알고 있지만 잘못을 인정하고 싶지 않은지 찰떡같은 궁합으로 이야기를 돌렸다.

"······너희 사실 엄청 사이좋지?"

그런 하지메의 중얼거림도 허무하게 무시당했다.

하지메의 차가운 눈에서 도망친 시아와 유에는 마을로 나왔다. 점심까지 몇 시간 남지 않았으니 계획적으로 움직여야 했다. 목표는 식료품과 시아의 의복, 그리고 약 관련 물품이었다.

시아가 지금 입고 있는 옷은 수해에 있었을 때 입었던 것으로, 노출도가 높은 수영복 같은 토인족의 민족의상이었다. 그 위에 협곡에서 하지메가 덮어준 외투를 걸치고 있을 뿐이라 잘록한 허리와 길고 매끈한 다리가 유감없이 드러나 있었다. 역시 여행하기엔 어울리지 않는 복장이라 조금 더 여행에 걸맞는 튼튼하고 노출이 적은 옷을 구입하려고 생각한 것이다. 참고로 무기와 방어구는 하지메가 있기 때문에 필요 없었다.

마을 안은 낮부터 시끌벅적했다. 노점상 주인이 기운차게 호객 행위를 했고 주부와 모험가로 보이는 사람들이 격렬하게 교섭했다. 음식 관련 노점도 시작했는지 아침부터 지나치지 않나 싶어지는 고기 굽는 냄새와 진한 소스 향기가 풍겼다.

도구점이나 식료품 가게는 시간상 바쁠 때였는지, 두 사람은 먼저 시아의 옷을 찾아보기로 했다. 아주머니, 캐서린의 지도에는 평소에 입을 수 있는 옷이 있는 가게, 고급 예복 등의 전문점, 모험가와 여행객용 가게로 나누어 추천 가게가 기입돼 있었다. 역시 아주머…… 캐서린 씨는 대단한 사람이다. 필요한 부분이 잘 적혀 있었다.

두 사람은 모험가들이 찾는 가게로 이동했다. 어느 정도의 평상복도 한꺼번에 구입할 수 있다는 점이 선정 이유였다. 역시나 캐서린 씨가 추천한 곳이니만큼 다양한 물건과 좋은 품질, 기능적이고 실용적이면서도 모양새까지 갖춘 물건이 많은 좋은 가게였다. 하지만 거기에는—.

"어머~, 어서 오세요. 귀여운 아이들이네. 와줘서 이 언니 너무 기뻐~. 자~안뜩 서비스해줄게~."

괴물이 있었다. 신장이 2미터를 넘고 온몸이 근육이라는 천연 갑옷을 입고서 시대극에서나 볼 법한 짙은 얼굴, 대머리의 네 곳에서만 긴 머리가 한 줌씩 자라 정수리에서 복잡하게 묶었다. 마치 하늘로 승천하는 용처럼 정수리에서 위를 향해 똑바로 뻗은 머리카락 끝에는 귀여운 핑크 리본이 묶여 있었다.

움직일 때마다 온몸의 근육이 꿈틀꿈틀 움직이며 뿌드득 소리를 냈다. 두 손을 모아 뺨 옆에 대고는 시종일관 꾸물꾸물 움직였다. 의상은…… 아니, 말하지 않는 것이 좋으리라. 두꺼운 팔다리와 복근이 훤히 보이는 복장이라고만 말해 두겠다.

유에와 시아는 경직됐다. 시아는 이미 의식이 반쯤 날아갔

고, 유에는 나락의 마물 이상으로 보이는 괴물의 출현에 각오
를 다진 눈을 했다.

"어머머~? 왜 그러니? 귀여운 아이가 그런 얼굴을 하면 안
되잖니~잉. 자, 웃어야지, 웃어."

이상한 건 너다, 표정이 이런 건 네 탓이다! 그렇게 태클 걸
고 싶었지만 유에와 시아는 어떻게든 견뎠다. 인류 최강 레벨
의 가능성을 가진 두 사람조차 어째서인지 이 괴물에게는 질
것 같았다.

괴물이 엄청난 미소로 몸을 꼬며 다가오자 그만 참지 못한
유에가 말하고 말았다.

"……인간?"

그 순간 괴물이 분노에 차 포효했다.

"누~가 전설급 마물조차 맨발로 도망치게 하는, 외모만으
로 정신력이 제로를 넘어 마이너스로 돌입하게 만드는 괴물이
라는 거냐아아아아!"

"죄, 죄송해요……."

유에가 부들부들 떨며 울상이 되어 뒤로 물러났다. 시아는
털썩 주저앉아…… 하반신이 살짝 차가워졌다. 유에가 빠르게
사과하자 괴물은 다시 미소(?)를 되찾고 접객을 시작했다. 훌
륭한 태도 전환이었다.

"괜찮아~앙. 그래, 오늘은 어떤 상품이 필요하니~?"

시아는 아직 주저앉은 상태였기 때문에 유에가 각오를 다지
며 시아의 옷을 찾으러 왔다고 전했다. 시아는 벌써 돌아가고

싶은지 유에의 옷자락을 붙들고 도리도리 고개를 저었지만, 괴물은 「맡겨줘~」 하고 말하며 시아를 들쳐 업은 뒤 가게 안쪽으로 들어가고 말았다. 그때 시아의 눈은 마치 푸줏간에 팔려 가는 소 같았다.

결론부터 말하자면 괴물, 아니 점장 크리스타벨 씨의 센스는 훌륭했다. 가게 안쪽으로 끌고 간 것도 시아가 실례한 것을 깨닫고 옷을 갈아입을 장소를 제공하기 위해서라는 고마운 배려 때문이었다.

유에와 시아는 크리스타벨 점장에게 고맙다는 말을 남기고 가게를 떠났다. 그때 본 미소도 애교 있다고 생각하게 된 건 그녀(?)의 인덕 덕분일 것이다.

"와아, 처음엔 어떻게 되나 싶었지만, 점장님은 의외로 좋은 사람이었네요."

"응……. 사람은 겉만 보고 판단하면 안 돼."

"그러게요~."

그런 식으로 잡담을 나누며 다음엔 도구점을 돌기로 했다. 하지만 그렇지 않아도 눈에 띄는 두 사람은 얼마 못 가 수십 명의 남자들에게 둘러싸여 있었다. 모험가로 보이는 남자들이 대부분이었지만, 개중에는 어느 가게의 앞치마를 한 남자도 있었다.

그중 한 사람이 앞으로 나왔다. 유에는 기억하지 못했지만, 이 남자는 사실 하지메 일행이 캐서린과 대화하고 있을 때 모험가 길드에 있던 남자였다.

"이름이 유에하고 시아 맞지?"

"응? ……응. 맞아."

무슨 일인가 의아한 듯 눈을 가늘게 뜬 유에. 시아는 아인 족임에도 불구하고 자신의 이름을 제대로 불렀다는 사실에 놀란 표정을 했다.

유에의 대답을 들은 그 남자는 뒤를 돌아 다른 남자들에게 고개를 끄덕인 뒤 결심한 눈으로 유에를 보았다. 다른 남자들도 앞으로 걸어 나와 유에, 시아의 앞에 섰다. 그리고…….

"""""""유에, 저와 사귀어주세요!"""""""

"""""""시아, 내 노예가 돼줘!"""""""

다시 말해 그런 이유였다. 유에와 시아에게 말을 거는 유형이 다른 건 시아가 아인이기 때문일 것이다. 노예의 양도엔 주인의 허가가 필요하지만 어제 여관에서의 대화로 시아와 하지메 일행의 사이가 이상하게 좋은 걸 알게 되어, 먼저 시아의 허락부터 받으면 하지메도 설득하기 쉬울 거라고…… 생각한 걸지도 모른다.

참고로 여관에서의 일은 여러모로 임팩트가 컸기 때문인지, 노예가 주인에게 거스르는 일반적인 노예 계약에서 있을 수 없는 사태에 대해선 넘어간 모양이었다. 그게 아니라면 시아가 사실 노예가 아니라는 것을 이미 들켰을 것이다. 계약에 따르면 구속력을 약하게 할 수도 있지만 그런 행동을 하는 사람은 없었다.

그리고 고백을 받은 유에와 시아는—

"······시아, 도구점은 이쪽."

"아, 네. 한곳에서 전부 살 수 있으면 좋겠네요."

아무 일도 없었던 것처럼 다시 걷기 시작했다.

"자, 잠깐만! 대답은? 대답을 들려—"

"거절."

"거절하겠어요."

"큭······ 그렇게 빨리 대답하다니."

안중에도 없다는 태도에 남자는 신음했고 몇 명인가는 무릎을 꿇고 엎드려 좌절했다. 하지만 끈기 있는 녀석은 어디든 있다. 하물며 유에와 시아의 미모는 타의 추종을 불허하는 수준이다. 다소 폭주하는 것도 어쩔 수 없으리라.

"그렇다면, 그렇다면 힘을 써서라도 내 것으로 만들겠어!"

폭주한 남자의 외침에 다른 남자들의 눈도 번뜩였다. 두 사람을 놓치지 않겠다는 듯 포위하고서 천천히 다가왔다.

그리고 드디어 처음에 말을 걸었던 남자가 큰 소리와 함께 유에에게 달려들었다. 일본인이 그를 본다면 분명 이렇게 외칠 것이다. 「앗, 루O 다이브!」라고······.

그런 그에게 유에는 차가운 눈매로 한마디 속삭였다.

"······『동구(凍柩)』."

그 후 남자가 목만 남기고 얼음 관 속에 갇혀 중력을 거스르지 못한 채 떨어졌다. 루O 다이브를 했던 남자는 「크헥?!」 하고 한심한 비명을 지르며 지면을 굴렀다.

주위의 남자들은 물 계열 상급 마법에 분류되는 얼음 관을 한마디로 발동한 유에를 당황과 경악한 표정으로 보았다. 그들은 수근수근 「사전에 주문을 외웠었나?」라든가 「마법진은 옷 안에 숨기고 있나 보군」 하고 멋대로 해석했다.

유에는 얼음 관에 붙잡힌 남자에게 성큼성큼 다가갔다. 주위에선 유에의 실력에 놀라면서도 「우리가 바로 제2의 ○팡!」이라는 듯 자세를 잡으려는 남자들이 있었다. 그래서 유에는 본보기로 벌을 주려고 했다.

유에가 손을 대자 남자를 감싼 얼음이 조금씩 녹았다. 남자는 자신을 풀어주려는 거라고 생각해 안심한 표정을 하고는 뜨거운 눈동자로 유에를 바라보았다.

"유, 유에, 갑자기 미안해! 하지만 난 진심으로 널……."

남자는 아직 얼음에 갇혔음에도 계속해서 마음을 전하려 했지만, 그 말은 도중에 끊기고 말았다. 녹아내린 얼음이 극히 일부라는 것을 깨달았기 때문이다. 그곳은─.

"저, 저기, 유에? 어째서 저기, 그렇게…… 가랑이 부분만?"

그렇다. 유에가 녹인 건 남자의 가랑이 부분의 얼음뿐이었으며, 다른 곳은 완전히 남자를 구속하고 있었다. 불길한 예감이 든 남자가 식은땀을 흘리며 「설마 거짓말이지? 그렇지? 응?」 하는 표정으로 유에를 보았다.

유에는 그런 남자에게 살짝 입가를 비틀며 말했다.

"……저격한다."

그리고 바람의 돌멩이가 연속으로 남자의 가랑이에 쏟아졌다.

─아아!

—이제 그만해!

—어머니!

남자의 비명이 대낮 도로에 울려 퍼졌다. 마오오가 코인을 얻을 때 나는 효과음과 함께(사실은 더 적나라한 소리지만 친숙한 ○리오를 떠올려주세요) 집중포화가 쏟아진 남자의 가랑이. 분명 내용물은 뎀프시롤을 맞은 복서처럼 농락당하고 있을 것이다.

주변 남자들도, 관계없는 구경꾼도, 주변 노점의 가게 주인도 상관없이 몸을 움츠리며 자신의 가랑이를 두 손으로 가렸다.

그렇게 영원히 이어질 것만 같았던 집중포화는 남자의 의식이 사라짐과 동시에 종료됐다. 일격으로 의식을 잃게 하지 않으면서도 확실한 충격을 축적시키는 바람 마법. 정말이지 엄청난 기술이다. 유에는 검지 끝을 훅 불며 한마디 말을 남겼다.

"⋯⋯여자가 돼라."

이날 한 명의 남자가 죽고 제2의 크리스타벨, 후에 마리아벨이라 불리는 인물이 태어났다. 그는 크리스타벨 점장 밑에서 수행을 쌓아 2호점 점장을 맡은 뒤 확실한 센스로 유명해지지만⋯⋯ 그건 또 다른 이야기다.

유에에게 『가랑이 스매셔』라는 별명이 붙고, 후에 모험가 길드를 통해 왕도에까지 그 이름이 알려지게 되지만 그건 또 다른 이야기다.

유에와 시아는 공포에 찬 시선으로 바라보는 남자들을 무시한 채 쇼핑을 계속하러 떠났다. 도중에 여자아이들이 「유에

언니……」라고 중얼거리며 뜨거운 시선을 보낸 것 같았지만 그 것도 무시한 채 쇼핑을 계속했다.

대충 쇼핑을 끝낸 유에와 시아가 여관으로 돌아오자 하지메도 마침 작업을 끝낸 참인 듯했다.

방으로 들어온 두 사람을 보고서 어서 오라는 말을 하려던 하지메는 시아의 모습을 보고 자신도 모르게 눈썹을 움찔 움직였다.

"헤헤~. 하지메 씨, 어때요? 조금은 모험가다워졌나요?"

그렇게 말한 시아가 빙글 몸을 돌렸다. 그때 **짧은** 스커트가 아슬아슬하게 둥실 떠올랐고 배꼽이 나왔으며 계곡을 강조한 상의(?)가 시아의 거유로 출렁였다.

솔직히 노출도로 따지면 거의 변화가 없었다. 변화라고 한다면 샌들이 하얀 롱부츠로 바뀐 정도였고, 그마저도 발목 위로는 끈을 가볍게 엮은 모양이라 역시 크게 다르지 않았다.

"……너흰 대체 뭘 하러 갔던 거야? 난 여전히 노출이 많은 유감 토끼로만 보이는데……."

"어머. 하지메 씨야말로 무슨 말씀이세요? 잘 보세요. 이 스커트는 사실 핫팬츠라서 속옷이 보이는 걸 막아준다고요."

그렇게 말한 시아는 살짝 부끄러워하면서도 스커트를 살짝 들어 보였다. 분명 안에는 하얀 핫팬츠가 있었고 재질도 제법 튼튼해 보였다. 듣자 하니 수영복 같은 상의도 흔히 말하는 비키니 아머 같은 방어 의상인 모양이라 심장 부분을 제대로 보호해준다고 한다. 하지만 귀여운 배꼽이 훤히 드러난 복부라든가 매혹적인 허벅지처럼 지켜야 할 곳이 노출된 건 어쩔 생각인지 하지메가 시선으로 물었다.

"……응. 시아가 다른 옷이면 위험할 때 움직임이 둔해진다고 해서."

유에가 사정을 이야기했다. 아무래도 어디까지 의미가 있는지 알 수 없는 의복의 방어력을 기대하는 것보다 신체 능력이 둔해지는 걸 피하고 싶은 듯했다. 결국 노출이 많은 토인족의 민족의상과 그다지 다르지 않지만, 화려하면서도 일부의 방어력만을 높인 의상에 유에가 직접 만든 외투를 걸치는 스타일로 결정된 것 같았다. 하지메는 본인이 그걸로 만족한다면 상관없다며 넘어갔다.

"뭐, 목적을 이뤘다면 됐어. 어쨌든 물건 사느라 고생했다. 거리가 제법 떠들썩한 것 같던데 무슨 일 있었어?"

하지메는 뺨을 붉히며 짠 하고 새로운 의상을 보인 시아를 화려하게 무시하고서 화제를 전환했다. 아무래도 방금 소동을 느낀 모양이었다. 자신의 강렬한 어필을 무시당해 살짝 풀이 죽은 시아를 흘겨본 유에가 답했다.

"……응. 별거 아냐."

"아~, 응, 그래요. 별거 아니에요."

옷 가게의 점장이 괴물 같았다든가 한 명의 남자가 하늘로 떠났다든가 하는 일이 있었지만 유에와 시아는 아무 말도 하지 않았다. 하지메는 그런 두 사람을 조금 수상한 표정으로 보았지만, 이내 상관없다며 어깨를 으쓱였다.

"필요한 건 전부 구입했어?"

"······응. 괜찮아."

"그래요. 식량도 잔뜩 구입했으니까 괜찮아요. 그나저나 보물 창고는 정말 편리하네요~."

하지메는 물건을 구입하기 전에 『보물 창고』를 맡겼다. 시아가 그 반지를 부러운 듯 바라보자 하지메가 쓴웃음을 떠올렸다. 지금 하지메의 기량으론 아직 『보물 창고』를 만들 수 없다. 편리한 건 확실하기 때문에 만들 수 있게 된다면 유에와 시아에게도 만들어줄 생각이다.

"시아. 이건 네 거야."

그렇게 말한 하지메는 시아에게 직경 40센티미터, 길이 50센티미터가량의 기계적인 원통형 물건을 건넸다. 은색 원통 측면에 손잡이로 보이는 것이 달려 있었다.

하지메가 건넨 그것을 반사적으로 받아 든 시아는 엄청난 무게에 자신도 모르게 뒤로 몇 걸음 주춤하며, 다급히 신체 강화의 출력을 올렸다.

"이, 이건 뭔가요? 엄청 무거운데요······."

"그야 네 새로운 무기니까 무거운 편이 낫잖아."

"네? 이게······요?"

시아가 의아해하는 것도 당연했다. 원통 부분은 망치로 보였지만, 그런 것치고는 손잡이가 지나치게 짧은 게 정말이지 언밸런스했다.

"아, 그 상태는 대기 상태인 동시에 포격 모드도 있어. 우선 마력을 흘려 넣어봐."

"으음, 이렇게요? 아?!"

하지메의 말대로 망치로 보이는 것에 마력을 흘려보내니 철컹! 철컹! 기계음과 함께 손잡이가 튀어나와 휘두르기에 적당한 길이가 됐다.

이 전투 망치 모양의 아티팩트 『드뤼켄(하지메 명명)』은 몇 개의 장치를 탑재한 시아 전용 무기다. 평소엔 손잡이를 압축시켜 그립으로 사용하면 포격 모드가 되며, 그대로 슬러그 탄을 비롯한 총격과 포격을 할 수 있다. 그리고 마력을 특정 장소로 흘림으로써 시아에게 맞는 전투 망치 모드로 변형하며 포격 이외에도 다양한 장치가 내장되었다.

하지메가 끝내고 싶었던 일이란 이 무기를 제작하는 것이었다. 오전 중에 유에 일행이 물건을 사러 나간 사이 시아의 무기를 만든 것이다.

"난 지금 이 정도가 한계지만 실력이 오르면 이따금 개량할 생각이야. 앞으로 무슨 일이 있을지 모르니까. 유에의 특훈을 받았다곤 해도 열흘밖에 안 돼. 아직은 위험하지. 그 무기는 네 힘을 최대한 발휘하도록 고려해 만들었어. 잘 써라. 동료가 된 이상 멋대로 죽으면 내가 죽여줄 거야."

"하지메 씨……. 후후, 하는 말이 엉망진창이에요~. 괜찮아요. 더 많이 강해져서 끝까지 따라갈 테니까요!"

시아는 기쁜 표정으로 드뤼켄을 가슴에 품었다. 너무나도 기뻐하는 모습에 살짝 불만스러웠던 유에도 어쩔 수 없다는 듯 어깨를 움츠렸고 그걸 본 하지메는 쓴웃음을 지었다. 자신이 한 일이라고는 하나 전투 망치를 선물받고 기뻐하는 미소녀라는 것은 너무나도 비현실적이었기 때문이다.

들뜬 시아를 데리고 여관에서 체크아웃 했다. 이번에도 여관의 여자아이가 하지메 일행을 보더니 얼굴이 붉어졌지만 무시했다.

밖으로 나오니 태양이 중천에 올라 눈부시고 따뜻한 빛이 내리쬐고 있었다. 그것을 손으로 가린 하지메가 크게 숨을 들이마신 후 뒤를 돌아보자 유에와 시아가 미소 지은 채 자신을 바라보고 있었다.

하지메는 두 사람에게 고개를 끄덕이고 앞으로 걸어 나갔다. 유에와 시아도 그의 뒤를 따랐다.

여행이 다시 시작됐다.

제3장 ◆ 라이센 대미궁

하지메 일행이 【하르치나 수해】에서 온화하고 자상한 토끼들을 터프한 킬러 집단으로 마개조했을 무렵, 아마노가와 코우키가 이끄는 용사 일행은 【오르크스 대미궁】 70계층을 돌파하자 마물의 질과 양이 현저히 올랐기 때문에 준비와 휴식을 충분히 취한 뒤에 다시 도전하기로 했다.

이제는 멜드 단장을 포함한 왕국 기사단이 코우키 일행의 전투에 따라갈 수 없는 수준이라, 한 번 정신을 가다듬고 마음의 준비를 한다는 의미도 있었다. 무엇보다 큰 수확은 70계층에서 30계층으로 전이할 수 있는 마법진을 발견한 점이다. 멜드 단장은 마침 적당한 타이밍이라며 강하게 권장했다.

그렇게 2, 3일 정도이긴 해도 코우키 일행은 여관 마을에서 머물게 됐다. 이번엔 듬직한 멜드 단장 일행 없이 새로운 무대에 도전하는 만큼 저마다의 생각을 품고 몸과 마음의 피로를 풀기로 했다.

그런 도중 【호르아드】의 마을 변두리에 피로로 거칠어진 숨소리가 울렸다.

"하아, 하아…… 큭. 억누르는 빛의 성흔, 허무에서 내려와 재해를 봉인하라― 『박광인(縛光刃)』!"

거친 숨을 몰아쉬고 당장에라도 쓰러질 것 같은 무릎을 질타하며 순백의 지팡이를 휘두르는 건, 용사 일행의 한 사람이

자 천직 『치유사』를 가진 파티의 회복 담당, 시라사키 카오리였다.

하지만 회복 계통의 마법에 천성적 재능을 보인 그녀의 지팡이에서 튀어나온 것은 검처럼 보이기도 하는 수많은 빛의 십자가, 빛 속성 포박 마법 『박광인』이었다.

빛의 십자가는 카오리의 시선 끝에서 「크르르」 신음하는 몇 마리의 늑대 마물 『디로스』를 향해 산탄처럼 강습했다. 하지만 디로스 무리는 짐승에 어울리는 민첩한 움직임으로 빛의 십자가를 피하며 카오리에게 달려들었다.

"……『박황쇄(縛煌鎖)』."

곧바로 발동하는 새로운 포박 마법. 보통이라면 마법 이름을 외우기만 한 것이라 효과가 약할 거라고 여겨지지만, 사실 앞서 『박광인』의 영창 안에 『박황쇄』의 영창도 포함된 카오리의 오리지널 복합 영창이었고 그 효과는 예상을 훨씬 뛰어넘었다.

돌연 디로스 무리의 발밑에서 엄청나게 많은 빛의 사슬이 튀어나와 순식간에 옭아맸다. 게다가 마물의 돌진력에도 꿈적 하지 않고 단단하게 지속적으로 구속했다.

간신히 빛의 사슬에서 벗어난 디로스 두 마리가 협공하려는 듯 카오리에게 다가왔다. 하지만 후위면서 회복 담당인 카오리의 표정엔 초조함이 없었다.

"내려라."

그렇게 외친 직후, 빛의 십자가가 하늘에서 호우처럼 떨어져 디로스 두 마리를 꿰뚫었다. 애초에 빛의 십자가는 상대를 투과해 지면이나 벽에 묶어 두는 마법이라 살상 능력은 없다. 그래서 『박황쇄』의 사슬에 붙잡힌 디로스 무리와 마찬가지로 대미지가 없이 지면에 묶였을 뿐이었다.

카오리는 자신의 마법이 설령 미궁의 마물이라 해도 효과를 발휘할 수 있다는 것을 확인한 뒤 살짝 날카로운 영창을 중얼거렸다.

"단죄의 빛, 구속을 넘어 봉금하라. 성정으로 파사를 가져오라."

그러자 살상 능력이 없는 구속을 당한 디로스 무리가 갑자기 괴로워하는 소리를 내기 시작했다. 『박황쇄』의 사슬이 디로스 무리를 조이고 『박광인』의 십자가가 지면에 점점 파고든 것이다.

설령 직접적인 살상 능력은 없어도 간접적으로는 공격력을 갖게 할 수 있다. 다만 본래의 사용 방법이 아닌 만큼 이미지를 보완해 마법진을 수정하는 건 상당히 어려운 일이다.

카오리가 이곳에 온 이유가 바로 그것이었다. 미궁의 마물보다 훨씬 약한 마을 변두리 마물이라면 설령 전투에 어울리지 않는 자신 혼자서라도 대응할 수 있고, 포박 마법의 공격 전환이라는 어려운 기술을 연습하기엔 적당했기 때문이다.

하지만 이미 몇 시간 동안 전투와 단련을 혼자서 계속해 왔기 때문에 카오리는 심신 모두 상당한 피로를 느끼고 있었다. 사실 마력도 상당히 소모되어 시야가 흐릿했고 의식이 몽롱해지기까지 했다.

카오리의 한계가 가까워졌다.

하지만 그렇다 해도 카오리의 눈동자에 담긴 의지의 빛은 조금도 흐려지지 않았다. 그날 소중한 사람이 사라졌다는 걸 알게 된 이후, 반드시 직접 대답을 확인하기로 결심한 날부터 뜨겁지만 얼음장처럼 차가운 마음이 카오리를 움직이게 했다.

쉬고 있을 수 없다. 뛰는 마음이 멈추는 것을 용납하지 않았다.

그래서—.

"큭, 수호의 빛은 거듭되고 의지가 있는 한 되살아나니— 『천절(天絶)』!"

새로운 마물이 날아든다 해도 등을 보이고 도망칠 순 없다. 그것이 무모하고 어리석은 행동이라는 것을 알고 있어도 『고작 이 정도 일로』라고 마음이 속삭여버리면, 『아직 약속을 지킬 수 없다』며 타고난 고집적인 성격이 물러서려는 다리를 억지로 내딛게 한다.

하늘에 나타난 건 까마귀처럼 검은 깃털로 뒤덮인 『바하르』였다. 결코 강하지 않지만 모험가들이 은근히 꺼리는 마물이다. 그 이유는 지금 이 순간에도 카오리에게 쇄도하는 바하르의 검은 깃털 때문이다.

결코 지상에 접근하지 않고 상공에서 단검처럼 단단한 깃털을 날리는, 기분 나쁜 방식으로 싸우는 마물이다.

카오리는 쏟아지는 나이프 깃털을 손바닥 정도로 압축한

몇 장의 빛나는 방패로 막았다.

'이미지를 더 명확하게. 더 빠르고 더 효율적으로. 난 스즈처럼 강력한 방벽은 펼칠 수 없지만…… 그래도 개수와 기술로 보완하겠어!'

험악한 표정으로 익숙하지 않은 실드 다중 전개를 훌륭히 해낸 카오리는 아직 부족하다는 것처럼 수십 장의 실드를 따로따로 조작했다. 그리고 하나하나 미묘하게 각도를 비틀어서 상대의 공격을 받는 게 아니라 흘리듯 사용했다.

『결계사』 천직을 가진 용사 파티의 타니구치 스즈가 봤다면, 자신도 진심을 발휘하지 않으면 할 수 없는 방어 마법의 기교에 두 눈이 휘둥그레졌을 것이다. 카오리는 빛 속성 마법의 적성이 있지만 그렇다고 치유사가 결계사에 견줄 만한 마법을 사용한 것은 이 세계의 역사를 확인해도 비상식적인 일이었다.

"하아, 하아, 으……."

하지만 카오리의 표정은 밝지 않았다. 바하르의 공격은 견뎌 냈으나 마력을 지나치게 사용한 데다 연일 이어진 단련으로 의식이 날아갈 것 같았다. 계속 입술을 깨물며 견뎠고 엄청난 권태감에 무너질 것 같은 몸을 아티팩트 지팡이와 고집으로 지탱했다.

바하르의 공격은 깃털을 날리는 방식이라 지나치게 사용하면 다시 자랄 때까지 잠시 기다릴 필요가 있다. 카오리는 그 빈틈을 노려 하늘을 향해 『박광인』을 날리고 『천절』을 전개할 생각이었다. 지금까지 계속 디로스 무리를 압박하고 있었기 때문에 마찬가지로 바하르도 봉쇄하려 한 것이다. 그렇게 영창을 시작하려던 순간—.

"아……."

갑자기 힘이 빠지며 몸이 천천히 기울어졌다. 동시에 마법의 제어를 벗어나 디로스 무리의 구속이 풀리고 말았다. 대부분의 디로스는 기절했지만 한두 마리는 콜록거리면서 일어나 증오에 찬 붉은 눈동자로 카오리를 노려보았다.

몽롱한 머리가 급격하게 적신호를 보냈지만 지칠 대로 지친 몸은 카오리의 말을 들어주지 않았다.

디로스 무리가 달려들었다. 으르렁대고 침을 흘리며 카오리를 먹어 치우려는 듯 빠르게 다가왔다. 한쪽 무릎을 꿇고 지팡이로 몸을 지탱해 거친 숨을 몰아쉰 카오리는 다시 포박 마법을 행사하려 했지만…… 이미 너무 늦어버렸다.

짐승의 이빨이 카오리의 부드러운 살결을 찢으려던 바로 그때—.

"카오리!"

카오리의 이름을 부르는 익숙한 목소리가 들렸다. 동시에 다가오던 디로스가 순식간에 종잇장처럼 찢겨져 목숨을 잃었다.

"시즈쿠?"

"그래. 네 친구인 시즈쿠야. 머리끝까지 화가 치민 시즈쿠야. 지금 이 순간도 카오리의 뺨이 새빨갛게 부어오를 때까지 꼬집어주고 싶은 시즈쿠야."

"저, 저기…… 하하…… 미안해."

털썩 주저앉은 자신의 앞에서 엄청나게 날카로운 눈을 한 친구, 야에가시 시즈쿠를 본 카오리는 얼버무리는 웃음을 떠올리며 빠르게 사과했다. 「왜 화내는 거야?」라고 물었다간 정말로 새빨갛게 부어오를 때까지 뺨을 꼬집힐 거라는 걸 깨달았기 때문이다. 그리고 시즈쿠가 그렇게까지 기분이 상한 이유도 알고 있었다.

"정말이지, 무리하지 말라고는 하지 않을게. 하지만 무리할 땐 나도 함께하기로 약속했잖아! 설령 마을 변두리 마물이라도 실수하면 간단히 죽어버린다고! 나구모를 찾는 거 아니었어?! 카오리가 죽으면 아무런 의미도 없잖아! 이 멍청이! 돌격 바보! 고집 바보!"

"으으, 미안해, 시즈쿠……."

"아니, 그렇게 간단히 용서하지 않겠어! 조금만 눈을 떼면 금방 혼자서 돌진해버린다니까. 류타로한테 뭐라고 하지도 못하겠네, 이 근육 뇌 지지배! 이것저것 시도하는 건 알고 있지만, 카오리는 어디까지나 후위직이야. 전위가 있어야 제 실력을 발휘할 수 있어. 그렇다면 내가 함께 있는 편이 더 단련이 될 거고, 무엇보다 안전도 확보할 수 있잖아! 잠깐 말만 하면 되는데 왜 그걸 못해?! 야, 카오리! 듣고 있어?!"

"드, 듣고 있어……. 미안해……."

"아니, 미안하다는 말을 못 믿겠어. 잠깐 거기 좀 앉아봐! 오늘은 제대로 한마디 해야겠어!"

시즈쿠가 카오리의 앞에 앉았다. 검지를 세워 눈을 무섭게 뜨고서 아득아득 바득바득 설교를 시작했다.

카오리는 내심 「의식이 몽롱해서 무슨 말인지 모르겠어……」라고 생각했지만 시즈쿠가 얼마나 자신을 걱정해주었는지, 얼마나 지탱해주는지 알고 있기 때문에 어머니처럼 변한 시즈쿠의 설교를 얌전히 들었다.

참고로 시즈쿠의 설교 중간에 의식을 되찾은 디로스 무리와 깃털을 부활시킨 바하르가 공격했으나, 먼저 알아차린 시즈쿠가 「그러고 보니 내버려 두고 있었네」라고 말하며 5초 만에 정리한 뒤 설교하러 돌아왔다. 그리고 카오리가 눈을 뒤집고 의식을 잃는다는, 미소녀가 해선 안 될 상태에 빠지려던 순간이었다.

"아앗, 카오링이 남에게 보여줄 수 없는 얼굴을 할 것 같아!"

"시, 시즈쿠……. 설교하는 건 좋은데, 카오리가 마력을 회복한 다음에 하는 게……."

타니구치 스즈와 나카무라 에리가 찾아왔다. 사실 모습이 보이지 않는 카오리를 시즈쿠와 함께 찾고 있었지만, 시즈쿠가 카오리 센서를 발동해 혼자서 달려 나갔기 때문에 뒤처지고 말았다.

시즈쿠가 두 사람의 말에 간신히 머신건 설교를 중단했다. 그녀는 흰자를 드러내고 머리를 숙인 카오리를 보며 짧게 신음한 뒤 파우치에서 마력 회복약이 든 작은 병을 꺼내 반쯤 벌려진 카오리의 입에 쏙 찔러 넣었다.

카오리가 살짝 신음하며 눈을 깜박이자 시즈쿠가 「자, 꿀꺽 삼켜!」 하고 억지로 마시게 했다. 카오리의 몸을 지탱하며 작은 병을 들고 마시게 한 뒤, 입가에 흐른 마력 회복약을 손가락으로 닦아주는 모습은―.

"시즈시즈는 꼭 엄마―."

"스즈, 목숨이 아깝다면 그 이상은 말하지 않는 게 좋을 거야."

스즈가 꽃다운 여고생에게 해서는 안 될 말을 하려던 참에 에리가 다급히 말렸다.

그렇게 카오리가 드디어 미소녀로 돌아왔을 무렵, 멀리서 누군가의 목소리가 들렸다. 코우키 일행도 찾아온 모양이었다.

"카오리, 무사했구나. 다행이야……."

"그래, 무리하다니 너답지 않잖아. 쉬기 위해 지상으로 돌아왔지만, 함께 단련하는 것 정도는 어렵지 않으니까 사양하지 말라고."

코우키는 안도한 듯 카오리의 곁에 앉아 그녀의 어깨에 손을 얹고서 미소 지었고 류타로는 서운하다는 듯 말했다. 두 사람도 나름대로 카오리를 걱정한 모양이다.

"걱정 끼쳐 미안해. 마을 변두리 마물이라면 나 혼자서도 괜찮을 거라고 생각했는데…… 물러날 때를 분별하지 못했어. 정말 미안해."

혼자서 무리한 결과 폐를 끼친 것에 침울해진 카오리가 고개를 숙였다. 그걸로 시즈쿠의 어머니 모드도 해제됐고 카오

리도 무사한 덕에 부드러운 분위기가 흘렀다.

우선 마을로 돌아가자고 코우키가 제안하자 다른 멤버도 고개를 끄덕였다. 일어서려던 카오리의 다리가 휘청거렸다. 마력은 어느 정도 회복됐고 의식은 뚜렷했지만 육체적인 피로는 역시 무시할 수 없었다.

순간 카오리를 지탱하려 코우키가 손을 뻗었지만—.

"카오리, 괜찮아?"

"시즈쿠……. 고마워. 하지만 조금 천천히 걸어야 할 것 같아."

빠르게 다가온 시즈쿠가 자연스러운 움직임으로 카오리를 지탱했기 때문에 코우키의 손은 갈 곳을 잃었다. 코우키는 조금 아쉬운 듯 눈꼬리가 내려갔지만 용사가 이런 일로 꺾일 수는 없다. 그래서 천천히 걸어야 할 것 같다는 카오리를 안고 가야겠다고 생각해 말을 걸려 했다. 물론 공주님처럼 앞으로 안아 올릴 셈이었다. 하지만—.

"정말 별수 없다니까. 이제 정말로 혼자서 무리하면 안 돼."

"시즈쿠, 부, 부끄럽잖아."

"후후, 이것도 벌이라고 생각하고 얌전히 받아들여."

대미궁 깊은 곳에 도전했던 검사가 여자 한 명 지탱하지 못할 리 없다. 그래서 시즈쿠는 카오리를 훌쩍 안아 올리고서 뺨을 붉히고 부끄러워하는 카오리에게 쿡쿡 웃어 보이며 산 뜻하게 걸었다. 늠름한 분위기와 허리에 찬 투박한 검. 그리고 가녀린 소녀를 안은 그 모습은 마치 동화 속에 등장하는 용사님 같았다.

"어머, 시즈시즈……. 진짜 멋지다."

"아하하……. 어쩐지 백합이 보이는 것 같은데."

스즈가 살짝 뺨을 붉히며 그런 말을 하자 곁에 있던 에리가 쓴웃음을 떠올렸다.

그 뒤에서 손을 내민 채 굳어버린 코우키. 미소가 사라지지 않은 걸 보면 역시 미남 용사라고 해야 할까. 그 용사의 어깨를 그의 친구가 툭툭 자상하게 두드렸다.

"이세계에 와서도 카오리의 기사님은 시즈쿠구나……. 강하게 살아라, 코우키."

"류타로, 난 딱히 신경 쓰지 않아. 그래, 신경 쓰지 않는다고. 아니, 정말이야."

"……그래. 우선 뭔가 맛있는 거라도 먹을까."

"……그러자."

침울해진 용사에게 어쩐 일인지 배려심을 발휘한 근육 남자.

그 후 마을로 돌아와 멜드 단장 일행과 나가야마, 히야마가 이끄는 공략반과 합류해 충분한 휴식을 취한 코우키 일행은 다시 아무도 도달하지 못한 70계층으로 향했다.

내부에 커다란 폭탄을 품고 있다는 사실은 아무도 깨닫지 못했다.

그리고 커다란 그림자가 다가오고 있다는 사실도 깨닫지 못했다.

시체의 산.

그 말이 딱 어울리는 광경이 【라이센 대협곡】 바닥에 펼쳐져 있었다. 어떤 마물은 찌부러진 머리를 지면에 박고 있었고, 또 어떤 마물은 머리가 부서져 쓰러졌으며, 또 어떤 녀석은 온몸이 타버리는 등, 죽은 이유는 다양해도 다들 일격에 쓰러진 듯했다. 이 세상의 지옥, 처형장으로 불리며 사람들의 공포의 대상인 이곳에서 이런 일을 할 수 있는 건—.

"일격 필살이에요~!"

쾅!

"……방해돼."

파직!

"짜증 나네."

투팡!

하지메, 유에, 시아였다. 하지메 일행은 브룩 마을을 나온 뒤(유에, 시아의 팬으로 보이는 사람들의 배웅을 받았다) 마력 구동 이륜 슈타입을 타고 예전에 지났던 【라이센 대협곡】의 입구에 도착했다. 그리고 지금은 거기서 더 나아가 야영도 하며 【오르크스 대미궁】의 전이 장치가 숨겨진 동굴에서 이틀 정도 나아간 부근에 있었다.

【라이센 대협곡】에선 여전히 질리지도 않고 마물들이 공격해 왔다.

시아의 전투 망치가 그 절대적인 완력으로 휘둘릴 때마다 글자 그대로인 일격 필살로 마물을 짓이겼다. 공격을 받은 마물은 자신의 내구력을 훨씬 웃도는 충격에 속수무책으로 당해 목숨을 잃었다. 떡 찧는 토끼도 새파랗게 질릴 파괴력이었다.

유에는 지근거리까지 다가온 마물을 대량의 마력을 사용해 발동한 마법으로 도륙했다. 유에 자신의 마력이 큰 탓도 있지만 마정석 시리즈에 모아 둔 마력이 막대하기 때문에 마치 끊이지 않는 폭격과도 같았다. 계곡의 마력 분해 작용 때문에 발동 시간이 늘어나고 비거리가 짧아졌어도 엄청난 온도를 자랑하는 불꽃이 즉각 발동하기 때문에 마물들은 한 마리의 예외 없이 불에 타 목숨을 잃었다.

하지메는 말할 것도 없었다. 슈타입을 몰며 돈나로 머리를 저격했다. 슈타입에 마력을 부으며 『전기 두르기』까지 계속 발동하는 건 마력을 상당히 소비하는 행위였지만 역시 마력이 다할 기색이 없었다.

계곡에서 날고뛴다는 지옥의 맹수들이 완전히 조무래기 취급이었다. 대미궁을 나타내는 무언가가 없는지 탐색하면서 틈틈이 전멸시키며 진행한 결과, 지나온 길에 마물의 시체가 넘쳤다.

"하아. 라이센 어딘가에 있다는 것만으론 역시 어렵겠지."

동굴 등이 있다면 조사해보려고 주의 깊게 관찰하고 있지만 그럴듯한 곳은 쉽게 보이지 않아 하지메가 투덜거렸다.

"대화산에 가는 겸사겸사 찾는 거니까 발견하면 운이 좋은 거라고 생각하면 되잖아요. 대화산의 미궁을 공략하면 단서를 얻을 수 있을지도 모르고요."

"뭐, 그건 그렇지만……."

"응……. 하지만 마물이 성가셔."

"아, 유에 씨에겐 성가신 곳이겠네요~."

그런 식으로 마물이 많다고 투덜거리며 달리길 사흘.

그날도 수확 없이 해가 저물어 계곡에서 올려다본 하늘에 상현달이 아름답게 걸렸을 무렵, 하지메 일행은 야영 텐트를 꺼내고 저녁 준비를 했다. 마을에서 구입한 식자재, 조미료와 함께 조리 도구도 꺼냈다. 이 야영 텐트와 조리 도구는 사실 전부 하지메가 만든 아티팩트였다.

야영 텐트는 생성 마법으로 만든 『온방석』과 『냉방석』이 설치되어 있어 항상 쾌적한 온도를 유지해준다. 또한 냉방석을 이용한 『냉장고』와 『냉동고』도 완비됐으며, 나아가 금속제 골격에는 『기척 차단』이 부가된 『기단석(氣斷石)』을 더함으로써 적에게 쉽게 발견되지 않는다.

조리 도구는 넣는 마력량에 비례해 열량을 조절할 수 있어 불이 필요 없는 프라이팬과 냄비, 마력을 넣으면 『바람의 손톱』이 부여되는 날카로운 식칼 등과 스팀 클리너 같은 것도 있었다. 이것들은 여행의 식단을 풍요롭게 해주는 하지메의 사랑스러운 아이들이다. 게다가 마력을 직접 조작할 수 없으면 다룰 수 없는 방범의 의미도 있었다.

『신대 마법 엄청 편리하네.』

조리 도구 아티팩트와 냉방 완비 야영 텐트를 만들었을 때 하지메가 한 말이다. 현대 마법에 종사하는 사람들이 들었다면 눈이 뒤집혀서 현실 도피할 정도로 엄청난 기술을 쓸데없이 사용했다.

참고로 오늘 저녁은 크루루 새의 토마토 조림이었다. 크루루 새란 하늘을 나는 닭을 말한다. 고기의 질감과 맛은 거의 닭과 비슷해 이쪽 세계에서도 대중적인 고기다. 한입 크기로 잘라 밀가루를 묻혀 살짝 튀긴 것을 각종 채소와 함께 토마토소스로 조린 요리다.

고기에 버터의 풍미와 육즙이 잔뜩 담겼고 산뜻한 토마토의 산미가 스며들어 입에 넣은 순간 그 풍미가 입 안 한가득 퍼졌다. 고기는 입 안에서 사르르 녹았고, 토마토소스를 듬뿍 머금은 감자(와 비슷한 것)는 따끈따끈했으며, 당근(과 비슷한 것)이나 양파(와 비슷한 것)는 자연스러운 단맛을 혀에 전했다. 간이 잘된 수프에 부드러운 빵을 찍어 먹는 것도 무척 맛있었다.

매우 만족스러웠던 저녁 식사를 마친 일행은 그 여운에 잠기며 평소처럼 식후의 잡담을 즐겼다. 텐트 안에 있으면 기단석의 영향으로 마물이 다가오지 않으므로 비교적 느긋하게 쉴 수 있다. 어쩌다 다가오는 마물은 텐트에 설치된 창문으로 하지메가 손만 내밀어 발포해 처리한다. 그리고 취침 시간이 다가오면 세 사람이 교대로 불침번을 서며 아침을 맞이했다.

그날도 슬슬 취침 시간이 되어 유에와 시아가 잠들 준비에 들어갔고, 하지메가 먼저 불침번을 서기로 했다. 텐트 안에는 푹신한 이불이 있기 때문에 야영임에도 쾌적하게 잠들 수 있었다. 그때 이불에 들어가기 전에 시아가 텐트 밖으로 나가려 했다.

의아해하는 하지메에게 시아가 새초롬한 얼굴로 말했다.

"잠깐 꽃 좀 꺾으러."

"여기에 꽃이 어딨어?"

"하, 지, 메 씨~!"

눈치 없는 발언에 시아가 새초롬한 얼굴을 날카롭게 바꾸어 하지메를 노려보았다. 물론 하지메는 그 뜻을 알고 있었기에 「미안, 미안」 하고 전혀 미안하지 않은 얼굴로 쓴웃음을 지었다.

그런 하지메의 말에 화를 내며 텐트 밖으로 나간 시아는 잠시 후……

"하, 하지메 씨~! 유에 씨~! 큰일이에요! 이쪽으로 와주세요~!"

그렇게 마물을 부를 가능성도 잊은 것처럼 큰 목소리로 외쳤다. 무슨 일인가 싶어 하지메와 유에는 얼굴을 마주 보며 동시에 텐트에서 나갔다.

시아의 목소리가 들린 쪽으로 가보니, 그곳엔 거대한 바위가 계곡 벽면에 걸치듯 쓰러져서 벽면과 바위 사이에 틈이 벌어져 있었다. 시아는 그 틈 앞에서 손을 붕붕 흔들었다. 그 표정은 믿기지 않는 걸 본 것처럼 흥분으로 물들어 있었다.

"여기, 여기요! 발견했어요오!"

"알았으니까 그렇게 당기지 마. 신체 강화까지 했잖아. 너무

홍분했어."

"……시끄러."

시아가 들뜬 모습으로 하지메와 유에의 손을 당기자, 하지메는 조금 황당해 했고 유에는 성가신 것처럼 인상을 썼다. 시아에게 이끌려 바위틈으로 들어가니 벽면이 안쪽으로 움푹 들어가 의외로 넓은 공간이 존재했다. 그리고 그 공간의 중간 정도까지 오니 시아가 말없이 득의양양한 표정으로 벽의 일부를 가리켰다.

그 손끝을 따라 시선을 돌린 하지메와 유에는 어떤 것을 발견한 뒤 「응?」 하고 황당하다는 목소리를 내며 눈을 깜박였다.

두 사람의 시선이 향한 곳에는 벽을 직접 파 만든 훌륭한 장식의 직사각형 간판이 있었고, 그 위로 이상하게 여자아이다운 둥근 글씨로 이렇게 새겨져 있었다.

─어서 오세요! 밀레디 라이센의 두근두근 대미궁입니다♪

『!』와 『♪』 마크에 이상하게 정성을 들인 것이 은근히 짜증났다.

"……이게 뭐야."

"……뭐야, 이게."

하지메와 유에의 목소리가 겹쳐졌다. 그 얼굴은 정말이지 『믿을 수 없는 걸 봤다!』는 표정에 딱 어울렸다. 두 사람 다 멍하니 지옥의 계곡에 어울리지 않는 간판을 바라보았다.

"뭐긴요, 입구죠. 대미궁 입구! 화장…… 어험, 꽃을 꺾으러 왔다가 우연히 발견했어요. 와~, 정말로 라이센 대협곡에 대미궁이 있었네요."

경박한 시아의 목소리가 울리자 하지메와 유에는 간신히 경직에서 풀렸는지 뭐라 말하기 힘든 표정으로 당황을 감추지 못하고 서로를 보았다.

"……유에. 진짜라고 생각해?"

"…………………………응."

"오랫동안 생각했네. 근거는?"

"……**밀레디.**"

"역시 그렇겠지……."

『밀레디』라는 이름은 오스카의 수첩에 나온 라이센의 이름이었다. 라이센이란 성은 세상에 널리 알려져 유명했지만 이름은 알려지지 않았다. 그래서 그 이름이 적힌 이곳이 라이센 대미궁일 가능성은 상당히 높았다.

하지만 그럼에도 순순히 믿을 수 없던 이유는…….

"왜 이렇게 경박한 거야……."

그런 이유 때문이다. 【오르크스 대미궁】 안에서의 수많은 사투를 떠올린 하지메는 분명 다른 미궁도 쉽지 않을 거라고 상상했던 만큼, 이 경박함은 좋든 싫든 하지메의 맥을 빠지게 했다. 유에도 대미궁의 가혹함을 직접 이해하고 있기 때문에 아직도 누군가의 장난이 아닐지 살짝 의심하는 표정이었다.

"하지만 입구로 보이는 곳은 보이지 않네요? 안쪽도 막다른 곳이고……."

그런 하지메와 유에의 미묘한 심리를 깨닫지 못한 시아는

「입구는 어디지?」 하고 주변을 두리번거리거나 안쪽 벽을 탁 탁 쳐보기도 했다.

"야, 시아. 너무……."

덜컹!

"꺅?!"

「너무 함부로 움직이지 마」라고 말하려던 하지메의 눈앞에 서 시아가 건드린 움푹한 벽이 빙글 회전했고, 이에 말려든 시아는 벽 너머로 모습을 감췄다. 마치 닌자 저택 같은 장치 였다.

"……."

우연히도 대미궁 입구를 발견한 것으로 간판의 신빙성이 올 라갔다. 역시 라이센 대미궁은 이곳에 있는 듯했다. 마치 유원 지의 환영 문구와 비슷한 글귀가 적힌 입구에 대고 「정말 대 미궁이 이래도 돼?」라든가 「오르크스에서의 진지함을 돌려줘」 라고 말하고 싶은 마음이 산더미 같았지만, 말없이 시아가 사 라진 회전문을 바라본 하지메와 유에는 서로의 얼굴을 마주 보며 한숨을 쉬더니 시아와 마찬가지로 회전문에 손을 댔다.

문의 장치가 작동되고 하지메와 유에를 동시에 문 너머 새 까만 곳으로 옮겼다. 회전한 문은 계속해서 빙글 돌아 원래의 위치로 돌아갔다.

그 순간 획획 바람을 가르는 수많은 소리가 들리더니 어둠 속에서 하지메 일행을 향해 무언가가 날아들었다. 하지메의 『밤눈』은 그 정체를 곧바로 밝혀냈다. 화살이었다. 전혀 빛을 반사하지 않는 칠흑의 화살이 침입자를 배척하려는 것처럼 무수히 날아들었다.

하지메는 돈나를 오른손에 들고 왼손은 그대로 날아드는 칠흑의 화살을 모조리 떨어뜨렸다. 캉캉캉 금속이 부딪히는 소리가 나며 단 하나의 화살조차 놓치지 않았다.

정확한 개수는 스무 개. 하나의 금속에서 만들어 낸 듯한 광택이 없는 검은 화살이 계속해서 떨어지고 마지막 한 개가 지면 위로 떨어지는 소리를 끝으로 다시 정적이 돌아왔다.

그와 동시에 주위의 벽이 어스름하게 빛을 내며 주변을 비췄다. 하지메 일행이 있는 곳은 10제곱미터 정도의 방으로 안쪽을 향해 똑바로 정비된 통로가 뻗어 있었다. 그리고 방의 중앙에는 석판이 있었고 간판과 마찬가지인 둥근 여자아이 글자로 어떤 글귀가 새겨져 있었다.

『놀랐어? 저기, 놀랐어? 찔끔 지린 거 아니야? **히죽히죽.**』

『아니면 다쳤어? 혹시 누구 죽기라도 했어? ……**푸풉.**』

"……."

하지메와 유에의 속마음은 일찍이 없었을 정도로 일치했다. 『짜증 나~!』 하고…….

일부러 『히죽히죽』과 『푸풉』 부분만 깊게 새겨 강조한 점이 더 화났다. 특히나 파티 중에 누군가가 죽었다면 살아남은 사람은 노발대발할 것이다.

하지메와 유에도 이마에 힘줄이 떠오른 모습으로 짜증 난 표정을 했다. 그리고 문득 유에가 떠올린 것처럼 중얼거렸다.

"……시아는?"

"아."

유에의 말에 하지메도 떠올랐는지 다급히 뒤쪽 회전문을 돌아보았다. 문은 한 번 작동할 때마다 반회전하기 때문에 이쪽에 없다는 건 하지메 일행이 들어온 것과 동시에 다시 밖으로 나갔을 가능성이 높았다. 제법 오랜 시간이 지났음에도 아직까지 들어오지 않는 걸 보고 불길한 예감이 든 하지메는 곧바로 회전문을 작동시켰다.

그리고 시아가 있었다. 회전문에 못 박힌 모습으로…….

"흑, 훌쩍, 하지메 씨…… 보지 말아주세요~. 하지만 이건 빼줬으면 해요오. 훌쩍, 보지 말고 내려주세요~."

뭐랄까 정말이지 가련함을 부르는 모습이었다.

시아는 화살이 날아드는 소리를 깨닫고 보이지 않는 상황에서도 색적 능력으로 어떻게든 피했을 것이다. 하지만 정말로 아슬아슬했는지 옷 여기저기가 뚫려 비상구 표지 같은 자세로 고정됐다.

토끼 귀가 번개 모양으로 꺾여 화살을 피했고, 제대로 무리한 건지 움찔움찔 경련하고 있었다. 하지만 시아가 울고 있는 건 죽을 뻔한 공포 때문이 아닌 듯했다. 다리 부근이 흠뻑 젖어 있었던 것이다.

"그러고 보니 꽃 꺾으러 간다고 했었지……. 뭐, 흔히 있는 일이지……."

"흔히 없어요오! 으으~, 왜 전 먼저 해결하지 않았던 걸까요오~!"

여자로서 절대로 보이고 싶지 않은 모습을 하필이면 좋아하는 남자에게 보이고 말았다는 것에 폭포수 같은 눈물을 흘린 시아. 토끼 귀의 경련이 더욱 심해졌다. 하지만 처음 만난 시점부터 백 년의 사랑조차 식을 법한 추태를 보였으니 새삼스러울 것도 없었다. 그래서 하지메는 딱히 눈을 돌리지 않고 어이없다는 표정으로 바라보았다. 그것이 시아의 마음을 더욱 찔러 댔다.

"……움직이지 마."

역시 같은 여자로서 느낀 바가 있는지 유에가 무표정하면서도 동정이 담긴 얼굴로 시아를 풀어주었다.

"……그쯤은 어떻게든 해야지. 미숙해."

"면목 없어요~. 훌쩍."

"……하지메, 갈아입을 옷."

"그래."

『보물 창고』에서 시아의 옷을 꺼내자 시아는 새빨간 얼굴로 빠르게 갈아입었다.

그렇게 시아의 준비가 끝나자 드디어 미궁 공략 출발! 하고 기운차게 안으로 나아가려던 찰나, 시아가 석판을 발견했다.

고개를 숙이자 흘러내린 머리카락이 표정을 가렸다. 한동안 말이 없던 시아는 천천히 드뤼켄을 꺼내 혼신의 일격을 석판에 내리꽂았다. 쾅! 소리와 함께 석판이 부서졌지만 어지간히 화가 났는지 부모의 원수라도 되는 것처럼 드뤼켄을 몇 번이고 휘둘렀다.

그러자 부서진 석판의 흔적, 지면 부분에 무언가 글자가 떠올랐다.

『안타깝게 됐네요~♪ 이 석판은 일정 시간이 지나면 자동으로 수리되는데~, 쿡쿡!』

"으의~!"

드디어 시아가 완전히 폭발해 더 격렬하게 드뤼켄을 휘두르기 시작했다. 방 전체가 소규모 지진이 일어난 것처럼 흔들리더니 엄청난 소리가 몇 번이고 울렸다.

발광하는 시아를 흘겨본 하지메가 불쑥 중얼거렸다.

"밀레디 라이센만큼은『해방자』 운운하기 전에 인류의 적이 확실하군."

"……무척 동의."

아무래도 【라이센 대협곡】은 【오르크스 대미궁】과는 다른 의미로 쉽게 풀리지 않을 것 같았다.

시아가 가볍게 발광한 뒤로 몇 시간이 흘렀다.

일행은 그 짧은 시간만에 하지메와 유에의 추측이 정확했다는 것을 깨닫게 됐다.

우선 마법을 제대로 쓸 수 없다. 계곡보다 훨씬 강력한 분해 작용이 있기 때문이다. 마법에 특화된 유에에겐 상당히 부담이 가는 곳이었다. 무엇보다 상급 이상의 마법은 사용할 수 없고 중급 이하라도 사정거리가 극단적으로 짧아, 5미터가량 효과가 지속된다면 감지덕지한 상황이었다. 어떻게든 순간적으로 마력을 높이면 실전에서도 사용할 수 있는 수준이었지만 지금까지처럼 강력한 마법으로 일격에 처리할 수는 없게 됐다.

또한 마정석 시리즈에 축적한 마력 소모도 무시할 수 없는 수준이라 잘 생각해서 사용해야 했다. 마법에 대해선 유에가 천재라서 중급 마법을 쓸 수 있는 것이지 대부분의 사람이라면 아무런 도움도 되지 않을 것이다.

하지메에게도 막대한 영향이 있었다. 『공력』이나 『바람의 손톱』처럼 몸의 외부에 마력을 형성하거나 방출하는 타입의 고유 마법은 전혀 사용할 수 없게 되었고 애용하던 『전기 두르기』도 그 출력이 대폭 약해졌다. 돈나&슈라크는 그 위력이 절반 이하로 떨어졌으며 슈라겐도 평소의 돈나&슈라크의 최대 위력 수준밖에 나오지 않았다.

따라서 이 대미궁에선 신체 강화가 무엇보다 중요했다. 일행 중에서는 말 그대로 시아의 독무대였다.

그리고 하지메 일행의 가장 듬직한 토끼 귀 소녀는―.

"죽일 거예요오……. 반드시 은신처를 찾아내 엉망으로 만들어 죽일 거라고요오."

전투 망치 드뤼켄을 짊어지고 험악한 눈으로 사냥감을 찾아 주변을 둘러보는 모습은 분명 화가 난 듯했다. 정말이지 어~엄청 화났다. 말의 억양도 곳곳이 이상해졌다. 밀레디 라이센이 얼마나 짓궂었는지 떠올려보면 쉽게 짐작할 수 있을 것이다.

시아의 마음은 잘 알았기 때문에 하지메와 유에는 아무 말도 하지 않았다. 엄청나게 흥분한 사람이 곁에 있으면 반대로 냉정해지는 법. 하지메와 유에의 심리 상태가 바로 그런 상황이었다. 여기까지 제법 깊이 들어오면서 실로 다양한 함정과 짜증 나는 글귀가 새겨진 조각과 조우했다. 시아가 화를 내지 않았더라면 하지메와 유에가 화를 냈을 것이다.

일행은 드디어 「으히히」 하고 기묘한 웃음소리를 내게 된 시아에게 약간 기겁하면서도 악랄하기 짝이 없는 트랩이 또 어디에 설치됐는지 주의 깊게 관찰하며 통로를 나아갔다.

그러자 얼마 후 복잡기괴한 공간이 나타났다.

그곳은 계단이나 통로, 안쪽으로 이어지는 입구가 아무런 규칙도 없이 엉망으로 뒤섞여, 마치 조립식 블록을 무턱대고 조합한 것만 같았다. 1층에서 뻗은 계단이 3층 통로로 이어지나 싶더니, 그 3층의 통로는 완만한 경사면이어서 1층 통로와 이어지고, 2층에서 뻗은 계단의 끝이 아무것도 없는 평범한 벽이기도 하는 등 엉망진창이었다.

"이건 정말이지 어떤 의미론 미궁답다고 할 수 있겠는걸."

"······응. 헤맬 것 같아."

"흥, 역시 뼛속까지 썩은 녀석이 만든 미궁이에요. 이 엉망인 꼴이 녀석의 마음을 드러내고 있는 거예요!"

"······마음은 이해하니까 그만 좀 진정해."

시아는 아직 분을 삭이지 못한 모양이었다. 그녀를 본 하지메는 황당함과 동정이 뒤섞인 시선을 보내며 어떻게 진행할지 생각했다.

"……하지메, 생각해 봤자 별수 없어."

"음, 그렇겠네. 마킹하고 매핑하면서 나갈 수밖에 없겠어."

"응……."

유에의 말에 하지메가 동의했다. 미궁 탐색에서 매핑은 기본이다. 하지만 이렇게 복잡한 구조의 미궁을 어디까지 정확하게 작성할 수 있을지, 하지메는 성가실 것 같다며 얼굴을 찡그렸다.

또한 하지메가 말한 『마킹』이란 하지메의 고유 마법 『추적』을 말한다. 이 고유 마법은 자신이 건드린 곳을 마력으로 『마킹』하는 것으로 그 흔적을 쫓을 수 있다. 생물에게 『마킹』한 경우 그 생물이 이동한 흔적을 볼 수 있다. 이번엔 벽 등에 『마킹』함으로써 지나간 곳인지 확인하는 표식으로 삼았다. 『마킹』은 눈에 보이게도 할 수 있어 유에와 시아도 알 수 있었다. 마력을 직접 붙이는 것이라 분해 작용의 영향을 받지 않고 효과를 발휘하는 모양이었다.

하지메는 입구에서 가장 가까운 곳에 있던 오른쪽 통로에 마킹하며 나아가기로 했다.

통로는 폭이 2미터 정도에 벽돌 구조의 건축물처럼 무수히 많은 블록이 포개져서 만들어져 있었다. 마찬가지로 벽 자체가 어렴풋이 빛을 내고 있어 시야에는 문제가 없었다. 녹광석과는 다른 광물인지 옅은 파란빛을 냈다.

하지메가 시험 삼아 『광물계 감정』을 사용해보니 『린 광석』이라고 나왔다. 아무래도 공기와 접촉하는 것으로 발광하는 성질을 가진 듯했다. 처음 들어왔던 방은 아마도 어떠한 처리를 거쳐 처음엔 발광하지 않도록 만들었을 것이다. 이미지로는 라퓨○에 등장하는 비○석 동굴[#8]을 떠올리면 될 것이다. 돌의 목소리를 들을 수 있던 그곳 말이다. 린 광석은 공기에 닿아도 발광을 멈추지 않는 모양이지만…….

그렇게 하지메가 문득 일본의 명작 애니메이션을 떠올리며 긴 통로를 걷고 있을 때였다.

덜컹.

그런 소리와 함께 하지메의 발이 바닥의 블록 하나를 밟자 그 블록만 하지메의 체중으로 움푹 들어갔다. 하지메 일행이 일제히 그 발밑을 보았다.

그 순간—.

샤아아아!

마치 칼을 가는 듯한 소리와 함께, 좌우 벽의 블록과 블록 사이에서 고속으로 회전하고 진동하는 원형 톱 모양의 거대한 날이 날아들었다. 오른쪽 벽에선 목 높이에서, 왼쪽 벽에선 허리 높이에서 날아들었다.

"피해!"

하지메는 서둘러 그렇게 외치며 매트○스의 주인공처럼 몸

#8 라퓨○에 등장하는 비○석 동굴 애니메이션 「천공의 성 라퓨타」에서 등장하는 비행석 동굴.

을 뒤로 젖혀 두 개의 흉악한 날을 피했다. 유에는 키가 작기 때문에 주저앉기만 해도 피할 수 있었다. 시아도 어떻게든 피한 모양인지 뒤에서 「아와와, 아와와와」 하고 동요에 찬 목소리가 들려왔다. 앓는 소리가 아닌 걸 보아 다치지는 않았을 것이다.

상당히 아슬아슬하게 토끼 귀 끝 부분 털이 싹둑 잘렸지만…… 문제없을 것이다.

살의와 악의가 잔뜩 담긴 두 개의 날은 하지메 일행을 지나 아무 일도 없던 것처럼 다시 벽 안으로 사라졌다. 하지메는 제2진을 경계해 한동안 주의 깊게 주변을 살폈지만 아무래도 지금 걸로 끝난 듯했다. 안심한 듯 숨을 내쉬며 뒤를 돌아본 하지메는 맹렬한 오한을 느꼈다.

본능이 이끄는 대로 유에와 시아를 회수하고 앞으로 몸을 날렸다. 그 직후 방금 전까지 하지메 일행이 있던 곳의 머리 위에서, 기요틴 같은 무수히 많은 칼날이 떨어져 마치 바닥이 버터라도 되는 듯 매끄럽게 파고들었다. 역시 아까와 마찬가지로 고속으로 진동하고 있었다.

하지메는 식은땀을 흘리며 발끝에서 고작 몇 센티미터 떨어진 곳을 파고든 칼날을 보았다. 유에와 시아도 경직된 모습이었다.

"……완전한 물리 트랩인가. 이러니 마안석으론 감지할 수 없지."

하지메가 제대로 함정에 걸린 이유는 마법 함정에 집중했기 때문이다. 지금까지 미궁의 함정은 대부분이 마법을 이용한 것이었다. 그리고 마법 함정이라면 하지메의 마안이 모조리 간파할 수 있다. 그래서 마안에 반응하지 않으면 괜찮을 거라는 선입관을 갖고 만 것이다. 즉, 자신의 힘을 과신한 결과였다.

"하으, 주, 죽는 줄 알았어요~. 그보다 하지메 씨! 그 정도는 막아주세요! 모처럼 의수를 활용할 때잖아요!"

"아니, 그건 상당히 날카로웠어. 절단되지는 않겠지만 흠집이 났을지도 몰라. 지금은 『금강』을 쓸 수 없으니까."

"흐, 흠집이라니…… 장비와 저 중에 뭐가 더 중요해요?"

"……뭐, 무사하니 다행이잖아."

"잠깐만요. 왜 어물쩍 넘어가려는 거예요?! 거짓말이죠? 제가 더 소중하죠? 그렇죠?"

하지메가 얼버무리자 잡아먹을 듯 따지는 시아. 그런 시아를 본 유에가 언어폭력을 휘둘렀다.

"……오줌싸개 토끼. 죽을 뻔했던 건 미숙한 탓이야."

"오, 오줌, 취소해주세요, 유에 씨! 아무리 그래도 너무 불명예스러워요!"

「○○ 토끼」 시리즈에 새로이 추가된 칭호가 너무나도 불명예스러웠던 시아는 견디지 못하고 맹렬하게 항의했다. 이 미궁에 들어오고 이렇게 짧은 시간에 두 번이나 죽을 위험에 처했으면서도 의외로 기운이 넘쳤다. 역시 시아의 최대 강점은 맷집일 것이다. 본인은 절대 인정하지 않겠지만…….

시아가 투덜거린 것처럼 완전한 기습에 자신도 모르게 회피를 선택했지만 하지메라면 좀 전의 칼날도 의수나 총신으로 막았을 것이다. 코트 자체도 마물의 가죽을 이용한 것이라 상당한 방어력을 자랑하고 그 밑에는 프로텍터를 각 급소 부분에 달아 두었기 때문에 쉽게 죽지 않는다.

하지만 아까 정도의 함정은 평범한 인간을 죽이기엔 지나친 위력이 담겨 있었다. 어지간한 방어구로는 막아 내지 못하고 절단될 것이다. 하지메처럼 나락의 광물을 활용한 무기와 방어구가 없으면 피하는 것 이외에 생존할 방법은 없었다.

"하지만 그 정도라면 문제없겠지."

시아와 유에가 다투는 모습(?)을 본 하지메가 그렇게 중얼거렸다. 아무리 위력이 높아도 평범한 물리 트랩이라면 하지메를 죽일 수 없을 것이다. 그리고 유에에겐 『자동 재생』이 있으니 함정에 걸려도 죽지 않는다. 그렇다면…… 필연적으로 목숨이 위험한 건 시아뿐이다. 그 사실을 아는지 모르는지 시아의 스트레스가 천원돌파하고 있다는 것만큼은 확실했다.

"어라? 하지메 씨, 왜 그런 쓸쓸한 눈으로 저를……"

"강하게 살아라, 시아……"

"어? 네? 갑자기 왜 그래요? 어쩐지 무척 불길한 예감이 드는데요……"

하지메가 갑자기 이상한 분위기로 격려의 말을 보내자 시아가 불길하다는 표정을 떠올리며 팔을 쓸었다. 하지메는 지금까지 이상으로 바삐 주변을 살피기 시작한 시아를 데리고 길을 따라 걸었다.

지금까지 마물은 일절 나오지 않았다. 마물이 없는 미궁이라고 생각할 수도 있지만 그건 지나친 낙관일 것이다. 함정이라는 형태로 갑자기 나타나도 이상할 것 없었다.

하지메 일행은 통로 끝에 있는 공간에 도착했다. 그 방에는 세 개의 갈림길이 있었다. 우선 『마킹』을 해 둔 하지메 일행은 아래로 이어진 계단이 있는 가장 왼쪽 통로를 선택했다.

"으~, 어쩐지 불길한 예감이 들어요오. 이렇게 제 토끼 귀에 뭔가가 느껴진다고요오."

계단 중간까지 나아갔을 때 갑자기 시아가 그런 말을 꺼냈다. 그녀의 말대로 시아의 토끼 귀가 쫑긋 서서 바쁘게 좌우로 움직였다.

"이상한 징조를 만들지 마. 그런 말을 한 직후엔 대부분 뭔가가 『덜컹』……. 거봐."

"제, 제 탓이 아니에요!"

"음?! ……불길 토끼."

하지메와 시아가 이야기하는 도중에 기분 나쁜 소리가 들리나 싶더니 갑자기 계단의 고저차가 사라졌다. 상당히 경사진 계단이어서 계단의 고저차가 사라지니 미끄럼틀처럼 됐고, 지면에 작은 구멍이 무수히 생겨나 타르 같은 색을 한 미끄러운 액체가 단번에 흘러나왔다.

"큭, 이게!"

고저차가 사라져 넘어질 것 같았던 하지메는, 순식간에 신발 바닥에 설치한 철판과 의수의 손끝을 연성해 스파이크로 만들어 미끄러지지 않도록 버텼다. 유에는 순식간에 하지메에게 뛰어들었기 때문에 미끄러지지 않았다. 아마 하지메가 버틸 거라고 생각했을 것이다. 이런 점은 확실히 찰떡궁합이라 할 수 있었다.

하지만 아직 그런 연계를 펼칠 수 없는 한 사람, 말할 것도 없는 시아는—.

"으꺄아아?!"

고저차가 사라진 계단에서 비명을 지르며 넘어져 뒤통수를 지면에 강타. 「끄악!」 하고 몸부림치는 사이에 액체를 따라 미끄러졌다. 그대로 M자로 다리를 벌린 상태에서 하지메의 얼굴에 충돌했다.

"픕?!"

그 충격으로 의수의 스파이크가 풀렸고, 하지메는 오른손에 유에를 잡은 채 뒤로 넘어졌다. 다리의 스파이크도 풀려 미끄럼틀 아래로 머리를 향하며 미끄러졌다. 시아는 그런 하지메의 위에 역방향으로 올라탄 상태였다.

"이 자식, 실수 토끼! 빨리 비켜!"

"죄송해요~, 하지만 움직일 수가~."

떨어지는 속도가 점점 빨라졌다. 하지메가 필사적으로 신발이나 의수의 스파이크를 지면에 꽂으려 했지만 이미 속도가 너무 빨라서 그럴 수 없었다. 그렇다면 직접 계단을 연성하려 했으나 미궁의 강력한 분해 작용으로 그것도 마음대로 되지 않았다.

시아가 발버둥 치며 어떻게든 일어났다. 여전히 하지메의 위에 올라탄 상태였다.

"드뤼켄의 못을 박아!"

하지메가 시아에게 지시를 내렸다. 시아가 가진 전투 망치 드뤼켄에는 몇 가지 장치가 있었다. 그중 하나가 일점 돌파의 관통력을 올리기 위해 설치한, 망치 머리의 평면 부분에서 튀어나오는 못이었다. 그것을 지면에 찔러 미끄러지는 걸 막으라는 뜻이었다.

"네, 맡겨주?! 하지메 씨! 길이!"

시아가 등 뒤에서 드뤼켄을 꺼내려 손을 돌렸다. 그 직후 전방을 본 시아가 초조한 기색으로 외쳤다.

하지메는 그것만으로 깨달았다. 이 미끄럼틀 끝에 어딘가로 떨어질 것이라는 걸……

"큭! 유에!"

"응!"

하지메는 서둘러 유에의 이름을 불렀다. 그것만으로 유에는 하지메의 의도를 정확하게 파악했다.

"시아, 잘 붙잡고 있어!"

"네!"

시아는 올라탄 자세로 하지메를 붙들었다.

마침내 미끄럼틀이 끝나고 하지메 일행의 몸이 공중으로 떴다. 일순간의 무중력. 그 순간을 노려 유에가 마법을 발동했다.

"……『내상(來翔)』!"

강렬한 상승 기류를 발생시켜 도약력을 높이는 바람 계열 초급 마법으로 숙련자는 하늘을 나는 것과 가깝게 사용할 수 있었다. 하지만 이곳은 마법의 힘이 통하지 않는 영역. 유에의 마법은 겨우 몇 초 동안 하지메 일행을 띄우는 정도에 불과했다.

"충분해."

하지메의 칭찬이 들렸다. 그렇다, 하지메는 공중에 뜬 상태로 아주 약간만 주변을 확인할 여유가 있으면 충분했다. 유에는 그 기대에 훌륭하게 부응해준 것이다.

하지메가 오른손으로 유에를, 목에 시아를 매단 채로 의수를 천장을 향해 들고 마력을 부었다. 푸슝! 공기를 가르는 소리와 함께 의수의 손목 안쪽에서 가는 와이어가 달린 앵커가 날아가 천장의 벽에 박혔다. 그리고 앵커에서 고정쇠가 튀어나와 벽면에 완전히 고정됐다.

하지메 일행은 와이어 하나로 천장에 매달려서 앵커가 풀리지 않는 것을 확인하며 안도의 한숨을 쉬었다. 그리고 전원이 슬쩍 아래를 내려다봤다가 보지 말 걸 그랬다며 크게 후회했다.

우글우글우글, 스륵스륵스륵, 키이키이, 사각사각사각.

그런 소리와 함께 엄청난 수의 전갈이 꿈틀대고 있었다. 크기는 대부분 10센티미터 정도로 예전에 싸웠던 유사 전갈 같은 위협은 없었지만, 생리적인 혐오감은 이쪽이 압도적으로 위였다. 앵커로 낙하를 막지 않았더라면 전갈의 바다로 뛰어들었을 거라 생각하니 온몸에 닭살이 돋았다.

"……."

그만 입을 다물고 만 세 사람은 아래를 내려다보고 싶지 않아 천장으로 시선을 돌렸다. 그러자 무언가 빛을 내는 문자가 있는 것을 깨달았다. 일행은 그게 무엇인지 이미 예상했지만 그만 무의식중에 읽어버렸다.

『녀석들에겐 치사량의 독은 없습니다.』

『하지만 마비는 됩니다.』

『귀여운 이 아이들과 마음껏 잠들어주세요. 꺄악!』

일부러 린 광석의 비중을 높였는지 어두운 공간에서 유난히 눈에 띄는 글자였다. 이곳에 떨어진 사람은 분명 전갈이 기어 다니는 마비된 몸을 필사적으로 움직여, 지푸라기라도 잡는 심정으로 하늘에 손을 뻗을 것이다. 그리고 발견하리라. 이 웃기는 글귀를.

"……."

또 다른 의미로 침묵해버린 일행. 「상대하지 말자, 상대하지 말자」 하고 자신을 타이르면서 어떻게든 평정을 유지한 뒤 주변을 관찰했다.

"……하지메, 저기."

"응?"

그러자 유에가 무언가를 발견했는지 아래쪽의 어떤 방향을 가리켰다. 그곳에는 움푹 들어간 굴이 보였다.

"동굴이라…… 어쩔래? 이대로 떨어진 뒤 올라가볼까, 아니면 저기로 바로 가볼까."

"저, 전 하지메 씨의 결정을 따를게요. 아까도 폐를 끼쳤으니……."

"아니, 그 벌은 미궁을 나간 뒤에 줄 거니까 신경 쓰지 마."

"반대로 신경 쓰인다고요! 이럴 땐『신경 쓰지 마』라는 말이면 충분하잖아요."

"……뻔뻔해. 두 배로 혼내줄 거야."

"네?! 유에 씨까지?! 으으, 미궁을 공략해도 어두운 미래가 기다리고 있어요."

하지메와 유에의 가차 없는 말에 탄식한 시아.

"하아, 네『미래시』를 몇 번이고 쓸 수 있으면 좋을 텐데."

"윽, 그건 아직은 좀. 연습하고는 있지만……."

『미래시』는 시아의 고유 마법으로, 가정된 미래를 조금이나마 볼 수 있다. 다만 마력 소비량 때문에 하루에 한 번 정도가 한계라 써먹기 힘들었다. 시아의 강점은 신체 강화이기 때문에 마력이 고갈된다면 단순한 유감 토끼가 될 뿐이다. 그래도 매일같이 단련하고 있으며 소비 마력이 조금씩 줄어들고 있지만…… 충분히 사용하기엔 아직 갈 길이 멀었다.

"뭐, 없는 것에 기댈 수 없는 노릇이지. 돌아가는 것보다 나아가는 게 기분이 좋으니 동굴로 가자."

"……응."

"알았어요."

하지메는 또 하나의 앵커를 사출해 타잔처럼 줄을 타고 이동해서 동굴 안으로 무사히 도착했다.

린 광석이 비추는 통로는 계속 안쪽까지 이어졌다. 딱히 갈

림길이 있는 것도 아니고 보이는 범위 안에선 똑바로 뻗어 있었다. 지금까지 밀레디의 악랄한 점을 생각해보면 오히려 그게 더 수상했다.

하지메 일행은 경계하면서도 길을 따라 똑바로 걸었다. 몇백 미터 이어졌을까, 아까부터 똑같은 모양이 이어진 석조 통로는 계속 같은 곳을 걷는 듯한 착각을 일으켜 거리감을 상실하게 했다.

일행은 어쩐지 속이 안 좋아졌지만 마치 그런 심정을 꿰뚫어 본 것처럼 변화가 일어났다. 앞쪽에 커다란 방이 보인 것이다. 뭔가가 있을 것 같다고 생각하면서도 조금은 기분이 풀린 하지메 일행은 주저하지 않고 방으로 들어갔다. ……그 직후 덜컹하고 익숙한 소리가 울렸다.

"이번엔 뭐가…… 천장인가."

"……시아."

"아, 알았어요!"

모두가 머리 위에 주의를 돌린 순간 하지메의 말대로 천장이 내려왔다. 정말이지 고전적인 함정이지만 마법을 사용하기 힘든 이 영역에서 범위형 함정은 반칙이었다.

만약 통로에서 방을 보던 사람이 있었더라면 분명 쿵! 하는 소리와 함께 방이 사라지고 통로가 벽으로 가려진 것처럼 보였을 것이다. 통로의 입구를 완전히 막는 형태로 벽이 떨어졌기 때문에 순식간에 막다른 길이 된 통로만이 남았다.

정적이 감돌았다.

얼핏 천장이 방 전체를 짓눌러 안에 있던 하지메 일행도 압살당했다고밖에 여겨지지 않는 상황이다. 무엇보다 고요한 상황이 그것을 뒷받침했다.

하지만 그로부터 몇 분 후, 하지메 일행이 들어간 곳과는 반대쪽 벽에 붉은 스파크가 일더니 사람이 허리를 굽히고 지나갈 수 있을 만한 구멍이 생겼다. 거기서 나온 건 물론 하지메, 유에, 시아였다.

"후우. 조, 조금 당황했어."

"······응. 짓눌리는 건 곤란해."

"아니, 곤란한 정도가 아니죠. 하마터면 죽을 뻔했잖아요."

도망칠 곳이 없고 안쪽 통로까지 거리가 있어서 서둘러 하지메와 시아가 완력으로 천장을 지탱했고, 그 사이에 하지메가 천장을 연성해 구멍을 뚫어 위기에서 벗어날 수 있었다.

강력한 마력 분해 작용 탓에 연성이 쉽지 않아 그 속도는 평소의 4분의 1, 범위는 1미터가량으로 줄었음에도 수십 배의 마력을 사용하고 말았다. 그렇게 어떻게든 작은 공간을 만들어 셋이 밀착한 채 구멍을 파며 출구로 이동했다.

설마 여기 와서 처음 나락에 떨어졌던 그날처럼 벽을 파며 이동할 줄이야······. 하지메는 어쩐지 굴욕적인 느낌이 들어 이를 악물었다. 그 심정은 다소 거친 말투로 드러났다.

"빌어먹을. 설마 또 굴을 파는 데 연성을 사용할 줄이야. 게다가 『고속 마력 회복』도 도움이 안 돼. 전혀 회복되질 않아."

하지메가 짜증을 내자 곁에 있던 유에가 품에서 시험관 모양의 용기를 꺼내더니, 분위기를 누그러뜨리려는 듯 살짝 웃으며 내밀었다.

"……우선 회복약 하나 마셔 둘래?"

"자자, 한 잔 드세요~."

"너흰 은근히 여유롭구나……."

화가 풀린 듯 어깨에서 힘을 뺀 하지메는 살짝 지친 모습으로 벽에 등을 기댄 채 자리에 앉았다. 마정석에 저축해둔 마력으로 보급해도 되지만, 지금 상황에선 생각 하나로 순식간에 마력을 되찾을 수 있는 편리한 마정석은 보존해 두고 회복약을 마시는 편이 나았다.

하지메는 영업에 나선 월급쟁이 느낌의 유에와 시아를 보고서 살짝 미소를 떠올리며 회복약을 단번에 들이켰다. 맛은 리ㅇ비탄D#9와 똑같았다. 마정석에서 마력을 얻는 것에 비하면 회복 속도와 양도 적지만 제법 활력이 돌아온 것 같았다.

"좋아!"

하지메는 기합을 넣고서 자리에서 일어났다.

그리고 다시…… 아니, 이제는 익숙해지기까지 한 짜증 나는 문구를 발견했다.

『푸풉. 놀라기는~. 꼴사나워~.』

밀레디 라이센……. 사람 골리는 일에 노력을 아끼지 않는 녀석이다.

"안 놀랐어요! 하나도 안 놀랐어요! 꼴사납지도 않고요!"

#9 리ㅇ비탄D 일본의 드링크제 리포비탄D.

하지메의 시선을 따라 짜증 나는 문구를 확인한 시아가 으르렁대는 소리가 들릴 것 같은 태도로 문구를 향해 반론했다. 밀레디를 향한 시아의 적개심이 끝없이 치솟은 모양이다. 짜증 나는 문구가 보일 때마다 일일이 반응하고 있었다. 만약 밀레디가 살아 있다면 드디어 만났다며 득의의 미소를 떠올리리라.

"그만 됐으니 가자. 일일이 신경 쓰지 마."

"……적에게 놀아나는 꼴."

"으으, 알았어요오."

그 뒤로도 나아가는 통로, 도착하는 방마다 함정이 기다리고 있었다. 갑자기 모든 방향에서 날아드는 독화살과 황산처럼 물건을 녹이는 액체가 고인 함정, 개미지옥처럼 바닥이 모래가 되어 그 중앙에 벌레 모양의 마물이 기다리는 방, 그리고 짜증 나는 문구. 하지메 일행의 스트레스도 이만저만이 아니었다.

그래도 모든 함정을 돌파하고 이 미궁에 들어온 이후 가장 넓은 통로에 도착했다. 폭은 6, 7미터 정도로 제법 급격한 경사면이 완만하게 오른쪽으로 꺾인 걸로 보아 아마도 나선형으로 내려가는 통로일 것이다.

하지메 일행은 경계했다. 이런 수상한 통로에 아무런 함정이 없다는 건 있을 수 없는 일이었다.

그리고 그 생각이 들어맞았다. 이제껏 싫증 날 정도로 들은 「덜컹!」 하고 무언가가 작동하는 소리가 들렸다. 이제는 스위치를 누르든 누르지 않든 관계없이 발동하는 기분도 든다. 그렇다면 차라리 스위치를 만들지 말라고 따지고 싶었지만 분명 그런 생각도 밀레디 라이센을 기쁘게 할 뿐이라 생각해 꾹 참았다.

이번엔 어떤 함정인지 주변을 경계하는 일행의 귀에 소리가 들렸다.

구구구구구구구구구.

분명 무거운 무언가가 굴러오는 소리였다.

"……."

세 사람은 말없이 서로를 마주 보며 동시에 머리 위를 올려다보았지만 경사진 위쪽은 커브라 보이지 않았다. 그렇게 이상한 소리는 점차 커지더니—.

커브 안쪽에서 통로와 똑같은 크기의 거대한 바위로 만든 대형 구슬이 굴러 왔다. 정말이지 진부한 함정이었다. 분명 필사적으로 도망치면 또 그 짜증 나는 문구가 있을 게 분명했다.

유에와 시아가 뒤돌아 빠르게 도망쳤지만 조금 달린 뒤에 멈추고 말았다. 하지메가 따라오지 않기 때문이었다.

"……하지메?"

"하지메 씨?! 빨리 오지 않으면 짓눌릴 거예요!"

두 사람이 불러도 하지메는 답하지 않았다. 오히려 그 자리에서 허리를 깊게 숙여 오른손을 똑바로 앞을 향해 내밀고 손바닥은 대형 구슬을 조준하듯 뻗었다. 그리고 왼팔은 꾹 한

계까지 힘을 주었는지 「키이잉!」 하는 기계음을 내고 있었다.

하지메는 굉음을 울리며 다가오는 바위를 똑바로 바라보며 거친 미소를 떠올렸다.

"계속 이렇게 당하고만 있을 수 없지! 성미에 안 맞는다고!"

의수에서 나오는 「키이잉」 하는 기계음이 하지메의 말과 함께 더욱 격렬해졌다. 그리고―.

콰아아아아! 엄청난 파괴음을 울리며 바위와 하지메의 의수가 격돌했다. 하지메는 바위의 압력으로 발이 지면을 미끄러져 조금 뒤로 물러났지만 스파이크를 연성해 버렸다. 하지메의 공격을 받은 바위는 충돌한 곳을 중심으로 전체에 균열이 일어 그 기세가 눈에 띄게 약해졌다.

"으아아아아!"

하지메는 기합 소리와 함께 왼쪽 주먹을 단번에 휘둘러 뺐다. 그 순간 간신히 버티던 바위의 내구력과 하지메의 주먹 위력의 균형이 무너졌고 바위는 커다란 소리를 내며 산산조각 났다.

하지메는 주먹을 휘두른 상태로 잠시 반응을 살핀 뒤 마음을 비우고 자세를 되돌렸다. 의수에선 더 이상 그 독특한 기계음이 들리지 않았다. 하지메는 의수를 쥐었다 펴며 이상이 없는지 확인하고 시아와 유에를 돌아보았다.

그 얼굴은 실로 산뜻하고 「한 방 먹여줬다!」는 마음이 여실히 드러난 표정이었다. 하지메도 감지할 수 없는 데다 작동시키지 않아도 작동하는 함정과 그 후의 짜증 나는 문구에 상당히 스트레스가 쌓인 모양이었다.

하지메가 이번에 사용한 것은 예전에 페어베르겐의 장로 진을 일격에 쓰러뜨린 탄환 같은 파괴력의 『호완』, 그리고 마력을 진동시킴으로써 의수도 진동시켜 상대를 파괴하는 『진동 파쇄』라는 것이었다. 의수에 부담이 크기 때문에 한 번 사용하면 정비가 필요한 데다, 비장의 수단 중 하나라서 아껴 둬야 하지만…… 참을 수 없었던 것이리라.

유에와 시아는 환한 표정으로 돌아온 하지메를 떠들썩하게 맞이했다.

"하지메 씨! 대단해요오! 멋있어요오! 진짜 기분 좋았어요!"

"……응. 개운해."

"하하하, 그래, 그래. 이걸로 느긋하게 이 길을……."

하지메는 두 사람의 칭찬에 기분 좋게 답하려 했다. 하지만 그 말은 중간에 멈추고 말았다.

구구구구구구구구구.

그런 익숙한 소리가 들렸기 때문이다. 하지메는 웃는 상태로 굳어버렸다. 마찬가지로 웃으면서 굳어버린 시아와 무표정하지만 뺨이 굳은 유에. 마치 기름칠하지 않은 기계처럼 뻣뻣하게 뒤를 돌아본 하지메의 눈에 들어온 것은…….

……검게 빛나는 금속 구슬이었다.

"거짓말."

하지메는 딱딱하게 굳은 미소로 중얼거렸다.

"저, 저기, 하지메 씨. 기분 탓이 아니라면 뭔가 이상한 액체가 나오면서 굴러오는 것 같은데요⋯⋯."

"⋯⋯녹고 있어."

그렇다. 하필이면 금속성 구슬은 표면에 수없이 난 작은 구멍에서 액체를 흘리며 다가왔다. 그 액체가 닿은 곳은 슈욱하고 실로 위험한 소리가 나며 녹았다.

하지메는 그것을 확인하고서 한숨을 내쉬고는 웃는 얼굴로 다시 유에와 시아를 보았다. 그 미소가 슥 사라지나 싶더니ㅡ.

"도망치자! 젠장!"

그렇게 외치며 갑자기 단거리 육상 선수도 놀랄 정도의 속도로 경사면을 내려갔다. 유에와 시아도 순간 서로의 얼굴을 본 뒤 빙글 몸을 돌려 하지메를 따라 단번에 달렸다.

뒤에서 용해액을 뿌리는 금속 구슬이 엄청난 소리를 내며 서서히 속도를 올렸다.

"싫어어어어! 깔린 다음에 녹는다니 죽어도 싫어요~!"

"⋯⋯응. 어쨌든 달려."

통로에 시아의 울먹이는 소리가 메아리쳤다.

"그보다 하지메 씨~! 먼저 도망치다니 너무해요! 치사해요! 악마!"

앞서 달리는 하지메를 향해 시아가 항의의 목소리를 보냈다.

"시끄러워, 실수라고 실수! 입 다물고 뛰어!"

"두고 간 사람이 그런 식으로 말하면 안 되죠! 전 어떻게 돼도 좋다 이거예요?! 으앙~, 죽으면 귀신이 돼서 들러붙을 거예요!"

"……시아, 의외로 여유로워?"

그러는 사이에 통로의 끝이 보였다. 『멀리 보기』로 확인해보니 아무래도 상당히 큰 공간이 펼쳐진 듯했다. 하지만 보이는 범위가 조금 이상했다. 훨씬 먼 위치의 바닥만 보였다. 아마도 방의 천장 부근과 하지메 일행이 있는 통로가 이어져 있을 것이다.

"아래로 내려가자!"

"응."

"네!"

하지메 일행은 슬라이딩하듯 통로 너머의 방으로 뛰어들어 아래로 떨어졌다. 그리고―.

"컥?!"

"음?!"

"히익?!"

일행은 떨어지며 저마다 신음했다. 아래에 위험해 보이는 액체가 수영장처럼 채워져 있었기 때문이다.

"이게!"

하지메는 순식간에 의수에서 나이프를 사출, 동시에 벽을 향해 앵커를 쏘고 오른손으로 유에를 붙들어 낙하를 저지했다.

직후에 머리 위로 금속 구슬이 용해액을 뿌리며 날아가 아래의 수영장에 떨어졌고 그대로 푸쉭 연기를 뿜으며 잠겼다.

"……『풍벽』."

유에가 마법을 사용해 튀는 용해액을 막았다. 한동안 주위를 경계했지만 딱히 아무 일도 일어나지 않자 하지메는 어깨의 힘을 빼며 안도했다.

"홀쩍, 히잉, 어차피 저 따윈…… 저 따윈……, 으, 홀쩍."

바로 옆에서 홀쩍이는 목소리가 들려 돌아보니 시아가 몇 자루의 나이프에 옷을 꿰뚫린 상태로 벽에 걸려 있었다.

"응? 왜 갑자기 울고 있어?"

"……정서 불안?"

"이 꼴을 보면 알잖아요. 왜 유에 씨는 자상하게 안아주고, 전 벽에 걸어 두는 건데요? 하지메 씨~, 이제 조금은 절 자상하게 대해주셔도 괜찮잖아요."

"아니, 제대로 구했잖아?"

"아니에요. 좀 더 그, 여자를 구하는 방식이랄까…… 아시잖아요?! 저도 유에 씨처럼 안아서 구해줬으면 했다고요오!"

"……시아."

"홀쩍, 유에 씨, 왜요?"

"……현실을 봐."

"무슨 뜻이에요?!"

"야, 시아. 넌 동료로 인정하고 있고, 그런 의미로는 나름대로 대우하고 있다고 생각하는데…… 내가 좋아하는 건 유에니까 순간적으로 몸이 움직이는 건 어쩔 수 없잖아?"

"으으~."

지당하다면 지당한 말에 대롱대롱 내걸린 시아는 눈가에 눈물이 맺힌 채 끙끙 신음했다. 유에는 「좋아한다」는 말에 뺨을 붉히고 더 강하게 안기며 하지메의 가슴에 뺨을 비볐다.

"반~드시 안아서 구해주고 싶어질 정도로 반하게 만들 거예요."

"끈질긴 녀석이네."

"……응. 근성 있어. 어물쩍거릴 수 없어."

아래는 용해액 수영장, 자신들은 매달린 상태. 그럼에도 불구하고 러브 코미디를 선보이는 걸 보면 역시 제법 여유가 있었다.

하지메 일행은 앵커를 이용해 진자의 요령으로 용해액 수영장을 뛰어넘어 이번에야말로 방의 지면에 착지했다.

그 방은 직사각형 모양으로 안쪽과 연결된 통로가 있는 방이었다. 양쪽 벽에는 파인 곳이 무수히 많았고 그 안에 기사 갑주를 두르고 대검과 방패를 장비한 2미터가량의 조각상이 서 있었다. 방의 가장 안쪽에는 커다란 계단이 있고 그 앞에는 제단으로 보이는 곳, 안쪽 벽에는 장엄한 문이 보였다. 제단 위에는 마름모 모양의 노란 수정 같은 것이 놓여 있었다.

하지메는 주변을 둘러보며 미묘하게 얼굴을 찡그렸다.

"수상한 문이군. 밀레디의 은신처에 도착한 건가? 그렇다면 좋겠지만…… 주변의 기사 갑주에 기분 나쁜 예감이 드는 건 나뿐이야?"

"……괜찮아. 그렇게 될 테니까."

"그건 공격당한다는 거죠? 전혀 괜찮지 않잖아요."

그런 말을 나누며 일행이 방의 중앙까지 나아갔을 때, 정말로 그런 일이 일어났다. 너무나도 익숙해진 소리였다.

덜컥!

일행의 발걸음이 멈췄다. 내심 역시 그렇지 하고 생각하면서 주위를 둘러보니 기사들의 투구 사이로 눈 부분이 빛을 내고 있었다. 그리고 철컹철컹 금속이 울리는 소리와 함께 파인 곳에서 50개의 기사들이 나왔다.

기사들은 허리를 굽히고 방패를 든 채 대검을 앞으로 겨눈 자세를 잡았다. 그리고 인간이 아니면서도 조심스럽게 발을 조금씩 옮기며 천천히 포위망을 좁혔다.

"하하, 정말 뻔하네. 움직이기 전에 망가뜨릴 걸 그랬어. 뭐, 이미 늦었지만. ……유에, 시아, 가자."

"……응."

"수, 수가 많지 않나요? 아니, 하긴 할 건데요……."

하지메는 돈나와 슈라크를 뽑았다. 물량에는 기관포인 메체라이가 유효하겠지만, 이 방에 어떤 함정이 설치됐는지 알 수 없는 상황에서 무차별적으로 탄환을 쐈다가 그것이 발동한다면 무척 성가실 것이다. 그래서 이번엔 두 자루의 레일건을 선택했다.

유에는 하지메의 말에 기합 가득한 대답을 했다. 이 미궁 안에선 자신이 제일 화력이 낮다는 걸 이해하고 있지만 걸림돌이 될 생각은 조금도 없었다. 하지메의 파트너로서 고작 이 정도의 악조건에 뒤처질 수는 없다. 하물며 지금은 만에 하나의 가능성으로 연적이 될지도 모르는 상대가 있으니 한심한 꼴을 보일 수는 없었다.

한편 시아는 살짝 주춤했다. 이 멤버 중에서 가장 영향을 받지 않고 힘을 발휘할 수 있다고는 하나 실질적인 전투 경험은 상당히 부족하다. 마물과 제대로 싸운 것은 계곡의 마물뿐인 데다 고작 닷새 정도밖에 안 됐다. 유에와의 모의전을 합쳐도 2주를 조금 넘는 정도. 애초에 하우리아 족처럼 온화한 부족 출신이다 보니 전투가 어색한 것도 어쩔 수 없었다. 오히려 당당하게 드뤼켄을 들고 맞서려고 노력하는 시점에서 근성이 상당하다 할 수 있을 것이다.

"시아."

"아, 네! 뭐, 뭔가요, 하지메 씨."

긴장으로 목소리가 굳어진 시아에게 하지메가 말을 걸었다. 어쩐지 평소보다 자상한 음색이었다. 시아의 기분 탓인지도 모르지만……

"넌 강해. 우리가 보증할게. 이런 골렘 따위에게 지진 않아. 그러니 괜한 생각 말고 마음껏 날뛰어. 위험해지면 반드시 구해줄 테니까."

"……응. 제자는 돌봐야지."

시아는 하지메와 유에의 말에 그만 눈물이 글썽였다. 그저 기뻤다. 여러모로 거친 대우를 받아 혹시 따라온 게 폐가 된 건 아닐지 조금 불안하기도 했지만…… 아무래도 기우였던 모양이다.

그렇다면 미숙련자는 미숙련자 나름대로 할 수 있는 일을 최선을 다해서 해야 한다. 시아는 온몸에 신체 강화를 두른 뒤 지면을 디딘 발에 힘을 주었다.

"후후, 하지메 씨가 조금 부끄러워하셨어요. 의욕이 생겼어요! 유에 씨, 하극상할 날이 얼마 남지 않았을지도 모르겠네요."

"……까불긴."

하지메와 유에 모두 황당하다는 시선을 보냈지만 들뜬 시아는 그 말을 듣지 않고서 앞을 응시한 채 기사들을 노려보며 외쳤다.

"덤벼, 이 자식들아! 예요."

"아니, 글쎄 그런 말은 어디서 배운 거냐고……. 아, 괜히 말했나."

"……이얍~."

"……됐다. 그냥 무시하자."

50개의 골렘 기사단을 앞에 두고서 싸우기도 전부터 어딘가 피곤한 얼굴을 한 하지메. 그런 하지메의 상태를 아는지 모르는지…… 골렘 기사들이 일제히 침입자를 향해 달려들었다.

골렘 기사들의 움직임은 그 거대한 몸에 어울리지 않게 민첩했다. 무기를 들고 철컹철컹 소리를 내며 빠르게 다가오는 모습은 엄청난 박력이 있었다. 마치 사방팔방에서 벽이 다가오는 것 같은 착각이 들 정도였다.

그런 골렘 기사들을 향해 선수를 친 건 하지메였다. 두 손에 든 두 레일건이 평소의 절반 이하의 위력밖에 나오지 않는다고는 하지만 대전차 라이플을 가볍게 뛰어넘는 위력으로 골렘 기사들에게 명중했다.

두 개의 붉은 섬광이 두 개의 골렘 기사의 머리, 정확하게는 눈 부분을 뚫었다. 충격을 받은 골렘은 머리가 뒤로 젖혀지며 넘어졌지만 뒤에 있던 기사들은 그것을 가볍게 넘어 계속해서 하지메 일행에게 다가왔다. 하지메는 계속해서 발포해 포위되지 않도록 대열을 흐트러뜨렸다.

하지메의 폭풍과도 같은 총격을 방패와 대검과 동료의 몸으로 견뎌 낸 골렘 기사 몇 개가 드디어 하지메 일행의 바로 앞까지 다가왔다.

하지만 그곳은 푸르스름한 백발을 나부끼며 엄청난 무게의 전투 망치를 휘두르는 시아 하우리아의 영역이었다. 한계까지 강화한 신체 능력으로 무자비한 일격을 날렸다.

"이야아아압!"

기합을 담은 공격. 휘둘러진 전투 망치 드뤼켄은 엄청난 충격음을 울리며 골렘 한 개를 납작하게 만들었다. 기사도 머리 위로 방패를 들었지만 방어한 상태 그대로 짓눌린 것이다.

지면에까지 균열을 일으키며 내리꽂힌 드뤼켄. 혼신의 일격을 휘둘러 자세가 무너졌다고 생각했는지, 방패를 들고 충격을 견딘 바로 옆의 기사가 대검을 들고 시아를 베어버리겠다는 기세로 다가왔다.

시아는 그것을 가만히 곁눈질로 확인했다. 자루를 비틀어 드뤼켄의 머리 각도를 조정한 뒤 자루에 달린 방아쇠를 당겼다.

파열음을 울리며 지면에 박혔던 드뤼켄이 튀어 올랐고, 시아의 옆으로 배출된 탄피가 날아갔다. 시아는 튀어 오른 드뤼켄의 기세를 줄이지 않고 그 자리에서 몸을 돌려 원심력을 잔뜩 담아, 지금 막 대검을 휘두르려는 기사의 옆구리를 쳤다.

"으랴아아!"

그 기백이 담긴 공격을 받은 기사는 몸을 굽힌 채, 마치 빠르게 달려온 트럭에 치인 것처럼 날아가 뒤에서 다가오던 기사들과 함께 지면에 내동댕이쳐졌다. 기사는 몸의 원형을 잃고 제대로 움직일 수 없게 됐다.

휘잉 하고 바람을 가르는 소리가 시아의 토끼 귀에 들어왔다. 살짝 올려다보니 아까의 골렘 기사가 들어 올렸던 대검이 시아에게 맞고 날아갔는지 상공에서 회전하며 떨어지려 하고 있었다.

시아는 떨어지는 대검을 도약해 잡은 뒤, 그대로 다가오는 골렘 기사에게 온 힘을 다해 던졌다.

대검은 엄청난 속도로 날아가 골렘 기사가 든 방패와 충돌하고 크게 튕겨졌다. 시아는 그 빈틈을 놓치지 않고 아래쪽으로 접근해 드뤼켄을 올려쳤다. 복부에 충격을 받은 기사의 거구가 공중으로 떠올랐다.

기사는 간신히 대검을 휘둘렀지만 시아는 휘두른 드뤼켄의 기세를 이용해 몸을 회전시켜 대검을 피했다. 이번엔 얕은 각도에서 아직 공중에서 내려오지 않은 기사를 향해 드뤼켄을 휘둘렀다.

아까의 골렘 기사와 마찬가지로 포탄처럼 날아간 골렘 기사는 뒤따르던 기사들과 함께 지면 위에 뻗어버렸다.

시아의 입가에 미소가 떠올랐다. 싸움에 쾌락을 느낀 게 아니다. 자신이 제대로 싸울 수 있다는 사실이 기뻤다. 자신이 하지메 일행의 여행을 따라갈 수 있다고 실감했다. 하지만 그 순간 아주 조금이지만 긴장이 풀렸다.

전장에서 긴장이 풀리는 건 치명적이다. 깨닫고 보니 시야 한가득 기사의 방패가 다가왔다. 골렘 기사가 자신의 방패를 시아에게 던진 것이다. 역시 골렘이라 해야 할까. 엄청난 기세로 날아드는 방패는 신체를 강화한 시아에게 치명상은 되지 않더라도 뇌진탕 정도는 확실하게 일으킬 위력이었다. 그렇게 된다면 단번에 협공을 당할 것은 불 보듯 뻔했다.

시아는 설마 골렘 기사가 진짜 기사라면 절대 하지 않을, 방패를 던지는 진흙탕 싸움을 할 거라고는 생각도 못했다. 이제는 실수했다고 생각할 여유도 없었다.

적어도 다가오는 충격에 대비하기 위해 각오를 다졌다. 그러나 방패가 시아에게 충돌하기 직전에 레이저처럼 날아든 물줄기가 방패와 충돌, 그 궤도를 틀었다. 방패는 시아의 머리 바로 옆을 지나 뒤쪽 골렘 기사와 충돌했다.

"……방심은 금물. 세 배로 혼내줄 거야."

"어?! 지금 건 유에 씨가? 죄, 죄송해요. 고마워요! ……그보다 세 배로 혼낸다뇨?!"

"응……. 방심하면 안 돼."

"윽, 네! 열심히 할게요!"

시아는 유에에게 혼나고서야 자신이 들뜬 나머지 방심하고 말았다는 것을 깨닫고 반성하며 마음을 다잡았다. 다시금 다가온 골렘 기사를 쓰러뜨리려 하자, 뒤에서 날아든 레이저 같은 가는 물줄기가 시아의 뒤로 다가오던 골렘 기사를 절단한 것을 확인했다.

유에가 자신의 등을 지켜준다는 것을 이해한 시아는 마음 안쪽이 따뜻해지는 걸 느꼈다. 스승앞에서 한심한 꼴을 보이지 않겠노라 다짐하며 한층 더 정신을 바짝 차렸다.

그 후에도 날뛰는 시아의 사각을 노리려는 기사가 있으면 마찬가지로 물줄기가 날아들어 어지간한 칼날보다 훨씬 예리하게 절단했다. 유에가 행사한 것은 물 계열 중급 마법 『파단(破斷)』이었다. 공기 중의 수분을 압축해 발사하는 워터 커터다.

유에는 두 손에 금속으로 만든 대형 수통을 들고 어깨끈이 달린 똑같은 수통을 두 개 더 매고 있었다. 이것들은 하지메의 『보물 창고』에서 꺼낸 것으로, 유에가 그 수통을 들고 마법명을 중얼거릴 때마다 수통에서 워터 커터가 튀어나와 적을 베었다.

유에는 마법으로 공기 중의 수분을 모으는 것보다 처음부터 있는 수분을 압축하는 방식이 마력 소비가 적다고 판단한 것이다. 또한 조준은 수통 주둥이를 돌리는 것으로 간략화했고 날아드는 워터 커터 자체는 마력을 포함하지 않기 때문에 분해 작용으로 사라지지도 않았다.

시아의 폭발적인 근접 공격력과 그 사각을 보완하듯 발사되

는 유에의 공격. 기사들은 두 사람의 콤비네이션을 무너뜨리지 못해 실컷 농락당하며 계속해서 쓰러져 갔다.

그런 훌륭한 연계를 선보인 두 사람을 본 하지메가 쓴웃음을 떠올렸다.

"이봐, 질투 나잖아. 멋진 모습을 보이지 않으면 나도 버려지겠네."

혼자서 그런 농담을 한 하지메는 돈나&슈라크를 종횡무진 휘둘러 근접 전투를 반복했다.

기사가 휘두른 대검을 슈라크의 총신으로 받아넘기고 오른손의 돈나를 투구에 찔러 영거리 사격을 했다. 날아가는 기사에겐 눈길조차 주지 않고 공격을 받아 낸 슈라크로 돌아보지 않은 채 뒤에 있는 기사를 쏜 뒤, 옆으로 휘둘린 대검을 주저앉으며 피하고서 팔을 교차시켜 양옆에 있던 기사를 쏘았다.

『전기 두르기』를 사용하지 않고 발사된 탄환은 기사의 방패에 튕겨서 바로 옆 기사의 무릎 관절에 박혔다. 그렇게 중심을 잃게 한 다음 그 위를 뛰어넘으며 시야의 위아래가 바뀐 상태에서 머리 위의 기사와 옆의 기사를 동시에 파괴했다.

착지를 노린 대검 공격을 발로 차 다시 공중으로 뛰어오른 동시에 사방으로 발포해 네 기사의 머리를 날렸다. 착지와 동시에 총을 돌리며 『보물 창고』에서 허공으로 꺼낸 탄환을 순식간에 장전한 후 다시 몸을 돌려 발포해 주변 기사들을 날려 버렸다.

그렇게 함부로 방의 물건이 상하지 않도록 주의하며 계속해서 골렘 기사를 처리했다. 하지만—.

"……?"

하지메는 골렘 기사들의 공격을 피하며 의아한 듯 미간을 찌푸렸다. 아까부터 상당한 수의 골렘 기사를 쓰러뜨렸건만 다가오는 골렘의 수가 전혀 줄지 않은 것 같았다.

그 의문은 유에와 시아도 느낀 모양이었다. 그리고 자세히 전장을 관찰해보니 처음에 쓰러뜨렸던 골렘 기사의 모습이 어디에도 보이지 않는다는 것을 깨달았다.

"……재생?"

"그런 모양이군."

"그럴 수가?! 끝이 없잖아요!"

그렇다. 골렘 기사들은 파괴된 후 온몸에서 눈빛과 똑같은 빛이 나더니 순식간에 재생하여 다시 전열에 참가했다.

시아가 다가오는 골렘 기사들을 물리치며 당황한 목소리를 냈다. 아무리 쓰러뜨려도 의미 없다면 그런 목소리가 나올 만도 했다.

하지만 그에 반해 하지메와 유에는 초조한 기색도 없이 생각에 잠긴 채 골렘 기사들을 물리쳤다. 경험의 차이를 알 수 있는 상황이었다. 이 정도의 역경은 나락 밑바닥에서 몇 번이고 경험했다. 오히려 그때보다 훨씬 강해진 지금은 여유조차 있었다.

"……하지메, 골렘이라면 핵이 있을 거야."

유에의 말대로 골렘은 체내에 마물의 마석을 가공해서 만든 핵을 가진 것이 보통이며 그 핵이 동력원이 된다. 참고로 이러한 내용은 오스카의 청소 골렘 설계도에 적혀 있었다. 유에는 그 핵을 부수자고 한 것이다.

하지만 하지메는 유에의 제안에 떫은 표정을 했다.

"그게 말이지, 이 녀석들은 핵을 갖고 있지 않아."

"……확실해?"

"그래. 마안석으로도 확인했지만 그런 반응이 없어. 골렘 자체에서 미량의 마력은 감지되는데……."

"그, 그럼 어떻게 할 건가요? 이대로 가다간 계속해서 소모될 뿐이라고요~!"

드디어 시아가 초조한 목소리를 냈다. 하지메는 시아의 외침을 무시하며 『광물계 감정』을 사용했다. 어쩌면 핵이라는 동력이 없이 작동하는 골렘은 특수한 광석으로 만들어진 게 아닐까 생각했기 때문이다.

그리고 그 생각은 정답이었다.

감응석

마력을 정착시키는 성질을 가진 광석. 동질의 마력이 정착된 두 개 이상의 감응석은 하나의 광석을 건드림으로써 다른 하나의 광석과 정착 마력을 원격 조작할 수 있다.

이 감응석으로 만든 골렘 기사들은 누군가에 의해 원격 조작되고 있다는 뜻이었다. 하지메 일행이 재생이라고 생각했던 것도, 광석을 직접 조작해 형태를 바꾸거나 부족한 부분을 보완했을 뿐인 듯했다. 재생이라기보다 재구성이라는 느낌일 것이다.

자세히 보니 바닥에도 감응석이 곳곳에 사용되어 있으며 마치 깎아내린 것처럼 부족한 부분이 보였다. 골렘의 손상된 부분을 보완하는 데 사용한 것이 분명했다. 조종한 인물을 직접 치지 않으면 정말로 끝이 없을 것 같았다.

"유에, 시아. 이 녀석들을 조종하는 녀석이 있어. 진짜로 끝이 없으니까 강행 돌파하자!"

"응."

"도, 돌파라고요? 알았어요!"

하지메의 신호와 함께 유에와 시아가 단번에 뒤를 돌아 제단으로 돌진했다. 하지메는 돈나&슈라크를 연사하며 진행 방향의 기사들을 물리쳐 대열에 공간을 만든 뒤, 뒤에서 다가오는 골렘 기사들을 향해 수류탄 두 개를 던졌다. 뒤에서 큰 폭발이 일어나 충격파와 폭풍으로 골렘 기사들을 계속해서 쓰러뜨렸다.

시아는 하지메가 뚫은 전방의 공간으로 뛰어들어 몸과 함께 드뤼켄을 회전시켜 주변 골렘 기사들을 날려버렸다. 기술을 쓴 뒤 멈춰있는 시아에게 방패와 대검을 던지려 하는 골렘 기사들은 유에가 사용한 『파단(破斷)』이 날아들어 베어버렸다.

하지메는 뒤를 맡아 다가오는 골렘 기사들에게 레일건을 연사했다. 그 틈에 포위망을 돌파한 시아가 제단 앞에서 자세를 잡았다. 뒤이어 유에가 제단을 넘어 문 앞에 도착했다.

"유에 씨! 문은?!"

"응……. 역시 봉인됐어."

"아으, 역시!"

보기에도 수상한 제단과 문이니 봉인된 건 이미 예상했었다. 그렇기 때문에 처음에 성가시더라도 섬멸전을 선택한 것이다. 침착하게 문의 봉인을 풀기 위해서 말이다. 시아는 예상했던 결과에 투덜거리면서도 계단을 올라온 골렘 기사를 날려버렸다.

"봉인 해제는 유에에게 맡길게. 연성으로 돌파하는 건 시간이 걸릴 것 같아."

뒤를 맡았던 하지메가 시아의 옆에 나란히 섰다. 하지메의 말처럼 연성을 이용해 강제로 문을 돌파하는 건 가능할지 몰라도, 이 영역에선 엄청난 마력을 소비하고 막대한 시간이 들 것이다. 그럴 바에야 무언가 있을 것 같은 제단과 그 위에 놓인 노란색 수정을 확인해서 제대로 된 방법을 찾아 봉인을 푸는 편이 빠르리라. 그렇게 판단한 하지메는 전투에서 연비가 나쁜 유에에게 봉인 해제를 부탁했다.

"응……. 맡겨줘."

유에는 간결하게 받아들이고선 제단에 놓인 노란 수정에 손을 가져갔다. 그 수정은 사각뿔이 위아래에 붙은 모양으로 자세히 보니 몇 개의 작은 입체 블록이 조합되어 만들어진 듯했다.

유에는 등 뒤의 문을 돌아보았다. 그곳엔 세 개의 홈이 있었다. 유에는 잠시 생각에 잠기더니 수정을 분해하기 시작했고 각 블록을 조합해 문의 홈에 딱 맞는 새로운 입방체를 만들려 했다.

그녀는 수정을 분해하며 문의 홈을 관찰했다. 그리고 자세히 관찰하지 않으면 보이지 않을 정도로 가는 문자가 새겨진 것을 깨달았다. 그것은―.

『풀 수 있을까~, 풀 수 있을까~?』

『빨리 하지 않으면 죽을 거야~.』

『풀리지 않아도 어쩔 수 없지! 나랑 다르게 평범하니까!』

『괜찮아! 머리가 나빠도 살아갈 수…… 없겠네! 안타깝게 됐네요~! 꺄하하!』

지금까지 봐 왔던 짜증 나는 문구였다. 그것을 본 유에는 무척이나 짜증이 치솟았다. 평소 이상으로 무표정이 되어 문을 걷어차고 싶은 충동을 견디며 퍼즐에 집중했다.

어쩐지 뒤에서 노기를 느낀 하지메와 시아는 건드려서 좋을 것 없다는 생각으로 앞에서 다가오는 골렘 기사들을 처리하는 일에 집중했다.

"하지메 씨~. 아까처럼 쾅 하고 처리해주세요~."

부엌의 시커먼 그 녀석들처럼 끈질기게 몰려드는 골렘 기사들을 보고 질색한 시아가 하지메에게 수류탄 사용을 부탁했다.

"바보야, 그건 함정이 확실히 없는 곳을 제대로 노려서 던져야 해. 계단 부근은 무슨 일이 일어날지 모르잖아."

"이렇게 골렘들이 짓밟고 있으니 괜찮지 않을까요?"

"아니, 밀레디 라이센이라면 골렘에게만 반응하지 않는 장치도 마련했겠지."

"윽, 부정할 수 없네요……."

어떤 의미론 잡담을 나누며 골렘 기사들을 날려버리는 하지메와 시아. 처음엔 무제한으로 밀려드는 골렘에 초조한 기색을 드러내던 시아도 하지메와 유에의 여유를 잃지 않고 냉정한 모습을 보고서 침착함을 되찾은 듯했다.

"하지만 조금 기뻐요."

"응?"

골렘 기사를 때려 날린 시아가 그렇게 말했다.

"얼마 전까진 도망칠 수밖에 없었던 제가 이렇게 하지메 씨와 어깨를 나란히 하고 싸울 수 있다는 게…… 너무 기뻐요."

"……정말 별난 녀석이군."

"에헤헤. 전 이 미궁을 공략하면 하지메 씨하고 시시덕거릴 거예요!"

"야, 왜 맥락도 없이 사망 플래그를 세우는 거야. 비극의 히로인 역할은 네겐 버거우니까 하지 마."

"그건 『절대 죽게 하지 않겠어, 마이 허니☆』라는 뜻인가요? 하지메 씨도 차암~!"

"지나친 의역이잖아. 최근 들어 네 긍정적 사고가 약간 무섭기까지 한데……. 무슨 말을 못해……."

그런 잡담을 나누며 기사들을 물리치길 몇 분. 어떤 의미론 시시덕거리는 것처럼 보이는 두 사람 사이에 스르륵 그림자가 나타났다. 유에였다.

"……애정 행각 금지."

"아니, 그런 적 없어."

"으흐흐, 그렇게 보였나요? 부끄럽네요~."

"넌 입 좀 다물고 있어라……."

약간 피곤한 표정으로 시아를 본 하지메에게 유에가 조금 불만스러운 눈빛을 보냈다. 하지만 이러고 있을 때가 아니라고 생각해 마음을 고쳐먹은 뒤, 이번엔 조금 당당한 모습으로 임무 달성을 알렸다.

"……열었어."

"빠르네. 역시 유에라니까. 시아, 물러나!"

"네!"

하지메가 슬쩍 뒤를 돌아보니 유에의 말대로 봉인이 풀려 문이 열린 것이 보였고 안쪽은 딱히 아무것도 없는 방인 듯했다. 하지메는 시아에게 퇴각을 명한 뒤 자신도 안쪽 방을 향해 후퇴했다. 봉인의 문을 닫으면 골렘 기사들의 습격도 피할 수 있을 것이다. 처음엔 유에가, 뒤이어 시아가 문 너머로 뛰어들었고 문 양쪽에서 언제든 문을 닫을 수 있도록 준비했다.

하지메는 마지막 선물로 수류탄을 몇 개 던진 뒤 자신도 안쪽 방으로 들어갔다. 골렘 기사들이 놓치지 않겠다는 듯 쇄도

했지만 수류탄의 폭발로 강렬한 충격이 발생해 중심을 잃고 비틀거렸다. 그 틈을 노려 유에와 시아가 문을 닫았다.

방의 안쪽은 멀리서 확인했던 것처럼 아무것도 없는 네모난 방이었다. 밀레디 라이센의 방까지는 아니더라도 무언가 장치가 있지 않을까 생각했기 때문에 조금 맥이 풀렸다.

"이건 그건가? 보란 듯 봉인해 놓고 사실 아무것도 없었다는 결말이야?"

"……그럴 수도 있어."

"윽, 밀레디. 끝까지 사람을 바보 취급하다니!"

세 사람이 가장 그럴듯한 가능성에 맥이 풀렸을 때 갑자기 이미 질릴 정도로 들었던 그 소리가 들렸다.

덜컹!

"……?!"

장치가 발동한 소리와 함께 방 전체가 흔들리기 시작하더니 하지메 일행의 몸에 옆 방향으로 중력이 걸렸다.

"큭. 뭐야? 이 방 자체가 이동하는 건가?"

"……그런 모양?!"

"으걐!"

하지메가 추측함과 동시에 이번엔 바로 위에서 중력이 걸렸다. 갑작스러운 변화에 유에가 혀를 깨물었는지 눈물이 고인 얼굴로 입을 가리며 부들부들 떨었고, 시아는 기절한 개구리 같은 포즈로 넘어져 있었다.

방은 그 뒤에도 몇 번인가 방향을 바꿔 이동하다 약 40초가량 지났을 때 관성의 법칙을 완전히 무시한 것처럼 딱 멈췄다.

하지메는 중간부터 스파이크를 세워 몸을 고정했기 때문에 급정지에도 충격을 견뎠지만, 시아는 데굴데굴 굴러 방의 벽면에 뒤통수를 부딪쳤다. 방향을 전환할 때마다 비명을 지르며 이리 구르고 저리 구른 탓에 멀미가 상당한지 안색이 안 좋아 보였다. 뒤통수의 통증과 멀미로 완전히 널브러져 있었다. 참고로 유에는 처음부터 하지메의 몸에 안겼기 때문에 문제없었다.

"이제야 멈췄네……. 유에, 괜찮아?"

"……응, 괜찮아."

하지메는 스파이크를 해제하고 일어났다. 주위를 관찰했지만 딱히 아무런 변화도 없었다. 방금 전 이동을 생각해보면 들어온 문을 열면 다른 곳이 나올 것이다.

"하, 하지메 씨. 제게 할 말은 없나요?"

창백한 얼굴로 입가를 가린 시아가 차가운 눈으로 하지메를 보았다. 유에한테만 말을 건 게 마음에 들지 않는 모양이었다.

"아니, 지금 네게 말을 걸었다간 네가 토할 것 같아서……. 구토 토끼라는 새로운 칭호는 필요 없잖아?"

"당연하죠! 하지만 그래도 말을 걸어줬으면 하는 게 소녀의 마음이꺼윽."

"거봐. 됐으니까 좀 쉬고 있어."

"으, 으윱."

당장에라도 토할 듯 엎드린 시아를 방치한 하지메와 유에는 주위를 확인했다. 그리고 역시 아무것도 없는 것을 확인하고서 문 쪽으로 이동했다.

"그럼 뭐가 나올까."

"……조종하던 녀석?"

"그럴 가능성도 있지. 밀레디는 죽었을 텐데…… 대체 누가 저 골렘 기사를 움직인 거지."

"……뭐가 나와도 괜찮아. 하지메는 내가 지켜……. 덤으로 시아도."

"다 들려요~. 윱."

하지메는 평소처럼 유에의 말에 미소를 지었다. 자상한 손으로 유에의 부드러운 머리카락을 쓰다듬었고 유에도 어리광 부리듯 다가와 기분 좋은지 눈을 가늘게 떴다.

"……전부터 말하려고 했는데, 갑자기 둘만의 세계를 만들지 말아주시겠어요? 소외감이 엄청난 데다 무척 쓸쓸해진다고요, 윱."

시아가 멀미를 참으며 무시하지 말아달라면서 엎드린 채로 기어 왔다.

"……전부터 말하려고 했는데, 이따금 나오는 네 그 호러 같은 움직임 좀 안 하면 안 될까? 등줄기가 오싹해지는 데다 꿈에 나올 것 같은데."

"너, 너무해요. 조금이라도 곁에 다가가고 싶은 소녀의 마음을 뭐로 알고. 읍. 저도 유에 씨처럼 쓰다듬어 주었으면 한다고요. 껴안고 쓰다듬어 주세요! 으, 으읍."

"당장에라도 토할 것 같은 얼굴로 그런 말을 해 봤자…… 게다가 은근히 요구가 추가됐잖아."

"……시아에게 하지메의 손길은 아직 일러."

시아는 근성으로 하지메와 유에 곁까지 다가와서 기대에 찬 눈과 창백한 얼굴로 하지메를 올려다보았다. 하지메는 슥 시선을 돌려 문 쪽을 보았고 뒤에서 「그럴 수가! 으읍」 하는 소리가 들렸지만 무시했다.

과연 문 너머에 있는 건 밀레디의 은신처일까, 골렘의 조종자일까, 아니면 또 다른 함정일까……. 하지메는 뭐든 덤비라며 당당한 미소를 짓고 문을 열었다. 그곳은—.

"……어쩐지 이 방 어디선가 본 적 있는 것 같지 않아?"

"……맞아. 특히 저 석판."

문을 열자 다른 방과 이어져 있었다. 그 방의 중앙엔 석판이 세워져 있었고 왼쪽으로 통로가 있었다. 분명 본 적이 있었다. 왜냐하면…….

"처음 나왔던 방…… 같은데요?"

시아가 생각은 했어도 말하고 싶지 않았던 것을 말해버렸다. 하지만 확실히 시아의 말대로 가장 처음 들어왔을 때 짜증 나는 글이 새겨진 석판이 있는 방이었다. 비슷한 방이 아님은 문을 열고서 몇 초 후에 바닥에 떠오른 글이 증명해주었다.

『얘, 지금 기분이 어때?』

『고생해서 들어갔는데 도착한 곳이 스타트 지점이라는 걸 알게 되니 심정이 어때?』

『응? 응? 어때? 어떤 기분이야? 응? 응?』

"……."

하지메 일행의 얼굴에서 표정이 슥 사라졌다. 무표정이라는 말이 딱 들어맞는 표정이었다. 세 사람 다 미동도 하지 않고 말없이 문자를 바라보자 계속해서 문자가 떠오르기 시작했다.

『아, 말하는 걸 깜빡했는데 이 미궁은 일정 시간마다 변화합니다.』

『항상 신선한 마음으로 미궁을 즐겨달라는 배려랍니다.』

『기뻐? 보답은 됐어! 내가 좋아서 이러는 거니까!』

『참고로 항상 변화하기 때문에 매핑은 소용없습니다.』

『혹시 만들었어? 고생했어? 안타깝게 됐네! 꺄아~!』

"하, 하하하."

"후후후후."

"으히, 으히히히."

저마다 무미건조한 웃음소리를 울렸다. 그 후 미궁 전체에 닿으라는 것처럼 「밀레디!」 하고 원한에 찬 절규가 울려 퍼졌다. 처음 통로를 지나가니 밀레디의 말대로 전에 봤던 것과는 크게 달라진 계단과 회랑 등의 구조를 보고 또다시 원한에 찬 목소리를 낸 건 말할 것도 없었다.

어떻게든 마음을 가다듬고 다시 미궁 공략에 나섰지만, 역

시 순탄하지 못했다. 특히 시아가 고전적인 함정(쟁반 떨어뜨리기, 끈끈이, 이상한 냄새가 나는 하얀 액체 etc.)에 계속해서 걸린 것이다.

시아가 폭발해 성난 토끼가 된 건 말할 것도 없었다.

【하일리히 왕국】의 한 곳엔 이세계의 학생들 전용으로 개방된 식당 겸 객실이 있다. 학생 개개인에게 전속 시종이 붙어서, 이 객실에 온 학생들이 시선을 돌리기만 해도 그들이 곁으로 다가와 먹을 것이든 마실 것이든 부탁만 하면 신속히 마련해주었다.

방도 전용 방이 주어졌지만, 이세계 땅에서 홀로 방에 틀어박히는 건 무척이나 쓸쓸하고 고독한 탓인지 일부 예외를 제외하고는 대부분 객실에서 잡담을 나누며 시간을 보냈다.

물론 그들이 이쪽 세계로 소환된 건 괜한 시간을 보내기 위해서가 아니다. 인간족의 대표 전력이 되어 대적 중인 마인족과의 전쟁에서 승리하기 위해서다.

그럼 어째서 그들 대부분이 대낮부터 객실에서 잡담으로 시간을 낭비하고 있는가 하면…… 쉽게 말해 마음이 꺾였기 때문이다.

학생들은 몇 개월 전에 죽음을 목격했다. 【오르크스 대미궁】이라는 햇빛도 닿지 않는 땅속에서 자비라곤 조금도 없는 마물의 살기를 받으며 누구나 자신의 죽음을 예감할 정도로 내몰린 결과, 실제로 한 명의 반 아이가 목숨을 잃었다.

—검과 마법의 판타지.

꿈과 희망에 찬 두근거리는 그 이미지는, 압도적으로 비정한 현실과 예상을 가볍게 뛰어넘은 불합리 앞에서 쉽게 무너졌다. 전장에 나가면 죽는다. 그들은 그런 당연한 일을 크나큰 대가와 함께 뼈에 사무치도록 알게 됐다.

의기양양하게 마법을 연습하고 자신의 천직이 나타내는 재능에 기뻐하고 근심하기도 하며 마물을 쓰러뜨리는 쾌감에 취했었다. 하지만 지금은 그런 마음이 조금도 들지 않았다. 어떤 인간이라도 죽을 땐 죽는다. 그것을 제대로 이해하게 된 그들은 싸우지 못하게 된 것뿐만 아니라 왕도 밖으로 나갈 수도 없게 됐다.

당연히 왕국의 성교 교회의 상층부는 그런 학생들에게 싸울 것을 요청했다. 강제적인 수법을 사용한 건 아니다. 어디까지나 말로 설득했다. 하지만 그렇지 않아도 내몰린 학생들의 마음은 그 설득으로 인해 더욱 내몰리게 됐다. 따르지 않으면 여기서 쫓겨나지 않을까? 그렇게 된다면 누구의 보호도 받지 못하고 자신의 목숨은 무척이나 가볍게 세계로 내던져지는 게 아닐까 하고…….

그런 때였다. 천직의 희소성과 특성 탓에 개별 행동으로 각지의 식량 문제를 해결하기 위해 원정한, 소환조의 유일한 어른인 하타야마 아이코 선생님이 귀환한 것이다.

돌아온 아이코는 돌아오지 못할 사람이 된 소년 이야기를 듣고서 상당히 평정을 잃었다. 하지만 아이코는 척 봐도 알 수 있을 정도로 궁지에 몰린 학생들을 보고 곧바로 일어섰다. 의연한 태도와 물러서지 않는 의지, 그리고 자신의 희소성을 이용한 교섭으로 상층부에게 전선 복귀 설득하는 것을 그만두게 했다.

결과적으로 학생들은 싸움에 나갈 필요도 없이 아이코의 보호 아래 왕궁에서의 삶을 약속받아서 이렇게 객실에 모여 잡담을 나누고 있었다.

"야, 들었어? 아마노가와 일행이 드디어 70계층을 돌파했다더라."

"정말? 아직 아무도 가지 못했던 66계층 공략에 나선 것도 얼마 전이잖아."

"역시 용사 파티다 이건가? 우리 같은 평범한 사람들하고는 수준이 다르네."

어깨를 으쓱이며 쌀쌀맞은 얼굴로 그런 말을 한 남학생, 타마이 아츠시는 그 표정에 무어라 말하기 힘든 복잡한 기색이 있었다. 가장 강한 건 선망일까. 구사일생으로 돌아왔음에도 전인미답의 마경에 계속 도전하는 코우키 일행이 부러운 듯했다. 동시에 자신의 한심함과 그 사실로부터 눈을 돌리고 있다는 껄끄러움, 하지만 그날을 떠올리면 불가피하게 떠오르는 근원적인 공포가 엿보였다.

그것은 아츠시뿐만 아니라 지금 이 객실에 있는 아이들 대부분이 마찬가지였다.

일본으로, 집으로 돌아가고 싶다. 그러기 위해선 마인족과의 전쟁에서 승리하여 성교 교회가 신앙하는 창조신 에히트의 힘을 빌려야 한다. 그 사실을 알고 있어도 그럴 마음이 들지 않는다. 공포의 어둠이 의지의 빛을 삼키고 있었다.

"그렇지. 역시 카오리라든가 시즈쿠처럼 특별한 아이가 아니면 안 되겠지."

"그래. 시즈쿠는 진짜 멋있잖아. 나도 모르게 반해버릴 것 같다니까~."

"아하하, 그게 뭐야~. 백합은 스즈만으로 충분하거든?"

"아니, 걘 속이 아저씨라니까."

아츠시를 포함한 남학생들과 마찬가지로 여학생들도 겉으로는 밝았지만, 어딘가 선망이 담긴, 하지만 떳떳하지 못한 표정으로 경박한 이야기를 주고받았다. 거기에 아츠시를 포함한 남자들도 끼어들어 아무런 의미도 없이 무미건조한 대화가 이어졌다. 마치 이야기가 끊기는 걸 두려워하는 것처럼……

객실에서 대기하던 시종들은 그런 일행에게 노골적인 시선을 보내지는 않지만 신에게 선택받았으면서, 혹은 동료가 지금도 싸우고 있는데 이런 곳에서 왜 무의미하게 시간을 보내는지 모르겠다고 생각했다. 하지만 한편으로는 학생들의 마음을 잠식한 공포를 깨달아 고향으로 돌아갈 수 없는 상황에 연민을 품기도 하고, 평범한 학생이었던 그들을 이렇게까지 내몬 것에 대한 미안한 마음도 있었다. 아니면 이미 포기했는지 아무런 감정도 없이 무관심했다.

시종들이 이따금씩 보이는 그런 표정은 이 나라의 귀족들이나 성교 교회 관계자의 마음과 똑같았다. 물론 인물과 소속에 따라 정도는 다르지만 말이다.

그리고 남아 있는 학생들도 자신들을 바라보는 감정의 분위기를 깨닫고 있었다. 그렇기 때문에 더욱 현실 도피를 위한 무미건조한 대화로 이어지게 됐다.

그때 누군가가 속삭이는 소리가 들렸다.

"……시즈쿠 님도 여자아이인 건 마찬가지인데……."

그건 누군가를 향한 게 아닌, 정말로 자신도 모르게 흘러나온 혼잣말이었을 것이다. 하지만 타이밍이 나쁘게도 대화가 끊긴 직후에 나온 그 말은 객실에 있던 모두에게 들리고 말았다.

학생들이 깜짝 놀라 중얼거린 시녀…… 평소엔 시즈쿠 전속인 니아에게 시선을 보냈다. 니아는 말실수라도 했다는 듯 곧바로 고개를 숙였지만—.

"……뭐야. 불만이라도 있어?"

아츠시가 인상을 쓰며 낮은 목소리로 니아에게 말했다. 하지만 험악한 분위기를 풍기면서도 그 시선은 비스듬했다. 그것이 니아에 대한 반응이 반쯤은 분풀이에 가까운 것이라는 걸 여실히 드러냈다.

"아니요. 불만이 있을 리 없습니다. 죄송합니다."

니아는 다시 학생들에게 깊숙이 고개를 숙였다. 하지만 아츠시는 그런 니아의 태도가 거슬렸는지 다시 입을 열었다.

"아무도 사과하라고 한 적 없잖아. 사람이 우습게 보여? 야에가시도 마찬가지라는 건…… 요컨대 우리만 싸우지 않는 게 한심하다는 거잖아! 그냥 확실히 말하지그래?"

"야, 아츠시……. 그쯤 해 둬."

"메이드한테 화내서 어쩌자는 거야."

"시끄러워. 나도…… 그저…… 제길……."

"아츠시……."

"타마이……."

말로 표현할 수 없는 갑갑한 감정이 소용돌이친 아츠시는 짜증 난 모습을 드러내고 말았다. 곁에서 아이카와와 아키히토가 무어라 말하기 힘든 표정으로 아츠시에게서 시선을 돌렸고, 몇 명의 여학생들도 아츠시에게 말을 걸려다 입을 다물었다. 다들 알고 있었다. 아츠시가 미처 말하지 못한, 마치 거미줄에 걸린 것처럼 무겁고 끈적한 심정을…….

니아는 고개를 숙이고 표정을 감춘 아츠시를 향해 한 발 앞으로 다가갔다.

"아츠시 님, 기분을 상하게 해드려 진심으로 사과드립니다. 하지만 결코 아츠시 님을 포함한 여러분을 비아냥한 건 아닙니다. 부디 그것만은……."

"니아 씨…… 아니, 저기, 나야말로…… 죄송해요."

니아가 다시 깊숙이 고개를 숙이며 성의가 느껴지는 태도와 목소리로 사과하자, 아츠시도 어색한 듯 시선을 피하면서 조금은 기분이 누그러졌는지 사과했다. 실제로 아무 잘못 없는 여성에게 화풀이한 결과 고개를 숙이게 했으니, 거북하지 않다고 하면 거짓말일 것이다.

니아는 그런 아츠시에게 살짝 미소 지은 뒤, 이번엔 자신이 한 말의 뜻을 분명하게 전하기 위해 입을 열었다.

"여러분도 제 서툰 발언으로 기분이 상하셨다면 사과드립니다. 하지만 전 시즈쿠 님을 모시는 시종으로서, 그녀를 한 명의 친구로 생각합니다. 시즈쿠 님 또한 가끔은 누군가가 지켜줘야 할, 기댈 곳이 필요한 여자아이라고요."

"……하지만 시즈쿠는 엄청 강하잖아. 항상 듬직하고…… 솔직히 약한 시즈쿠는 상상이 안 돼."

"그렇지……."

객실에 있던 여자아이, 미야자키 나나가 쓴웃음을 떠올리며 그렇게 말하자 친구인 스가와라 타에코가 동의했다.

"분명 시즈쿠 님을 따르며 도와드려도 그녀가 약한 모습을 보인 적은 없었습니다. 하지만 완벽한 인간은 있을 리 없습니다. 시즈쿠 님도 얼마 전까진 평범한 학생이었던 십대 소녀입니다. 그렇다면 지금은 아직 괜찮다 해도…… 간신히 돌아온 이 왕궁에서 편하게 쉴 틈도 없이, 여러분의 『시즈쿠 님이라면 가능한 게 당연』하다는 마음이 그녀를 몰아붙이고 있는 건 아닐지 걱정됩니다."

"니아 씨……."

상상 이상으로 시즈쿠를 생각한 발언에 학생들이 살짝 동요한 듯 몸을 움츠렸다.

시즈쿠의 전속 메이드인 니아는 사실 기사 가문 출신이었다. 어린 시절부터 아버지나 오빠들에게 검술을 배워서, 자신과 마찬가지로 어렸을 적부터 검술을 배운 시즈쿠와는 검술에 대한 이야기나 서로 비슷한 가정 환경에서 자란 덕분에 금방 친해질 수 있었다. 처음엔 신의 사도를 모신다는 중압감에 시종일관 긴장했지만 지금은 거리낌 없이 친구라고 말할 수 있을 정도였다. 그렇기 때문에 아무도 가지 못한 계층에 도전하는 이세계 친구를 진심으로 걱정하고 있으며, 여기에 남아 시즈쿠 일행을 특별 취급하는 발언에 마음이 흔들린 것이다. 지나친 기대가 시즈쿠의 마음을 깎아 내지는 않을까 하고.

그때 이 객실에 있으면서 딱히 대화에 참가하지 않고 먼 곳을 바라보며 조용히 앉아 있던 여학생 한 명이 중얼거렸다.

"다들…… 변하지 않았다고……."

"유카? 왜 그래? 괜찮아?"

"유, 유카가 말하는 거 오랜만에 듣네……. 정말 괜찮아?"

타에코와 나나가 약간의 놀람과 걱정스러운 마음으로 또 한 명의 친구, 소노베 유카를 보았다. 두 사람의 걱정은 당연했다. 유카는 그날 구사일생으로 돌아온 뒤로 생기를 잃은 듯 무기력한 상태에 빠졌다. 원래는 살짝 당당한 언동이 눈에 띄는, 좋든 나쁘든 파워풀한 여자아이였지만 말수가 급격하게 줄고 친구가 데리고 나오지 않으면 종일 자신의 방 의자에 걸터앉아 밖을 멍하니 바라볼 뿐이었다. 남아 있는 아이들 중에서도 가장 정신적인 충격이 큰 사람으로 알려졌던 유카가 스스로 이야기를 꺼낸 것은 분명 놀랄 만한 일이었다.

하지만 당사자는 그런 친구들의 반응을 신경 쓰지 않는지 허공을 바라본 채로 말을 이었다.

"……그렇지. 시즈쿠뿐만이 아니야. 카오리랑 사카가미도,

나가야마랑 히야마도, 분명 아마노가와도…… 변하지 않았어. 적어도 그는 평범…… 아니, 평범 이하였어. 하지만…… 누구보다…… 하지만 난…… 다들 똑같은데…… 그렇다면 난……."

의미를 알 수 없는 말의 나열. 누구에게 들려주는 것이 아닌 심정의 토로. 계속 닫혔던 유카의 안에서 무언가가 움직이기 시작했다.

혼자서 중얼거리기 시작한 유카를 본 나나와 타에코는 걱정스러운 표정을 했지만, 허공을 바라보던 유카의 눈동자가 조금씩 빛을 되찾는 것을 보고는 서로의 얼굴을 마주 보았다. 유카의 모습에 무슨 일인가 주목하던 다른 학생들도 서로의 얼굴을 보며 당황한 모습이었다.

"니아 씨. 아이 선생님은 언제 출발한다고 했죠?"

"아이코 님, 말씀이신가요? 아마 내일 오전에는 출발하신다고 들었습니다. 행선지는 호반의 마을 우르라고 하니 2, 3주는 걸리실 거라고 생각합니다."

"내일이라고……. 응, 차라리 잘됐어. 이런 건 시간을 두면 시들어버리니까."

니아의 대답을 들은 유카는 쓴웃음을 떠올리면서 기세 좋게 의자에서 일어났다. 그 생동감 있는 힘찬 움직임에 나나와 타에코의 두 눈이 커졌다. 최근 들어 전혀 볼 수 없었던 친구의 모습에 나나가 자신도 모르게 물었다.

"자, 잠깐 유카. 갑자기 왜 그래? 무슨 일인지 모르겠는데."

"응, 그냥 더는 가만히 있을 수 없어서. 그래서 난 내일 아이 선생님 원정에 따라갈 거야."

가볍게 말한 유카의 결단에 나나와 타에코뿐만 아니라 다른 학생들 모두가 얼빠진 표정을 했다. 그것도 당연했다. 유카야말로 누구보다 마음이 꺾인 상태였던 것이다. 공허한 눈동자와 무기력한 태도. 이따금 공포에 얼굴을 찡그리는……왕국에 돌아온 뒤의 유카는 계속 그랬다. 그것이 갑자기 예전으로 돌아온 듯해서 다른 학생들은 당황할 수밖에 없었다.

"저, 저기, 소노베. 진짜 왜 그래? 어쩐지 좀 이상하잖아. 좀 진정해."

정신을 차린 아츠시가 무언가 초조한 모습으로 그런 말을 보냈다.

"타마이, 난 침착해. 그리고 갑자기가 아니야. ……이대로 있을 순 없다고 쭉 생각했어.『그』가 죽은 뒤로 무섭고 영문을 알 수가 없어서 머릿속이 엉망이 됐지만…… 그래도 어떻게든 해야 한다고 생각했어. 그건 타마이나 다른 사람들도 마찬가지 아니야?"

"……."

유카의 말에 아츠시는 숨을 삼켰고 동시에 말까지 삼킨 것처럼 입을 다물었다. 다른 학생들도 모두 어색한 듯 시선을 돌렸다.

그런 동료의 모습을 본 유카는 아무 말도 하지 않고, 오히려 어떤 마음인지 잘 안다는 것처럼 어깨를 으쓱이고는 객실 문을 향해 몸을 돌렸다.

"자, 잠깐, 소노베! 정말로 갈 생각이야?! 이번에야말로 죽을지도 모른다고! 여긴 만화나 영화 속 세계가 아니야. 우리한테만 유리하게 흘러가는 곳이 아니라고! 그래서, 그래서 그 녀석이 죽은 거잖아! 무능한 주제에 바보 같은 짓을 하다가 죽어버린 거잖아! 난, 나는 그 녀석 같은 바보는 되고 싶지 않아……. 소노베, 너도 성급하게 굴지 마."

아츠시는 무척이나 험악하게 외쳤지만 점점 힘을 잃고 고개를 숙이며 유카를 말렸다. 유카는 그런 아츠시에게, 아니, 이곳에 남은 동료들을 돌아보며 조용한 음색으로 답했다.

"……하지만 그렇게 무능하고 바보 같은 사람이 날 구해줬잖아. 아니, 우리 모두를 구해줬지."

"그건."

"딱히 너희까지 따라오라는 건 아니야. 하지만 난 헛되이 보내고 싶지 않을 뿐이지. 물론 같이 가주는 사람이 많다면 기쁘겠지만."

어깨 너머로 돌아본 유카가 표정을 살짝 굳히면서도 미소를 떠올린 것을 본 아츠시는 입을 벌리고 무언가 말하려 했다. 하지만 역시 말이 나오지 않아 그대로 실이 끊긴 인형처럼 의자에 주저앉았다. 유카는 그대로 방에서 나갔다.

타에코와 나나는 아직도 멍하니 있거나 분한 표정으로 고개를 숙인 학생들을 뒤로하고 다급히 유카의 뒤를 쫓았다. 복도에서 그녀를 따라잡은 두 사람은 당황을 감추지 못한 모습으로 유카에게 말을 걸었다.

"얘, 유카. 정말로 아이 선생님을 따라갈 거야? 이번에야말로 정말 죽을지도 모르는데?"

"알고 있어. 하지만 역시 이대로 있을 순 없어. 아마노가와랑 애들을 따라갈 배짱은 없지만, 적어도 아이 선생님을 지키는 것 정도는 할 거야."

나나와 타에코는 굳은 의지가 드러난 목소리로 말하는 유카를 보고 서로를 바라보았다. 그리고 나나가 조심스럽게 물었다.

"유카…… 저기, 혹시 나구모를……."

"무슨 소리야. 난 그렇게까지 단순하지 않아."

"그래?"

"당연하지. 애초에 카오리의 그 절박한 훈련을, 아직 살아 있을 거라고 믿는 그 모습을 보고도 끼어들 녀석이 있다면 그거야말로 용사일 거야. 그런 배짱이 있었더라면 처음부터 여기에 남지도 않았을 테고."

"그건, 뭐……."

소노베 유카. 그날 【오르크스 대미궁】에서 돌아오지 못하게 된 나구모 하지메가 트라움솔저의 칼로부터 아슬아슬하게 구해 낸 여학생이 바로 그녀였다. 그래서 나나는 그렇게 추측했지만, 유카의 대답과 표정을 보면 하지메에 대한 연애 감정이라고까지는 할 수 없어도 무척이나 복잡한 마음을 품고 있는 건 분명해 보였다. 호기심 왕성한 나나가 야유하며 놀리는 걸 주저할 정도로…….

유카도 자신의 말에 거짓은 없었다. 하지만 정말로 헛되이 하고 싶지 않았다. 살아남은 자신의 목숨도, 하지메의 목숨을 건 노력도. 『다들 변하지 않았다』. 분명 하지메도 변하지 않았을 것이다. 그렇다면 변하지 않았을 자신이, 도움을 받은 자신이 멈춰 선다는 것은 그의 노력을 배신하는 것처럼 느껴졌다. 유카는 그렇게 되고 싶지 않았다.

그런 유카의 심정을 오랫동안 사귀어 온 친구들이 깨달아 주었는지, 한 번 서로의 얼굴을 마주 본 뒤 쓴웃음을 지으며 고개를 끄덕였다. 그리고 두 사람 모두 원정에 참가하겠다고 말했다.

"······괜찮아? 딱히 나한테 맞춰줄 필요는 없는데."

"유카가 그 녀석이 구해준 걸 헛되이 하고 싶지 않다면 나도 유카가 구해준 걸 헛되이 하고 싶지 않아. 유카가 간다면 나도 갈래~."

"응. 유카만 보낼 수야 없지. 그리고 나도 헛되이 하고 싶지 않은 건 마찬가지거든."

하지메가 구해준 유카는 공황에 빠진 아이들을 일으켜 세웠고, 일부 학생들의 태세를 정비해 동료를 지켰다. 그 일부의 학생 중엔 나나와 타에코도 포함되어 있었다. 그녀들은 유카가 정신을 차리게 해준 덕분에 자신들이 살아 있다는 것을 잘 알고 있었다. 그래서 유카가 일어선다면 두 사람도 가만히 있을 수 없었다.

"그래. 후후, 그럼 아이 선생님을 마물이나 교회에서 파견

된 미남 호위 기사들로부터 지키는 여행에 함께해볼까."

기대하지 않았던 건 아니지만 역시 친구 두 사람이 함께해 준다는 건 기쁜 일이다. 유카는 미소 지으며 익살스러운 얼굴로 그렇게 말했다. 나나와 타에코도 「응!」 하고 기세 좋게 대답했다.

세 사람의 눈동자에 깃들어 있던 공포의 그림자는 아까보다 훨씬 옅어지고 빛을 되찾기 시작했다.

아침 안개가 깔린 해 뜨기 전 이른 아침. 어렴풋이 밝아지기 시작한 동쪽 하늘과 아침의 차가운 공기가 잠을 깨웠다. 하지만 그런 여행을 떠나기 딱 좋은 날씨에 혼자서 뚱한 표정을 한 인물이 있었다. 오늘 원정의 주인공인 하타야마 아이코 선생님이었다.

"……여러분. 역시 다시 생각해보지 않을래요? 선생님 호위라면 기사 여러분이 계시잖아요."

"아니요. 선생님. 오히려 그 기사들이야말로 위험해요. 아이 선생님을 끌어들이고 싶은 교회가 보낸 사냥개가 분명하다니까요."

"그래요. 선생님. 다들 미남이라고 흔들리면 안 돼요."

"사실 지금은 저쪽이 넘어온 것 같은 기분이 들지만요. 어쨌든 아이 선생님은 우리 선생님이니까 주의해서 나쁠 건 없어요."

어제 준비를 모두 마치고 자신을 따라갈 것을 선언한 유카,

나나, 타에코 세 사람의 말을 들은 아이코는 어깨를 떨궜다. 위험하다고 어제 실컷 설득했지만 전혀 통하지 않았다. 이제는 무슨 말을 해도 통하지 않는 건 명백했다.

참고로 유카가 말한 아이코에 대한 허니 트랩 이야기는 근거 없는 추측이 아니다. 아이코의 농지 개혁과 개척을 위한 원정에는 신전 기사의 호위대가 따라오는데, 그들 모두가 미남이며 아이코에게 강하게 어필했다. 이쪽 세계의 식량 사정을 개혁할 수 있는 가능성을 가진 아이코를 붙들기 위해서다. 하지만 타에코의 말처럼 학생들이 아이코에게 호의를 가진 것과 마찬가지로, 미남 기사 군단은 아이코의 신자가 되고 있었다. 아이코 본인은 여성향 게임의 주인공처럼 그 사실을 전혀 깨닫지 못하고 있었지만……

아이코는 학생들이 자신을 걱정해 함께 가겠다고 한 것과 다시 한 번 노력하고 싶다며 일어선 것이 기쁘기도 한 반면, 역시 위험을 부정할 수 없는 여행에 데려가자니 복잡한 기분이었다. 그렇게 머리를 싸매며 고민하고 있을 때 왕궁 쪽에서 떠들썩한 소리가 들리기 시작했다.

아이코 일행이 시선을 돌리니 집합 장소에 마차와 말을 끈 기사들이 온 참이었다. 하지만 그 안에서 의외의 인물들이 신전 기사들에게 반항하는 듯했다. 깜짝 놀란 아이코와 의외라는 표정을 한 유카 일행.

"타, 타마이? 그리고 아이카와랑 니무라까지! 설마 너희도……"

"아, 아이 선생님. 안녕하세요. 우리도 같이 갈 거니까 잘 부탁해요."

신전 기사들을 노려보던 아츠시 일행이 가벼운 태도로 아이코에게 인사했다. 그것을 본 아이코는 무언가 말하려 했지만 그보다 먼저 유카가 말을 걸었다.

"……갈 거야? 솔직히 의외인데."

"시끄러. ……계기가 필요했던 건 너뿐만이 아니야. 우리도 마찬가지라고. 다른 녀석들은 역시 무리였던 모양이지만."

"그래. 응, 그럼 우리끼리라도 열심히 노력해볼까."

유카는 어깨를 으쓱이며 간단히 아츠시 일행의 동행을 받아들였다. 아이 선생님 호위대 결성! 하고 호령을 외치니, 아츠시 일행은 표정이 긴장과 공포로 물들어 있었으면서도 대답해주었다.

그 후 출발 전에 또 한 사람이 아이 선생님 호위대에 추가되어 미남 신전 기사들과 작은 충돌이 반복됐지만, 우여곡절 끝에 일행은 농지 개혁과 개척을 위한 원정에 나설 수 있게 됐다. 『다시 한 번』이라는 굳은 결심과 함께…….

"으으, 또 설득 못했어요. 학생 한 명조차 설득하지 못하다니……. 전 못난 선생이에요. 훌쩍."

아이코는 풀이 죽은 모습으로 마차에 올라탔다. 그 모습을 본 미남 기사들이 몸부림친 것뿐만 아니라, 손을 대려는 그들을 유카 일행이 날카롭게 노려본 것은 말할 것도 없다. 여행 도중 아이코를 둘러싸고 끝없는 불똥이 튀었고, 호위 대상인

아이코는 긴장으로 엄청 속이 쓰렸지만…… 그것을 깨달은 사람은 아무도 없었다.

　어떤 방의 안, 벽에서 나온 창백한 빛이 벽에 기대앉은 세 사람의 그림자를 비췄다. 하지메, 유에, 시아였다.

　하지메를 중심으로 오른쪽에 유에, 왼쪽에 시아가 앉아 어깨를 기대고 있었다. 방은 고요했지만, 귀를 기울이면 약간의 숨소리가 들렸다. 유에와 시아가 잠든 소리였다. 두 사람은 하지메의 양팔을 안은 채 그 어깨를 베개 삼아 잠들었다.

　하지메 일행이 【라이센 대미궁】에 들어온 뒤로 일주일이 지났지만, 그 사이에도 수많은 함정과 짜증 나는 문구가 나와서 몸보다 정신이 더 피곤했다. 스타트 지점으로 돌아오길 일곱 번, 즉사 함정에 걸리길 마흔여덟 번, 쟁반 떨어뜨리기, 끈끈이, 이상한 냄새가 나는 하얀 액체가 뿌려지는 등 전혀 의미가 없는 짜증 나는 함정이 백예순일곱 번.

　하지메 일행은 처음엔 밀레디 라이센에 대한 분노로 가득했지만, 나흘째 되는 날부터 「어쩐지 이제 아무래도 좋아~」라고 될 대로 되라는 심정이 됐다.

　식량은 넉넉했고 신체 능력 덕분에 그리 쉽게 죽지 않는다는 게 불행 중 다행이었다. 그리고 지금처럼 휴식을 취하면서 조금씩 탐색을 계속한 결과, 구조 변화에 특정 패턴이 있다는 것을 깨달았다. 『마킹』을 이용해 어느 블록이 어느 위치로 이동한지를 확인한 덕분이다.

이제 슬슬 진전이 있을지도 모른다. 그런 생각을 한 하지메는 양옆에서 잠든 소녀들을 보았다.

"기분 좋게 잠들기는…… 여긴 대미궁인데."

하지메는 쓴웃음 섞인 목소리로 중얼거렸다. 불침번이라 계속 깨어 있던 하지메는 안긴 팔을 빼서 유에의 머리를 쓰다듬었다. 어쩐지 살짝 미소 지은 것처럼 보여 하지메의 눈가도 살짝 미소 지었다.

다음엔 반대쪽으로 시선을 돌려 하지메의 어깨에 대량의 침을 흘린 채 음냐음냐 입가를 움직이며 실로 느슨한 표정으로 잠든 시아를 보았다. 대미궁에 어울리지 않는 모습으로 잠든 시아를 보고 있자니, 갑자기 머리를 쓰다듬어 줬으면 한다는 그녀의 말이 떠올라 가만히 머리를 쓰다듬어주었다.

하는 김에 토끼 귀도 만지작거렸다. 그러자 그렇지 않아도 한껏 풀어진 표정이 더욱 풀어졌다. 무척이나 안심한 표정이었다. 하지메가 불침번을 선 이상, 아니, 어쩌면 하지메가 곁에 있는 것만으로 안심한 건지도 모른다.

하지메는 매끄러운 푸르스름한 백발이나 토끼 귀를 쓰다듬으며 복잡한 표정을 떠올렸다.

"정말이지 나 같은 녀석이 어디가 좋다는 건지……. 이런 곳까지 따라와서는……."

말은 거칠었지만 눈매는 무척 부드러웠다. 시아가 바라는 것처럼 유에와 똑같은 감정을 품을 거라고는 생각하지 않지만 그래도 시아의 긍정적이고 밝은 성격, 울먹이면서도 포기

하지 않는 근성은…… 제법 마음에 들었다. 그렇기 때문에 자연스럽게 쓰다듬는 손길도 부드러워졌다.

그때 시아가 잠꼬대를 시작했다.

"음냐……. 아으…… 하지메 씨이, 대담해요오~, 밖에서 하다니~, ……다들 보고 있다고요오~."

"……."

자상한 눈매는 그대로였지만 하지메의 눈동자 안쪽에서 미소가 사라졌다. 자상한 손길 그대로, 시아의 코를 살짝 붙잡고 입도 막았다. 편안했던 시아의 표정이 점점 괴롭게 바뀌는 것도 신경 쓰지 않고 계속 막았다.

"음~, 응? 으음~?! 으읍! 음! 푸하! 하아, 하아, 무, 뭐하는 거예요?! 잠든 동안에 덮치는 것치곤 너무 거칠잖아요!"

거칠게 숨을 몰아쉬며 눈을 뜬 시아가 맹렬하게 항의하자 하지메가 차가운 눈빛을 보냈다.

"그래서? 네 안에서 난 대체 얼마나 변태인 거냐? 밖에서 무슨 짓을 했는데? 응?"

"어? ……앗, 그건 꿈?! 이럴 수가~. 모처럼 하지메 씨가 자상해진 끝에, 그 넘치는 열정을 주체하지 못하고 수치심에 몸부림치는 절 말로 괴롭힌 뒤 사람들 앞에서 그르브엑?!"

더 이상 들어줄 수 없게 된 하지메가 강화된 주먹으로 이마에 꿀밤을 먹였다. 시아는 충격으로 크게 몸을 젖히다 등 뒤의 벽에 뒤통수를 강타해 울상이 되어 몸을 웅크렸다. 역시 유감 캐릭터인 건 확실했다.

시아는 뒤통수를 쓰다듬으며 「어쩐지 자는 동안 행복한 기분이 들었던 것 같은데…… 기분 탓일까?」라고 중얼거렸다. 아마도 무의식중에 하지메가 쓰다듬어준 것을 느낀 것이리라. 하지만 그것을 말했다간 흥분할 것이 확실하므로 하지메는 무시하기로 했다.

하지메는 시아도 (강제적으로) 일어났으니 유에를 자상하게 흔들어 깨웠다. 유에는 「……음 ……아웅?」 하고 귀여운 목소리를 내며 천천히 눈을 떴다. 그리고 멍한 눈동자로 하지메를 확인한 뒤 미소 짓고는, 다시 한 번 하지메의 어깨에 얼굴을 비비고 천천히 몸을 일으켜 몸단장을 시작했다.

"으으, 유에 씨가 귀여워……. 이게 바로 여자아이가 일어나는 방법이에요~. 그에 비하면 전……."

이번엔 침울해하기 시작한 시아에게 유에는 알 수 없다는 시선을 보냈지만 이내 『시아니까』라는 이유로 방치했다.

"전력(매력) 차가 압도적인 건 처음부터 알고 있었잖아? 침울해하지 말고 탐색이나 시작하자."

"……자상함이 결여된 거 아닌가요?"

"……응? 하지메는 항상 자상한데."

"훌쩍, 어차피 유에 씨한테만 그렇잖아요. 칫."

시아가 살짝 뾰로통한 모습으로 일어났다. 유에와 하지메는 이미 준비를 마쳤다. 이번엔 스타트 지점으로 돌아가지 않기를 바라며 세 사람은 다시 미궁 공략에 나섰다.

또다시 밉상스러운 수많은 함정과 짜증 나는 문구를 보살 같은 마음으로 클리어했다.

그리고 일행은 일주일 전에 방문한 뒤로 다시 조우하지 못했던 방에 도착했다. 스타트 지점으로 돌아가 머리 꼭대기까지 분노가 치밀어 오르게 한 골렘 기사의 방이었다. 다만 이번엔 봉인의 문은 처음부터 열려 있었고, 건너편은 방이 아닌 커다란 통로로 이어져 있었다.

"여기인가……. 또 포위되면 성가셔. 문이 열려 있으니 단번에 가자!"

"응!"

"알았어요!"

일행은 골렘 기사의 방으로 단번에 들어갔다. 방의 중앙을 지날 때쯤 예상대로 덜컹덜컹 소리가 나며 골렘 기사들이 양쪽에서 나왔지만, 완전히 나오기 전에 기선 제압으로 전방의 골렘 기사들을 쓰러뜨렸다.

그렇게 해서 번 시간으로 더욱 빠르게 가속해 포위되기 전에 제단 근처까지 도달했다. 골렘 기사들이 맹렬하게 따라왔지만 하지메 일행이 문을 지날 때까지는 따라잡지 못할 것 같았다. 그것을 확인한 하지메는 도망치는 게 이기는 거라며 미소를 떠올렸다.

하지만 그런 하지메의 미소는 다음 순간에 사라지고 말았다. 골렘 기사들이 문을 지나 계속해서 따라왔기 때문이다. 게다가―.

"뭐?! 천장을 달리잖아?!"

"······깜짝."

"중력 님, 일 좀 하세요~!"

그렇다, 쫓아온 골렘 기사들은 마치 중력을 느끼지 못하는 것처럼 벽과 천장을 타고 철컹철컹 무거운 전신 갑옷 소리를 내며 달렸다. 이것을 본 하지메 일행은 깜짝 놀랐고, 하지메는 서둘러 통로에 『광물계 감정』을 사용했지만 재질은 이미 알고 있는 것들뿐이었다. 중력을 중화하거나 흡착 성질을 가진 광물은 일절 발견되지 않았다.

"어떻게 된 거야?!"

자신도 모르게 입에서 그런 말이 나왔다. 그리고 등 뒤의 기사를 힐끔 돌아보며 다시 기선을 제압하기로 했다.

천장을 타고 달리던 골렘 기사 하나가 점프하더니, 마치 포탄처럼 엄청난 기세로 머리를 앞세운 채 날아왔다.

"뭐?! 제길!"

하지메는 경악한 목소리를 내며 돈나를 연속으로 발포했고 발사된 탄환은 섬광처럼 날아오던 골렘 기사의 투구와 어깨를 파괴했다. 골렘 기사는 머리와 몸이 분리되자 대검과 방패를 놓쳤지만 그것들은 땅으로 떨어지지 않고 그대로 하지메 일행을 향해 날아들었다.

"피해!"

"응."

"으꺅!"

맹렬한 기세로 다가온 골렘 기사의 머리, 몸, 대검, 방패를 몸을 숙이거나 뛰어서 피했다. 하지메 일행을 지나친 골렘 기사의 잔해는 그대로 기세를 줄이지 않고 벽과 천장, 바닥에 충돌하며 앞으로 굴러갔다.

"저건 마치……."

"응……. 『떨어진』 모양이야."

"중력 님이 이제야 일을 하는군요. 알 것 같아요."

유에와 시아의 말이 가장 와 닿는 표현이었다. 아무래도 골렘 기사들은 중력을 다루는 듯했다. 지난번에 사용하지 않은 이유는 모르겠지만 방에서 이어진 이 통로에서만 사용할 수 있는 건지도 모른다.

그런 추측도 골렘 기사들이 모두 하지메 일행에게 『낙하』한 것으로 중단됐다. 개중에는 대검을 풍차처럼 휘두르며 다가오는 녀석도 있었다. 일행은 충격이나 『파단』으로 원거리 공격을 했고, 이미 접근한 것은 시아가 떨어뜨리며 발을 멈추지 않고 계속해서 나아갔다.

얼마간 그러고 있자니 앞쪽에서 어떠한 기척을 느꼈다.

"음…… 하지메."

"그래, 알고 있어. 하긴 재구축할 수 있으니 그렇게 되겠지."

"포, 포위됐네요."

아까 떨어졌던 골렘 기사들이 낙하된 곳에서 재구축한 모양인지 대열을 갖춰 하지메 일행을 맞이하고 있었다. 방패를 앞으로 들고서 허리를 낮춰 벽을 만들고 있었고, 정성스럽게도 두 번째 줄의 골렘 기사들이 방패 역할을 맡은 기사들을 뒤에서 받쳐주고 있었다. 아마도 첫 번째 줄만으론 힘에 밀릴 거라고 학습한 듯했다.

"쳇, 성가시군."

하지메가 혀를 차며 돈나와 슈라크를 홀스터에 넣었다. 그리고 『보물 창고』에서 어떤 병기를 꺼냈다.

손잡이에 12연식 회전 탄창이 달린 직사각형 모양의 로켓&미사일 런처 『오르칸』이었다. 로켓탄은 길이 30센티미터 정도고 그만큼 파괴력은 일반 수류탄보다 높다. 탄두엔 생성 마법으로 『전기 두르기』를 부여한 광석이 설치되어 있어 항상 정전기를 내기 때문에, 착탄 시에 탄두가 파괴되어 연소 가루에 불이 붙는 방식이다.

하지메는 오르칸을 옆구리에 끼고 고정한 뒤 입가에 미소를 지었다.

"유에, 시아! 귀 막아! 날려버린다!"

"응."

"어~, 그건 또 뭔가요?!"

처음 보는 오르칸의 이상한 모양에 시아가 눈을 크게 떴다. 유에는 달리며 검지로 귀를 막았고 시아는 토끼 귀를 쫑긋 세우고 있었지만 하지메는 상관하지 않고 오르칸의 방아쇠를 당겼다.

푸슈우웅! 그런 소리와 함께 뒤에 불꽃 꼬리를 단 로켓탄이 발사되어 대열을 갖추고 자세를 잡은 골렘 기사들에게 직격했다.

그 순간 엄청난 굉음과 폭발이 일어났다. 통로 전체를 뒤흔들며 압축된 연소 가루가 충격을 발생시키자, 골렘 기사들은 직격을 받은 곳을 중심으로 날아가 양쪽 벽과 천장에 세차게 부딪혀 원형을 잃을 정도로 파괴됐다. 재구축하려면 제법 시간이 걸릴 것이다.

하지메 일행은 단번에 골렘 기사들의 잔해를 뛰어넘었다.

"토끼 귀가아~, 내 귀가아~!"

일행과 함께 달린 시아는 토끼 귀를 반으로 접어 두 손으로 억누른 채 울상이 된 얼굴로 몸을 비틀었다. 토인족은 아인족 중에서 가장 청각이 뛰어난 종족이었다.

"그러길래 귀를 막으라고 했잖아."

"네? 뭐라고요? 안 들려요."

"……정말이지 유감스러운 토끼."

하지메와 유에가 어이없다는 표정으로 시아를 보았지만 몸부림치던 시아는 깨닫지 못한 듯했다.

다시 떨어지는 골렘 기사들에게 대응하며 달리길 5분. 드디어 통로 끝이 보이기 시작했다. 그곳은 거대한 공간이 펼쳐진 것처럼 보였다. 길 자체는 도중에 끊겨 있었고 10미터 정도 떨어진 곳에 정사각형 발판이 있었다.

"유에, 시아! 뛰자!"

하지메의 목소리에 유에와 시아(다행히 청력은 회복됐다)가 고개를 끄덕였다. 뒤에선 여전히 골렘 기사들이 다가왔기 때문에 그것을 요격한 일행은 통로 끝에서 힘껏 뛰었다. 신체가 강화된 하지메 일행의 도약력은 올림픽 선수를 훨씬 뛰어넘었다. 세계 기록을 가볍게 갱신한 일행은 바로 아래로 보이는 정사각형 블록 위로 착지하려 했다.

하지만 생각대로 풀리지 않는 게 이 대미궁의 특징이다. 포물선을 그리며 뛴 일행의 눈앞에서 정사각형 블록이 슥 이동하기 시작했다.

"뭐야?!"

이 미궁에 온 뒤로 몇 번인가 소리쳤던 하지메. 눈대중이 틀어져 이대로 가다간 떨어질 것이다. 슬쩍 본 아래는 무척이나 깊었다. 서둘러 앵커를 쏘기 위해 왼팔을 든 순간 유에의 목소리가 들렸다.

"……『내상』!"

바람 계열 마법으로 상승 기류가 발생해 하지메 일행의 도약 거리를 늘렸다. 잠시밖에 효과가 없지만 그것으로 충분했다. 아직도 멀어지려 하는 블록을 따라잡아 어떻게든 끝 부분에 손을 올리는 데 성공했다. 의수의 스파이크로 고정해 매달린 하지메에게 유에와 시아도 매달렸다.

"자, 잘했어, 유에."

"유에 씨, 역시 대단해요!"

"……응. 더 칭찬해."

떨어지지 않은 것에 미소를 떠올린 하지메와 시아는 유에를 칭찬했다. 유에도 마력 소비가 심해서 조금 피곤해 보였지만 기분 좋아 보였다.

하지만 그런 온화한 분위기는 하늘을 나는 골렘 기사들에 의해 끝나버렸다. 그렇다, 골렘 기사들이 하늘을 날아온 것이다. 아마도 중력을 제어해 낙하 방향을 수정했을 것이다. 아직까지 매달린 하지메 일행을 향해 엄청난 기세로 빠르게 접근했다.

"큭?! 유에, 시아, 올라가!"

하지메는 두 사람에게 지시를 내린 동시에 돈나를 뽑아 다가오는 골렘 기사를 향해 연속으로 발포했다. 유에와 시아가 하지메의 몸을 타고 블록 위로 올랐고 하지메도 물구나무를 서는 것처럼 몸을 튕겨 블록 위로 이동했다.

직후 하지메가 매달렸던 곳에 골렘 기사가 엄청난 기세로 대검을 찔렀다. 그리고 기술의 영향으로 경직된 골렘 기사를 향해 하지메가 머리 위에서 총을 쏘아 떨어뜨렸다.

"제길. 중력 제어인지 뭔지는 몰라도 움직임이 점점 정교해졌어."

"……아마 원인은 여기?"

"아하하, 제 상식이 이상한 걸까요? 전부 떠 있는데요?"

시아의 말대로 하지메 일행 주위의 모든 것이 떠 있었다.

일행이 들어온 이곳은 엄청나게 거대한 구형 공간으로 직경이 2킬로미터 이상은 될 것 같았다. 그런 공간에 다양한 형태와 크기의 광석으로 만들어진 블록이 떠다니며 불규칙적으로 이동하고 있었다. 완전히 중력을 무시한 공간이었다. 하지만 신기하게도 하지메 일행은 제대로 중력을 느끼고 있었다. 아마도 이 방의 특정 물질만 중력의 제한을 받지 않는 모양이었다.

그런 공간을 골렘 기사단이 종횡무진 날아다녔다. 역시 낙하 방향을 조절하는지 방향 전환이 급격했다. 생물이라면 엄청난 중력으로 목숨을 잃어도 이상하지 않을 것이다. 이 공간에 가까워지면서 세세한 움직임이 가능했던 걸 고려해보면 아마도……

"여기에 골렘을 다루는 녀석이 있나?"

하지메의 추측에 유에와 시아도 동의하는지 굳은 표정을 했다. 골렘 기사들은 어째서인지 하지메 일행의 주위를 선회할 뿐 공격하지 않았다. 우선 어딘가 이동할 곳이 없는지 주위를 살폈다. 여기가 종착점인지, 계속 이어진 길이 있는지 알 수 없었다. 하지만 분명 가장 깊은 곳과 근접한 곳일 것이다. 골렘 기사들의 능력이 올라간 것과 이 특이한 공간이 그 추측에 설득력을 더해주었다.

하지메는 『멀리 보기』로 이 거대한 구체 공간을 알아보려 시선을 돌렸다.

그 순간 시아의 초조한 목소리가 울렸다.

"도망치세요!"

"……?!"

하지메와 유에는 이유를 물을 새도 없이 시아의 경고에 반응해 몸을 뒤로 뛰었다. 운 좋게 바로 몇 미터 앞에서 다른 블록이 지나갔기 때문에 지금 서 있는 블록에서 이탈할 수 있었다.

콰아아앙! 엄청난 굉음과 함께 운석이 떨어진 것 같은 충격이 방금 전까지 일행이 있던 블록을 직격해 완전히 부서졌다. 운석이라는 표현도 그리 틀리지 않을 것이다. 붉게 타오른 거대한 무언가가 떨어져 블록을 파괴하고 그대로 지나갔다.

하지메의 뺨에 식은땀이 흘렀다. 시아가 경고하지 않았더라면 확실하게 직격을 받았을 것이다. 『금강』을 사용할 수 없는 지금, 어쩌면 즉사했을지도 모른다. 감지할 수 없었던 건 아니다. 시아가 경고한 직후에 확실한 기척을 느꼈다. 하지만 낙하 속도가 너무 빨라서 감지한 다음에 피할 수는 없었을 것이다.

"시아, 살았다. 고마워."

"……응. 수훈감이야."

"에헤헤, 『미래시』가 발동해서 다행이에요. 대신 마력을 잔뜩 가져가버렸지만요……."

아무래도 하지메보다 빨리 감지할 수 있었던 건 시아의 고유 마법 『미래시』가 발동한 덕분인 듯했다. 『미래시』는 시아 자신이 임의로 발동할 경우 그녀가 가정한 선택의 결과를 볼 수 있지만, 자동으로 발동하는 경우도 있었다. 이번처럼 죽음을 동반할 정도의 위험에 처하면 직접 간접을 불문하고 보이게 된다.

요컨대 직격을 받았더라면 적어도 시아가 죽을 가능성이 있었다는 뜻이다. 다시금 몸을 떤 하지메는 블록 끝에서 운석이 지나간 쪽을 보았다. 그러자 아래쪽에서 무언가가 움직이더니 맹렬한 기세로 올라왔다. 그것은 순식간에 하지메 일행의 머리 위로 올라와 그 자리에 멈춰 번뜩이는 눈빛으로 하지메 일행을 노려보았다.

"야, 야. 진짜 이러기냐."

"······굉장히 ······커."

"두, 두목인 것 같네요."

일행은 저마다의 감상을 중얼거렸다. 유에의 발언이 약간 위험한 것 같았지만 아슬아슬하게 허용 범위······일 것이다.

일행의 눈앞에 나타난 것은 공중에 뜬 초거대 골렘 기사였다. 온몸을 갑옷으로 두른 건 똑같지만 몸길이가 20미터는 됐다. 오른손은 히트 너클처럼 붉게 달궈졌으며 방금 전 블록을 파괴한 것은 저것인지도 모른다. 왼손에는 사슬이 칭칭 감긴 플레일 형태의 모닝스타를 장비하고 있었다.

하지메 일행이 거대 골렘에 주의하고 있자니 주변 골렘 기사들이 휙휙 소리를 내며 날아들어 일행의 주변을 감싸듯 늘어섰다. 정렬한 골렘 기사들은 마치 왕을 앞에 두고 경례하는 듯 가슴 앞으로 검을 들고 자세를 잡았다.

완전히 포위된 하지메 일행도 긴장감이 높아졌고 정숙함이 감도는 공기는 말 그대로 일촉즉발 상태였다. 움직인 순간 목숨을 건 게임이 시작될 것이다.

그런 예감이 들 정도로 팽팽한 분위기를 깬 것은—

"야호~. 처음 봬요~. 모두가 너무 좋아하는 밀레디 라이센이에요~."

거대 골렘의 맥 빠지는 인사였다.

"……."

흉악한 장비와 온몸을 갑주로 감싼 거대 골렘이 매서운 눈빛치고는 유난히 경박한 인사를 보내자, 일행은 포위됐다는 사실도 잊고 떡하니 입을 벌렸다.

그렇게 굳어버린 세 사람에게 거대 골렘이 불만스러운 목소리를 냈다. 목소리는 여성의 것이었다.

"이봐~, 인사했으니까 뭐라고 대답 좀 해봐. 최소한의 예의잖아? 정말이지, 이래서 요즘 젊은것들은……. 상식을 갖춰야지."

실로 짜증 나는 말투였다. 게다가 거대 골렘은 달아오른 오른손과 바늘이 달린 철구를 부착한 왼손을 어깨까지 들어 올린 뒤, 유난히 인간적인 움직임으로 한심하다고 말하려는 것처럼 어깨를 으쓱였다. 지금껏 실컷 봐 왔던 짜증 나는 문구를 방불케 하는 말투에 하지메 일행은 화가 났다.『밀레디 라이센』이라고 밝힌 걸 보아 본인일 가능성도 있지만 그녀는 이미 죽었을 테고 인간이었을 것이다.

우선 하지메는 그런 정보들을 캐보기로 했다.

"그거 미안하게 됐군. 하지만 밀레디 라이센은 인간이고 이미 고인이 됐을 텐데? 하물며 자아를 가진 골렘은 들어본 적이 없거든……. 계산대로 놀라줬으니까 용서해라. 그리고 네가 누군지 설명해봐. 간결하게."

"어라~? 이런 상황인데 무척이나 잘난 척하네."

정보를 전혀 얻을 수 없었다. 오히려 직설적이었다. 역시나 이런 반응은 예상 밖이었는지 밀레디라고 밝힌 거대 골렘은 약간 당황한 모습을 보였다. 하지만 곧바로 원래대로 돌아와 인간이라면 분명 히죽거릴 거라고 쉽게 연상되는 음색으로 하지메 일행에게 말했다.

"응~? 밀레디 씨는 처음부터 골렘 씨였는데요~? 왜 인간이라고……."

"오스카의 일기에 너에 대해서도 조금 적혀 있었어. 제대로 된 인간 여성이라고 적혀 있더군. 그보다 얼빠진 문답을 할 생각은 없어. 간결하게 설명하라고 했잖아. 어차피 앞길을 막을 생각일 테니 한판 붙을 거 아냐. 널 고철로 만들고 지나갈 거니까 그 전에 조잘조잘 떠들지 말고 할 말이나 해."

"오, 오옷. 오랜만에 나눈 이야기에 내심 미칠 듯 기쁜 나한테 너무한 거 아니야? 그보다 오스카라고 했어? 혹시 오스카 미궁의 공략자?"

"그래, 오스카 오르크스의 미궁이라면 공략했어. 그보다 질문한 건 나야. 대답할 생각이 없다면 전투를 시작하자. 딱히 꼭 알아야 하는 건 아니니까. 우리의 목적은 신대 마법뿐이야."

하지메가 돈나를 거대 골렘에게 겨눴다. 유에는 새초롬한 얼굴이었지만 시아는 감탄과 황당함이 뒤섞인 얼굴로 하지메를 보았다.

"……신대 마법이라. 그건 역시 신을 죽이기 위해서야? 그 빌어먹을 녀석들을 없애주게? 오스카의 미궁 공략자라면 사정은 알지?"

"질문한 건 나라고 했잖아. 대답을 듣고 싶으면 먼저 내 질문에 대답해."

"이 녀석~, 진짜 잘난 척하네~. 뭐, 됐어. 음, 뭐였더라……
아, 내 정체 말이지? 으음~."

"간결하게. 오스카처럼 줄줄이 긴 설명은 필요 없어."

"아하하. 그러게, 오스카는 말이 참 많았지~. 지나치게 이
론적이었어~."

거대 골렘은 그리운 건지 먼 곳을 바라보듯 하늘을 올려다
보았다. 정말로 인간 같이 움직이는 골렘이다. 유에는 여전히
무표정하게 거대 골렘을 바라보았고 시아는 주변 골렘 기사들
이 신경 쓰이는지 안절부절못했다.

"응. 바라던 대로 간결하게 말하면 말이지, 난 분명 밀레디
라이센이야. 신기한 골렘은 신대 마법으로 해결! 더 자세하게
알고 싶으면 날 쓰러뜨려봐! 라는 거지."

"결국 제대로 된 설명도 아니잖아……."

"하하하. 그야 공략하기 전에 정보를 넘겨줄 수는 없잖아?
그럼 미궁을 만든 의미가 없는걸."

이번엔 그 밀레디 골렘이 거대한 손가락을 척 내밀었다. 알
맹이가 밀레디 라이센이라는 건 내키지 않았지만 그것을 제외
하고는 애교가 있는 것처럼 느껴지기 시작했다. 유에가 「……
알맹이가 문제」 하고 중얼거린 걸 보면 하지메와 같은 감상인
듯했다.

그리고 알맹이에 대해 거의 알아내지 못한 것이나 마찬가지
였지만 밀레디 본인이 맞다면 잔류 사념 등을 고착시킨 건지도

모른다고 추측한 하지메는, 같은 반 아이 중에 나카무라 에리가 강령술이라는 잔류 사념을 다루는 천직을 가졌던 것을 떠올렸다. 하지만 그녀의 강령술은 이렇게 분명한 의사를 가진 잔류 사념을 남기지는 못했을 것이다. 그러니까 고인의 의지 같은 것을 골렘에 고착시키는 것이 바로 신대 마법일 것이다.

어쨌든 자신이 찾던 세계를 넘는 마법이 아닌 것 같다고 생각한 하지메는 조금 낙담한 모습으로 거대 골렘, 아니 밀레디 골렘에게 물었다.

"네 신대 마법은 잔류 사념에 관련된 건가?"

"응~? 그렇게 묻는 걸 보니 바라는 신대 마법이 있나 보지? 참고로 내 신대 마법은 다른 거야~. 영혼을 고착시킨 건 라 군이 도와준 거니까~."

하지메의 목적은 어디까지나 세계를 넘어 고향으로 돌아가는 것. 영혼인지 사념인지는 몰라도 그것을 다루는 신대 마법을 손에 넣어 봤자 의미가 없다. 그렇게 생각해 질문했지만 돌아온 밀레디의 대답은 하지메의 추측과는 다른 것이었다. 라 군이라는 게 누구인지는 몰라도 아마 『해방자』 중 한 사람일 것이다. 그 인물이 밀레디 골렘에게 죽었을 밀레디의 의사를 갖게 한 듯했다.

"그럼 네 신대 마법은 뭐지?"

"음~ 음~, 궁금해? 그렇게 궁금해~?"

밀레디가 다시 히죽이는 음색으로 말을 걸었지만 하지메는 짜증을 참으며 대답을 기다렸다.

"궁금하면~. 이번엔 내 질문에 대답할 차례야."

마지막 말만 갑자기 음색이 바뀌었다. 지금까지의 경박했던 분위기가 상당히 가라앉아 진지한 느낌을 풍겼다. 갑자기 바뀐 분위기에 하지메 일행은 조금 놀랐지만 하지메는 표정에 드러내지 않고 되물었다.

"뭐지?"

"목적이 뭐지? 무엇을 위해 신대 마법을 바라나?"

거짓말은 용서하지 않겠다는 의지가 담긴 음색으로 장난스러운 분위기는 조금도 없는 질문이었다. 어쩌면 그녀의 본래 성격은 이쪽인지도 모른다. 생각해보면 그녀도 대중을 위해 신에게 도전한 자. 자신이 맡기는 마법으로 무엇을 할 생각인지 모르고 넘어갈 수는 없을 것이다.

오스카가 기록 영상을 유언으로 남긴 것과는 다르게, 몇백 년이나 의사를 가진 상태로 미궁 안쪽에서 도전자를 기다리는 건 어떤 의미론 고문이 아닐까. 경박한 태도는 허세일 뿐 진정한 그녀는 굉장한 인내와 의지, 그리고 책임감을 가진 인물일지도 모른다.

유에도 같은 생각을 했는지 아까까지와는 다른 눈빛으로 밀레디 골렘을 보았다. 깊은 어둠 속에서 홀로 남겨진 고통은 유에도 잘 알고 있었다. 그러므로 밀레디가 의사를 남긴 채 어두운 바닥에 잠긴다는 결단을 내린 것에 공감 이상의 무언가를 느낀 듯했다.

하지메는 밀레디 골렘의 눈빛을 똑바로 마주 보며 거짓 없는 말로 답했다.

"내 목적은 고향으로 돌아가는 거다. 너희가 말하는 정신 나간 신이 억지로 이쪽 세계로 데리고 왔거든. 다른 세계로 전이할 수 있는 신대 마법을 찾고 있다. ……너희를 대신해 신을 토벌하려는 건 아니야. 이쪽 세계를 위해 목숨을 걸 생각은 조금도 없다."

"……."

밀레디 골렘은 한동안 가만히 하지메를 바라본 뒤, 그 시선을 유에와 시아에게 돌리고서 무언가 이해한 듯 고개를 살짝 끄덕였다. 그리고 단 한 마디 「그렇구나」라고 중얼거렸다.

그리고 진지한 분위기는 환상이었던 것처럼 사라지고 경박한 분위기로 돌아왔다.

"음~, 그래, 그래. 그렇구나~. 다른 세계에서 왔다고~. 응, 응. 그거 큰일이었겠네~. 좋아, 그럼 전쟁이다! 날 쓰러뜨리고 신대 마법을 손에 넣어봐라!"

"맥락이 없어서 무슨 의미인지 알 수 없는데……. 결국 네 신대 마법은 뭐야? 전이계?"

밀레디는 「후후~」 하고 놀리는 듯 웃고선 「그건 말이지……」라고 무척이나 뜸을 들이며 대답을 미뤘다. 그 모습은 파이널 앤서 상대에게 정답을 알려주는 미노ㅇ타[#10]를 방불케 했다.

이제는 짜증이 절정에 달해 오르칸을 꺼낸 하지메의 기선

#10 파이널 앤서 상대에게 정답을 알려주는 미노ㅇ타 미노몬타. 일본의 TV프로그램 『퀴즈$밀리어네어』의 사회자.

을 제압하려는 듯 밀레디가 답했다.

"안 알려주~지!"

"죽어라."

하지메가 무자비하게 오르칸으로 로켓탄을 쏘았다. 불꽃 꼬리를 늘어뜨리는 파괴의 폭풍이 똑바로 밀레디 골렘에게 날아가 충돌했다.

엄청난 폭음이 공간 전체를 뒤흔들며 울리고 안개가 뭉게뭉게 피어올랐다.

"해냈나요?!"

"……시아, 그건 불운 플래그."

시아가 「역시 하지메 씨! 선수 필승이에요~!」라고 기뻐했고 유에가 태클을 걸었다. 결과적으로 유에가 정답이었다. 안개 속에서 붉게 달아오른 오른손이 슉 소리를 내며 휘둘리자 안개가 걷혔다.

안개가 걷힌 뒤로 두 팔의 앞부분이 조금 망가졌어도 큰 타격은 없는 밀레디 골렘이 모습을 드러냈다. 밀레디 골렘은 주변의 블록을 끌어들여 부순 뒤 그것으로 두 팔의 부족한 부분을 재구성했다.

"후후, 선제공격이라니 제법이네~. 자, 어쩌면 내 신대 마법이 네가 바라던 걸지도 몰라~. 난 강하지만~ 죽지 않도록 노력해봐~."

즐거운 듯 웃은 밀레디 골렘은 왼팔의 플레일형 모닝스타를 하지메 일행에게 발사했다. 던진 것이 아니다. 예비 동작도 없

이 모닝스타가 맹렬한 기세로 날아들었다. 아마도 골렘들과
마찬가지로 중력 방향을 조정해『낙하』시켰을 것이다.

하지메 일행은 가까운 부유 블록으로 도약해 모닝스타를
피했다. 모닝스타는 하지메 일행이 있던 블록을 산산이 파괴
하고 그대로 공중을 헤엄치듯 선회해 밀레디 골렘의 손으로
돌아왔다.

"가자, 유에, 시아. 밀레디를 파괴한다!"

"응!"

"알았어요!"

하지메의 신호와 함께 7대 미궁 중 하나인【라이센 대미궁】
의 마지막 싸움이 시작됐다.

대검을 든 채로 대기하던 골렘 기사들이 하지메의 목소리
를 신호로 삼은 것처럼 일제히 움직였다. 통로에서와 같이 하
지메 일행을 향해 날아오며 공격했다.

유에는 달고 있던 수통 하나를 앞으로 내민 뒤 빙글 몸을
돌려 물을 뿌렸다. 극한까지 압축된 물이 워터 커터로 변하고
레이저처럼 발사되어 골렘 기사들을 횡단했다.

"아하하, 제법이네~. 하지만 총 50개의 무한히 재생하는 기
사들과 나를 동시에 처리할 수 있을까~?"

밉상스러운 말투로 밀레디 골렘이 다시 모닝스타를 사출했
다. 시아가 크게 도약해 위쪽을 이동하던 삼각뿔 블록에 올라
탔다. 하지메는 그 자리에서 움직이지 않고 모닝스타를 향해
돈나를 겨눈 뒤 연사했다.

총성은 한 발. 하지만 발사된 탄환은 여섯 발. 빠른 사격으로 발사된 섬광은 빠르게 다가오는 모닝스타에 직격했다. 역시나 질량이 큰 금속 구슬이라곤 하나 레일건의 충격을 동시에 여섯 번이나 받고도 무사할 수는 없는지 그 궤도가 하지메에게서 크게 틀어졌다.

　동시에 위에서 블록으로 도약하던 시아가 밀레디의 머리 위로 뛰어내리며 드뤼켄을 휘둘렀다.

　"다 보인다고~."

　그런 말과 함께 밀레디 골렘은 급격하게 옆으로 이동했다. 정확하게는 옆으로 『떨어졌을』 것이다.

　"큭, 이게!"

　예상이 틀어진 시아는 이를 악물며 방아쇠를 당겨 드뤼켄의 타격면을 폭발시켰다. 탄피가 배출됨과 동시에 그 반동으로 궤도를 수정. 3회전하며 원심력을 잔뜩 실은 일격을 밀레디 골렘에게 내리꽂았다.

　밀레디 골렘은 순식간에 왼팔을 들어 막았다. 엄청난 충돌음과 함께 왼팔이 크게 휘청거렸지만 전혀 개의치 않는 것처럼 그대로 왼팔을 옆으로 휘둘렀다.

　"꺄아아아악!"

　"시아!"

　비명을 지르며 날아가 버린 시아는 공중에서 드뤼켄의 방아쇠를 당겨 폭발력을 이용해 자세를 고친 뒤, 다시 반동을 이용하여 근처 블록으로 불시착했다.

"오, 제법이네. 유에, 대체 저 녀석한테 어떤 특훈을 시킨 거야?"

"……계속 몰아붙였을 뿐."

"……그렇군. 끈질기게 살아남는 방법을 배웠다는 건가."

멀리서 시아가 깡충깡충 뛰어 부유 블록을 이동하며 돌아오는 걸 확인한 하지메는 감탄한 듯 고개를 끄덕였다. 그런 하지메와 유에의 블록에 유에 혼자서는 막을 수 없을 정도의 골렘 기사들이 쇄도했다.

하지메는 『보물 창고』에서 개틀링 포 메체라이를 꺼내 유에와 등을 맞대고 1분에 1만 2천 발의 죽음을 뿌리는 괴물을 해방했다.

여섯 개의 포신이 회전하며 청소를 시작했다. 독특한 사격음이 울리며 똑바로 뻗어 나가는 무수한 붉은 섬광은 종횡무진 공간을 할퀴어 공중에 뜬 적을 모조리 고철로 만들었다. 회피하거나 사각에서 공격하기 위해 반대쪽으로 돌아간 골렘은 물의 레이저로 모조리 절단됐다.

순식간에 40개 이상의 골렘 기사들이 무참한 모습을 드러내며 공간의 바닥으로 추락했다. 시간이 흐르면 재구축을 마치고 전선에 복귀하겠지만 한동안 방해하지 않는다면 충분하다. 그렇다, 밀레디 골렘을 파괴할 때까지…….

"잠깐, 그게 뭐야?! 그런 건 본 적도 들은 적도 없는데!"

밀레디 골렘의 경악에 찬 외침을 무시한 하지메는 메체라이를 『보물 창고』에 넣고 다시 돈나를 뽑았다. 그리고 조금 떨어진 곳에 있는 시아에게도 들리도록 큰 목소리로 말했다.

"밀레디의 핵은 심장과 같은 위치야! 그걸 파괴한다!"

"뭐?! 어떻게 알았어?!"

다시 경악에 찬 목소리를 낸 밀레디. 설마 하지메가 마력 그 자체를 들여다보는 마안을 가졌을 거라고는 생각도 못했을 것이다. 골렘을 쓰러뜨리는 기본적인 방법인 핵의 위치가 판명되자 유에와 시아의 눈빛이 날카로워졌다.

주변을 나는 골렘 기사도 이제 열 마리 정도. 셋이서 파상 공격을 시도해 밀레디의 심장에 공격을 넣을 생각이었다.

하지메가 단번에 도약해서 주변의 부유 블록을 발판 삼아 밀레디 골렘에 접근을 시도했다. 지금의 레일건 출력으론 밀레디 골렘의 거대한 몸을 부수고 핵에 공격을 하는 건 어렵다. 그래서 영거리 사격으로 장갑을 파괴한 뒤 수류탄을 넣어주려고 생각했다.

하지만 설령 밉상인 성격이라도 밀레디는 신대 마법을 사용하는 『해방자』 중 한 사람답게 만만하지 않았다. 밀레디 골렘의 눈이 번뜩이나 싶더니 그녀의 머리 위에 떠 있던 블록이 맹렬한 기세로 하지메를 향해 날아들었다.

"읍?!"

"다룰 수 있는 게 기사뿐이란 소린 한마디도 안 했는데~."

밀레디의 히죽이는 음색을 무시한 하지메는 철컹 소리와 함께 의수의 장치를 기동했다.

쿵! 하고 배 속까지 울릴 듯한 폭발음을 내며 의수의 팔꿈치에서 강력한 충격이 발생했다. 정확하게는 강력한 산탄이 발사된 것이다. 자기 가속은 할 수 없지만 연소 가루의 압축률은 돈나의 탄환보다 훨씬 높고 반동도 강력했다. 공중에 있던 하지메의 몸이 튕겨지듯 궤도를 바꿔 날아드는 부유 블록을 아슬아슬하게 피했고 어떻게든 목표하던 부유 블록 위로 오를 수 있었다. 당연히 밀레디 골렘은 하지메의 발판을 『떨어뜨리려』 했지만 어느새 뒤로 다가간 시아가 강력한 공격을 하려고 도약했다. 우선 일일이 요상한 빛을 내는 눈을 머리와 함께 뭉개버리려는 속셈이었다.

밀레디 골렘은 시아의 접근을 알고 있었는지 도약 중인 시아를 노려 골렘 기사들을 돌격시켰다. 공중에 뜬 상태라 무방비한 시아가 빠르게 휘둘리는 대검을 피할 수 없다고 생각한 순간―.

"⋯⋯그렇겐 안 돼."

어느 틈에 이동한 유에가 『파단』으로 시아를 공격하려던 골렘 기사들을 절단했다.

"역시 유에 씨예요!"

그렇게 외친 시아는 장애물이 사라진 공중을 지나 극한까지 강화한 신체 능력으로 최대급 공격을 시전했다.

"골렘이 힘에서 질 리 없지~."

밀레디 골렘은 자신의 말을 증명하려는 것처럼 돌아보며 달궈진 오른손을 시아를 향해 똑바로 휘둘렀다.

시아의 드뤼켄과 밀레디 골렘의 히트 너클이 엄청난 굉음을 울리며 충돌했다. 그렇게 발생한 충격파가 주위에 부유하던 블록 몇 개를 날려버렸다.

"이게에에에!"

돌파할 수 없는 밀레디 골렘의 주먹에 시아는 크게 외치며 힘을 주었지만 역시 골렘의 완력은 당해 낼 수 없었다. 게다가 갑자기 폭발을 일으키며 휘둘린 주먹으로 크게 날아가 버렸다.

"꺄아아아!"

시아가 비명을 질렀다. 충격으로 마비된 몸은 말을 듣지 않았고 날아가는 방향엔 부유 블록도 없었다. 이대로 떨어질 거라 생각했지만 상황을 예측한 것처럼 유에가 옆에서 날아들어, 시아를 안고『내상』으로 궤도를 수정하며 아래에 보이는 부유 블록에 착지했다.

"연계가 제법이네~."

밀레디 골렘은 여유로운 목소리로 자신을 올려다보는 유에와 시아를 내려다보았다. 그때 예상 외로 가까운 곳에서 목소리가 들렸다.

"그렇지?"

"……?!"

경악한 밀레디 골렘이 목소리가 난 방향으로 급하게 시선을 돌렸다. 그곳엔 어느 틈엔가 품 안으로 접근해 앵커와 갑주 사이에 발을 넣어 몸을 고정한 채, 전자 가속식 대전차 라이플『슈라겐』을 밀레디 골렘의 심장 부근에 대고 있는 하지메가 있었다. 슈라겐에서 붉은 스파크가 일었다.

"어, 어느 틈에—."

경악한 밀레디의 말은 슈라겐이 내는 굉음으로 차단됐다.

영거리에서 발사된 살의의 덩어리는 밀레디 골렘을 날려버림과 동시에 가슴의 장갑을 산산조각 냈다. 『전기 두르기』를 충분히 쓸 수 없기 때문에 지금의 슈라겐은 보통 공간에서의 돈나 최대 위력과 비슷한 정도다. 하지만 그렇다 하더라도 금속 갑옷을 파괴하기엔 충분했다. 골렘 기사들의 장갑이 위력이 낮아진 돈나로도 쉽게 뚫리는 걸 확인한 하지메는, 같은 소재로 보이는 밀레디 골렘의 갑옷도 그보다 조금 두꺼울 뿐이라면 슈라겐으로 충분히 파괴할 수 있을 거라고 판단했다.

가슴에서 연기가 오르며 튕겨져 나간 밀레디 골렘. 하지메도 반동으로 날아갔지만 앵커를 날려 근처의 부유 블록에 걸었다. 그리고 줄이 감기는 힘을 이용해 공중에서 몸을 회전시켜 무사히 착지했다. 안전을 확보한 하지메는 밀레디 골렘의 상태를 관찰했다.

유에와 시아도 하지메와 가까운 부유 블록으로 다가왔다.

"……먹혔어?"

"반응은 있었는데……."

"이걸로 끝났으면 좋겠어요."

유에가 반응을 물었고 시아가 희망적 관측을 말했다. 하지메의 표정은 미묘했다. 예상대로 가슴의 장갑이 파괴된 밀레디 골렘이 아무 일도 없었던 것처럼 주변 부유 블록을 자신에게 이동시키며 감탄한 음색으로 말했다.

"와~, 대단하네. 조금 긴장했어. 분해 작용 없이 그 아티팩트가 본래의 힘을 발휘했다면 위험했을지도 모르겠네~. 응, 여기에 고생해서 미궁을 만든 난 천재!"

밀레디 골렘이 자화자찬했다. 하지만 그런 그녀의 말은 하지메의 귀에 들어오지 않았다. 지금 하지메의 표정은 험악했다. 그 이유는 파괴된 가슴 장갑 안쪽에 칠흑의 장갑이 있었고 그곳엔 상처 하나 없었기 때문이다. 하지메는 그 장갑의 재질을 기억하고 있었다.

"음~. 이게 신경 쓰여~?"

밀레디 골렘이 하지메의 시선을 깨닫고 히죽이는 음색으로 칠흑의 장갑을 가리켰다. 거드름을 피우며 「이건 말이지~」라고 그 정체를 밝히려 하자 하지메가 욕설과 함께 말했다.

"……아잔티움인가. 제길."

아잔티움 광석은 하지메가 만든 장비 몇 개에도 사용된 세계 최고 경도와 인성(靭性)을 자랑하는 광석이다. 가볍게 코팅하는 정도로도 돈나의 최대 위력을 견뎌 낸다. 역시 슈라겐의 일격에도 상처 하나 없을 만했다. 저 아잔티움 장갑을 파괴하는 건 지극히 어려운 일이라고 생각한 하지메는 미간을 찌푸렸다.

"어? 알고 있었구나~. 하긴 그렇겠네. 오스카의 미궁을 공략했으니까 생성 마법을 사용하는 사람이 모를 리 없겠지~. 자, 적당히 절망했으니 제2 라운드로 돌입해볼까!"

밀레디는 부서진 부유 블록에서 소재를 빼앗아 표면 장갑을 재구성한 뒤 모닝스타를 사출하며 자신도 맹렬하게 돌진을 개시했다.

"어, 어쩔 거예요?! 하지메 씨!"

"아직 방법은 있어. 어떻게든 녀석의 움직임을 막자!"

"……응, 알았어."

화력 부족이라는 어쩔 수 없는 사정에 시아가 동요한 모습으로 하지메에게 물었다. 하지메는 아직 비장의 수단이 남았는지 그것을 사용하기 위해 밀레디 골렘의 움직임을 막도록 지시했다. 방법이 남았다는 말에 안도의 표정을 보인 유에와 시아는 다가오는 모닝스타를 회피하려고 근처의 부유 블록으로 이동하려 했다.

하지만―.

"그렇겐 안 돼~."

밀레디 골렘의 맥 빠지는 목소리와 함께 발판으로 삼았던 부유 블록이 고속으로 회전했다.

그로 인해 하지메 일행이 중심을 잃은 순간, 모닝스타가 절대적인 위력을 갖고 충돌했다. 일행은 산산조각으로 부서진 발판에서 뛰었다. 하지메는 스르릉 소리를 내며 지나가는 사슬에 매달렸다. 유에는 부서진 부유 블록의 파편을 발판 삼아 『내상』을 사용했고, 시아는 드뤼켄의 격발 반동을 이용해 어떻게든 아래쪽 부유 블록으로 불시착했다.

그것을 노린 것처럼 밀레디 골렘이 히트 너클을 내밀고 맹렬하게 돌진해 왔다.

"크윽!"

"음!"

직격은 피했지만 충돌 순간에 발생한 강렬한 폭발과 충격에 유에와 시아의 입에서 신음이 나왔다. 그래도 그 순간 유에는 『파단』을 밀레디 골렘의 팔을 향해 발동했고, 시아는 드뤼켄의 타격면에서 못이 튀어나오게 해 그것을 갑옷에 꽂아 매달렸다.

『파단』은 밀레디 골렘의 오른팔의 일부를 잘랐지만 절단까지는 할 수 없었고 그것을 확인한 유에는 분한 표정으로 다른 부유 블록에 착지했다.

한편 밀레디 골렘의 어깨로 올라간 시아는 그대로 왼쪽 어깨를 발판 삼아 머리를 향해 드뤼켄을 휘둘렀다. 하지만 밀레디 골렘이 갑자기 『낙하』하자 중심을 잃고 공중에 떠올랐다.

"꺄악!"

시아가 비명을 질렀다. 그때 모닝스타의 사슬에 매달렸던 하지메가 흔들리는 사슬의 원심력을 이용해 시아에게 뛰어들어 공중에서 붙잡았다.

"하지메 씨!"

시아가 환희에 찬 목소리로 하지메의 이름을 불렀다. 그토록 동경하던 품에 안겨서 구출받는 일이 현실로 이루어지자, 그럴 상황이 아니라는 걸 알고 있으면서도 그만 가슴이 두근거리기 시작했다. 하지만 이럴 때면 발휘되는 하지메 퀄리티.

예전에 마물 무리 한가운데에 내던졌을 때처럼 시아를 번쩍 들어 올렸다.

"하, 하지메 씨?!"

"한 번 더 다녀와!"

의수에 장전된 탄환이 탕 소리와 함께 격발됐다. 그렇게 발생한 충격의 반동으로 회전한 하지메는 원심력을 이용해 시아를 밀레디 골렘을 향해 던졌다.

"젠장할이에요!"

꿈이 이뤄졌다고 생각한 순간에 적에게 돌진하게 되자, 시아는 자포자기하는 심정으로 소리치며 드뤼켄을 들었다.

하지메의 행동에 밀레디조차 약간 주춤한 것 같은 기분이 들었다. 하지만 그래도 반격은 확실히 하는지 히트 너클을 뻗기 위해 주먹을 뒤로 당겼다. 그 순간, 손으로 돌아온 모닝스타에 연결된 사슬이 갑자기 폭발했다.

"어어어, 뭐야?!"

깜짝 놀란 밀레디가 외쳤다. 폭발의 원인은 하지메가 사슬에 매달린 사이에 설치한 대량의 수류탄이었다. 엄청난 폭발로 사슬이 절반가량 날아갔고 사슬을 감고 있던 왼팔도 크게 손상됐다. 충격으로 밀레디 골렘의 자세도 무너졌다.

그때 드뤼켄을 든 시아가 도달했다.

"이야아압!"

기합이 담긴 외침과 함께 방아쇠를 당기자 내장된 총탄이 격발됐다. 단번에 가속된 드뤼켄이 공기조차 짓누를 기세로 밀레디 골렘에게 육박했다.

밀레디 골렘은 반사적으로 손상이 심한 왼팔을 들어 드뤼켄의 일격을 막았다. 드뤼켄은 약해진 왼팔의 어깻죽지부터 그 아래를 가차 없이 파괴했다.

드뤼켄을 휘두른 기세로 공중에 뜬 시아. 밀레디 골렘은 빼앗긴 왼팔의 답례라는 듯 경직된 시아를 히트 너클로 가격하려 했다.

하지만 밀레디가 시아에게 의식을 집중한 순간 아래쪽에서 물의 레이저가 올라와 아까와 똑같은 위치에 정확하게 명중했다. 그리고 그 상처가 더욱 벌어져 드디어 밀레디 골렘의 오른팔을 절단했다.

"……후후, 방심은 금물."

그렇게 말하며 당당하게 웃은 건 물론 유에였다.

"큭, 이게! 우쭐대긴!"

밀레디 골렘은 화가 난 모습으로 외쳤다. 그 사이 위쪽의 부유 블록에 앵커를 심었던 하지메가 진자의 요령으로 공중을 이동해 떨어지는 시아를 붙잡았다. 다만 껴안는 형식이 아니라 옆구리를 붙든 형태로…….

"하지메 씨~, 여기선 보상으로 안아줄 때잖아요. 분위기 좀 맞춰주세요~."

"사람을 분위기 파악 못하는 것처럼 몰지 마. 이 상황에서 자신이 바라는 걸 은근슬쩍 얻으려는 너야말로 분위기 파악 좀 하시지."

가까운 부유 블록에 착지한 순간 시아가 투덜거리며 불만을 늘어놓자 하지메가 어이없다는 목소리로 반론했다. 그때 두 팔을 잃은 밀레디가 어째서인지 주위의 부유 블록을 모아 두 팔을 재구성하는 게 아니라, 천장을 바라본 채로 눈에서 강한 빛을 내고 있었다.

맹렬하게 불길한 예감이 든 하지메는 표정이 굳었다. 그것을 뒷받침하듯 시아의 얼굴이 창백해졌다.

"하지메 씨, 유에 씨! 피해요! **떨어져요!**"

하지메는 아마 시아의 고유 마법이 발동했을 거라고 추측했다. 그리고 그건 시아에게 죽음과 이어질 정도로 위험한 무언가가 일어난다는 것을 가리켰다. 조금 떨어진 곳에 있는 유에를 확인한 하지메는 무슨 일이 일어나도 대응할 수 있도록 자세를 잡았다.

그 직후 일이 일어났다.

공간 전체가 진동했다. 낮은 땅울림 같은 소리가 울리며 천장에서 후드득 파편이 떨어졌다. 아니, 파편뿐만이 아니었다. 천장 그 자체가 떨어지고 있었다.

"큭?! 이건!"

"후후후, 보답이야. 기사 이외엔 동시에 여럿을 지휘할 수 없지만 일제히 『떨어뜨리는』 거라면 몇백 단위로 할 수 있거든~. 그럼 열심히 피해봐~."

느긋한 밀레디의 말에 화가 났지만 거기에 정신이 팔릴 여유가 없었다. 이 공간의 벽은 수많은 블록으로 이루어졌는데,

천장을 구성하던 블록이 전부 떨어진다는 뜻이다. 블록 하나하나가 쉬이 10톤 이상은 될 정도로 거대했다. 그런 게 비처럼 떨어진다고 생각한 하지메는 식은땀을 흘렸다.

"하, 하지메 씨!"

"유에와 합류하자!"

동요한 나머지 떨리는 목소리를 낸 시아를 안고서 앵커를 이용해 유에가 있는 곳으로 뛰었다. 유에도 하지메와 합류하기 위해 부유 블록을 뛰어넘었다.

밀레디 골렘은 그러는 사이에도 천장을 바라보고 있었다. 아마 그녀의 말대로 골렘 기사와는 조작 계통이 다를 것이다. 골렘 기사들이 의외로 임기응변에 능했던 걸 보면 어느 정도 자율성을 가졌다는 건 분명했다. 그렇기 때문에 밀레디가 지휘 명령을 내림으로써 연계가 갖춰진 집단 전투가 가능했을 것이다.

하지만 자율성이 전혀 없는 그 이외의 물체를 세세하게 조작하려면 한두 개가 한계일 것이다. 떨어뜨릴 뿐이라고는 해도 수백 단위의 돌을 천장에서 떨어뜨리려면 집중할 시간이 필요하리라.

그 시간이 하지메 일행의 합류 시간을 마련해주었다. 세 사람이 모인 것과 하늘에서 거대한 바위가 떨어지기 시작한 건 동시였다.

고고고고고고고! 쿠궁!

천장에서 블록이 풀리고 땅이 울리는 소리가 사라진 대신 거대한 돌들이 굉음을 내며 자유 낙하를 시작했다. 게다가 참 고맙게도 어느 정도 궤도를 조정하는 것은 가능한지 하지메 일행이 있는 곳에 집중적으로 떨어졌다. 밀레디 골렘도 자살할 생각은 없을 테니 그녀가 있는 쪽으로 가면 안전하다고 생각해 시선을 돌렸지만, 마침 엄청난 속도로 벽 근처까지 이동한 참이었다. 지금부터 따라가도 늦을 것이다.

"유에! 시아! 붙잡아! 절대 놓지 마!"

"응."

"알았어요!"

하지메는 유에와 시아에게 그렇게 말한 뒤 『보물 창고』에서 다시 오르칸을 꺼냈다. 그리고 떨어지는 돌을 향해 열두 발의 로켓을 전부 연사했다. 불꽃을 뿜으며 머리 위로 날아간 로켓 탄은 계속해서 폭발을 일으켰고 거대한 돌을 부쉈다.

모든 시야를 뒤덮은 채 밀집된 거대한 돌들이 오르칸의 공격으로 약간의 빈틈을 보였고 그 사이로 천장이 보였다. 하지메는 오르칸을 집어넣고 돈나와 슈라크를 뽑아 하늘을 향해 연사했다. 조금이라도 생존 가능성을 높이기 위한 계산적인 정밀 사격이 거대한 돌의 파편을 연쇄적으로 파괴했다.

하지만 하지메의 요격도 거기까지였다.

빠르게 낙하한 돌들이 마침내 하지메 일행에게 도달했다. 하지메는 유에와 시아가 자신을 단단히 붙든 것을 확인한 뒤 고유 마법 『순광』을 발동했다. 하지메의 세계가 단번에 색을 잃고 떨어지는 파편 하나하나를 명확하게 인식할 수 있게 됐다.

거대한 돌의 파편이라는 탄막을 바늘구멍을 꿰듯 최소한의 움직임으로 피했다. 동시에 탄환을 전송해 총을 돌려 장전한 뒤 피할 수 없는 건 집중 사격으로 궤도를 틀었다. 콤마 1초도 함부로 보낼 수 없었다. 예전에【오르크스 대미궁】의 가디언과 싸워 처음으로『순광』을 익혔을 때와 같은 수준의 지각 능력까지는 아직 부족하다. 극한을 넘은 집중력이 필요했다.

하지메는 계속해서 고유 마법을 발동했다.『한계 돌파』였다.

하지메의 몸을 붉은빛이 감쌌지만 곧바로 흩어졌다. 원래는 하지메의 신체 능력을 세 배로 증가 시켜주는 고유 마법이지만 미궁의 마력 분해 작용으로 무효화됐다.『한계 돌파』란 말하자면 마력으로 된 강화 외골격을 몸에 두르는 것과 비슷했다. 일반적인 강화 외골격과 다른 점은 신체 내부도 강화된다는 점이었다. 즉, 신체 강화는 무효화되어도 지각 능력의 확대는 무효화되지 않는다는 뜻이다.

하지만 그렇지 않아도『한계』를『돌파』한 것이니 몸에 걸리는 부담은 보통이 아니다. 게다가 하지메는『순광』으로 이미 극한까지 지각 능력을 강화했다. 마물의 피와 고기를 섭취한 강인한 육체가 아니었더라면 이미 몸이 부서졌을 것이다. 실제로 견디긴 했어도 하지메의 안구엔 모세 혈관이 불거졌고 약간의 코피가 흐르기 시작했다.

유에와 시아를 매단 채 비틀비틀 흔들리는 움직임으로 떨어지는 돌을 회피했다. 부서져 격렬하게 흔들리는 발판 위에서 놀라운 기술로 중심을 잡으면서 이따금씩 떨어지는 파편

자체를 발판으로 삼기도 했다.

콤마 1초마다 가다듬어지는 사고는 떨어지는 바위에 난 상처 하나까지 지각할 수 있었다. 극한조차 넘은, 인간에겐 불가능하리라 여겨지는 영역의 집중이 죽음 속에서 살길을 찾아냈다.

그런 하지메 일행을 벽 근처에서 관찰한 밀레디의 눈에는 하지메 일행이 거대 바위 무리에 삼켜진 것처럼 보였다. 발버둥 치던 모양이지만 저 질량은 견디지 못했다고 약간 낙담함과 동시에 거대 바위 무리에 걸었던『낙하』를 풀었다.

거대 바위 무리에 삼켜져 땅으로 떨어진 부유 블록이 천장의 잔해와 함께 공간 전체에 흩어지듯 떠올랐다.

"음~. 역시 무리였나~. 하지만 이 정도도 극복 못하면 그 빌어먹을 놈들에겐 이길 수 없는걸~."

밀레디는 그렇게 중얼거리며 하지메 일행의 시체를 찾았다. 그때였다.

"그 빌어먹을 놈들에겐 관심 없다고 했잖아."

"어?"

익숙한 목소리가 들렸다. 불손하고 제멋대로인 데다 본 적도 없는 아티팩트를 다루는 백발 안대 소년, 하지메의 목소리였다. 밀레디는 경악과 약간의 기쁨이 뒤섞인 목소리를 내며 뒤를 돌아보았다. 그곳엔 눈과 코에서 피가 흐르고 거친 숨을 내쉬지만, 사지 멀쩡한 채 부유 블록 위에 서서 밀레디를 노려보는 하지메가 있었다.

"어, 어떻게……."

분명 돌무더기에 삼켜진 것처럼 보였던 하지메가 어떻게 눈앞에 있는지 이해 할 수 없어서 자신도 모르게 의문의 목소리를 냈다. 하지메는 그런 그녀에게 입가를 들어 씩 웃었다.

"가르쳐줘도 상관없지만…… 나만 보고 있어도 괜찮겠어?"

"어?"

아까와 같은 말투로 의문의 목소리를 낸 밀레디. 하지만 그 의문은 마법의 직격이라는 형태로 해소됐다.

"……『파단』!"

유에의 명료한 영창이 울리자 몇 줄기의 물 레이저가 밀레디 골렘의 뒤에서 등과 다리, 머리, 어깨에 쇄도했다. 착탄한 워터 커터는 각 부위의 표면 장갑을 싹둑 잘랐다.

"이런 걸 몇 번 반복해도 마찬가지야~. 두 팔을 재구성하는 김에 고쳐버려야지~."

"아니, 그렇게 놔두진 않아."

돌아보지도 않고 여유로운 분위기로 유에의 마법을 받은 밀레디 골렘에게 하지메는 앵커를 쏴 접근했다. 한 손에는 슈라겐을 들고 있었다.

"아하하, 또 그거야? 그걸로는 내 아잔티움 장갑은 부술 수 없는데~."

밀레디는 역시 여유로운 태도를 보였다. 하지메가 매달려 가슴에 슈라겐을 대고 있음에도 쏠 테면 쏘라는 듯 방해하지도 않았다.

그것도 당연하다면 당연했다. 하지메의 무기가 밀레디 골렘의 장갑에 통하지 않는다는 건 이미 검증이 끝났으니 말이다. 밀레디는 이 단계에서 먹히지 않는 공격 수단을 선택한 것을 보고 손쓸 방법이 없어 발버둥 치는 거라고 판단했다.

하지만 그 여유가 실수였다.

"알고 있어!"

하지메의 말과 함께 슈라겐에서 붉은 스파크가 일더니 전자 가속된 유사 풀 메탈 자켓이 밀레디 골렘의 가슴을 영거리에서 날려버렸다. 굉음과 충격으로 밀레디 골렘이 튕겨져 날아갔다.

하지만 하지메는 지난번처럼 이탈하지 않았다. 앵커를 감아 그대로 매달린 뒤 부서진 밀레디 골렘의 가슴에 의수를 대고는 내장된 잔탄을 모조리 쏘았다. 격렬한 충격이 밀레디 골렘을 날려버려 등 뒤를 떠다니던 부유 블록 위로 떨어지게 했다.

"이, 이런 짓을 해 봤자 결국엔……."

"유에!"

밀레디의 말을 무시한 하지메가 유에의 이름을 불렀다. 그러자 도약한 유에가 계속해서 마법을 발동했다.

"얼어라! ……『동구』!"

부탁과 동시에 원래라면 얼음 관에 대상을 붙드는 마법의 방아쇠가 당겨졌다. 하지만 얼음 계통의 마법은 물 계통 마법의 상급 마법이다. 이 영역에선 중급 이상은 사용할 수 없었지만 밀레디 골렘을 일시적으로 구속하기 위해선 반드시 이 마법이 필요했다.

천장 블록에 처박힌 밀레디 골렘의 등이 순식간에 얼어붙어 부유 블록에 고정됐다.

"뭐?! 어떻게 상급 마법을?!"

밀레디는 경악했다. 유에가 상급 마법인 얼음 계통 마법을 사용한 것은 단순한 이야기였다. 『파단』과 마찬가지로 바탕이 되는 물을 마련해 소비되는 마력의 양을 줄였을 뿐이다. 미리 밀레디 골렘을 떨어뜨릴 부유 블록을 정한 뒤 거기에 물을 뿌려 두었고 빈틈을 노려 밀레디 골렘의 등에도 물을 뿌려 두었다. 처음에 사용한 『파단』은 그것이 목적이었다.

하지만 막대한 마력이 소비되어 유에가 가진 마정석에 저장된 모든 마력을 사용하게 됐다. 유에는 어깨를 으쓱이며 가까운 부유 블록으로 물러났다.

"잘했어, 유에!"

몸이 고정된 밀레디 골렘의 가슴 부위에 선 하지메는 『보물창고』에서 비장의 수단을 꺼냈다. 허공에 나타난 그것은 길이 2미터 50센티미터 정도의 대포였다. 외부엔 몇 개의 투박한 기계가 설치되어 있고 안에는 직경 20센티미터가량의 칠흑의 말뚝이 장전되어 있었다. 아래쪽에는 네 개의 튼튼한 암이 달렸으며 중간 정도에 구멍이 뚫려 있어 하지메의 의수를 꽂는 것으로 움직임을 연동시켰다.

하지메는 그대로 움직일 수 없는 밀레디 골렘을 암으로 고정하고는 대포의 외부에 달린 앵커를 사출했다. 총 여섯 개의 암이 부유 블록에 깊숙이 박혀 대포를 단단히 고정했고 그와 동시에 하지메가 마력을 주입했다. 그러자 대포가 붉은 스파크를 뿜어 안쪽에 장전된 칠흑의 못이 맹렬하게 회전했다.

키이이이이잉!

고속 회전이 연주하는 선율이 울렸다. 씩 웃은 하지메의 표정을 본 밀레디는 골렘이 아니었다면 분명 표정을 찡그렸을 것이다.

흉악한 외관을 한 그것은 의수에 부착하는 병기 『파일 벙커』였다.

『압축 연성』으로 4톤 분량의 질량을 직경 20센티미터, 길이 1.2미터의 말뚝으로 압축해서 표면을 아잔티움 광석으로 코팅한 세계 최고 중량과 경도를 자랑하는 말뚝. 그것을 대포의 위쪽에 설치된 대량의 압축 연소 가루와 전자 가속을 사용해 사출했다.

"실컷 먹고 죽어라."

그런 말과 함께 흡혈귀에게 나무 말뚝을 박는 것처럼 밀레디 골렘의 핵에 칠흑의 말뚝이 발사됐다.

쿠콰아아앙! 하는 엄청난 소리와 함께 파일 벙커가 작동했고 칠흑의 말뚝이 밀레디 골렘의 절대 방벽에 충돌했다.

가슴의 아잔티움 장갑에 균열이 일었고 말뚝 끝이 그 안으로 파고들었다. 너무나도 큰 충격에 밀레디 골렘의 거구가 부유 블록에 박혔고, 부유 블록 자체도 단번에 고도가 떨어질 정도였다. 밀레디 골렘은 파일 벙커의 고속 회전에 의한 마찰

로 가슴에서 하얀 연기가 피어올랐다.

……하지만 밀레디 골렘의 눈에선 빛이 사라지지 않았다.

"하, 하하. 아무래도 약간 위력이 부족했던 모양이네. 하지만 뭐, 대단했어. 4분의 3 정도는 뚫리지 않았을까?"

약간 굳은 목소리로 여유를 가장한 밀레디는 내심 식은땀을 흘렸다. 필살의 파일 벙커였지만 전자 가속이 부족해 본래의 위력을 발휘하지 못하고 아쉽게 관통하지 못한 것이다. 하지만 하지메의 눈엔 포기하는 기색이 전혀 없었다. 마치 그런 것쯤은 예상했단 것처럼…….

"쳇! 시아! 끝내버려!"

하지메는 『보물 창고』에 말뚝을 제외한 파일 벙커를 집어넣고 밀레디 골렘의 가슴에서 세차게 물러났다.

그 대신 나타난 것은 토끼 귀를 나부끼며 드뤼켄을 크게 들어 올린 채, 아득한 상공에서 떨어지고 있는 시아였다.

"큭?!"

시아가 무엇을 하려는 건지 알아차린 밀레디 골렘은 이번에야말로 초조하게 그곳에서 물러나려 했다. 자신이 고정된 부유 블록을 이동시키려 했지만 빠른 속도로 떨어지는 시아를 피할 수 없다는 것을 깨닫고는—.

포기한 것처럼 움직임을 멈췄다.

시아는 그대로 탄약을 격발시켜 그 충격을 이용해 말뚝에 혼신의 일격을 날렸다.

꽝음과 함께 말뚝이 더욱 깊게 파고들었지만 아직 관통하지 못했다. 시아는 내장된 탄약을 전부 사용할 생각으로 계속해서 방아쇠를 당겼다.

쾅! 쾅! 쾅! 쾅! 쾅! 쾅!

"이야아아아아아아아아아아압!"

시아의 절규가 울렸다. 이걸로 끝내겠다는 강렬한 의지를 전투 망치에 쏟았다. 온 힘을 다해. 충격과 함께 부유 블록이 엄청난 기세로 고도가 떨어졌다.

그리고 꽝음과 함께 부유 블록이 지면에 격돌하자, 그 충격으로 드디어 칠흑의 말뚝이 아잔티움 절대 방벽을 부수고 밀레디 골렘의 핵에 도달했다. 끝부분이 살짝 파고들어 쩌적 소리와 함께 핵에 균열이 생겼다.

지면으로 충돌한 순간 시아는 드뤼켄을 기점으로 물구나무를 서 빙글 공중제비를 돌았다. 그리고 모든 신체 강화를 다리에 담아 원심력을 잔뜩 담은 발차기로 말뚝을 때렸다.

시아의 발차기를 받고서 더욱 파고든 말뚝은 핵의 균열을 넓혔고—.

드디어 완전히 파괴됐다.

밀레디 골렘의 눈에서 빛이 사라졌다. 시아는 그것을 확인한 뒤에서야 온몸의 힘을 빼고 안도의 한숨을 쉬었다.

직후 등 뒤에서 착지하는 소리가 들려 시아가 고개를 돌렸다. 그곳엔 예상대로 하지메와 유에가 있었다. 시아는 두 사람에게 환한 미소를 보이며 엄지를 들어 보였고 하지메와 유에는 거기에 대답하듯 웃으며 엄지를 들었다.

7대 미궁 중 하나인 【라이센 대미궁】의 마지막 시련이 확실하게 공략된 순간이었다.

"잘했다, 시아. 마지막은 굉장한 기백이었어. 다시 봤다."

"······응, 열심히 했어."

주변에 뭉게뭉게 먼지가 피어오르는 도중, 하지메와 유에가 칭찬의 말을 보냈다.

지면에는 거대한 크레이터가 생겼고, 그 중앙에 쓰러진 채 움직이지 않는 밀레디 골렘의 가슴 위에서 휘청이는 다리로 드뤼켄에 몸을 기댄 시아가 웃어 보였다.

쓰러지지 않은 건 다가오는 하지메와 유에에게 끝까지 멋진 모습을 보이고 싶었기 때문이었다. 그런 시아의 의지와 결과에 하지메는 감탄한 듯 눈을 가늘게 떴고 유에는 자상한 눈빛을 보냈다.

"에헤헤, 고마워요. 하지만 하지메 씨, 이럴 땐 「다시 반했다」는 말이면 충분해요."

"다시고 뭐고 처음부터 반하질 않았다니까?"

부끄러움을 감추기 위해서인지 농담(?)을 한 시아를 본 하지메는 신랄하게 반론했지만, 그 표정은 말과 정반대였다. 그 정도로 최후의 기백을 담은 시아의 모습은 무척이나 매력적이었다.

얼마 전까지만 해도 다툼과 인연이 없었다고는 생각되지 않을 정도로 활약할 수 있었던 건 오로지 하지메와 유에와 같은 무대에 서고 싶다는, 계속 함께 있고 싶다는 시아의 바람 때문일 것이다. 깊고 강한 바람이 시아의 잠재 능력과 어우러져 7대 미궁 최대의 시련과 정면으로 맞붙어서 마무리를 짓는 더할 나위 없는 성과를 이뤄 냈다.

사실 하지메는 마지막 상황에서 반드시 시아의 마무리가 필요했던 건 아니었다. 파일 벙커가 위력이 부족하다는 건 예상하고 있었고 그것을 보완한 수단도 있었다. 하지만 온화하고 다툼을 싫어하는 토인족이면서 얼마 전까지만 해도 싸우는 방법조차 없었던 시아가, 한 번이라도 「돌아가고 싶다」는 우는 소리를 하지 않고 공포와 불안과 동요에 떠밀리면서도 대미궁 심층부까지 따라온 만큼 마지막을 맡기는 것도 나쁘지 않을 거라고 생각했다.

결과는 끝내줬다.

엄청난 기백과 함께 반복한 마지막 일격은 솔직히 하지메가 넋 놓고 바라볼 정도로 훌륭했다. 시아의 강한 마음이 충격파를 일으켜 여기까지 닿은 게 아닐까 생각할 정도였다. 하지만 그렇다고 시아가 바라는 감정을 하지메가 가진 건 아니다. 그러나 그 노력과 근성에 감동한 건 어쩔 수 없을 것이다. 하지메가 시아를 바라보는 눈빛이 더욱 부드러워졌다.

"어? 어, 어쩐지…… 하지메 씨가 무척이나 자상한 눈을 한 것 같은데…… 꾸, 꿈인가?"

"너 말이다……. 아니, 뭐 평소의 대우를 생각해보면 어쩔 수 없는 반응이겠지만……."

그런 하지메의 눈빛을 본 시아는 믿기지 않는 것을 봤다는 것처럼 자신의 뺨을 꼬집었다. 그 반응을 본 하지메는 투덜거리고 싶어졌지만 지금까지 거칠게 대했던 것을 떠올리고는 당연한 반응이라고 생각해 말끝을 흐렸다.

아직까지 뺨을 꼬집고 있는 시아에게 유에가 총총 다가갔다. 그리고 옷을 끌어당겨 시아의 몸을 굽히게 한 뒤 그녀의 미리를 쓰다듬었다. 흐트러진 머리카락을 고치듯 천천히 정성스럽게…….

"저, 저기, 유에 씨?"

"……하지메는 쓰다듬어주지 않을 테니까 아쉬운 대로 내가 대신. 잘했어."

"유, 유에 씨~. 으, 뭐지? 어쩐지 눈물이 나와요. 흐에엥."

"……착하지."

처음엔 유에의 갑작스러운 행동에 당황하던 시아도 칭찬받았다는 것을 이해하고선 긴장의 끈이 풀렸는지 눈물을 흘리며 유에를 끌어안았다. 역시 처음 떠난 여행에서 갑자기 7대 미궁에 도전한 건 상당히 힘들었을 것이다. 그것을 하지메 일행을 따라가겠다는 일념만으로 견뎠으니 칭찬받아서, 인정받아서, 안도한 나머지 눈물샘이 풀어진 모양이었다.

참고로 유에의 말대로 하지메는 쓰다듬어주지 않았을 것이다. 시아는 쉽게 흥분하는 성격이라서 함부로 쓰다듬은 뒤, 하지메가 연애 감정을 품었다고 착각이라도 했다간 무척 성가실 거라 생각했기 때문이다. 이번 일로 시아는 하지메에게 완전히 가족 대우를 받겠지만 유에에 대한 것과 같은 감정을 여러 사람에게 품을 수는 없다. 『특별한 감정』이란 그런 것이다. 하물며 유에를 슬프게 하는 일을 할 리가 없다.

유에의 품에서 「흐에엥~!」 하고 기쁨 때문인지 안도 때문인지 모를 눈물을 흘리며 어리광 부리는 시아와, 그것을 자상하게 바라보며 머리를 쓰다듬어주는 언니 같은 유에를 바라보면…… 미래를 예측할 수 있을 것이다.

그런 세 사람에게 갑자기 말이 걸려왔다.

"있지~. 분위기 좋을 때 미안한데~, 슬슬 위험하니까 잠깐 괜찮을까~?"

무척이나 익숙한 목소리. 깜짝 놀란 하지메 일행이 밀레디 골렘을 보니 핵이 부서져 사라졌던 눈빛이 어느샌가 돌아와 있었다. 일행은 서둘러 물러나 거리를 두고는 경계심을 드러내며 주의했다.

"잠깐, 잠깐, 괜찮다니까~. 시련은 클리어! 너희의 승리야! 핵의 조각에 남겨진 힘으로 잠시 말할 수 있는 시간을 벌었을 뿐이라고~. 이제 몇 분 안 남았거든."

그 말을 증명하려는 듯 밀레디 골렘은 조금도 움직이지 않았고 눈빛은 아련히 깜박이는 것이 당장에라도 꺼질 것만 같았다. 아무래도 몇 분도 버티지 못할 거라는 건 사실인 듯했다.

하지메가 경계심을 풀고 밀레디 골렘에게 말을 걸었다.

"그래서 할 얘기가 뭔데? 죽어서도 분위기 파악을 못하다니…… 안쓰럽기로 유명한 해방자로 후세에 전해줄까."

"잠깐, 그러지 마~. 뭐야, 그 진부한 괴롭힘은. 은근히 타격이 있는 게 무척 싫은데."

"그래서?『빌어먹을 놈들』을 죽여 달라는 건 들어줄 생각이 없다만."

기선을 제압하려는 하지메의 말에 씁쓸한 분위기를 낸 밀레디 골렘.

"그런 말 안 해. 말할 필요도 없으니까. 말하고 싶다……기보다 충고지. 찾아간 미궁에서 바라던 신대 마법이 없었다 해도 반드시 우리『해방자』전원의 신대 마법을 손에 넣을 것……. 네 바람을 위해 필요하니까……."

밀레디의 힘이 다했는지 점점 말이 흐릿하고 끊겨서 들리기 시작했다. 하지만 그런 건 신경 쓰지 않는 하지메가 물었다.

"전부라……. 그럼 다른 미궁이 있는 곳을 알려줘. 전해지질 않아서 거의 모르거든."

"아, 그렇구나. ……그래, 미궁의 위치를 몰라서…… 오랜 시간이 흘렀으니까. ……응, 장소…… 장소는……."

드디어 밀레디 골렘의 목소리가 힘을 잃기 시작했다. 어딘가 감정적인 울림이 담긴 목소리에 유에와 시아가 복잡한 표정을 했다. 오랜 세월 동안 사명과 소망을 위해 골렘이 되면서까지 살아남은 자에 대한 경의를 눈동자에 담았다.

밀레디는 띄엄띄엄 남은 7대 미궁의 장소를 말해주었다. 개중에는 놀랄 만한 곳도 있었다.

"이상이야. ……열심히 해."

"……상당히 얌전하잖아. 그 짜증 나는 말투는 어디로 간

거야?"

하지메의 말대로 지금의 밀레디는 미궁 안에서 짜증 나는 문구를 마련하거나 사람의 신경을 거슬리게 하는 말투와는 거리가 먼, 성실하고 착실함이 느껴졌다. 전투 전에 하지메의 목적을 물었을 때 잠시 보여주었던, 아마도 그것이 그녀의 진짜 얼굴일 것이다. 소멸을 앞에 두고 자신을 포장할 필요가 없어진 건지도 모른다.

"아하하, 미안해~. 하지만…… 그 빌어먹을 놈들은…… 정말로 짜증 나는 놈들이라…… 화나는 짓만 하거든. ……그러니까 조금이라도…… 익숙해졌으면 해서……."

"야, 정신 나간 신 따위는 관심 없다고 했잖아. 왜 멋대로 싸우는 걸 전제로 이야기하는 거야."

하지메의 불만스러운 목소리에 밀레디가 의외일 정도의 진지함과 확신에 찬 목소리로 답했다.

"……싸울 거야. 네가 너인 이상…… 반드시…… 넌 신을 죽일 거야."

"……영문을 모르겠네. 그야 내 앞길을 막는다면 죽일지도 모르지만……."

하지메는 약간 당황했다. 밀레디는 그 모습이 즐거운지 웃음을 흘렸다.

"후후, 그거면 돼……. 넌 네가 바라는 대로 살면 돼…… 네 선택이…… 분명…… 이 세계에…… 가장 좋을 테니까……."

어느샌가 밀레디 골렘의 몸이 옅은 빛에 감싸이기 시작했다. 그 빛은 반딧불처럼 옅고 작은 빛이 되어 하늘로 올랐다. 죽은 영혼이 하늘로 올라가는 것처럼 무척이나 신비로운 광경이었다.

그때 유에가 천천히 밀레디 골렘의 곁으로 다가가, 이미 대부분의 빛을 잃은 눈동자를 가만히 들여다보았다.

"왜?"

속삭이는 듯한 밀레디의 목소리에 그것과 마찬가지로 속삭이듯 유에가 한마디, 사라져 가는 위대한 『해방자』에게 말을 보냈다.

"……수고했어. 고생 많았어."

"……."

그것은 위로의 말. 단 한 사람, 깊은 어둠 속에서도 희망을 품어 온 위대한 존재에 대해 지금을 사는 사람이 바치는 선물이었다. 원래라면 아득히 연하일 사람이 하기엔 부적절한 말일지도 모르지만 역시 그 이상의 말은 떠오르지 않았다.

밀레디는 그 말이 의외였을 것이다. 말없이 멍한 분위기로 가만히 바라보더니 이윽고 온화한 목소리로 속삭였다.

"……고마워."

"……응."

참고로 유에와 밀레디가 마지막 말을 나누는 뒤에서 의미심장한 말투에 화가 난 하지메가 「이제 됐으니까 빨랑 죽어」라고 말할 듯한 분위기라, 그것을 민감하게 깨달은 시아가 「분위기 파악 못하는 게 누군데요! 좀 조용히 해요!」라고 뒤에서 붙들며 입을 틀어막았다. 하지메는 발버둥 치고 무언가 말하려 했지만 다행히 유에와 밀레디는 그것을 깨닫지 못하고 엄숙한 분위기를 유지했다.

"……그럼 시간…… 됐네. ……너희의 앞길에…… 자유로운 의지가…… 함께하기를…….."

오스카와 같은 말을 하지메 일행에게 보낸 『해방자』 중 한 사람, 밀레디 라이센은 옅은 빛이 되어 하늘로 사라졌다.

정적이 주변을 감싸고 여운에 잠긴 유에와 시아가 빛의 궤적을 따라 하늘을 올려다보았다.

"……처음엔 성격이 뒤틀린 최악의 인물이라고 생각했어요. 하지만 열심히 했던 것뿐이었네요."

"……응."

어딘가 아련한 분위기로 이야기를 나누는 유에와 시아. 하지만 밀레디에게 전혀 공감하지 못하는 남자, 하지메는 진저리 난다는 태도로 두 사람에게 말을 걸었다.

"하아, 이제 됐잖아? 빨리 가자. 그리고 단언하건데 녀석의 비뚤어진 성격도 진짜라고 생각해. 그런 악랄함은 연기로 가능한 수준이 아니야."

"하지메 씨. 죽은 사람을 비난하지 마세요. 너무하잖아요. 진짜로 분위기 파악 못하는 건 하지메 씨라고요."

"……하지메, 분위기 파악 못해?"

"유에, 너까지…… 하아. 뭐, 됐다. 만약을 위해 말해 두겠는데 난 분위기를 파악 못하는 게 아니야. 파악하지 않을 뿐이지."

그런 잡담을 나누고 있다가 벽의 한곳이 빛나는 걸 깨달은 하지메 일행은 마음을 다잡고 그곳으로 향했다. 위쪽에 있는 벽이라 부유 블록을 발판 삼아 이동하기 위해 블록 하나에 세 사람이 뛰어올랐고, 발판이었던 부유 블록이 슥 움직이기 시작해 빛나는 벽까지 하지메 일행을 옮겼다.

"······."

"우와, 이거 움직여요. 편리하네요."

"······서비스?"

시아는 부유 블록이 자신들을 멋대로 데려다준다는 사실에 깜짝 놀랐고 유에는 고개를 갸웃했다. 하지메는 어째서인지 싫은 표정이었다. 10초도 걸리지 않아 빛의 벽 앞까지 이동한 뒤, 5미터 정도 앞에서 움직임이 멈췄다. 그러자 빛나는 벽은 마치 계산한 듯한 타이밍에 빛이 옅어지더니 소리를 내지 않고 발광한 부분의 벽만이 앞으로 기울어져 구멍이 생겼다. 안쪽에는 광택이 있는 하얀 벽으로 만든 통로가 이어져 있었다.

하지메 일행이 탄 부유 블록은 그대로 통로를 미끄러지듯 이동했다. 아무래도 밀레디 라이센의 은신처까지 태워다 줄 모양이었다. 그렇게 나아간 곳에는 【오르크스 대미궁】에 있던 일곱 개의 문양이 그려진 벽이 있었다. 하지메가 다가가니 역시 타이밍 좋게 벽이 옆으로 미끄러져 길이 생겼다. 부유 블록은 멈추지 않고 벽 안쪽으로 들어갔다.

그렇게 들어간 벽 너머에는—.

"야호, 또 만났네~! 밀레디야!"

작은 밀레디 골렘이 있었다.

"……."

"거봐, 이럴 줄 알았다니까."

유에와 시아는 말이 없었고 하지메는 예상했다는 것처럼 지긋지긋하다는 표정을 지었다.

하지메가 이 상황을 예상한 것은 단순히 장난기 넘치는 밀레디와 진지한 밀레디가 모두 그녀라는 것을 간파한 덕분이었다. 짜증 나는 문구나 함정은 정말로 착실한 인간이 생각해 낼 만한 수준이 아니었다. 또한 밀레디는 의식을 남기고 스스로 도전자를 선정하는 방법을 선택했다. 그렇다면 도전자가 나타나 한 번 격파된다고 그걸로 끝일 리가 없다. 그랬다간 한 번만 클리어하면 최종 시련이 사라지기 때문이다.

그래서 하지메는 밀레디 골렘을 파괴해도 밀레디 자신은 소멸하지 않을 거라고 예상했다. 그것은 부유 블록이 하지메 일행을 태우고 안내하듯 움직인 시점에서 확신으로 바뀌었다. 부유 블록을 의도적으로 움직일 수 있는 건 밀레디뿐이니 말이다.

조용히 고개를 숙인 유에와 시아에게 밀레디가 상당히 가벼운 느낌으로 말을 걸었다.

"어라? 어라? 기운이 없네~? 더 놀라도 괜찮은데~? 아, 그게 아니면 너무 놀라서 말이 안 나오는 건가? 그렇다면 몰래카메라 대성공~이네☆"

작은 밀레디 골렘은 거대 버전과는 다르게 인간다운 디자인이었다. 가녀린 몸에 우윳빛의 긴 로브를 걸치고 하얀 가면을 쓰고 있었다. 웃고 있는 마크가 미묘하게 화가 났다. 그런 미니 밀레디는 말끝마다 반짝! 하고 별을 빛내며 하지메 일행의 눈앞으로 다가왔다. 아직까지 유에와 시아는 고개를 숙이고 있어서 그 표정은 머리카락에 가려 보이지 않았다. 하지만 이미 앞으로의 전개를 알 수 있었기 때문에 하지메는 한 발 거리를 두었다.

유에와 시아가 중얼거리듯 질문했다.

"……아까는?"

"응~? 아까? 아, 혹시 사라질 줄 알았어? 그럴 리가~! 그럴 리 없잖아~!"

"하지만 빛이 올라 사라졌잖아요?"

"후후후, 제법 좋았지? 그 『연출』! 어머, 밀레디는 연기에 재능이 있다니까요! 무서운 아이!"

잔뜩 고조된 미니 밀레디. 그에 비례해 짜증도 배가됐다. 그런 미니 밀레디를 앞에 둔 유에는 손을 앞으로 내밀었고 시아는 드뤼켄을 들었다. 그것을 본 미니 밀레디는 역시 지나쳤나 싶어 움직임을 멈췄다.

"저, 저기……."

비틀비틀 휘청거리며 다가오는 유에와 시아를 본 미니 밀레디는 바들바들 떨며 어떤 말을 해야 할지 망설이다 결심한 듯 말했다.

"에헷, 짠☆"

"……죽어."

"죽어주세요."

"자, 잠깐! 잠깐 기다려 봐! 이 몸은 약하다고! 이게 망가지면 정말로 큰일이란 말이야! 침착해! 사과할게~!"

한동안 투닥투닥, 쿵쿵, 으악 하고 부서지는 소리와 비명이 들렸지만 하지메는 그것을 무시하고서 방을 관찰했다. 방 자체는 전부 흰색이었고 중앙의 바닥에 새겨진 마법진 이외에는 아무것도 없었다. 유일하게 벽의 일부에 문으로 보이는 것이 있었고 하지메는 아마 그곳이 미니 밀레디가 사는 곳일 거라고 추측했다.

하지메는 천천히 마법진으로 다가가 멋대로 조사하기 시작했다. 그것을 본 미니 밀레디가 다급히 하지메에게 다가왔다. 뒤에서는 무표정인 흡혈 공주와 토끼 귀가 험악한 분위기로 다가왔다.

"멋대로 만지면 안 돼~. 그보다 동료잖아! 무시하지 말고 말려줘~!"

그렇게 투덜거린 미니 밀레디는 하지메의 등 뒤에 숨어, 하지메를 두 악귀에 대한 방패로 삼으려 했다.

"……하지메, 비켜. 그 녀석을 죽일 수가 없잖아."

"비켜주세요, 하지메 씨. 그 녀석을 죽일 거예요. 지금 여기서."

"설마 그 말을 이 타이밍에서 들을 줄은 몰랐어. 그보다 이제 그만 놀고 할 일을 해."

하지메는 약간 어이없다는 표정으로 유에와 시아에게 가볍게 주의를 주었다. 그리고 뒤에 있던 미니 밀레디가 「그래, 맞아! 진지하게 해!」라고 외치며 야유를 보내기에 그 얼굴에 의수로 아이언 클로를 먹여주었다. 웃는 얼굴 그림이 미묘하게 일그러져 비통한 표정이 됐지만 신경 쓰지 않았다. 그대로 힘을 주어 미니 밀레디의 머리에서 빠득 소리가 울리게 했다.

"이대로 유쾌한 디자인이 되고 싶지 않다면 빨리 네 신대 마법을 넘겨."

"저기~, 말하는 게 완전히 악당이라는 거 알긴 하니? 『빠득, 빠드득』…… 알겠습니다, sir! 당장 넘기겠습니다! 그러니까 그만해! 이 이상은 진짜로 부서진다고!"

버둥대는 미니 밀레디를 보고 분이 풀렸는지 유에와 시아도 이성을 되찾았고, 더 이상 장난쳤다간 정말로 부서질 거라 판단한 미니 밀레디도 마법진을 기동하기 시작했다.

하지메 일행은 마법진 안으로 들어갔다. 이번엔 시련을 클리어한 것을 밀레디 본인이 알고 있기 때문에 【오르크스 대미궁】 때처럼 기억을 확인하는 장치 없이 직접 뇌에 신대 마법의 지식과 사용 방법이 새겨졌다. 하지메와 유에는 이미 경험해봤기 때문에 반응이 없었지만 시아는 처음 느끼는 경험에 움찔 몸을 떨었다.

몇 초 만에 주입이 끝나고 하지메 일행은 밀레디 라이센의 신대 마법을 손에 넣었다.

"이건…… 역시 중력 조작 마법인가."

"맞아~. 너하고 토끼는 적성이 없네~. 정말 깜짝 놀랄 정도로 없어!"

"시끄러워. 그건 이미 알고 있어."

미니 밀레디의 말대로 하지메와 시아는 중력 마법의 지식을 얻어도 제대로 사용할 수 있을 것 같지 않았다. 유에가 생성 마법을 제대로 사용할 수 없는 것과 마찬가지로 적성이 없었던 것이다.

"뭐, 토끼는 체중을 조절하는 정도로는 사용할 수 있을 것 같네. 넌…… 생성 마법을 쓸 수 있으니까 그걸로 참아. 금발은 적성에 잘 맞네. 수련하면 완전히 다룰 수 있게 될 거야."

미니 밀레디의 사뭇 진지한 해설에 하지메가 어깨를 으쓱였고 유에가 고개를 끄덕였으며 시아는 맥이 빠진 듯했다. 모처럼 손에 넣은 신대 마법을 적성이 없어서 사용해 봤자 체중 조절 정도로만 사용할 수 있다는 것에 엄청나게 풀이 죽었다. 또한 무거워지는 건 그렇다 치고 가볍게 하는 것도 문제다. 방심했다간 체중이 위험해질 것이다. 오히려 단점을 짊어진 것 같은 시아는 의기소침해졌다.

침울해하는 시아를 본 하지메는 더 많은 요구를 했다. 절대 봐주는 일이 없었다.

"야, 밀레디. 빨리 공략의 증거를 줘. 그리고 네가 가진 편리한 아티팩트나 감응석처럼 희귀한 광물도 전부 넘기고."

"……말하는 게 완전히 강도 수준이네. 알기는 해?"

일그러진 웃는 얼굴 마크의 가면이 너무나도 차가운 표정을 지은 것처럼 느껴졌지만 하지메는 신경 쓰지 않았다. 미니 밀레디는 주섬주섬 주머니를 뒤져 반지 하나를 꺼내 하지메에게 던졌다. 그 반지는 위아래의 타원을 하나의 못으로 고정한 디자인이었다.

미니 밀레디는 허공에 대량의 광석을 꺼냈다. 아마도 『보물 창고』를 가졌고, 거기에 보관하던 광석을 꺼낸 듯했다. 유난히 순순히 꺼낸 것을 보니 원래부터 건넬 생각이었는지도 모른다. 어째서인지 밀레디는 하지메가 정신 나간 신과 싸울 거라고 확신하는 모양이니 이 정도의 협력은 아끼지 않을 생각인 것 같았다.

하지만 이 정도로 만족하지 않는 게 하지메 퀄리티. 광물을 자신의 『보물 창고』에 담으며 차가운 눈으로 미니 밀레디를 보았다.

"야, 그거 『보물 창고』지? 그럼 그것도 넘겨. 어차피 안에 아티팩트도 들어 있잖아."

"저, 저기~. 이 이상 넘길 건 없어. 『보물 창고』와 다른 아티팩트도 미궁의 수리와 유지에 필요하니까."

"몰라. 내놔."

"앗! 안 된다니까!"

정말로 송두리째 뺏으려는 하지메에게 당황한 미니 밀레디가 뒤로 물러났다. 그녀가 소유한 아티팩트는 전부 미궁을 위해 필요한 것들뿐이다. 오히려 그 이외엔 도움이 되지 않는 것들뿐이라 하지메가 갖고 있어도 쓸 일이 없었다. 그 사정을 자세히 설명했지만 하지메는 「호오, 알았으니까 넘겨」라고 요구했다. 어딜 봐도 강도 같았다.

"에잇~, 안 준다고 했잖아! 이만 돌아가!"

계속해서 조금씩 다가오는 하지메를 본 미니 밀레디는 기세 좋게 뒤를 돌아 벽 근처까지 도망친 뒤 부유 블록을 타고 천장까지 이동했다.

"도망치지 마. 난 그저 공략 보수로서 가진 걸 두고 가라는 것뿐이잖아. 오히려 정당한 요구라고."

"그걸 정당하다고 주장하는 네 가치관은 정상이 아냐! 으으, 항상 오스카한테서 들었던 말을 내가 하게 될 줄이야⋯⋯."

"참고로 그 오스카라는 녀석의 미궁에서 배운 가치관이다."

"오스카~!"

하지메에게 어이없다는 시선을 보내면서, 지금까지 실컷 당한 것에 앙심을 품은 유에와 시아도 참전하여 조금씩 밀레디를 향해 포위망을 좁혔다. 반쯤 자업자득이었지만 나머지 반은 예전의 동료가 만든 미궁 탓이라는 것을 생각하면 무척이나 씁쓸해졌다.

"하아~, 처음 공략한 사람이 이런 인물이라니⋯⋯. 이제 됐어. 너희를 강제로 밖으로 내보낼 거야! 돌아오면 안 돼!"

당장에라도 달려들 것 같은 하지메 일행의 눈앞에 놓였던 미니 밀레디는 어느새 천장에서 내려온 끈을 잡아 아래로 슥 당겼다.

"응?"

하지메 일행은 뭐하는 건지 알 수 없다는 표정을 했다. 하지만 귀에 딱지가 생길 정도로 들어 온 그 소리가 다시 들렸다.

덜컹!

"……?!"

함정이 작동하는 소리였다.

그 소리가 울린 순간, 굉음과 함께 사방의 벽에서 엄청난 기세의 물이 흘러들었다. 정면이 아닌 비스듬한 방향에서 쏟아진 대량의 물은 순식간에 방 안을 휩쓸었고, 동시에 방의 중앙에 있던 마법진을 중심으로 개미지옥처럼 바닥이 사라져 커다란 구멍이 생겼다. 격류는 그 구멍을 향해 단번에 흘러들었다.

"이 자식! 이건!"

하지메가 무언가를 깨달은 것처럼 잠시 경직되더니 곧바로 굴욕에 얼굴을 찡그렸다.

하얀 방, 움푹 파인 중앙의 구멍, 그곳으로 소용돌이치며 흘러드는 대량의 물……. 그렇다, 이건 흡사 『변기』였다!

"싫은 일은 물에 흘려보내야지☆"

미니 밀레디는 어떤 원리인지는 몰라도 가면의 웃는 얼굴 마크를 변화시켜 윙크했다.

울컥한 분위기는 그대로였고 유에가 서둘러 마법을 사용해 전원을 위로 올리려 했다. 이 방 안은 신대 마법의 진이 있는 탓인지 분해 작용이 없었다. 유에에게 남은 마력은 적었지만 일행을 물에서 탈출시키는 것 정도는 할 수 있었다.

"……『내……』."

"그렇겐 안 되지~."

하지만 유에가 『내상』 마법을 사용하려던 순간 미니 밀레디가 오른손을 뻗자 동시에 엄청난 부하가 하지메 일행을 엄습했다. 위에서 거대한 무언가가 짓누르는 듯 격류에 휩쓸렸다. 중력 마법으로 위에서 몇 배의 중력을 건 모양이었다.

"잘 가~. 미궁 공략 열심히 하고~."

"쿨럭…… 이 자식, 우리가 오물이냐?! 언젠가 반드시 파괴해주겠어!"

"콜록…… 용서 못해."

"죽여주겠어요! 으읍!"

하지메 일행이 저마다의 말을 내뱉으며 손쓸 방법도 없이 격류에 휩쓸린 채 구멍으로 빨려 들었고, 구멍에 떨어지기 직전 하지메가 보답이라는 것처럼 무언가를 던졌다. 하지메 일행이 구멍으로 휩쓸려 나가자 흘러들었을 때와 비슷한 속도로 순식간에 물이 빠져 예전 방의 모습이 되었다.

"후우, 끈질긴 녀석들이었어~. 그나저나 오스카하고 같은 연성사라. 후후, 어쩐지 운명적이네. 바라는 것을 위해 계속 발버둥 쳐라……. 자, 그럼 미궁과 골렘 수리하느라 한동안 바쁘겠네. ……응? 이게 뭐지?"

땀을 흘릴 리 없으면서도 이마를 닦는 동작을 한 미니 밀레디가 그렇게 중얼거렸다. 그리고 문득 시야 끝에 익숙하지 않은 물건을 발견했다. 벽에 박힌 나이프와 거기 매달린 검은 물체. 뭔가 싶어 다가간 뒤에야 그 형태를 본 적이 있다는 것을 깨달았다.

"어?! 이건 설마?!"

검은 물체의 정체는 하지메가 만든 수류탄이었다. 구멍에 떨어지기 직전에 보답이라는 듯 나이프에 달아 던진 것이다. 몇 번인가 미궁 안에서도 사용했었기 때문에 밀레디도 그것이 폭발물이라는 것을 깨닫고 초조한 표정을 지으며 서둘러 피하려 했다. 사실 중력 마법은 **지금**의 미니 밀레디에겐 무척이나 연비가 나쁘기 때문에 방금 사용한 것으로 끝이었다. 그래서 폭발을 억누를 수 없었다.

미니 밀레디는 허둥지둥 뒤를 돌았지만 때는 이미 늦었다. 미니 밀레디가 뒤를 돈 순간 하얀 방이 순식간에 섬광으로 가득 차고 격렬한 충격이 일었다.

미궁의 가장 깊은 곳에서 「으갸아악!」 하는 여자의 비명이 울렸다. 그 후 수리할 게 늘어 훌쩍이는 작은 골렘이 있었다는 이야기가……

한편 오물처럼 떠내려간 하지메 일행은 물살을 타고 지하 터널 같은 곳을 빠른 속도로 흘러갔다. 숨을 쉴 수 있는 곳도 없이 계속해서 물속을 지나면서 벽에 충돌해 의식을 잃지 않도록 필사적으로 몸을 움직였다.

그때 하지메 일행의 시야에 자신들을 지나치는 몇 개의 그림자가 들어왔다. 그것은 물고기였다. 아무래도 휩쓸린 곳은 다른 강이나 호수와 연결된 지하수였던 듯했다. 하지만 떠내려간 하지메 일행과는 다르게 물고기들은 급류 안을 태연히 헤엄쳐 하지메 일행을 계속해서 추월했다. 그중 한 마리가 필사적으로 숨을 참고 있는 시아의 얼굴 바로 옆에서 나란히 헤엄쳤다. 시아는 별생각 없이 그 물고기에게 시선을 돌렸다.

물고기와 눈이 마주쳤다. 아니, 물고기가 아니라 인간의 얼굴, 그것도 아저씨의 얼굴이었다. 무슨 말인지 모르겠지만, 그렇게밖에 설명할 수 없었다. 즉, 시아와 눈이 마주친 물고기는 인면어였다. 어딘가 능글맞고 무기력한 아저씨의 얼굴을 한 인면어는 옛 생각 나는 시아[#11]을 방불케 했다.

경악으로 눈을 크게 뜬 시아는 자신도 모르게 숨을 내뱉으려다 다급히 두 손으로 입을 막았다. 하지만 너무나 놀란 탓에 시선을 돌리지 못했고 시아와 아저씨(물고기)는 서로 마주 본 채로 격류 안을 지나갔다.

그때 영원히 이어질 거라 생각했던 시아와 아저씨(물고기)의 시간은 갑자기 끝을 고했다. 시아의 머리에 목소리가 울렸기 때문이다.

—뭘 봐.

혀를 차며 그렇게 말했다. 시아는 이번에야말로 견딜 수 없었다. 수중에서 부글부글 숨을 토해 내고 말았다. 어쩌면 이 아저씨(물고기)는 마물의 한 종류로 『염화』 같은 고유 마법을 가진 건지도 모른다. 하지만 그것을 확인할 길도 없이, 아저씨(물고기)는 슥슥 물살 속을 헤엄쳐 순식간에 멀리 가버렸다.

#11 시아 드림캐스트로 발매된 『시맨 ~금단의 펫~』에 등장하는 시맨.

남겨진 것은 눈을 뒤집고 힘없이 물살에 떠내려가는 토끼 귀 소녀뿐이었다.

도시와 도시, 혹은 마을을 연결하는 도로에 한 대의 마차와 몇 마리의 말이 느긋하게 걷고 있었다. 물론 그 말 위에는 사람이 타고 있었다. 모험가로 보이는 남자가 셋, 여자가 한 명이었다. 마부대에는 열다섯 살 정도의 여자아이와 괴물⋯⋯ 아니, 거한의 처녀가 타고 있었다.

"소나~, 이제 곧 샘이 나오니까 거기서 잠깐 쉬자~."

"알았어요, 크리스타벨 씨."

크리스타벨이라 불린 인물은 무엇을 숨기랴 브룩 마을에서 유에와 시아가 신세진 의복점의 점장이었다. 그리고 그 크리스타벨 옆에 앉은 소녀는 『마사카 여관』의 딸 소나 마사카[#12]였다. 설마 그럴 리가 싶은 이름이지만 호기심과 분홍빛 망상이 조금 많을 뿐인 평범한 소녀다.

이 두 사람은 지금 모험가의 호위를 받으며 이웃 마을에서 브룩으로 돌아오는 중이었다. 크리스타벨은 그 거대한 몸집답게 무척 강하기 때문에 의복 관련 소재를 직접 가지러 가는 일이 많았다. 이번에도 물건을 들이기 위해 잠시 마을에서 나왔었고 소나는 그때 함께 따라 나왔다. 이웃 마을의 친척이 크게 다쳤다는 이야기를 듣고 여관을 떠날 수 없는 부모님 대신 병문안 선물을 전하러 나온 것이다. 모험가들은 원래 브룩

[#12] **소나 마사카** 일본어로 「설마 그럴 리가」라는 뜻의 손나 마사카와 비슷한 발음이다.

마을의 모험가로 임무를 마치고 돌아가는 길이라 겸사겸사 호위해주고 있었다.

브룩 마을까지 앞으로 하루 정도 남았다. 크리스타벨 일행은 길가에 있는 샘에서 잠시 쉬기로 했다.

샘에 도착한 크리스타벨 일행이 말에게 물을 마시게 하며 자신들도 샘 옆에서 점심 먹을 준비를 했다. 소나가 물을 긷기 위해 샘에 물통을 담근 순간 보글보글 소리를 내며 샘의 중앙에서 거품이 일더니 갑자기 물이 솟구치기 시작했다.

"꺅!"

"소나!"

비명을 지르며 엉덩방아를 찧은 소나를 향해 깜짝 놀란 크리스타벨이 달려와 감싸듯 안고서 모험가들이 있는 곳으로 돌아왔다. 그러는 사이에도 솟구친 물은 점점 격렬해지다 드디어 10미터 이상 물줄기가 솟았다.

이 샘은 여행길의 쉼터로 알려졌는데 이런 현상은 한 번도 보고된 적이 없었다. 그래서 크리스타벨과 소나, 모험가들도 깜짝 놀라 입을 떡하니 벌리고 비처럼 쏟아지는 물방울을 신경 쓰지 않은 채 거대한 물줄기를 올려다본 그때였다.

"우와아아아아!"

"으음~!"

"……."

솟구친 물을 따라 세 사람…… 중에 두 사람이 비명을 지르며 튀어나오자 그것을 본 크리스타벨 일행은 눈이 튀어나올 정도로 깜짝 놀랐다. 날아든 세 사람은 비명을 지르며 10미터 높이까지 올라가 그대로 크리스타벨 건너편에 풍덩 소리를 내며 떨어졌다.

"……."

"뭐, 뭐야, 대체……."

말도 나오지 않는 모험가들과 크리스타벨의 마음을 소나가 대변해주었다.

"쿨럭, 쿨럭. 크~, 위험했네. 그 녀석 언젠가 반드시 파괴해주겠어. 유에, 시아. 무사해?"

"콜록콜록……. 응, 괜찮아."

어떻게든 수면에 떠오른 하지메가 투덜거리면서도 유에와 시아의 안부를 확인했다. 하지만 돌아온 것은 유에의 대답뿐이었다.

"시아? 야, 시아! 어디 있어?!"

"시아……. 어디야?"

아무리 불러도 주위에 반응이 없자 하지메가 서둘러 물속으로 들어가 살폈다. 그러자 예상대로 시아가 바닥에 잠긴 것을 발견했다. 의식을 잃은 데다 드뤼켄의 무게로 떠오르지 않은 것이다.

하지메는 『보물 창고』에서 압축된 무거운 광석을 꺼내어 그것을 추로 삼아 단번에 잠수했다. 그리고 시아를 붙든 뒤 지면을 박차며 밖으로 끌어올렸다.

시아를 데리고 물 밖으로 데리고 나와 하늘을 보게 눕혔다.

시아는 창백한 얼굴로 호흡과 심장이 멎어 있었다. 어지간히 기분 나쁜 것을 봤는지 의식이 없으면서도 미묘하게 경직된 표정이었다.

"유에, 인공호흡!"

"……그게 뭔데?"

"우선 기도를 확보하고……."

"……?"

시아의 상태를 보고 유에에게 심폐 소생술을 부탁했지만 유에는 모르겠다는 표정이었다. 어쩌면 이쪽 세계에는 심폐 소생술이라는 게 없는 건지도 모른다. 다친 것도 아니고 물을 마신 상황에서 더 물을 마시게 할 수 없기 때문에 신수는 도움이 될 것 같지 않았다. 유에도 치유 마법은 서툴러서 물을 토하게 하고 심장을 마사지하는 효과의 마법은 모를 것이다. 한시가 급한 상황인 건 분명하다. 하지메는 마음을 굳히고 시아에게 심폐 소생술을 했다.

그렇게 되면 당연히……『마우스 투 마우스』를 하게 된다.

그것을 본 유에가 순간 기분 나쁜 표정을 했다. 하지만 그것이 시아를 구하는 방법이라는 걸 이해하고서 얌전히 지켜보았다. 가만히, 정말로 가만히 바라보았다.

하지메는 유에의 무뚝뚝한 시선을 열심히 무시하며 심폐 소생술을 반복했다.

'나 원. 모처럼 다시 봤는데 전부 끝나니까 죽을 위험에 처하다니……. 넌 정말 유감스러운 토끼야.'

히지메가 내심 쓴웃음을 지었고, 몇 번인가의 인공호흡 끝에 마침내 시아가 물을 토해 냈다. 물이 기관지를 막지 않도록 얼굴을 옆으로 돌려주었다. 자세로 볼 때 완전히 올라탄 자세였다.

"콜록, 콜록……. 하지메 씨?"

"그래, 하지메 씨다. 정말이지 이런 곳에서 죽을 —읍?!"

시아가 기침하며 일어나자 하지메는 가까운 거리에서 어이 없다는 표정을 보이면서도 어딘가 안심한 듯한 태도를 보였다. 그런 하지메를 멍하니 바라보던 시아는 무슨 생각인지 갑자기 와락 안더니 그대로 키스했다. 하지메는 예상치 못했던 반응과 가까웠던 거리 때문에 피하지 못했다.

"음?! 음!"

"아음, 츕."

시아는 두 손으로 하지메의 머리를 안고 두 다리를 허리에 감아 완전히 몸을 고정한 다음 봐주지 않고 하지메의 입 안에 혀를 넣었다. 하지메는 시아의 완력과 자신의 불안정한 자세 탓에 금방 떼어 내지 못했다.

사실 몇 번인가 인공호흡을 할 때 어째서인지 시아는 하지메가 키스하고 있다는 것을 알 수 있었다. 몸은 움직이지 않고 의식도 거의 없었지만, 물을 마신 순간 자신도 모르게 신체를 강화해 둔 것이 이런 특이한 상황을 가져온 건지도 모른다.

몇 번이나 반복된 키스에 시아의 감정은 한계를 돌파했다. 놓치지 않겠다는 것처럼 하지메의 몸을 단단히 붙들곤 무아

지경으로 하지메에게 키스했다.

한편 그 광경을 바라보던 유에는…… 무척이나 기분 나빠 보였다. 기분 나빠 보였지만 말리려 들지 않았다. 작은 목소리로 「포상으로 지금만……」 하고 중얼거렸다. 아무래도 시아의 마음을 이해하고 미궁에서 노력한 상을 준다는 의미에서 허락한 듯했다.

눈동자에서 빛이 사라진 걸 보면 상당히 갈등 중인 건 분명했다. 분명 오늘 밤 하지메는 어리광쟁이가 된 유에를 상대로 쉬지 못할……지도 모른다.

"아아, 뭐야?! 뭐예요, 이 상황은?! 괴, 굉장해…… 잔뜩 젖어서는, 저렇게 엉겨서는…… 겨, 격렬해…… 밖인데도! 변태적이야!"

그곳에 찾아온 것은 망상 가득한 여관집 딸 소냐였다. 그리고 「어머, 너희는……」 하고 몸을 비틀며 유에와 시아를 떠올리려 하는 크리스타벨, 그 뒤에는 질투에 불타는 눈동자로 검을 뽑으려는 손을 다른 손으로 억누른 남자 모험가, 그런 남자들을 차가운 눈으로 바라보는 여자 모험가가 있었다.

이런 상황에서도 시아가 흥분하여 뜨거운 숨결과 눈빛으로 격렬하게 입을 맞대고 있자, 이마에 힘줄이 불거진 하지메는 시아를 매단 채 몸을 일으켰다. 그리고 시아의 포동포동한 엉덩이를 거머쥐며 격렬하게 주물렀다.

"앙!"

시아는 자신도 모르게 신음했다. 순간 시아의 구속이 풀어진 틈을 노린 하지메는 휙 하고 시아를 떨어뜨려 그대로 샘물에 던졌다.

"으갸~!"

요란하게 물방울을 튀기고 비명을 지르며 샘에 떨어진 시아를 흘겨본 하지메는 거친 숨을 내쉬고 머리를 쓸어 올렸다.

"저, 정말이지 방심할 수가 없어. 소생 직후에 덮칠 줄은…… 예상 못 했다."

샘물에서 사다〇#13처럼 앞머리를 내려뜨리고 기어오른 시아를 본 하지메는 전율한 표정을 지었다.

"으~, 너무해요~. 하지메 씨가 먼저 해주셨잖아요~."

"뭐? 그건 엄연한 구명 조치지…… 그보다 너 의식이 있었어?"

"음~. 있었던 것 같기도 하고 없었던 것 같기도 하고……. 하지만 어쩐지 알 수 있었어요. 하지메 씨가 키스해줬다는 것만큼은! 으헤헤."

"그렇게 웃지 마. ……잘 들어. 그건 어디까지나 구명 조치지 깊은 의미가 있는 건 아니야. 이상한 기대는 하지 마."

"그런가요? 하지만 키스는 키스예요. 이대로 러브러브로 돌입하자고요!"

"안 그래. 그보다 유에, 너도 좀 말려."

"……지금만…… 하지만, 시아도 노력했으니까…… 아니, 그래도……."

#13 사다〇 「링」에서 등장하는 원혼인 사다코.

"유에? 야, 유에."

허공을 바라본 채 중얼거리는 유에를 본 하지메는 이쪽도 안 되겠다며 한숨을 쉬었다. 그리고 근처에서 하지메 일행의 상태를 지켜보던 크리스타벨 일행에게 시선을 돌렸다.

하지메의 시선이 모험가들을 지나 소나에서 잠시 멈췄다가 크리스타벨을 보고서 바로 소나에게 돌아갔다. 보지 않은 셈 치려는 모양이었다.

하지메의 시선을 느낀 소나는 움찔 몸을 떨며 얼굴을 붉혔다.

"시, 실례했습니다! 부, 부디 저희는 신경 쓰지 마시고 천천히 계속하세요!"

그렇게 외치고 돌아서려는 소나의 목덜미를 크리스타벨이 잡은 뒤 하지메 일행에게 다가왔다. 하지메는 다가오는 괴물에 깜짝 놀라면서도 옆에서 시아가 「아, 점장님」하고 아는 사이인 것처럼 구는 걸 보고 이야기를 나눴다.

그 결과 자신들이 【브룩】에서 하루 정도 떨어진 곳에 있다는 것을 알게 된 하지메 일행은 마을에 들르기로 했다. 젖은 옷을 갈아입고 따뜻한 햇살 속에서 말발굽 소리를 들으며 많은 이야기를 나누었다.

새로운 동료와 함께 두 번째 대미궁 공략에 성공했다.

그 감상에 젖으면서도 마차 뒤에 몸을 뉘어 찬란하게 빛나는 태양을 바라본 하지메는, 앞으로 있을 여행을 떠올리며 입가에 옅은 미소를 떠올렸다.

에필로그

"당신이야말로 진정한 용사에 어울리는군요."

반달이 찬란하게 산간을 비추고 시기에 맞지 않는 만년 단풍이 요염하게 빛나는 와중, 그 말은 유난히 선명하게 들렸다. 그렇게 말한 남자는 권유하듯 한 손을 내밀었고 가늘어진 눈으로 시선을 보내 왔다.

"나, 나는……."

그에 반해 그 말을 들은 인물은 꿀꺽 소리를 내며 군침과 함께 말을 삼켰다. 자신이 지금 인생의 기로에 섰다는 것을 명확하게 이해하고, 위태롭지만 강한 유혹에 마음이 흔들리는 것이 느껴졌다.

주변엔 자신이 부리는 마물들의 모습이 있었다. 【하인리히 왕국】 왕도에서 떨어진 【호반의 마을 우르】의 북쪽에 우뚝 솟은 【북쪽 산맥 지대】에, 동료들을 두고서 한밤중에 혼자 찾아온 것은 별수 없는 지금의 자신을 바꾸고 싶었기 때문이다. 이세계 소환이라는 망상 속에서만 존재하던 멋진 경험의 당사자로 선택받은 데다, 반칙에 가까운 재능을 받았는데도 자신의 『조연』이라는 위치를 받아들일 수 없었던 것이다.

무엇보다 자신을 내버려 두고 이야기 속의 용사를 실현한 듯한 그 남자를 용서할 수 없었다. 그래서 이렇게 강력한 마물을 부려 주변 녀석들이 자신을 인정하게 하려 했다.

하지만 그것도 한계를 느꼈다. 시간이 지나면 자신의 바람은 이루어질지도 모른다. 하지만 시간을 들여 성장하는 건 다른 사람들도 마찬가지다. 특히 최전선에서 계속 성장하고 있는 용사 일행은 지금 이 순간에도 자신과 멀어지고 있었다. 돌아보게 하고 싶다, 인정받고 싶다고 생각하면서도 공포에 질려 대미궁에서 도망친 자신은 따라잡을 수 없을지도 모른다. 하기 나름이라고 자신을 타이르며 자신이 발견한 방법이라면 『분명 할 수 있다』고 믿고 있지만 그래도 불안과 초조, 결국 자신과 용사 일행은 선천적으로 다르다는 달관이 가슴속에서 몇 번이고 떠오르는 것을 막을 수 없었다.

그래서 갑자기 눈앞에 나타나 「너야말로 특별하다」며 권유하는 남자의 말에 마음이 격렬하게 흔들렸다.

······설령 그 대가가 돌이킬 수 없는 것이라 해도.

"저, 정말로 날 용사로 만들어줄 거야? 나중에 배신할 생각은 아니겠지?"

"네. 당신이 지금까지 모든 것을 버리고서 우리 주인에게로 온다면, 그 증거를 저 마을의 주민과 『풍작의 여신』 상대로 보인다면, 우리는 당신을 믿고 우리의 용사로서 받아들일 겁니다. 배신 따윈 있을 수 없습니다. 다른 누구도 아닌 『특별한』 당신이기에 우리 진영에 와달라고 부탁하는 거니까요."

"······내가 용사가. 이야기의 주인공이······."

다시 남자의 말을 들은 그 인물은 꿀꺽 군침을 삼켰다. 그 눈동자엔 야망의 검은 불꽃이 이글이글 타오르기 시작했다.

욕망이, 울적한 마음이, 부서진 둑에서 물이 쏟아지는 것처럼 그의 마음 깊은 곳을 물들이기 시작했다. 조용히 흥분을 감추지 못한 그 인물은 혀를 날름거리며 고개를 끄덕였다.

"……좋아. 내가 너희의 용사가 되겠어."

그 표정은 아무리 봐도 『용기 있는 자』라는 칭호에 어울리지 않았고 추하게 일그러져 있었다.

"그거 다행이군요. 앞으로 잘 부탁드립니다. ……우리의 용사여……."

권유한 남자는 온화하게 웃으며 내심 크게 웃었다. 앞으로 일어날 처참한 유린극을 떠올리며, 그것은 적 자신이 초래한 결과라는 얄궂음을 떠올리며…….

【북쪽 산맥 지대】어딘가에서 소리가 나지 않는 두 개의 웃음소리가 겹쳐졌다. 반달과 의사가 없는 마물만이 그것을 조용히 바라보았다.

깊은 안개가 감도는 숲 속에서 작은 그림자가 일심불란 달렸다.

하얀 안개에 동화된 것 같은 푸르스름한 백발이, 달리는 것에 맞춰 가볍게 나부끼며 안개를 휘저었다. 그러나 본인은 그런 가벼운 느낌과는 거리가 먼, 오히려 슬픔에 찬 듯 훌쩍이고 있었다.

사람들이 마경 중 하나로 꼽는 【하르치나 수해】에서 대여섯 살로 보이는 어린아이가 홀로 뛰어다녔다간 금방 미아가 되고 마물의 먹잇감이 된다.

하지만 이 아이에게 그런 걱정은 필요 없었다.

슬픔을 나타내듯 풀이 죽어 알아보기 힘들었지만 안개에 가려진 아이의 머리에는 훌륭한 토끼 귀가 달려 있었다. 아이는 이 수해에 사는 아인 종족 중 하나인, 토인족이었다.

토인족은 아인족 중에서 가장 약하기로 유명하지만 대신 위기 감지 능력이나 기척 조작 능력은 뛰어났다. 그건 어린아이라도 다르지 않았다. 그들의 토끼 귀에서 도망칠 수 있는 상대는 그리 많지 않을 것이다.

게다가 이 아이는 다른 토인족에겐 없는 특이한 능력이 있었다. 그렇기 때문에 이중의 의미로 아이가 촌락에 가까운 이곳에서 죽음의 위기에 처할 가능성은 현저히 낮았다.

결과적으로 어린 토끼 귀 소녀는 훌쩍이며 무사히 자신의 촌락에 도착했다. 짙은 안개가 걷히고 근처의 다른 종족이나 같은 토인족의 다른 촌락과 비교해도 유난히 훌륭한 울타리가 나타났다. 안쪽 모습을 쉽게 알아볼 수 없을 정도로 밀착해 만든 나무 울타리는 높이도 3미터 가까이나 됐다.

기본적으론 도망치든가 숨을 수밖에 없는 토인족은 자신과 촌락의 『방어력』에 중점을 두지 않는다. 도망칠 시간만 벌 수 있으면 되고 촌락 안에서 바깥 상황을 확인하기 위해서라도 일부러 틈이 많은 울타리를 만드는 게 보통이었다.

그래서 평범하게 생각하면 조금 이상할 정도로 훌륭한 울타리였다. 얼핏 방어에 무게를 둔 것처럼 보이지만 사실 판자로만 세웠을 뿐이라 큰 방어력이 없다는 점도 이상했다. 그렇다, 마치 안쪽을 들여다볼 수 없게 하려는 것처럼…… 그 정도로 부자연스러운 울타리였다.

그 부자연스러운 촌락의 울타리를 돌아 입구를 통해 안으로 들어간 어린 토끼 귀 소녀. 중간에 문지기였던 토끼 귀 아저씨가 뭐라고 말했지만 토끼 귀 소녀는 깨닫지 못했다.

그 외에 말을 거는 다른 사람들의 목소리도 무시한 채 토끼 귀 소녀는 자신의 집으로 뛰어들었다.

"어머, 무슨 일이니, 시아. 그렇게 귀가 풀이 죽어서는."

어린 토끼 귀 소녀, 다섯 살 난 시아에게 그렇게 말하며 방 안쪽에서 누군가가 나왔다. 토인족 특유의 짙은 갈색 머리카락을 길게 기르고 자상하면서도 덧없어 보이는, 토인족에게 어울리지 않는 강한 의지가 담긴 눈을 가진 아름다운 여성이었다.

"어머님~!"

훌쩍이던 시아는 그 여성, 어머니 모나 하우리아의 모습을 본 순간 눈물과 콧물을 흘리며 다섯 살이라는 게 믿기지 않을 정도로 빠르게 그 품에 안겼다.

안긴 순간 「윽」 하고 여성에게 어울리지 않는 신음 소리가 들린 것 같지만 시아는 신경 쓰지 않고 눈물과 콧물을 모나의 가슴에 비볐다.

토인족의 민족의상은 은근히 노출이 많다. 여성의 경우 수영복 같은 상의와 짧은 스커트가 기본이다. 괜히 옷을 껴입었다가 도망칠 때 지장이 생길 수 있다는 점과, 의상이 스치는 소리가 적에게 들릴 수 있다는 이유 때문이었다. 수해는 짙은 안개 때문인지 연중 기온이 변하지 않았고 몸만 가지고 도망치는 일이 많아 의복이 많아도 의미가 없었다.

그래서 모나의 풍만한 두 언덕 사이는 순식간에 딸의 눈물과 콧물로 젖어버렸다. 물론 「흐에에엥~」 하고 우는 어린 딸을 싫어할 리 없다. 오히려 처음 돌격할 때 충격을 받았던 명치의 통증과, 자신의 토사물로 딸의 머리를 더럽히지 않도록 구역질을 참느라 필사적이었다.

약간 눈물이 맺혔지만 모나는 시아의 등을 툭툭 자상하게 두드리며 사랑하는 딸이 진정하길 기다렸다가 무슨 일이 있었는지 물었다.

하지만 시아는 대답하지 않고 코를 훌쩍이며 모나를 올려다보다가 불쑥 마음속에 있는 걸 물었다.

"어머님…… 전…… 마물, 인가요? 괴물, 인가요?"

"……시아."

어린아이가 입에 담기엔 심각한 내용이었다. 하지만 시아가 가진 특이성을 누구보다 잘 이해하고 있기 때문에 무슨 일이 있었는지 대충 알아차렸다.

시아의 특이성은 토인족에겐 없는 푸르스름한 백발뿐만이 아니라, 아인족에게 있을 수 없는 『마력 보유』와 『마력 직접 조작』, 그리고 『고유 마법 행사』였다.

마력 보유를 제외하고는 아인족은 물론 인간족과 마인족조차 있을 수 없는, 유일하게 마물만이 가질 수 있는 능력이었다. 마물이란 종족의 범주를 넘어 누구나 혐오하는 대상이다.

그렇기 때문에 하우리아 족은 촌락의 안쪽이 보이지 않도록 울타리를 만들었다. 될 수 있으면 촌락 안에서만 시아를 키우고 다른 곳에 결코 그 존재를 드러내지 않도록. 아인족의 나라 【페어베르겐】에 알려지기라도 한다면 시아는 분명 처형될 것이다.

만약 시아가 다른 아인족, 가족애가 강한 토인족에서 태어나지 않았더라면 분명 태어난 날 처형됐을 것이다. 하우리아 족이기 때문에 막대한 노력과 위험을 무릅써서라도 지금까지 시아를 키워 온 것이다.

하지만 아무리 어른이 주의를 기울여도 어린아이가 촌락이라는 좁은 세계만으로 만족할 리 없다. 그러니 『잠깐만』이라는 생각으로 울타리 밖으로 나가는 것도 무리가 아니었다.

"시아……. 또 촌락 밖으로 나갔구나."

"으……. 죄송해요, 어머님. 하지만, 하지만……."

시아가 난처한 듯 고개를 숙이자 모나는 쓴웃음을 떠올렸다. 아마도 이따금 몰래 촌락 밖을 탐험하던 시아를 목격한 사람이 있었을 것이다.

짙은 안개는 아인의 감각을 비틀지는 않지만 시야가 흐릿하다는 점에선 다른 종족과 다를 바 없다. 그리고 시아 자신은 바깥 세상에 대한 흥미가 끊이지 않았어도 자신의 존재가 하우리아 족 이외에 알려진다면 가족에게 폐가 된다는 것을 이해하고 있기 때문에, 어른 토인족보다 훨씬 뛰어난 신체 능력과 기척 감지 능력으로 이목을 피하고 있었다.

그러니 시아의 존재가 완전히 드러나지는 않았을 것이다. 그렇다면 시아가 슬퍼하는 이유는 하나뿐이었다.

"하얀 그림자가 수해에 숨어 있다. 따라가도 따라잡을 수 없고 어느새 환상처럼 사라진다. 새로운 마물인지, 그게 아니면 아득히 먼 옛날 수해에 살던 괴물인지…… 하는 소문이라도 들었니? 잘 들리는 이 토끼 귀로."

"흑, 어머님…… 알고 계셨어요?"

놀란 토끼 눈을 한 시아의 토끼 귀를 만지작거린 모나는 쓴웃음과 함께 고개를 끄덕였다. 모나가 한 말은 얼마 전부터 동족들 사이에서 떠도는 작은 소문이었다. 흔히 말하는 괴담처럼 심심풀이 소재로 사용되는 별것 아닌 이야기다. 그런 이야기는 만년 안개로 뒤덮인 수해에선 셀 수 없이 많은 이야기라 신경 쓸 필요도 없었다.

하지만 처음 그 소문을 들은 시아는 충격이었을 것이다. 가족 누구와도 자신이 다르다는 건 알고 있었다. 자신의 능력이 마물과 같다는 것도 알고 있다. 그다지 생각하지 않으려 했지만 그런 이야기를 듣고 나면 자신도 모르게 생각하게 된다.

자신은 역시 가족과는 다른 존재일까 하고. 마물이나 사람도 아닌 괴물일까 하고……

다시 눈가에 눈물이 고이기 시작한 시아가 훌쩍이기 시작했다. 자신의 존재에 의문을 품은 사랑하는 딸을 본 모나는 자상함과 엄격함, 그리고 사랑스러움이 담긴 눈으로 시아에게 말했다.

"시아. 시아는 괴물이 싫으니?"

"흐에? 그, 그야 당연히 싫죠."

"왜?"

"왜, 왜냐니……"

시아는 질문의 의도를 알 수 없어 당황했다. 토끼 귀를 쫑긋 움직이며 「역시 어머님도 날 괴물이라고 생각하시는 걸까?」하고 무척이나 슬픈 얼굴을 했다. 그런 시아의 부드러운 뺨을 살짝 잡고서 시선을 돌리지 못하도록 고정한 모나가 자상하게, 그리고 시아도 깜짝 놀랄 정도로 깊은 눈빛과 함께 말을 이었다.

"……남들과 다르다는 건 무척 불안한 법이지. 무섭고 쓸쓸하고 슬퍼. 하지만, 하지만 시아. 난 남들과 다른 시아가 부럽단다. 부럽고 그런 딸이 태어나주어서 너무 기뻐."

"……왜요?"

"남들과 다르기 때문에 남들과 다른 걸 할 수 있으니까. 굉장하잖니."

모나의 말을 이해할 수 없었던 시아는 수해 안에선 쉽게 볼 수 없는 하늘색 눈동자를 끔벅였다.

"굉장해요? 어머님이 저라면 뭘 하고 싶으세요?"

"후후, 엄마는 어렸을 때부터 쭉…… 영웅이 되고 싶었어."

"여, 영웅이요?"

사실 모나는 의외로 몸이 약해 한 달에 절반은 누워 있었다. 그렇게 약했던 어머니의 말을 들은 시아는 순간 깜짝 놀란 것처럼 눈을 깜박였지만, 이내「어머님다워」라고 생각해 고개를 끄덕였다.

"그래, 영웅. 엄마는 가족을 지키는 사람이 되고 싶었어. 도망치고 숨기만 하는 게 아니라, 소중한 사람들을 빼앗으려는 모든 것에 맞서서 모든 것을 지킬 수 있는 사람이."

온화하고 다툼을 싫어하며 평화를 사랑하는 토인족. 그런 상식을 뒤집는 뜨거운 마음을 가진 토인족 여성은 얄궂게도 태어날 때부터 몸이 약했다. 누구보다도 싸우고자 하는 의지를 가졌으면서, 누구보다도 강한 마음을 가졌으면서, 운명은 그녀에게 가장 약한 종족의 가장 약한 몸을 주었다. 이 얼마나 얄궂은 일인가.

하지만 그렇기 때문에 이렇게 생각했다.

"『태어날 아이가 강한 아이이길』……시아는 내가 바라던 아이로 태어나줬어. 이게 행복이 아니고 뭐겠니."

"어머님……."

모나는 정말로 행복한 듯, 사뭇 시아가 자신의 긍지이자 보물이라는 것처럼 시아를 꼭 안았다.

"시아. 사람이니, 마물이니, 괴물이니 하는 건 그냥 말일 뿐이야. 어떤 존재인지는 시아가 정하면 돼. 시아가 되고 싶은 게 되렴. 시아는 평범한 토인족이 아닌, 남들과 다른 존재니까…… 분명 넌 뭐든 될 수 있을 거란다."

"……."

똑바로 바라보는 어머니의 눈동자에 담긴 의지와 애정의 불꽃에 매료된 듯 시아는 아무 말 없이 바라보았다.

그런 시아에게 모나는 예언자처럼 미래를 말했다.

"시아. 네 미래에 좋은 일만 기다리고 있진 않을 거야. 분명 남들보다 어렵고 싫은 일이 잔뜩 기다리고 있겠지. 남들과 다르다는 건 그런 뜻이기도 하니까."

"으으…… 어머님."

토끼 귀가 풀이 죽은 게 척 보기에도 불안해하는 것이 느껴졌다. 하지만 모나는 아이에게 들려주기에 부적절하다고 할 수 있는 엄격한 말을 멈추지 않았다.

"하지만 넌 그 모든 걸 이겨 낼 수 있는 힘을 갖고 있단다.

그러니까 자신을 싫어해선 안 돼. 밝게 살렴. 건강하게 살렴. 나쁜 일이나 힘든 일은 웃어넘겨버리렴. 『난 시아 하우리아다, 불만 있어?』 하고 가슴을 피렴. 시아가 자신을 싫어하지 않는다면 그걸로 다 괜찮을 거야."

"다, 괜찮아요?"

"그럼, 괜찮지."

"으으, 열심히 할게요."

"후후, 착하구나."

생김새부터 다른 가족과 다른, 자신의 백색 머리카락을 본 시아는 「으음」 하고 귀엽게 신음했다. 우선 그다지 좋아하지 않았던 자신의 머리색을 좋아하려는 모양이었다.

사랑스러운 딸을 본 모나는 생긋 웃으며 아까까지의 진지한 분위기는 온데간데없이 사라지고 장난스러운 미소를 떠올렸다.

"맞다, 엄마가 하나 더 이야기해줄게."

"응?"

"언젠가 분명 시아는 멋진 사람들과 만날 거야. 같은 토인족도, 하물며 아인족도 아니겠지. 수해 바깥에서…… 그래, 분명 시아와 『똑같은』 사람들과."

"나하고 똑같은?"

"그래, 분명, 아니, 반드시 만날 거야."

자신처럼 미래를 볼 수 있는 능력이 있는 것도 아니면서 어떻게 확신에 찬 말을 할 수 있을까. 모나는 토끼 귀를 풀썩 기울이며 궁금해하는 얼굴을 한 시아에게 이렇게 말했다.

"시아와 같은 체질을 가진 사람이 세계에 혼자밖에 없다니…… 그런 쓸쓸한 일이 있을 리 없잖니. 세계는 엄청 엄격하지만 이따금 무척 자상하거든. 그러니까 시아는 반드시 만날 거야. 기댈 수 있고, 기대주는 그런 소중한 사람들과."

"……수해 밖에 그런 사람들이 정말로 있을까……."

"있고말고. 확실해. 후후, 어쩌면 그중 한 사람은 시아의 남편이 될지도 모르겠네~."

"어?! 내 나, 나, 남편?!"

"그리고 친구가 되어줄 여자아이와 그를 둘러싸고 아수라장이 되는 거지!"

"아, 아수라?!"

시아의 장래를 상상한 모나는 정말 즐거워 보였다. 시아는 어리지만 여자아이인 이상 간과할 수 없는 중요한 키워드가 연속으로 등장하자, 토끼 귀를 살랑살랑 흔들었다.

어느샌가 괴물이라 불리는 소문도 잊고 어머니와 여자들만의 대화에 들어갔다. 그리고 훌쩍이며 달리던 것을 보고 걱정이 되어 찾아온 하우리아 족들이나, 식량을 조달해 돌아온 캄이 얼굴을 보일 때까지 미래의 친구와 남편을 상상하며 얼굴이 새빨개졌다.

그런 시아를 보고서 벌써 연애에 신경 쓸 나이가 됐다고 생각한 캄이 보란 듯 쓸쓸한 표정을 했지만…… 모나와 시아는 아무렇지도 않게 무시했다. 설마 그 남편이 마개조당해 「얏

호!」한 불량배 같은 아버지가 될 줄은 꿈에도 생각지 못했을 것이다. 설령 모나라도 예상 못했을 것이 분명했다.

"으음……."

시끌시끌 떠들썩한 소리가 들리는 여관방에서 소녀의 칭얼 대는 소리가 들렸다. 스르륵 침대 시트가 쓸리는 소리와 하품 하는 소리가 밖에서 들어온 떠들썩한 소리에 묻혔다.

"으어? 벌써 아침인가요~?"

"바보냐. 벌써 점심 지났어. 너무 늦게 일어났잖아. 늦잠 토 끼."

잠에서 덜 깬 잘 돌아가지 않는 혀로 중얼거린 시아가 예상 밖의 대답에 깜짝 놀라 토끼 귀를 쫑긋쫑긋 움직였다.

그리고 창가에서 총기를 닦으며 어이없다는 표정으로 바라 보는 하지메의 존재를 포착했다.

"어? 하지메 씨가 왜 여기 있지? 앗, 설마 어둠을 틈타 침실 로…… 으긱?!"

"벌써 점심 지났다고 했잖아. 유에는 이미 물건 사러 나갔 어. 같이 가기로 약속했다며. 흔들거나 전격을 쏘아도 침만 흘리면서 일어나질 않길래 혼자서 가버렸다고."

"그, 그랬나요. 제가 실수했네요. 빨리 준비하고 따라갈게 요. ……어? 근데 하지메 씨는 왜 여기 계세요?"

유에가 물건을 사러 갔는데 왜 하지메가 여기에 남았을까. 토끼 귀를 실룩이며 시아가 물어보자 하지메가 벌레 씹은 표정으로 중얼거렸다.

"그 옷 가게 괴물은…… 불편해."

아무래도 하지메는 【라이센 대미궁】을 공략한 후 만난 【브룩】마을의 옷 가게 점장님이 무척이나 불편한 듯했다. 그것도 유에와의 데이트를 단념할 정도로…….

시아는 그런 하지메의 말을 듣고시 「괜찮은 사람인데」 하고 난처한 표정으로 웃으면서도 「괴물」이라는 말에 살짝 동요했다. 분명 아까까지 꾸었던 반가운 꿈 때문이리라.

"……왜 그래, 시아."

"네~?"

깨닫고 보니 하지메가 시아의 모습을 가만히 들여다보고 있었다. 아무래도 약간의 동요를 알아차린 듯했다. 그 사실이 내심 기쁘면서도 뭐라고 표현해야 할지 생각하던 시아에게 하지메가 먼저 말을 걸었다.

"어머니 때문이야?"

"네?!"

정곡을 찔리자 시아는 「설마 독심 고유 마법이 있는 건가?!」 하고 눈이 휘둥그레졌다. 마치 마음을 읽히지 않겠다는 것처럼 토끼 귀를 숙이고 두 손으로 어머니에게서 물려받은 풍만한 가슴을 억눌렀다.

"독심술 아니야. 잠꼬대로…… 어머니를 부르길래."

"아…… 그랬나요. 아~, 하하, 이 나이에 어머니 잠꼬대라니 부끄럽네요."

하지메는 부끄러워하며 머리를 긁적이는 시아의 모습을 가만히 바라보고 있었지만 무언가를 이해한 것처럼 어깨를 으쓱이며 시선을 돌렸다.

"보아하니 나쁜 꿈은 아니었던 모양이네……."

그 말을 듣고 실은 하지메도 나름대로 걱정해주었다는 것을 깨달은 시아의 심장이 크게 뛰었다. 하지메와 유에한테도 모나에 대해선 말하지 않았다. 숨긴 것이 아니라 단순히 기회가 없었을 뿐이지만 하지메 입장에선 말로 꺼내지도 않고 모습도 보이지 않는 시아의 어머니에 대해 다소 부정적인 상상을 한 모양이었다. 시아의 떠올리고 싶지 않은 추억 중 하나가 아닐까 하고…….

대미궁 공략 전이라면 생각할 수 없는 배려였다. 시아는 점점 더 기뻐져 토끼 귀와 꼬리를 파닥파닥 흔들었다.

"네, 그립고 소중한 추억이에요. 그리고 어머님은 제가 열 살이 되기 전에 병으로 돌아가셨어요. 원래부터 몸이 약하신 분이라 오히려 절 낳고 십 년 가까이 살아계셨던 게 용했을 정도라고 하더라고요."

"그래?"

"네. 그래서 수해를 쫓겨날 때, 아니, 쫓겨난 건 아니지만 제대로 작별하고 왔으니 그렇게 신경 쓰실 필요 없어요."

"딱히 신경 쓴 건 아니야."

고개를 돌린 하지메에게 「솔직하지 못하시긴~」 하고 장난치다 딱밤을 맞은 시아는, 울상이 되어 빨개진 이마를 매만지면서도 어딘지 기쁘고 즐거운 듯 미소를 지으며 조용히 입을 열었다.

"……조만간 유에 씨도 있을 때 어머님에 대해 이야기하고 싶어요. 들어주실 건가요?"

노력이 부족해 바꿀 수 없었던 미래도 있다는 말을 했을 때의 복잡한 눈빛은, 어머니를 떠올렸기 때문인지도 모른다. 하지만 그때와는 다르게 지금은 자신만만한 분위기가 있었다. 그것만으로 시아가 얼마나 어머니를 자랑스럽게 여기는지 충분히 전해졌다.

"……상관없어. 전격을 맞고도 일어나지 않을 정도로 지쳤잖아. 이 마을에 조금 더 체류할 예정이니 시간이 남을 때 이야기하면 되겠지."

"에헤헤. 알았어요."

역시 기쁜 모양인지 시아는 토끼 귀와 토끼 꼬리를 성대하게 흔들었다. 하지메는 그녀의 애교 있는 모습에 자신도 모르게 손을 뻗을 뻔했다. ……물론 이상한 의미가 아니라 쓰다듬어주고 싶다는 건전하고도 자연스러운 충동 때문이었다. 바로 그때─.

"……시시덕거리기 금지."

"오, 유에. 갑자기 어디서 나타난 거야?"

"우와아. 깜짝 놀랐어요, 유에 씨."

어느샌가 열린 창문에서 무표정인 유에가 얼굴을 들이밀었다. 손에 주머니를 들고 있는 걸 보아 아무래도 먼저 쇼핑을 끝내고 하지메와 시아를 부르기 위해 돌아온 듯했다.

그 초대에 응해 하지메가 창문에서 밖으로 몸을 던졌다. 시아도 부랴부랴 준비를 마치고 두 사람의 뒤를 따랐다.

수해에선 거의 볼 수 없는 찬란한 햇빛과 상인과 모험가와 주민들의 떠들썩한 소리가 시아를 감쌌다. 시아는 기분 좋은 듯 눈을 가늘게 뜨며 경쾌한 발걸음으로 나아갔다.

슬픈 일은 수없이 많았다. 노력해도 바뀌지 않은 미래가 있었다. 『소중한 것』을 많이 잃었다. 하지만 모나의 말대로 시아는 분명히 만났다. 그 만남이 가족을 구했다. 자신을 햇볕이 드는 곳으로 인도해주었다. 그리고 지금은 예전에 모나가 꿈꾸던 싸우고자 하는 의지를 가진 토인족이 많이 생겼다.

―넌 뭐든 될 수 있을 거란다.

마음에 메아리치는 어머니의 목소리. 괴물은 싫은가? 아니, 그렇지 않다. 지금이라면 분명하게 말할 수 있다.

"하지메 씨, 유에 씨."

시아의 앞에는 무척 좋아하게 된 두 사람이 있었다.

"왜?

"……응?"

하지메와 유에가 돌아보자 시아는 생긋 웃으며 말했다.

"전 괴물이라 다행이에요."

환한 미소로 자신이 누구인지를 선언했다.

하지메와 유에는 놀란 표정으로 잠시 서로를 바라보더니 어이없다는 듯한, 공감하는 듯한, 혹은 조금 기쁜 듯한 미소를 보였다. 그렇게 뒤를 따라온 시아에게 이렇게 말했다.

"바보 같은 소리 말고 옆으로 와, 이 말썽 토끼. 떨어져 걸으면 또 널 노예로 삼고 싶다는 녀석들이 모일 거 아냐."

"……응. 옆에 잘 있어. 떨어져서 행동하지 마. 찾기 귀찮으니까."

말과는 반대로 두 사람의 표정은 부드러웠다. 시아가 이곳에 있는 것을, 함께 있는 것을, 말하지 않아도 인정해준다는 것을 알 수 있었다.

시아의 토끼 귀와 토끼 꼬리가 엄청나게 살랑거렸다.

"그럼 옆으로 갈게요~!"

"야, 누가 나랑 유에 사이에 들어오라고 했어."

"……시아, 배짱이 두둑하네. 아수라장을 원한다면 받아주지."

일부러 하지메와 유에 사이에 끼어든 시아는 두 사람의 항의에도 아랑곳하지 않으며 들뜬 모습으로 그들의 손을 붙잡았다. 태양은 중천에 올랐고, 마을은 점점 더 시끌벅적해졌다. 그 시끌벅적한 분위기에 참가하면서—.

'어머님, 남편과 친구를 만났어요. 아직은 후보지만…… 시아 하우리아, 열심히 할게요!'

시아는 그렇게 마음속으로 선언했다. 어머니의 영혼에 닿기를 바라면서…….

■작가 후기

이 책을 구입해주신 중2병을 좋아하시는 여러분. 안녕하세요, 중2병을 좋아하는 시라코메 료입니다.

발매까지 조금 기다리게 해드렸습니다만 「흔해빠진」 제2권은 어떠셨나요?

제1권에 비해 분위기가 달라졌다고 생각하고 번외편 등 WEB판에 비해 시아의 비중이 많아진 것 같기도 합니다.

이런 것들이 마음에 드실지— 애매하다고 느끼실지는 모르겠지만…….

우선 파일 벙커를 보고 만족하셨다면 그것만으로도 만족합니다.

네, 만족하고말고요. 파일 벙커~, 하악, 하악…….

그럼 이 책이 발매될 무렵엔 「소설가가 되자」에 투고한 WEB판 쪽은 이미 완결됐을 거라고 생각합니다.

그리고 전 평범한 독자로 돌아갈지, 「흔해빠진」의 번외편을 써볼지, 경우에 따라선 2차 창작 소설에 몰두하고 있을지, 그것도 아니면 다시 뜨거운 망상을 문장으로 옮겨 하악, 하악하고 있을지…….

시아처럼 미래가 보이는 게 아니라서 저 자신도 어떻게 할지 모르겠습니다만…… 아니, 아마도 야호~! 하거나 하악, 하악! 하고 있겠죠. 네.

재밌는 소설이나 신작 게임, 애니메이션, 영화가 계속해서 나오고 있기 때문에 신나게 즐기기 위해선 먼저 사회에 「휴가를 주세요!(야마ㅇ 타카유키#14 ㄴ낌으로)」 하고 무릎을 꿇고 교섭해야만 합니다. 응원해주시면 감사하겠습니다.

제3권(낼 수 있게 해주신다면)은 드디어 재회편이 됩니다.

기대해주셨으면 좋겠습니다. 그리고 번외편도 들어가면 좋겠네요.

그럼 끝으로 인사를.

타카야Ki 선생님을 시작으로 담당 편집자님, 편집부 여러분, 교정자님, 그 외에 이 책이 출판되기까지 도와주신 많은 분들, 정말로 감사합니다.

그리고 무엇보다 이 책을 구입해주신 독자 여러분께 진심으로 감사드립니다.

앞으로도 「흔해빠진」을 잘 부탁드립니다.

시라코메 료

#14 야마ㅇ 타카유키 일본의 배우 야마다 타카유키.

■역자 후기

　안녕하세요. 역자 김덕진입니다. 이번에도 어떻게든, 정말로 어떻게든 2권으로 인사드릴 수 있게 되어 기쁩니다. 최근 들어 계속 정신이 없게 지내느라 더더욱 그렇게 느끼는 것 같습니다.

　이번 2권은 주인공 일행의 새로운 동료인 시아 하우리아가 등장하는 편이었습니다.

　사실 처음엔 이 캐릭터를 어떻게 잡아야 할지 많은 고민을 했습니다. 나름대로 비중이 있는 등장인물로 보이는데 주인공이 대하는 태도가 지나치게 난폭하고 시아의 성격 자체도 엉뚱해서 다소 혼란스럽더군요. 정말 이대로 번역해도 되는 걸까 하고요. 하지만 작품이 진행되면서 그것이 시아라는 캐릭터의 매력이라는 것을 깨닫고 지금은 무척이나 좋아하는 등장인물이 됐습니다.

　그리고 이번엔 고유명사에 대해 잠깐 이야기해볼까 합니다. 이 작품에선 독일어에서 가져온 것으로 추측되는 명칭이 생각보다 많이 나옵니다. 아니, 이 작품뿐만 아니라 일본 판타지 소설을 보면 생각보다 많은 독일어 어원을 사용하는 경우가 많지요.

먼저 시아가 사용하는 전투 망치 드뤼켄입니다. 드뤼켄(drucken)은 누르다, 밀다, 부담이 되다, 라는 뜻이 있습니다. 망치라는 이미지, 그리고 시아가 가진 이미지와 딱 맞는군요.

그리고 수인의 나라 페어베르겐. 페어베르겐(verbergen)에는 숨기다, 은닉하다, 비밀로 하다, 라는 뜻이 있습니다. 수해에 숨어 사는 수인의 나라에 잘 어울리네요.

이외에도 하지메가 사용하는 무기 등에서 독일어로 추측되는 것들이 많이 있습니다만…… 나중에 여유가 되면 정리해 보겠습니다.

어쨌든 이렇게 2권도 마무리가 됐습니다. 매번 작품을 마무리하면 아쉬움과 후련함을 동시에 느끼는 것 같습니다. 다음에는 아쉬움이 남지 않도록 더욱 노력해야겠네요.

끝으로 2권 마감으로 고생하셨을 L노벨 편집부 여러분과 책을 구입해주신 여러분께 감사의 말을 전합니다.

읽어주셔서 감사합니다.

김덕진

흔해빠진 직업으로 세계최강 2

1판 1쇄 발행 2016년 11월 10일
1판 14쇄 발행 2021년 7월 2일

지은이_ Ryo Shirakome
일러스트_ Takaya-ki
옮긴이_ 김덕진

발행인_ 신현호
편집부장_ 윤영천
편집진행_ 김기준 · 김승신 · 원현선 · 권세라
편집디자인_ 양우연
관리 · 영업_ 김민원 · 조인희

펴낸곳_ (주)디앤씨미디어
등록_ 2002년 4월 25일 제20-260호
주소_ 서울시 구로구 디지털로 26길 111 JnK디지털타워 503호
전화_ 02-333-2513(대표)
팩시밀리_ 02-333-2514
이메일_ lnovelpiya@naver.com
ㄴ노벨 공식 카페_ http://cafe.naver.com/lnovel11

ARIFURETA SHOKUGYOU DE SEKAISAIKYOU 2
© 2015 by Ryo Shirakome
First published in Japan in 2015 by OVERLAP, Inc.
Korean translation rights reserved by D&C MEDIA Co., Ltd.
Under the license from OVERLAP, Inc., Tokyo JAPAN

ISBN 979-11-278-3075-5 04830
ISBN 979-11-278-1840-1 (세트)

값 7,200원

곰 곰 곰 베어 1권

쿠마나노 지음 | 029 일러스트 | 김보라 옮김

게임이 현실보다 재밌습니까?—YES
현실 세계에 소중한 사람이 있습니까?—NO

……온라인 게임 설문 조사에 대답했을 뿐인데
말도 안 되는 이세계(아마도)로 내던져진 나, 유나.
은톨이 경력 3년의 폐인 게이머.
맨 처음 장착하게 된 장비템이『곰 세트』라니…….
이게 무어야—!?
하지만 세고 편하니까 뭐, 괜찮으려나?
울프를 쓰러뜨리고, 고블린을 쓰러뜨리고
극강 곰 모험가로서 일단 해볼까요.

은둔형 외톨이 소녀, 이세계에서 무적의 곰 모험가가 된다!

라이트노벨의 새로운 빛! ㄴ노벨의 신간은 매월 10일에 발매됩니다. http://cafe.naver.com/lnovel11

여동생만 있으면 돼. 1~3권

히라사카 요미 지음 | 칸토쿠 일러스트 | 이신 옮김

여동생 바보인 소설가 하시마 이츠키의 주변에는
언제나 개성 넘치는 녀석들이 모여든다.
사랑도 재능도 헤비급이지만 아쉬운 미소녀의 최정상인 카니 나유타.
사랑에 고민하고 우정에 고민하고 미래도 고민하는 청춘 3관왕 시라카와 미야코.
귀축 세금 세이버 오노 애슐리. 천재 일러스트레이터 푸리케츠—.
각자 방황과 고민을 안고 있으면서도 게임을 하거나 여행을 가거나
일을 하며 떠들썩한 하루하루를 보내는 이츠키와 주변 사람들.
그런 그들을 따뜻하게 지켜보는
완벽 초인 남동생 치히로에겐 커다란 비밀이 있는데—.

**『나는 친구가 적다』의 히라사카 요미가 펼치는
청춘 러브 코미디의 도달점, 드디어 개막!!**